馮惟敏全集

〔明〕馮惟敏 著
謝伯陽 編纂

齊魯書社

本書出版得到國家古籍整理出版專項經費資助

馮惟敏畫像(據馮氏族譜)

海浮山堂詩稿卷之一

五言古詩

望遠曲

朝上西風樓莫望夕陽津夕陽照草頭蕩漾
平無垠借問天低處撫乃大塊濱茫茫飛鳥
外望望離群人離人不可望一望淚沾巾引
領仍擢顏極目翻長顰君今懷往居妾此悲
徂春寸腸不自續況乃兩地身

送東渚陳夫之京師時爲禮部侍郎

行行出海曲駕言之帝州炎曦迴中天羽蓋
征悠悠　皇躬勞側席信宿故難留淄濱聊
出祖弭節臨洪流揚波濯金罍中道羅瓊羞
趙客舞雄劍齊子宣朗謳岫雲薄蒼空宾翩
遺蓬丘搴帷挈芬華伏軾諮荒疇良游諒不
遠殊渥貴能酬　天子居明堂群公煥皇猷
佳氣欝紫垣瑞日臨彤樓有時五絃動薰和
被潛幽君子躋熙明小人承闕休胡爲戚離
居執手空夷猶

明嘉靖四十五年(1566)丙寅刻本

海浮山堂文稿卷之一

叙上

送長史黃公致政南還叙

嘉靖庚子秋九月屏山黃公致衛太傅政將
歸閩先是公以省進士爲郡博入分太學教
武廟時廉其才行勅相衛國給　恭王朝忠
貞祗勤三十年如一日視政有體不糾而肅不
煩而仁國人服其德之有司吏民是以不擾
王嘉其績奏增禄秩得四品階往歲公自念

衰晚願上印綬　恭王弗許曰惟予不穀
恭承　帝命王[illegible]入邦任荷孔艱幸茲不獲
戾於　一人惟民用乂時惟爾導其弼吾遐
遺相厥始終乃復詔內備增其禄[illegible]公弗獲
已辭禄而止逮　嗣王紹位倚重耆夙公愈
勤飭國內大事悉其贊畫時　聖皇省方南
服公捧　王書趨朝　行在奏　王至意
天顏怡豫寵諭溫渥歸以復于　王可謂得
使臣禮居無何再欲引去　王若曰惟我

明嘉靖四十五年(1566)丙寅刻本

前言

馮惟敏(一五一一——一五七八),字汝行,號海浮。山東臨朐人。明世宗嘉靖十六年(一五三七)中鄉試,累舉進士不第,居家二十五載。三十七年(一五五八),因「在邑多糾纏」而遭山東巡按段顧言逮治,「良久乃解」。四十一年(一五六二),進京謁選,授直隸淶水知縣。又因懲辦兼並民田之豪貴而為勢族所不容,謗詬四起,坐謫鎮江府學教授。穆宗隆慶元年(一五六七),聘典雲南鄉試謄録。三年(一五六九),遷保定府通判。六年(一五七二),會左遷魯王府官,遂自免歸,築「即江南」亭於冶源别墅,因稱海浮山人,寄情山水,終老田園。

馮惟敏自孩幼迄弱冠,隨父宦遊中都鳳陽、留都南京、貴州石阡等地。聰穎好學,才華富贍,「七歲閒禮儀,灑掃闢中堂。八歲問奇字,十歲諧宫商。十二受遺經,十五氣飛揚。」(《山堂緝稿》)與兄惟健、惟重及弟惟訥,皆以詩名齊魯間,時稱「臨朐四馮」。

馮惟敏的文學創作有詩、詞、文、賦、散曲、雜劇等,而其中以散曲數量最多,成就最大。散曲源於民間俗謡俚調,受北方少數民族音樂「胡樂番曲」影響,具有遒勁爽朗、粗獷自然之風格。元代後期，經過文人的雕琢，藝術上日臻完善，出現了衆多謹嚴整飭、華美典雅之作。明初曲壇，追模元人，注意刻鏤文字，推敲格律，講究含蓄凝鍊。及至中葉，康海、王九思、常倫等人被視為豪放派，但作品較少，影響不大。馮惟敏的散曲，充分發揚了元人的優良傳統，以真率明朗、豪爽奔放見長，但也不乏以清新婉麗之筆調，寫山川景物或親情友情之作。他的作品大量運用俚語俗諺，幽默詼諧，氣韵生動，保持了散曲應有的本色之美。有時他也將書面語詞入曲，任意驅遣，渾然天成，收到了雅俗共賞的藝術效果。不同一般的是他的散曲，能跳出衹寫弔古厭世、談禪歸隱、林泉逸興、男女風情的窠臼，將題材拓展到社會生活的諸方面，豐富了曲作的内容。馮惟敏的成就遠遠超過了同時代的作家，使明代散曲達到了新的高度。無怪乎王世貞贊其為「傑出」，李維禎譽其為「當家」，任二北則稱其「論才情横溢，氣象萬千，明曲中真罕有敵海浮者」。

馮惟敏雜劇有《梁狀元不伏老玉殿傳臚記》和《僧尼共犯傳奇》二種。排場巧妙，趣向各異；曲文質樸，意態隨出。藉劇曲情節表現他狂放不羈、憤世嫉俗的精神，頗得元人三昧。

馮惟敏的詩前人多有評價，王世貞在《藝苑卮言》中説：「馮汝行詩如幽州馬客，雖見伉俍，殊乏都雅。」錢謙益則云：「惟敏詩雖未工，亦齊魯間一才人也。」（《列朝詩集小傳》）然馮惟敏詩歌沿襲了我國古代詩歌的現實主義傳統，作品往往就寫身邊事，抒真感情，所謂即事命題，感事而發。尤其是一些不為模擬復古之時風所囿，描寫農村生活、憂嘆民生疾苦的詩作，具有思想及歷史的認識價值。

馮惟敏屬文大多為酬應、奉命之作。以往，我們僅從他的散曲和他的詩選集解讀其人，然而在文稿里，我們可以看到馮惟敏無論是為官之道，還是做人交友，都始終遵循着儒家思想規範。行文一旦涉及聖主、天朝，則誠惶誠恐，唯唯唱喁。他體恤民隱，有些作品表達了他的民本思想和對官僚制度的批評和不滿，即使在今天也有其現實的借鑒作用。

下面談談本書編撰的緣起，並就詩、文、散曲、雜劇等部分的整理情況作具體説明：

本書的編撰，起於一九八八年，初稿完成於一九九三年，因種種緣故未能及時出版。然值得慶幸的是二零零二年上海古籍出版社影印出版了《續修四庫全書》，自一九四零年就被宣布「今佚」的《山堂緝稿》（燕京大學圖書館舊藏）竟赫然面世，使筆者喜不自禁！因為這意味着編纂《馮惟敏全集》成為可能。這次董理以《海浮山堂詩稿》五卷、《文稿》五卷（以上二書合稱《山堂緝稿》）、《海浮山堂詞稿》四卷為底本，詩、文部分按原刻本順序不加變動；散曲仍依照「辨體別類」劃分為小令和套數兩種體式集中編次。從曲選集、地方志補收的一些逸作，分別按體式置於詩、文、散曲各個相應部位，並在每篇之末注明出處；原本重復的小令如「悼妓」、「贈妓」八首，散套「僧尼共犯第一折」一篇徑予删去；錯簡的如套數「十自由」悉予訂正。本書不收方志類專著，因志書為多人修纂，無法界定篇目作者，但對於一些明確署名為馮惟敏的作品予以輯録（殘篇、按語不收）。為有助於了解馮惟敏生平交遊，編者撰寫了「馮惟敏編年録附同時代散曲作者紀事」；同時，為了便於讀者的檢索，重編了全書的目録，並將一些明清及近代學者評價馮惟敏的「詩話」、「曲話」、「序跋」等一並作為本書的「附録」附於卷末，供研究者參考。

一、詩

〔一〕《海浮山堂詩稿》五卷，明嘉靖四十五年（一五六六）丙寅刻本、《續修四庫全書》影印本。收録詩四百零四首。第一册卷首有許穀序。時馮惟敏官鎮江（潤州），因而所收作品也截至嘉靖末年其任鎮江府學教授時期止。

〔二〕《馮海浮集》一卷，為明俞憲所編《盛明百家詩》之一種，前有俞憲撰「序傳」，文末題「隆慶二年戊辰（一五六八）長夏」。比之《山堂緝稿》稍後兩年刊刻。其中所收詩作基本與《海浮山堂詩稿》相同，多收部分則是馮惟敏聘典雲南鄉試謄録時期的作品。

〔三〕《石門集》（又名《別駕集》）一卷，萬曆二十四年（一五九六）丙申平原康丕揚選，姪孫琦校刻本；與兄惟健《陂門集》（又名《孝廉集》）一卷，惟重《大行集》一卷，弟惟訥《光録集》一卷，冠以父裕《方伯集》一卷，合稱《五大夫集》（又稱《馮氏五先生集》），共五卷。《石門集》中所收作品亦與《海浮山堂詩稿》所收大致相同，多出部分則包括了馮惟敏陞保定府通判（隆慶三年，一五六九）至貶魯王府師（隆慶五年，一五七一）兩年期間的作品。

《馮海浮集》與《石門集》互有異同。前者收古近體詩一百五十五首，後者收賦二篇，古近體詩一百五十二首，兩本相合，去其重復，得賦二篇，古近體詩二百五十首；再與《海浮山堂詩稿》進行比對，僅有四十八首為《詩稿》所無，現照原刻先後按「體式」（古、律、排律、絶）排入，得詩四百五十二首。另，從地方志中輯得詩六首，綜上所計，共收録詩四百五十八首。

二、文

《海浮山堂文稿》五卷，計八十篇，分為敘、碑誌、行狀、祭文、雜著五類。明嘉靖四十五年（一五六六）丙寅刻本、《續修四庫全書》影印本。

從《保定府志》、《易州志》、《臨朐縣志》中輯得五篇，加《山堂詞稿引》一篇，置於《文稿》之後，總計八十六篇。

三、散曲

《海浮山堂詞稿》四卷，嘉靖丙寅閏月刊本（簡稱刻本）、《續修四庫全書》影印本。前有馮惟敏自序（《山堂詞稿引》）：「余弟往在秦州刻《詩紀》，以其羨刻《石門樂府》，余今刻《山堂緝稿》於潤州，既迄工，乃别輯此卷刻之，亦惜其羨耳。」署「丙寅閏月」（嘉靖四十五年），但書中所收萬曆初年作品甚多，且時有自記，自是「惟敏晚年手訂本」，全書四卷，每卷一册，每册封面皆有寫刻「海浮馮先生詞稿」題籤。觀其「刻工字體」，可視為「萬曆中葉刻本」。（以上均引自鄭騫《馮惟敏及其著述》）是馮氏後人刊印之書，仍用嘉靖丙寅原刻舊序，此為現在所能見到傳世的馮曲最早刻本。

此外，《海浮山堂詞稿》還有以下三種版本：

［一］鄭振鐸舊藏抄本（簡稱抄本），全書四卷，卷為一册，字數、行數、頁數、欵式都與馮氏刻本無異，惟散曲後附《玉殿傳臚》、《僧尼共犯》雜劇二種，僅存目録而無曲文。

［二］明代汪廷訥環翠堂刻《坐隱先生選本》（簡稱汪本）。

［三］任中敏編《散曲叢刊》本（簡稱任本），亦係據馮氏刻本復印，但删去雜劇二種。散曲部分的校理是以《海浮山堂詞稿》刻本、《續修四庫全書》影印本以及拙編《全明散

曲·馮惟敏卷》(齊魯書社一九九四年刊本)為底本,用其他三種刊本比勘;參校的尚有以下十種曲選別集:《北宫詞紀》六卷、《南宫詞紀》六卷(明陳所聞輯　萬曆間刻本)、《南詞韻選》十九卷(明沈璟輯　萬曆間吴江沈氏刊本)、《昔昔鹽》五卷(明魏之皋輯　萬曆間刻本)、《吴騷二集》四卷(明張琦、王煇輯　萬曆間長洲周氏刊本)、《吴歈萃雅》四卷(明周之標輯　萬曆四十四年刻本)、《彩筆情辭》十二卷(明張栩輯　天啓四年刻本)、《太霞新奏》十四卷(明顧曲散人輯　天啓七年刻本)、《吴騷合編》四卷(明張楚叔、張旭初輯　崇禎間刊本)、《南音三籟》四卷(明凌濛初輯　清康熙七年袁園客重刻本)等。底本如有明顯訛誤,則徑行改正,不出校語;如有脱漏衍奪,則注明據何本補正。至於參校各本之互異文字,均一一注出。

本書共收小令五百二十二首,套數四十九篇。

四、雜劇

[一]《梁狀元不伏老玉殿傳臚記》,《海浮山堂詞稿》附刻本、《盛明雜劇二集》本、《酹江集》本。今以《盛明雜劇二集》為底本,互為校讎。

[二]《僧尼共犯》,《海浮山堂詞稿》附刻本、「脈望館」鈔本、《孤本元明雜劇》本。脈鈔本原標總名《僧尼共犯傳奇》,實係四折之雜劇。現以《孤本元明雜劇》為底本,詳加校訂。

五、附録

俞憲撰《馮海浮集》序傳(《盛明百家詩》)

李維禎撰馮氏家傳(《大泌山房集》)

光緒臨朐志傳

詩話

曲話

馮惟敏編年録附同時代散曲作者紀事

引用書目舉要

本書在編撰過程中，得到了北京圖書館、南京圖書館、上海圖書館、南京大學圖書館、蘇州圖書館的大力幫助；而本書的出版，又得到了國家古籍整理出版專項經費的資助和齊魯書社的支持，在此，一並深致謝忱！本人限於識見，疏漏失誤，在所難免，至盼方家不吝賜正。

謝伯陽　乙酉立秋重訂於姑蘇石湖山莊

目錄

詩

五言古詩

七言古詩

五言律詩

七言律詩

五言排律

五言絶句

六言絶句

七言絶句

詞

賦

散曲

小令

文

敍上

敍中

敍下

碑誌　行狀　祭文

雜著

雜劇

附録

詩

五言古詩

望遠曲

朝上西風樓，莫望夕陽津。夕陽照草頭，蕩漾平無垠。借問天低處，無乃大塊濱。茫茫飛鳥外，望望離群人。離人不可望，一望淚沾巾。引領仍摧顏，極目翻長顰。君今懷往居，妾此悲徂春。寸腸不自續，况乃兩地身。

送東渚陳丈之京師時為禮部侍郎

行行出海曲，駕言之帝州。炎曦迴中天，羽蓋征悠悠。皇躬勞側席，信宿故難留。淄澮聊出祖，弭節臨洪流。揚波濯金罍，中道羅瓊羞。趙客舞雄劍，齊子宣朗謳。岫雲薄蒼空，冥翮遺蓬丘。搴帷攬芬華，伏軾諮荒疇。良遊諒不違，殊渥貴能酬。天子居明堂，群公煥皇猷。佳氣鬱紫垣，瑞日臨彤樓。

有時五絃動，薫和被潛幽。君子躋熙明，小人承闓休。胡爲戚離居，執手空夷猶。

與大名申潞石諸子飲劉氏園亭賦別

芳亭出平郊，長風萬里來。手持緑玉醑，北面黄金臺。生逢聖明時，人文遍九垓。所遭皆一氣，不飲胡爲哉？落葉響空林，寒暑互相催。談笑永今夕，盡此平生懷。因聞太行西，虜過無蒿萊。澶淵非北門，嚴城不敢開。借問尊俎計，何以靜氛埃。君看白屋人，豈不抱雄才。虜去一無慮，賊來浪驚猜。近將〔一〕歸故山，且復傾君杯。

送張郡丞西歸

靈禽出隴樹，挺姿珎翠翮。一落黄金羈，翻飛去無隙。矯矯松岡子，緜緜遠途客。謝彼簿領迷，縱我巾車適。浮雲銷宦況，落葉被行迹。西風由舊都，殷勤故來逆。入門愴異歲，到家訊何夕。稍涉丘園趣，遂及塵冥隔。嘯月嵇生琴，登山謝公屐。回首滔滔者，雙眼獨青白。

携酒訪羅海岳呂東野對菊話別三十韻

中秋月無光，九日菊未芳。嘉節苟如此，賞心但自傷。滿城黃葉飛，半空流雲翔。雲中雙鴻雁，哀音互抑揚。幽懷感微禽，攬衣起徬徨。徬徨步前除，俯見地上霜。命酒復不御，出門逢楚狂。談笑過逆旅，指麾齊故疆。荒榛翳複道，積礫餘宮墻。轔轔車馬喧，穡人秋築場。隱隱管絃度，牧笛悲斜陽。興衰理自昔，何不各盡觴。黃華忽在眼，玓瓅紛成行。映杯不辨色，入手相與香。引滿更舉白，香色淪枯腸。腸中何所有，宛曲縈詩囊。矯矯南州彦，聲華振崇岡。吴下呂阿蒙，湘中羅君章。乍交便刮目，握手識琳琅。有時發浩歌，綿邈激清商。飄風從天來，四座皆慨慷。況當三五夕，明月滿匡牀。花月既交靚，詩酒恒相將。九秋亦云暮，幸際兹辰良。興酣雜主賓，坐久怯衣裳。祇愁懽會促，寧辭刻漏長。明發即征行，各之天一方。仗劍入燕市，濯纓遡清漳。所期惟片月，千里同相望。羅入京呂將之趙

喜雨詩

霢霂靈雨零，霏霏澹烟屏。荷風入高閣，溪雲度脩嶺。林柯瀝華滋，山禾發苕穎。田間負鍤人，寧

知短簑冷。

沈氏伯仲過訪山居二首

野人掩蓬樞，日晏枉嘉客。斗室隘周旋，臨流坐卷石。山氣媚返景，潭光静虚碧。呼酒時不來，冥冥烟水隔。

黍苗仰時雨，粳稻疏新渠。媿無盤中餐，豈不羨淵魚。歷逕既窅窕，緣源亦紆徐。盤桓不知暝，歸路將焉如。

送宋一川之魏臺六首初爲邑博士。

咄嗟復咄嗟，老驥當鹽車。垂頸淚至地，豈不戀幽遐。丈夫抗奇節，流名滿天涯。出門闔前路，入門悲無家。

無家亦何爲，悵與妻子辭。結束倚市門，惜哉非其時。隋珠不照乘，魚目光陸離。寸心難自明，引領將安之。

引領向路岐，四顧何超忽。嶺禽來幽并，代馬鶩楚越。守株者誰子，中懷甘汩没。脉脉無與言，相看兩華髮。

流序一以邁，華髮日已零。發憤不自持，嘯歌誰爲聽。我歸寧偃蹇，子行信獨醒。茫茫風塵際，千里抱遺經。

遺經愜幽尚，相將在窮谷。中歲卜行藏，持此干微禄。願言寡所諧，壯心恒局蹙。雄飛諒自此，豈必長雌伏。

行行驅羸馬，送子出長安。所期在平生，但言勉加餐。徬徨不能辭，執手還相看。有時慰遐睇，高舉雲中翰。

舍弟留滯隴西屢歲不還山居馳念悵然有作四首

我昔遊皇都，叩爾掖垣扉。中懷未得宣，還望青山歸。送我城南端，執手臨郊畿。一別心悄悄，五見柳依依。我歸學耕稼，子行試戎衣。寸心秉國憲，萬里宣皇威。刀斗宵不鳴，羽檄晝不飛。功成不受爵，所貴知者稀。出門音信隔，還家生事微。慨然拔劍起，四顧流光輝。

有鳥巢東溟，徊翔集西極。豈不愜丹霄，卑飛斂文翼。隴坂多珍毛，何曾覩五色。疇昔能言鳥，相見故默默。吾弟信好修，蚤齡抱貞則。素心庶無忝，長年不踰職。寧辭世途滯，所悲留絶域。關山多嶮巇，往往勞峻陟。生離在萬里，言念安可即。携手入夢寐，相向布胸臆。寤言天一方，誰能不心惻。

少小同筆札，出入學鴈行。一時誦古文，三歲不成章。七歲閑禮儀，灑掃闢中堂。八歲問奇字，十歲諧宫商。十二受遺經，十五氣飛揚。弟乃齊余肩，少余一歲强。英風在夙禀，弱冠傳流芳。再尹湯沐邑，二守舜故疆。二守畿輔郡，所至吟甘棠。天子方召見，兩都尚書郎。如何一麾去，白首仍殊方。

厥明荷鉏出，睠言適南菑。非爲飲啄故，聊以供明粢。上以念先人，下以慰所思。所思在要荒，能無桑梓悲。吾能祗拜掃，汝當酬明時。顯晦各有營，出處懷良規。邊地阻且遥，風霜慎自持。方今重柔遠，樹德良在兹。

冬日鳳洲西堂命酌觀金虎集

置酒冰玉堂，竹柏脩以森。玄靄匝檐阿，促晷流暮陰。棲庭雙黄鵠，戛戛揚其音。側頸亦何睇，中懸霄漢心。夫子古斑馬，才美夙所欽。英華布方策，希世羅奇琛。願言良已愜，命酒自酌斟。陶然爽歸路，寧知雪已深。吴郡王公元美時鎮青州。

送李使君之湖南

黃雲靄平陸，朔風送飛軒。野人望旌旆，脉脉不能言。生長草澤中，不知縣吏諠。忽聞胡兵來，羽檄如星繁。壯者行負戈，老弱餘築垣。幸兹轉南畝，所賴明公恩。公今去何之，誰哉當北門。良時不可留，采翮思高騫。悠悠四方志，萬里何足論。清湘濯寸心，持以答至尊。

七里溪別墅五首

家世啓文學，嗣續業益振。伊余禀微尚，願作草莽臣。豈無珪組念，志士多苦辛。鑿井居自汲，上山行負薪。既來此溪側，稍得邇城闉。言笑翳桑麻，燕婉展所親。禾黍日已長，田功飭以新。佇望歛嘉穡，金玉非我珎。宣父耻學稼，四體焉能勤。删述有餘思，國風終于豳。

弱冠嗜遠遊，夙嬰山水癖。心將跨十洲，氣已吞七澤。中歲頗用晦，買築南山宅。濩落三十年，種樹高百尺。無那營微名，去作幽燕客。五斗不下人，浩歌弛行役。移居七里灘，似躡嚴陵迹。雖乏山中趣，聊喜足泉石。列嶂遠刺天，還流抱村碧。干禄非所長，乘時登宿麥。

長夏度微雨，返照霽色澄。野人愛禾稼，抱膝坐田塍。盈盈明月移，奄忽浮雲升。流光杳不見，清興安可乘。徐步登高丘，還望齊故陵。日夕牛羊下，迤邐渡淄澠。伯圖委荒草，誰知廢與興。年年目前事，悲來自不勝。

從來知遠辱，至人貴自全。不羨公與侯，所志受一廛。吾家有舊業，乃在城東偏。一丘藏一壑，宛轉依清川。生涯故不常，中道成棄捐。棄捐從此去，一去二十年。非無五畝宅，在邑多糾纏。幸茲協初心，歸我汶陽田。

我田無遠近，處處緣澄溪。朝發巨洋滸，暮泊治水棲。野航流北陸，香稻來東齊。豈伊貴異穀，美利貽烝黎。名山近村落，追暇恒攀躋。仰瞻霄漢遥，俯眺浮雲低。翩翩比翼鳥，乃在太行西。終歲不合并，激昂飛且啼。

雁湖釣叟

山川一何脩，天地一何久。浩浩煙波際，中有蕭條叟。月出青草湖，雲生具區藪。萬物莫我嬰，一竿常在手。朝亦理釣絲，暮亦理釣絲。垂綸不設餌，得魚寧無時。機念一以息，逸樂良在茲。放歌忽弗禁，飛起雙鳧鷖。

始見山（時歸自京師。）

明發發陽縣，望見長白岑。雖非夙所棲，聊以慰我心。佳氣藹葱蒨，萬木儼以森。駕言向東麓，紆回陟其深。飛塵隔清流，愆陽思重陰。伊余厭行役，惻惻懷至今。

哭傅中丞凌川（代家君作。）

大化日錯迕，培覆理已訛。驚風捲地來，長松彫其柯。松柯一以彫，其如蔦與蘿。夙昔同門友，感君時琢磨。壯心交飛揚，相將逐恩波。浪迹三十年，浮沉其奈何。中道子偃蹇，長年余蹉跎。鬱陶知不淺，歡晤苦無多。君當謨明堂，予合歸山阿。引領望宋都，棠陰日婆娑。厲節屹高嵩，沛澤揚洪河。天星沉輝光，不得長森羅。國老一不遺，何以蘇民痾。卓哉絶筆章，抗言矚煩苛。中原百萬户，雪涕興謳歌。輤車逝遥遥，玄塞何時過。萬山阻遼海，千里隱虹螺。幸有客囊空，可以凌嵯峨。

輓蘇尹

明公舊禄隱，偃蹇不偶世。晚築他山居，飫我泉谷嗜。俯仰力好古，慷慨披往志。注心河上翁，結情漆園吏。蜉蝣達生死，蟭螟等塵事。百年信飈衝，四運轉鱗次。華髮久垂領，曜靈無緩轡。浩爾君不留，誰能不歎逝。屏息隨凄風，弭迹淪幽邃。長謝逆旅間，居然歸所寄。

李翁霎輓

驅車青鳥墟，還望白狼河。山勢走恒岱，海日騰金波。名都雄在昔，霸氣歸山阿。所餘王侯墓，千載空烟蘿。至哉河上翁，頹然抱玄和。去去遊太清，翩翩遺綱羅。世人那復識，時見青牛過。不然跨倏鯨，策以珊瑚柯。探源盡銀漢，絶景凌羲娥。俯首笑塵曲，五嶽何微麽。仙姥駕飛霞，手持碧玉荷。瑶池信奇瑰，蟠木長婆娑。浮生故無聊，憂樂苦自多。悇目牛山望，摧神曳杖歌。百年返其真，感歎夫如何。

輓董郎中先爲縣令太僕丞。

步出齊城門，遥望城南丘。新松儼行列，白日風颼飀。上有哀鳴禽，下有鹿豕遊。借問逝者誰，舊日河陽侯。惠風扇百里，霈澤流千秋。天閑壯帝圖，地卿弼皇猷。功高拂衣去，浩然返故州。故州多親昵，眷言締綢繆。置酒臨崇軒，當筵錯庶羞。飛觥左右至，度曲鳴箜篌。詎爲離别苦，惜哉歲月遒。懽燕此良時，奄忽如星流。浮雲不可羈，朝露誰能留。人生樂不樂，末路空悠悠。

贈博興張丞遷慶藩工正〔二〕涇陽人

晨出郭北門，高駕不可留。丈夫自有志，何必萬里遊。妖氛薄中華，胡馬乘邊州。狼烟接天起，羽檄如星流。將軍惜一戰，郡縣罹百憂。催徵紛無紀，鞭箠不敢休。民命安可恤，軍令恐見收。籌邊乏上策，歸計非忠猷。恭承聖主恩，移官邇林丘。王門曳長裾，巖廊何清幽。借此成禄隱，平生足優遊。豈不懷故人，悵望東海頭。幸因金風發，尺素慰綢繆。

長安道

驅馬長安道，春風何浩浩。王孫遊不歸，沙陌無芳草。感此成太息，憂傷我懷抱。畏途阻且脩，垂堂難自保。疇昔丈夫志，立身苦不早。塵埃滿征衣，焉得容顔好。

姚長山園亭同江萬山陳五山童三山王竹區楊雲崖錢孟山蔣靜觀讌集辱示吟社賞蓮之作既而分韻賦此得新字十六韻

炎陽駐脩晷，杪夏流雲新。南風散薰和，北窻怡天真。高卧澹遐想，上與羲皇隣。有時悦鉛槧，寧無知者論。姚合富篇章，燦爲希世珎。華園結芳軌，良會及兹辰。彼美盡東南，促席羅鴻賓。草玄飽經術，下榻諧情親。將軍通六藝，灑翰氣益振。夢筆贍文彩，看竹忘主人。求羊既莫逆，湘瑟信有神。縱談何疊疊，式禮亦彬彬。丹蕖映瑶巵，緗盖翳綸巾。嘯詠一以合，珠璣雜然陳。妍姿並群藻，濯濯離清塵。妍姿有彫零，群藻無磨磷。

有懷鳳洲使君兼呈仲氏麟洲先生二首

使君假黄鉞，芳齡鎮青淄。義格反側心，化行任俠兒。英風動遐甸，柔翰通神奇。頓令稷下生，從此敷文詞。蹇余事幽尚，卜築南山陲。耕牧三十年，貧賤諒所怡。詎能念陸沉，豈復干明時。恭承賁丘園，野人駭旌旗。招我霜華館，示我金虎詩。慰我長安行，幸覿夷甫姿。徐麈玉麈柄，迥立瓊樹枝。衛玠共絶倒，滕閣有夙期。如何一相失，千里遥相思。

阮籍憤窮途，賈生多痛哭。天運無常盈，人事乃反覆。明德方梟征，變故俄相蹙。君子違吾邦，民今竟無禄。苛吏日睢盱，文學遭黜扑。遂令避世人，不敢留空谷。結束事遠遊，來傍金焦麓。金焦富題詠，砮礪雜蒼穀。忽覩琳琅篇，剔蘚欣一讀。因之想風采，炯然如在目。世學貫三才，家聲遊四隩。神君啓諸荀，龍駒騁小陸。藝苑接天衢，玉昆並騰逐。伊余滯京口，非以甘幽獨。博物析方言，問奇珎尺牘。悵望子雲亭，儃佪駕偏轂。偏轂那能前，寸心空碌碌。

閣居早秋

閒居觀萬象，大火流忽西。素月升雲間，入户風凄凄。長松薄高旻，玄蟬上下啼。寒暑有代謝，造化無端倪。

虛閣澹幽尚，豐林避殘暑。遊衍亦何思，悠然獨無與。新秋滿天地，澄江帶吳楚。極目停雲端，黃鵠忽高舉。

一氣始瑟瑟，四壁來秋聲。端坐不成寐，感此幽居情。皎皎明月華，漠漠浮雲征。餘芳恐銷歇，光景憐孤清。

溽暑思清秋，秋至感興多。高吟暢幽懷，非爲勞者歌。玉宇啓新涼，銀漢明橫波。橫波隔牛女，良夜其如何。

郡齋隱重城，而不近闤闠。幽窻風自開，宛與青山對。窺園曳長鑱，秋草多蕪穢。回首望蓬瀛，飄然一興慨。

離居欲無言，逸德必有鄰。丘壑諒匪遥，寧乏素心人。山中有樵子，江上多垂綸。豈無金石交，所貴守其真。

題鼓泉卷為黃廣文作

尼父興東周，四國無停騶。金聲既淵洪，木鐸亦籃窾。大成有希音，至教存具瞻。桴鼓答共響，始知吾道南。鞺鞳振頹波，華彩映澄潭。承家永孝思，好古窮玄探。八風已宣暢，六藝今沉酣。名世盛文藻，奕葉多朝簪。合并見交心，慷慨聆高談。回首瞻白雲，萬里飄晴嵐。

柬次甫

送子遊東岳，五月渡長淮。誰言獨往人，中道臨當乖。乘流豈不返，因以安予懷。一諾重平生，三年今始諧。心期在山水，所貴敦朋儕。秋日動遐思，良夜閒高齋。螢火照裳衣，蟋蟀鳴庭階。何時披素襟，一笑遺形骸。

何栢湖宅同黄質山郭五遊張壺梁宴集

輕舠繫胥門，緩步歷吴市。吴下多豪賢，往往競芳軌。嘯歌滿天地，同聲有數子。長揖几席間，頗盡東南美。燕昵乃夙期，晤言無逸晷。匪以玩羣情，且復暢名理。浮世自流易，斯道豈終毁。余亦倦遊人，合并方自此。

同諸子登西城步至要離墓上

攜手步城隅，前有壯士墳。一朝秉大節，千載揚烈芬。死作干城將，永垂磐石勳。封樹自古昔，佳氣日氤氳。不然翳榛莽，踐履牛羊羣。萬物幸所託，倚伏信糾紛。熒熒太湖月，濯濯陽山雲。月以流耿光，雲以呈靈氛。

謝熊太學惠古琴

金閶有高士，遺我千載琴。塵境不可留，攜登虎丘岑。輕風來谷口，明月懸天心。一奏山鬼嘯，再奏江雲沉。泠泠響未絶，寂寂夜向深。不逢鍾子期，片石乃知音。

坐花亭為蔣山人作

靜觀達者趣，小築幽人棲。宛轉三山側，逶迤鐵甕西。海日隔城出，江花拂岸低。香風浩蕩來，好鳥上下啼。孤舟閑夜壑，一雨盈春畦。蒔藥行荷鍤，入門還杖藜。吾生自有適，物理詎能齊。悠然虛亭中，兀坐窺天倪。

訪郭五遊因贈焦山僧

淨緣本無相，靈境夙所稱。言尋方外友，偶識山中僧。澄江一以眺，絶島時復登。素心恐惆悵，塵鞅安可嬰。

惠山泉

此中酌泉水，好水復好山。入山僧亦佳，坐我空谷間。摘茗瀹新芽，爲我開心顔。是時春日遲，花鳥亦自閑。緣源歷幽徑，倚杖相與還。我欲捨輕舟，因之學閉關。去路不遑息，迴舟此覊纜。石潭洞空碧，禪宫炳虚紺。危巖乍可乘，平江一以瞰。鬱紆發秀覽，窈窕獲幽探。盈盈雲氣流，漉漉泉聲暗。偶揖方外人，素心良已澹。

登虎丘寺塔

岌岌乘雕甍，盤盤躡泰清。千里聊寓目，四山不識名。上方動天籟，下界鳴倉庚。袖間雲日麗，足底烟霞横。歷覽撫八窻，但恐天柱傾。長嘯劃然發，飛仙空外驚。東南望遠海，西北瞻神京。萬物昭元化，其如遊子情。

七言古詩

題閭山觀音閣壁即北鎮醫無閭山，在遼左。

馮生生平耽奇賞，五嶽皆有馮生蹤。遠探勝地輿不極，不知近在醫閭峰。家山最有醫閭秀，遊子歸來問朋舊。高人四五雅有情，登臨正及悲秋候。謝公健足輕嶙峋，褰衣直上如有神。恠石囓穿東郭履，懸厓礙倒華陽巾。會臨絶頂跨寥廓，翩然回憇山腰閣。閣起山腰勢已尊，笑看九宇何蕭索。蟻封蕞尔一城區，蝸角對出雙浮圖。遥瞻白雲隔滄海，囬覽大荒環羌胡。泉飛龍口灑眉睫，意興横生山可挾。騷客題詩拭翠岩，山僧煮茗然紅葉。天公注意詩酒豪，夕陽未下片月高。掌上百杯作牛飲，胸中萬事真鴻毛。坐卧莓苔不知久，酒力耐風風遣酒。起來咄嗟下山去，吾曹還是風塵偶。

上巳日作時落第客京師

三月三日東風惡，滿城桃李都摇落。乍隨飄颺入重雲，還自低回委深壑。長安道上東復西，曲江池邊路轉迷。飛空不解作紅雨，著土豈得爲香泥。風聲如雷塵如墨，行道之人長太息！春光猶有三之一，千樹萬樹無顏色。花開花落會有時，抵死不分狂風吹。但願周流御溝水，寧辭遠別上林枝。溟濛澒洞滿天地，倉皇未識東君意。不遣紅英點翠苔，玉堦那得留餘媚。君不見昨日花開枝葉青，折來插之霙玉鉼。畫堂不省紅塵到，裊裊花氣芬中庭。又不見樓頭小婦深閉門，晨起竟日寂無言。捲簾欲放飛花入，撲面驚沙總斷魂。

月夜招同邑張文學飲不至走筆戲贈

狂生把酒慣對月，但怕尋常風雨夕。不合今來月待人，可惜當筵滿虛白。玉兔操杵寂無聲，冰輪在天遲不行。嬋娟此際若爲情，笑殺張郎太俗生。張郎頻年不入城，此來一見歡相迎。高情豈顧尚書約，痛飲誰拚力士鐺。借問爾來緣底事？汗顔俯首忝公吏。不然孤旅親僮僕，可耐故人招不至。百年此夜能幾時，月不負人人負之。擲杯大呌不見汝，仰天望月憑寄語。

五友詩五首

海岳子作五友詩，海浮子倚歌而和焉。五友者爲松、爲竹、爲梅、爲奇石、爲鄠溪子。海岳子爲濟陽黄氏，鄠溪子爲壽光李氏。其詞曰：

我所友兮在徂徠，欲往從之路悠哉。天風怒號萬壑雷，帶霜移植凌虚臺。美人遺我琥珀盤，何以報之青琅玕。虬枝鐵榦干雲端，願言與子長盤桓。

我所友兮在渭川，欲往從之路渺綿。蕭蕭千畝離雲煙，因風移植西堂前。美人遺我丹鳳雛，何以報之尺素書。亭亭直節干太虚，願言與子長相俱。

我所友兮在羅浮，欲往從之路阻修。凍雲霏霰風颼飀，芳根移植臨清流。美人遺我玉壺冰，何以報之瓊瑤英。暗香浮動月色澄，願言與子長合并。

我所友兮在崑崙，欲往從之思高騫。洪河觸齧勢若吞，移來猶帶靈雲根。美人遺我金壺墨，何以報之錦繡臆。峻嶒上與赤霄逼，願言并立玉堦側。

四友并兮我爲五，孰爲賓兮孰爲主？朝余與居兮雪堂，夕棲息兮玄圃。美人遺我瑶華音，何以報之歲寒心。矯矯五友兮交結深，千秋契合兮蘭與金。

七歌行 效少陵體，歷下作。時有墨吏煽禍齊魯間，六郡甚苦之，予亦致至歷下，久之乃解。

有客有客山中來，淒淒逆旅嚴城限。風穿四壁夜如洗，黄雲塞空旦不開。同舍書生半霄漢，故園籬菊今蒿萊。嗚呼！一歌兮歌始倡，欷歔僮僕愁相向。

有弟有弟遊秦川，羌胡萬里雜腥膻。薄禄棲棲二十年，孤臣何事猶在邊。癡兒家食但力田，覘之有時室無烟。嗚呼！二歌兮心獨苦，涕泗縱横不見汝。

黄鵠黄鵠何所慕，危巢困輪海東樹。汗漫朝翔八極雲，號鳴夜警三更露。勁翮低徊就羈束，睚眦何當弋者怒。嗚呼！三歌兮氣慨慷，飄風拍拍吹我裳。

年來生長四五子，玄冬落莫空山裏。大者依希識姓名，别時弱嬰病欲死。窮愁有夢不成寐，攬衣躑躅中宵起。嗚呼！四歌兮憂思沉，驚鴻爲我揚哀音。

誰家老翁泣路岐，相看滿眼皆瘡痍。中原流水方千里，不知何地堪流離。驕胡南下牧羊馬，赤羽征兵逐島夷。嗚呼！五歌兮聲中咽，我歌胡爲淚如血。

枯桑野火隨風發，千山萬山然倏忽。轟騰剥裂荆山璞，百萬形生化爲骨。蛸翹蝡蠖一時盡，炎光不照豺狼窟。嗚呼！六歌兮歌且吟，倉卒不測天地心。

山中之人〔三〕志不伸，隤然垂釣河水濱。偶逢河上丈人語，問答出處倍酸辛。男兒四十未致身，窮途屈曲怕問津。洞口閒雲遲行跡，歸來老作無懷民。嗚呼！七歌兮歌既闋，出門仰天見明月。

雪後走慰嚴石谿邂逅淮川王尹官舍夜歸旅宿感而賦此

良友駕言邁，離别不足歎。風雪滿天地，其如行路難。我行十里餘，一步一驚骨。岸谷無高深，馬蹄互騰没。惜君勸君信宿留，何幸當筵坐超忽。桐江風槩還可親，河汾矩度意更真。紅爐石鼎生陽春，一談一笑皆經綸。我歌恐作疎放態，堂上不合留山人。歸來逆旅愁寂寞，壁穴參差風力惡。空榻堆塵强栖託，雙膝拄頤肌如削。擁衾起視夜向分，何物嚴城罷鳴柝。非烟非霧氣蕭索，小星熒熒月華薄。山陰短棹那得前，長安僵卧何曾著。乃知子猷不盡興，袁生未息機。夜深冰在手，晨起寒無衣。即事吾今亦復爾，二賢安足爲世希。君當行，行且止，賢侯况是君知己。把臂論心無定時，等閒悵望滄江水。

梅花草堂歌贈夏南叔之任徐州

江南處處梅花好，江北空聽梅花名。梅花主人到江北，頓令海岱香風生。海浮漁者山中子，經年不一入城市。獨喜對君格韻奇，如在梅花草堂裏。清談竟日方卓然，意氣相傾今幾年。有時嘯傲滄江水，我歌白雪君叩舷。憐君匹馬翩翩去，青徐地接迷烟樹。聞道南中驛使多，折梅寄贈更如何。

壽李四岩 時與郡人作詩社，宗藩招入寅賓館。

長庚長庚光燭天，芒角四出何森然。不逐繁星共璀璨，常隨太陽相後先。新秋七月金氣王，晶熒化作李謫仙。天仙之才信無比，須臾斗酒詩百篇。只今新詩滿人口，共傳妙筆飛雲烟。致身何必供奉班，愛才賴有東平賢。醴席賓師荷知遇，吟壇盟主長周旋。今夕何夕爲公壽，披襟把酒涼風前。疎星歷歷月半弦，酣歌四座夜不眠。况復今年值餘閏，不辭酩酊重當筵。

一禽言

鳳凰不如我，竹實醴泉真瑣瑣。何不委形濁世中，飛鳴飲啄無不可。鳳凰不如我！得過且過，風雨冥冥巢欲墮。飽煖當時不自知，炎涼此日方參破。得過且過。

二禽言寓貴州作。

行不得哥哥，橫山縱路長茅多。側目但逢征馬去，吞聲不見歸人過。鷓鴣鷓鴣爾莫吽，奮飛好去當津要。長安道上車如雲，胡爲哀鳴向遠徼。夜郎逐客祇餘我，亦知歸興烈於火。腹中自有鷓鴣鳴更悲，借問能言之鳥知不知。萬一一旦從此辭，回頭顧爾吽阿誰。

歸去樂，荒烟一望山花落。夜月原頭血吻新，斜陽枝上聲如昨。聲如昨，長相語，微禽丁寧或可據。獸蹄鳥迹難久遊，故國關山不爾禦。不知爾家樂不樂，祇是此中風雨惡。吾非有翅不能飛，喚爾醒時吾亦歸。

五禽言

支鏨支鏨，眼枯盼得麥秋到。三青兩黄兒啼飢，生炊濕擣救燃眉。東家富翁麥未割，田婦摘穗掌中剥。五月縣吏開麥倉，老農奔走無餱糧。

報穀報穀，透犁好雨夜來足。不愁田中惡草多，但願年年風雨和。夜來雨急風聲惡，聞道村南一尺雹。老翁歸來語老妻，村中報賽烹鳴鷄。

豁開溝，溝水東西流。麥場磚礋聲漸急，黄犢横奔汗如泣。重雲靉靆四望集，頃刻那能辨原隰。天之未雨溝不開，枝頭啼鳥爲誰哀。

向前還好，可惜今年種田少。早知今年勝去年，即死不賣山南田。欲向靈禽頻借問，禽言知遠不知近。能知歲事報陰晴，不知官租重與輕。

開開門，避避雨，門外水深一尺許。五月亢旱六月蝗，行人不忍看路傍。槁禾得水未蘇息，驕陽一出水如湯。吁嗟！但望來年熟，不恨今年雨不足。

題萬西原别業時爲吏部選郎。

章江兮月霽，美人兮西箈。渺川原兮極目，曠怡神兮天之際。丹霞兮縱縱，鳬雁兮與飛。葭菼茁兮葱蒨，草樹蔚兮芳菲。松栢兮當軒，荃蕙兮闑門。綴薜荔兮碧幛，緝木槿兮朱垣。江之裔兮溪之滸，桂爲堂兮玉爲宇。朝予隮兮華坪，夕憩兮橘圃。蜚龍兮雲中，虎之嘯兮以風。澍九州兮嘘萬象，君胡爲兮溪之上。秋宵兮愁予，目眇眇兮望汝。晶明月兮嬋娟，光離披兮下土。山有木兮水有波，君之來兮駕文蹕。歸不可兮驟得，聊逍遥兮寤歌。

春雪行在淶水作。

三冬融融天道别，似覺春光先漏泄。嚴威陡作十日寒，瑞氣平分兩年雪。先春後春總及時，遠山近山爭獻奇。浸淫只有土膏得，珎重不許天風吹。天風吹落還自舞，意態依人薄窓户。片片能消縣吏愁，飄飄解度老農苦。常年對雪醒詩脾，今年見雪開愁眉。呼童命酒復不御，坐看庭樹擎華滋。爲愛堦除慎莫掃，纖纖著地皆鴻寶。齋居鎮日人迹希，只恐催租更草草。一秋催徹四歲租，那堪縣吏筋力枯。縣吏筋力安足惜，吁嗟民命何時蘇！

大江行贈見源黄子

頃，予偃蹇都門，邂逅黄子於吟壇，方切傾慰。再訪道院，乃獲初稿二卷而歸。其所譔述，指陳大端，略悉矣。高矩在兹，撫卷賦贈，葢紀好會有人，亦以識感云爾。

大江東來勢拍天，元形元氣摩相盪。混涵闢闔了不分，浮空一色浩沆漭。仰觀俯睇四曜出，霎烏匹兔紛來往。尋常風寂波不興，遥遥千里平如掌。若非金焦〔四〕峙蒼岫，眼底誰能别霄壤。須臾習習天風吹，清漣宛轉生淪漪。有時雪浪捲雲起，驚衝怒搏騰蛟螭。天地大觀信在兹，當其要會鍾神奇。地靈人傑有叔度，胸次汪汪千頃波。淵澄滉漾渾無涯，世人那能清濁之。南華秋水不足道，東海望洋空爾爲。我昔束髮江上來，題詩猶在鳳凰臺。愛水一生非夢渴，逃名百計豈懷才。只今浮名逃未得，老大徒悲寄京國。逢君却憶江上時，相看令我心中惻。看君意氣遠更清，迥然如望春潮平。高歌古調滿人耳，泠泠座上聞江聲。把君雙卷喜復驚，沉渾迭宕難爲名。水底珊瑚洩神彩，蚌中明月摇光晶。縱横豪氣誰與爭，鼓濤出没吞舟鯨。談詩不落江西派，結社聊尋洛下盟。何年浪迹長安道，笑殺人情太草草。空令子衿猶自青，不重江河重行潦。見源見源窮冥搜，崑崙之巔天盡頭。九垓八紘諒可歷，與爾新期汗漫遊。

霞川行送薛子熙歸越中

瑶空片片霞如綺，流光絢爛清波裏。俯仰乾坤氣欲涵，悠然上下皆雲水。碧水澄澄雲濯濯，但有輕清無重濁。只教瑩淨豁心神，眼前何必堆名嶽。風行水上成至文，況有離披五色雲。龍章鳳彩相照耀，越羅蜀錦何繽紛。何物飛來千里霞，欲去不去滄溟涯。蓬萊三山奪蜃氣，扶桑析木添瑶華。明霞冉冉光可挹，飛來帶得鏡湖濕。要依紫極繞璇題，懶向丹巖封玉笈。翩翩飄逸自卷舒，漠漠太虚隨所如。春深猶戀黄金闕，秋杪還過青鳥墟。春深秋杪物華改，惟有丹霞駐精采。飛來飛去總無心，即從北海之南海。

靈椿行

靈椿一株蒼玉寒，樛枝千尺玄蚪蟠。秀拔高標插地起，囷輪華蓋當空團。翠葉葳蕤披雲端，天風不動聲珊珊。上有迴翔和鳴之鵷鸞，下有九莖三秀之芝蘭。捧日輝煌碧琬琰，擎天屹立青琅玕。我聞此樹八千歲爲春，八千歲爲秋。從來奇産有神理，南華之言非繆悠。九地栽培承天休，百靈呵護豈人謀。瑞烟裊裊香不斷，玉露垂垂翠欲流。我欲因之問真宰，定知神物幾千載。北斗平臨還相盪，南極遥瞻長不改。一元之氣何茫茫，盎然生意回三陽。氣轉千林盡萌達，春歸百卉齊芬芳。舒遲旭日昇陽谷，滴瀝華滋在喬木。條風習習扇微和，千枝萬葉重發育。美蔭已庇黄金臺，靈根夙託燕山隈。華實尚充神仙餌，柯條勝堪梁棟材。老榦去天纔尺五，層霄沆瀣足吞吐。長將枝頭一片雲，散之八荒作霖雨。

何辜歎為茂才黄有賦

有，中丞安厓公仲子，爲其姊雪仇被擊歴下，余憫惻焉。乃賦此詩，尋出之。

黄公子，爾何辜，窮年汩汩淪泥塗。而翁舊作名世儒，玉堂青瑣曳珮趍。明廷議禮攄忠讜，天顔忽霽寵渥殊。迴翔臺省威惠俱，英聲妙譽動八區。隨風矯矯雙飛雛，汝時目爲千里駒。顧盼佩服閑且都，遨遊海上膽氣麁。腰間短劍玉轆轤，手持一雙金僕姑。呼朋把酒歌嗚嗚，不省世上賢與愚。一朝第宅秋草蕪，但見公吏來追呼。倉皇竄身東海隅，舊時見者相嗟吁。借問公子何所驅，同胞骨肉爲人屠。誓將復之身力孤，寧知跬步遭艱虞。唧寃赴愬口囁嚅，横罹鞭撻無完膚。叩頭血出甘自誣，伏法抵罪且暫蘇。功名棄擲不復圖，饑寒焉得謀妻孥。言之酸心淚涕濡，傍有二卒執其軀。束縛西來就幽拘，負墻骨立如朽株。三日不食肝腸枯，隆冬籍體乞束芻。郡吏急索心鬱紆，安得幻術飛青蚨。歴下幸際賢大夫，廉明文雅近代無。見之太息爲踟蹰，日頒升合朝夕需。我亦阮子泣窮途，少年浪跡尋五湖。逍遥萬里筋力輸，歸來寂寂掩繩樞。耻向齊人學吹竽，誰當暗裏投明珠。通都大邑饒穿窬，深山窮谷何崎嶇。西北諸道馳羌胡，東南衮衮來倭奴。那堪郡縣多逃逋，此身四顧將焉徂。直欲乘筏訪蓬壺，邏者得之當成俘。俯仰天地悲吾徒，握手相訊日欲晡。爲汝且復立斯須，何能出汝走交衢。黄公子，爾何辜。

余方為仰天山之遊適聞徐我亭見訪遽歸村候焉至則行矣留題在壁笑而和之

登山百里身入雲，看山不足歸候君。君胡不留渺然去，山靈騰笑何紛紛。仰天笑我空碌碌，海浮之山笑君俗。有山有水無好懷，安用題詩在茅屋。

送獨往生遊泰山

吴門郭次甫亦稱五遊山人，居焦山，余屢訪之，不值。既獲晤言，便自此别，詩以見懷。

五遊山人遊岱嶽，從此巖扉無剥啄。我家乃在岱嶽傍，主人薄遊來江鄉。君今爲主我爲客，涉江訪君空嘆息。岱嶽無因問主人，何如却掃焦山跡。

高山行奉謝吟社諸公江城吟社九人：江萬山、陳五山、童三山、王竹區、姚長山、楊雲臣、錢孟山、蔣靜觀同余飲於長山之徐來亭，分韵賦詩見貽。許釜山以村居未預兹會，叨入吟社，得觀所作，因言及之。

放舟自淮浦，卧見江南山。江南之山信奇絶，我來乃在江山之兩間。郡齋兀兀情脉脉，出門長揖山中客。何意山中五六翁，一時共集長山宅。江中之山浮翠螺，江上之山鬱嵯峨。三山秀拔不爲少，五山聯翩寧獨多。更有萬山最深處，直與蓬萊三島連。亘相森羅。三山鼎立，五山嶽分。盤礴萬山浩無垠。長山蜿蜒白龍走，雲臣吐氣常氤氲。釜山突出孟山伏，竹區一圍山矗矗。亦有幽人好靜觀，結茅乃在山之麓。而我夙抱丘壑情，海浮舊是山姓名。西連泰華東蓬島，與君無乃通寰瀛。諸君藝苑稱獨步，不但登高能作賦。老來健足勝謝安，雙雙羨有登山具。興酣飛舄何飄然，須臾直上岌嶪之危巔。矯如冥鴻接翅以遐舉，又如群鶴起舞而蹁躚。濯纓碧漢，摩頂瑶空。手摘列宿，足躡剛風。忽忘饑渴餐沆瀣，恍疑寥廓開洪濛。俯覽大塊能幾何，渺然不辨江海波。極目兮太息，感怀兮興歌。神仙飛來澹延佇，南極老人坐相語。要眇兮莫宣，玉函兮畀汝。江城吟社爾數公，平居每與山爭雄。登山有約意俱遠，看山不足詩轉工。分題往往韻滿百，揮毫不停斜岸幘。少陵之後豈多得，到地金聲試一擲。蕭然旅客留江城，仰止吟作高山行。高山有人何磊磊，中林伐木長丁丁。南來意亦耽登眺，操觚勉爲希同調。吟社招尋許重過，迂疎恐博江山笑。

七夕行

迢迢良夜幽期逼，郎不耕田女不織。銀河清淺路可通，經年別後歡相即。烏鵲不飛毛羽摧，爲言天上填河來。凉雲片片雨瀟灑，雙雙淚墮相向哀。銀河一轉一周天，不轉雙星若箇邊。五緯珠聯有聚會，雙星觖絶無推遷。東家美人顔色姣，手弄輕絲風亂攪。一年一見計已疎，如何乞與人間巧。

鼓泉行

丹徒博士黄先生，嶺表世家也。學行教法無忝前脩，縉紳名流咸倡鼓泉之詠。余因之爲長句，以嗣遺響云爾。

鑼鼓山下鳴流泉，山水擊搏聲闐闐。隱如轟雷迅霆起平陸，怒如脩鯨文鼉吼重淵。顥穹未闢洪濛先，巨靈蟠結西南天。上有嶔崎萬仞之危巔，下有瀠迴百折之長川。滔滔千里流不竭，直與滄江瀚海相洄沿。洞口郁郁雲如烟，蜿蜒老龍水底眠。有時鞭龍作霖雨，須臾霈澤霑霔盈八埏。古來達士依巖穴，地靈翕合鍾人傑。家學綿綿啓後昆，朝紳往往追前哲。鼓泉主人來江城，琅琅秉鐸振金聲。絃歌學道真吾事，言偃於今有令名。

南涯仙翁眉壽歌

瓊樓隱隱仙翁家，乃在長江天塹之南涯。南涯佳麗稱第一，扶輿清淑生瑤華。銀河涼夜流精彩，高秋八月通靈槎。乾坤蟠鬱名山川，閟深窈窕藏群仙。下有七十二福地，上有三十六洞天。洞天福地半幽杳，人間信有江南好。六沙四鎮小十洲，金焦北固真三島。靈脩結成不死藥，福田種出長生草。南涯仙翁多福田，但於心地求真詮。烹茶自汲中泠水，沖襟灑濯方通玄。江上蛟龍忽飛舞，欲挽洪濤作霖雨。製錦花封映列星，含香粉署紆華組。三郡太守稱賢明，殊方連帥倚長城。急流勇退身未老，高風晚節神更清。歸來江上二十載，岸幘行歌何磊磊。江草江花歲歲生，秋風秋月年年在。庭前蘭蕙香氣凝，懽然膝下羅孫曾。三湘有子傳世澤，遡洄直上天光澄。我聞江水之源，乃在岷山之陰，崌崃之麓。初出雙流可濫觴，邇來萬里成神瀆。一元蕩滌自古今，兩涯呼吸無川谷。南涯之南多秀峰，蓬萊對削青芙蓉。試上高丘望遠海，悠悠千古長朝宗。

崑崙羣仙歌 壽封君馬寒泉翁大同人。

我聞崑崙之山高萬里，上有天柱直插天。周迴屹立圓如削，下環九府藏群仙。瑤宮緯闕隱香霧，霏霏五彩雲霞護。逍遥白玉三重階，玓瓅黄金九層路。天長地久栖翠微，千年萬載流春暉。西池出使青鸞舞，南極凌虚白鶴飛。雙虬並馭雲輧車，仙之人兮列如麻。八琅之璈空外奏，叢霄之笙響清晝。鱗裳羽節紛離披，安期羨門來遊嬉。琱盤初薦班螭髓，玉匕共抄素麟脂。老仙何事笑掀髯，一元太極手中拈。不管山樵柯已爛，那知海屋籌重添。古來雲中軋上谷，地靈近抱崑崙軸。赤松黄石遊人間，緑筋紫腦應仙録。仙翁仙翁今赤松，玉皇已授大夫封。鳳誥翩翩下九重，高軒五馬如飛龍。再拜進觴爲翁壽，但願群仙歲歲長相從。

送劉誼菴之曲江

江天六月雨乍收，平江水長東西流。千里樓船從此去，一杯祖帳那能留。向曉江頭送美人，江蘺薜芷芳堪紉。行間且復聞笑語，别後高風不可親。中流鼓棹揚飛旌，南薰習習遥相迎。虞絃解愠聖朝事，此地曾奏簫韶聲。簫韶寂寞幾千年，復有絃歌今尹賢。嶺表於今頌聲作，正看日月當中天。

喜雨行上吴太宰望湖

六月以來旱至今，嗷嗷萬姓愁予心。道傍行人多渴死，井上轆轤汲泥滓。良田坼裂禾半枯，野老仰天空歎吁。驕陽熏灼亦已久，雲雷震蕩還虛無。兩朝冢宰調元臣，身先百辟和神人。三秋歲事頃刻改，一雨乾坤氣象新。我皇側席事修省，萬國臣民方引領。只今海内病已蘇，佇看田中發禾穎。

西津折柳卷送蔣山人有序

山人雅好書史，尤喜學詩。既與郡之名輩結社海岳庵中，而余守博士，職多暇，時獲過從詩社。嘯歌之餘，聽談名理，輒復稱一快事。宅介山水之間，小搆坐花亭，不翳籬落，四望迥然。江南諸峰盡獻眉睫，而浩乎長江，衿帶其背。亭中圖翰題詠，悉社友墨刻，而周旋其間者，亦無他人，吳下獨往生時一至焉。已復入浮玉山中。然余未嘗不共坐談，即余入山，亦未嘗不共山人往。乃余應滇南之役，逾年歸郡，復苦奔命，旦夕擾擾，不任煩憊。已而卧痾齋閣，山人叩門，強起余而揖曰：「緊，余將爲都門之遊，願有言以重行色。」因出詩卷以示，即同聲高調，情脉脉不能已。顧余既爲賦二十四韻，而諸子之詠統有所指，廼效作折楊柳曲以尾其後云。余念病已，將優游坐花亭中，以銷叢慮。而主人且行，又將訪三山高逸，定方外交，而無與偕往。則山人之行非助我者明矣。然山人舊有名籍於天卿，今又能談詩，結納明公間，則所謂誦詩而授之以政，無乎弗達。使於四方，必能專對。是山人試其所長以用於世，則又余之所樂聞也。

揚子江頭楊柳枝，春來春去摇青絲。送君遠行爲君折，好向東風慰別離。江南短亭勸君酒，江北長亭一回首。烟水茫茫不見人，婀娜長條猶在手。

答贈張幼于文學

我來大江之南賦遠遊，三山之間行復休。忽枉征車二萬里，吳門獻歲還泊舟。吳門二八高入雲，春來佳氣何氤氳。勝地不改蟠桃色，靈光常護干將文。晨入城中事趨走，自慙齷齪甘升斗。道逢士人白接䍠，顧余大笑執余手。問爾無乃晉陸機，蚤齡詞賦思如飛。吳人自後不足數，六代風流從此微。天朝文獻粲有徵，穎風乃以博士興。汝南父子方嗣響，太原兄弟相崚嶒。行歌不知巷道斜，幽深似入山人家。分曹指點金谷酒，登臺折贈玉蘭花。眼中歷歷吳下豪，我來豈必非同袍。大隱却於廛市遠，重闉不礙詩壇高。座上相看日卓午，俗慮都忘論太古。江湖之上足英雄，琴樽以外皆塵土。酒闌閑上要離墳，共倚東風遲夕曛。即今秋盡三山瘦，獨坐高齋正憶君。

燕州别駕行

少小學狂兒，功名富貴何足爲。束髮攻詞賦，此身肯爲儒冠誤。但知世上有英雄，豈必床頭守章句。東海之濱，南山之垠，耕田鑿井歌帝仁。長年願作無懷民，不願出爲唐虞臣。一朝鄉里相驅迫，横加束縛嬰其身。九叩天閽，一宰山縣。千里移官，萬里乘傳。自知轗軻良苦辛，他人爲我傷貧賤。聖明天子踐明堂，股肱惟良庶事康，小臣碌碌思激昂。吾當行，君出祖，酒酣拔劍爲君舞。江南信美非吾土，六代〔五〕豪華安足數。燕州別駕氣若虹，不知塞外與塞中。

五言律詩

度山海關

此關信天險，咫尺不同風。樓外沙全黑，城中桃自紅。海雲迷故國，朔氣振飛蓬。三月春如此，勞歌思不窮。

登泰山

我來登泰岱，不負古今聞。灝氣吞山色，宮烟雜海雲。洪濛如未闢，時序故難分。秦漢多奇跡，皇虞不勒勳。

春日飲别業二首時舍弟泊維揚，未至。

一亭山對户，野外自生涯。芳樹飛紅雨，清尊泛紫霞。雲移塵榻暗，風動角巾斜。坐客皆春服，悠悠玩物華。

佳節去匆匆，良遊此日同。風煙三月半，杯酒萬花中。緑柳尋彭澤，丹砂叩葛洪。却憐江上客，悵望北來鴻。

與大名申潞石

偶此解塵纓，才華謝友生。雄篇星日動，醉墨鬼神驚。瑞氣分周岳，蒲輪走漢京。相逢仍别去，感歎幾時平。

臨清訪方兩江適見過邀飲乃别館也戲贈二首

未叩談玄宅，來遊曲水阿。依違思往事，慷慨俯洪波。盤錯黄金鱠，杯行碧玉荷。夜來狂入夢，猶聽麗人歌。

幽意倚微醺，朦朧語未分。帶將心共結，簟與臂同文。柔髻籠銀縷，輕綃剪素雲。晚涼歸興懶，緩步引餘芬。

再過臨清與方兩江

舊别盈盈月，今來處處花。不緣披蕙帳，誰復纜星槎。齊魯聖賢地，東南著作家。君才元不偶，姓字遍天涯。

歷下相逢日，酣歌湖水湄。書嫌右軍小，賦笑左思遲。病卧疎音訊，貧交足歲時。上林春更到，認取未開枝。

楚蘭咏代人有贈

靈脩今寂寞，幽谷有芳根。誤落烟塵裡，羞爲桃李繁。金風迴舞態，玉露下啼痕。公子遊何處，緘情無片言。

題沈南湖輓親册

江鄉幾千里，一望淚潸潸。細草青幽隴，孤雲白遠山。逢時恩命渥，何日舞衣斑。獨有歸依夢，清宵一往還。

鳳綸開三殿，龍章下九重。日臨天語近，雲護墨花濃。勳業酬先德，韶華逐暮鐘。永言桑梓意，悵望三高峰。

贈隱山上人

寂寞禪牀舊，瀟然淨六塵。馴龍猶在鉢，古栢不知春。水月真心印，天花大法輪。漸看茲世幻，持此照迷津。

重陽雨中邀徐順之

莫怕重陽雨，黄花幾倍開。百年此清景，孤悶付深杯。縱不登高去，還須訪舊來。如何愁裡坐，四顧但荒齋。

送朱雲巖任寧波郡丞

秋風動川陸，涼月滿江干。盡説放船好，誰言行路難。吳儂三卧轍，越客幾移官。處處佳山水，分明爲謝安。公歷四邑二郡，俱吳越地，又任南司諫〔六〕。

送董西嶼令建平

有時罷垂釣，送君溪水濱。誰哉割雞者，乃是豢龍人。西北仍戎馬，東南太苦辛。好將漢廷策，去作五湖春。

題江湖萍跡卷其人嘗為邑博士

浪遊無遠近，只在大江干。淮海平潮晚，匡廬秀色寒。高齋雲共宿，薄禄鶴同餐。吏隱猶形役，年來總罷官。

同縣令王淮川廣文祝豫川嚴石谿夏草堂邑人遲胸崗馬合川張龍田遊仰天山寺六首

萬壑藏孤刹，吾生此再登。檐前青嶂合，樹底白雲層。浮世多巇嶮，深山亦廢興。閒看入定者，無復向來僧。

共作暮春遊，何妨信宿留。諸天環榻近，一水穴山流。曲磴成花塢，平巔半麥疇。無邊奇絶處，欲往重夷猶。

問俗便乘興，禾生緑滿郊。雲擎三月雨，風打萬年巢。染翰輪賢達，飛觴逮草茅。前旌將梵樂，縹緲入山坳。

仄逕攢危石，荒坪匝古苔。穿雲隨鳥去，勒馬避樵來。野藿莖新摘，山精葉旋開。東南佳客在，不必問天台。

絶壁觀音窟，蛟龍互攫拏。側身分顯晦，回首失烟霞。骨肉空遺墨，乾坤老歲華。危闌凭不得，掩淚一長嗟。見壁上有亡兄題詩。

漸覺微名誤，年來學卧雲。幽期元不淺，福地欲平分。洞濕垂丹乳，碑傾剩碧文。酒醒君且去，吾與鹿爲群。

贈路叟舉鄉飲其孫克慎游鄉校

家聲緣世舊，迤邐動齊京。俎豆輝前達，詩書啓後生。愚公猶喜健，彥伯已知名。細酌清時水，長歌一振纓。時水出臨淄縣。

冬夜茅堂小集次袁廣文一川韻

海天新霽雪，六轡駐茅堂。不作通宵飲，其如列炬芳。高賢拚後樂，疏糲媿先嘗。爲愛陽春闋，揮毫意欲翔。

初到淶水弟適視學兩淛過駐邑齋分携愴念偕賦六章

飛軒指赤城，迢遞起孤征。短髮慙簪冕，浮名隔弟兄。邑齋新月霽，江路片帆輕。去住丹心切，相將答聖明。

他鄉復言別，岐路更依依。枳棘心猶壯，風雲願已違。距能忘出處，端不爲輕肥。會渡滄浪水，殷勤慰釣磯。

朱曦迴宇宙，冉冉火雲生。把袂非無淚，驅車各有行。文星持國憲，苦節紹家聲。老大吾爲宰，初諳吏隱情。

昭王延國士，鄒衍舉齊中。十室封疆舊，千山氣象雄。匡時便小邑，覽古有遺宮。臺圮黃金盡，惟餘草樹叢。

明發祇行役，中懷重鬱紆。無緣同羽翰，何事唱驪駒。舊別依鄉縣，新愁入宦途。相隨不覺暮，還復立斯須。

文獻推吾弟，操觚偪惠連。感時能作賦，惜別動經年。歸夢渾無賴，離魂倍黯然。長歌悲哽咽，爲續鶺鴒篇。

題吴欽天壽親卷

冠裳崇世德，太史舊專門。東國迴斑彩，西秦轉畫轅。長春開壽域，淑氣滿晴軒。人日明朝是，當筵花勝繁。乃弟犖昌太守，其子出使東藩。

保郡城南同霸州守張白原小集王氏園亭

城下百花臺，城中步月來。偶逢同笑語，暫喜隔塵埃。文雅三秦彦，循良兩漢才。明朝恐馳逐，深夜未停杯。

輓沈處士

不作地行仙，飄然俯八埏。玉京元有籙，丹竈已無烟。影落孤村月，寒生百丈泉。俗緣猶未盡，留得路人憐。

輓張孺人

返照映孤萱，空堂二十年。幸餘先德在，况有後人賢。風嘯溪前樹，雲停郭北田。親知無遠近，把紼一潸然。

輓李處士

幽人何處問，只在海雲邊。盤谷成真隱，長庚啓後賢。涼風吹古道，佳氣藹新阡。却憶耆英會，親知倍黯然。

輓李四岩

蚤歲振文園，孤標衆所尊。字能方北海，詩復似西崑。高話夜呼酒，窮搜晝掩門。獨將數行淚，揮灑悼英魂。

輓内兄石左海卒於官歷歲方克襄事

靈傑擅青陽，多君世業長。仙鳧一飛舉，花縣兩芬芳。近麓開新隴，遥魂返故鄉。無嗟弗得見，今始慰深藏。

冬日誠意伯劉石圃第宅宴集得初字〔七〕

客子悲歌日，群公授簡初。共欣尊有酒，不歎食無魚。霽月澄璇砌，寒烟薄綺疏。獨慚吟未穩，何以報瓊琚。

次韻呈答石圃

生計空長劍，驚人有二毛。忘形承麗澤，感舊得綈袍。清切京華地，昂藏湖海豪。侯門叨上客，况復並仙曹。

江問山張五嶽二山人主社見招予以雪阻未至分韻二首得歌字

夢筆心猶壯，回舟興若何。夙欽高士傳，時聽郢人歌。雲卧寒生劇，風簷雪入多。袁安太迂懶，勝事每蹉跎。

得心字

重到燕臺下，空懸江海心。厭厭羈旅夕，漠漠帝城陰。高調誰能和，幽期不可尋。蒼茫風雪裏，削迹遠公林。

十三夜石圃席上觀燈二首得豐字

春祈勞聖主，臣庶愜年豐。瑞彩煙霞際，燈輝雪月中。五侯開邸第，四座籍帡幪。委巷謳歌匝，因之獻國風。

得時字

灑翰推華胄，承家自得師。宴遊諧雅尚，休沐及良時。愛客觴飛淺，張燈漏下遲。嚴城初輟禁，萬户仰恩私。

同龔玉淵訪丁復菴至則移居訊之弗得復菴爲新城令，棄官學仙。

向曉出城郭，言尋丁令威。偶從岐路側，獨憶舊家扉。不作仙舄墮，還爲野鶴飛。相看兩如失，惆悵未同歸。

喜舍弟書到二首

天涯吾弟隔，客裏歲華催。候鴈因春至，家書傍月開。千山通餉道，三晉淨氛埃。骨肉深相慰，懸知足國才。

屢報胡兵入，玄冬度岢嵐。左賢新就縛，上將莫停驂。草木知無恙，烝黎故不堪。酬恩方在此，何事欲投簪。

題崙山精舍

粵南多藻彥，之子振芳音。道以三山重，居從萬壑深。花幽黄蝶趂，洞小緑苔侵。端坐還成咏，因窺千古心。

初夏集方定溪第

城闕靚朱扉，歌鍾入翠微。蝶將春色度，燕拂雨絲飛。繞院藤花白，翻渠荇葉肥。主人發郢調，和客倍光輝。

天壇翟樓村主社小集次韻

郊圻春事輟，客子未言歸。幽徑人聲入，高樓樹色依。憑闌詩律就，隔座羽觴飛。會理江淮楫，東山老蕨薇。

五岳張山人將登恒山題贈

乾坤長寄傲，騷雅已沉酣。五岳今遊北，三吳舊指南。深棲雲作屋，高駕鶴爲驂。獨有趨名者，看君意自慙。

曲池草堂題咏

淑景輝群動，遥村車馬稀。亭亭升海旭，冉冉散林霏。叢篠斜通徑，紆流半作圍。歲時成獨憩，俛仰達圓機。

陳横厓赴調湘中

疇昔一爲别，相親復帝鄉。宦情移百里，騷客向三湘。斗酒燈猶燦，滄洲興詎忘。待予泊京口，早晚叩雲房。

孫鴻臚席上咏櫻桃得懸字

含桃珎内苑，錦樹競鮮妍。露浥肌逾膩，風牽顆自圓。莫教紅玉破，常喜紺珠懸。近侍新傳賜，恩光到綺筵。

青縣官舍

墻斷漲沙沉，檐低息土侵。洪河流廨下，老樹覆成陰。北地來文舫，南薰爽客襟。長安那復近，去馬日駸駸。

次興濟感事留示馮雲亭時方不理於口

歸騎迷荒渡，空城枕濁河。官閒公吏少，邑小弊民多。一嘆一回老，三年三度過。馮唐吾與汝，動業近如何？

瀛南道中

熟復燕齊路，頻年事薄遊。鳥音通故國，風色似邊州。水到天津合，雲看日觀浮。紅塵何處斷，瀟灑羨雙鷗。

過慶雲書所見兼柬熊荆野

麥秋不滿意，野老帶愁看。地利古來薄，天時近屢乾。難酬千畝籍，乞得一分寬。邑有慈明宰，虛心問治安。

喜達陽信北鄙

征軺入鄉縣，風物忽然殊。麥浪翻新緑，葵心簇艷朱。草茅成聚落，原野有農夫。回首都南道，驚沙捲白蕪。

和陳芝巘賞花醉歸馬上口占次韻

小園藏麗景，淑氣透年芳。魚上萍分緑，鶯遷柳度黄。團陰徐促席，高話細飛觴。數共名花笑，徘徊太劇狂。

同吕甬東登長山

背郭猶疎雨，登山入晚晴。鳥從霞外度，人向畫中行。澗草香初合，江光遠更清。一尊相與酌，聊慰故交情。

由長山却尋招隱蘭若小憇

不盡登臨興，凌虚四望遥。平田分石溜，古寺嵌山椒。緑樹深啼鴂，藍輿久度橋。伊余便吏隱，投老莫須招。

登焦山謁隱君祠次韻

山靈自開闢，中古屬高賢。磴嶺穿雲屐，巖飛漱月泉。眼前無大地，象外有諸天。翹首聞笙鶴，飄飄馭列仙。

京口有懷都下舊遊頃諸君蹤跡頓異，黎瑶石遷留都，歐崙山官維揚。相離伊邇，良晤無繇。瓜渚黄見源時一相過，與話舊事云爾。

幽齋寡儔侣，端坐憶京華。群飲大官酒，行看上苑花。聖朝歌帝力，妙思發天葩。此日三江近，烟波各一涯。

秋日同社集鶴林院兼贈聰上人得來字

浩蕩乘秋興，翱翔作賦才。人從青嶂入，社向白蓮開。殿古留雲氣，碑殘翳草萊。道林知選勝，昨夜錫飛來。

即席併次諸公分韵之作因以答謝十首

杲日移南陸，秋濤俯北江。不因隨杖履，安得到山窓。雲子炊僧飯，天花繡佛幢。詩成金擲地，飲劇玉爲釭。

樵路峰巒合，禪房水竹通。清光鑑石鼎，秋色落山楓。舊事存孤刹，長歌有數公。伊余好奇字，即席叩揚雄。石鼎并几精工瑩徹，前朝物也。

耽詩成夙癖，聲價動江關。古調應難和，高風信可攀。靜緣依鷲嶺，秋興到龍山。莫作臨岐別，天台採藥還。

山巘碧陰森，幽期此共臨。行呼元亮酒，坐鼓伯牙琴。經梵還晨夕，興衰自古今。月菴移水檻，寂寂見禪心。月菴即聰也，寺已久廢，同社薦聰住持，此山，稍圖興復。

爲愛山中寺，相携酒一罇。社花紅冉冉，秋草白翻翻。茂叔流風遠，元章遺像存。地靈今不異，千載尚文園。社花似山丹而深赤，以社日開故名。

倚杖清凉地，歸人入暝烟。不煩青鳥使，共枉白雲篇。轉壑藏松塢，分溪漱石田。桃源堪遁世，出洞莫相傳。

客心舒眺望，蟬響散林柯。靈境紅塵絶，深山黄葉多。松窓連野壑，石榻隱藤蘿。回首憑高處，空江起夕波。

廢寺憐歸鶴，寒潭隱卧龍。席移林籜下，杯盡野人供。晚照懸危堞，晴嵐接遠峰。入郊光景换，拍岸翠波重。

金飈凉藝圃，珠露濕慈雲。獨立千山見，清談四座聞。風流真不忝，瀟灑逈難群。已染余心醉，非關對酒醺。

塵鞅逃無計，微名縛未休。論文方有託，感遇豈勝秋。澗道通三徑，山花笑九流。何如垂釣者，日日坐江頭。

次司空林肖翁遊金山之作併和郡守秦明翁

高標窮地軸，内境見天根。象以金蓮現，靈依寶刹存。白鷗翻浪淨，玄鴈入雲昏。詩派通禪品，今傳正法門。

同社小集甘露寺喜王竹區將有謁選之行分韵賦贈得心字

端居塵務息，林卧歲華深。無復投珠忌，長懷獻玉心。凉風清祖道，淨境合朋簪。莫負匡時策，還同惜别吟。

渡瓜洲訪黄見源宿於吕茂才樓館黄國子龔茂才共集時十月幾望猶未立冬漫賦四首

秋光猶未盡，客興尚堪乘。採菊踐霜露，涉江尋友朋。蒜山形勢割，瓜渚幅員增。地利從兹遂，人文必有興。

將迎不適意，對君方破顔。舳艫來萬里，樓閣拱三山。秉燭夜向寂，停杯心欲閒。更聞天上使，旦暮駐江關。

夙昔在天涯，相逢便賦詩。從來稱國士，别去憶京師。放謫餘千里，風霜歷四時。感君多意緒，憐我鬢成絲。

春申當少年，仗劍楚江邊。玉石恐俱毁，金湯俄晏然。風塵悲往昔，雲路滯豪賢。近有詞章好，猶能爲爾傳。往年倭寇至瓜洲，見源方弱冠，爲鄉人推重，率衆禦賊，且上議願共築城以守，至今賴之。

遊句曲孔東山園八首

負郭園成趣，緣溪路不賒。山如青玉案，樹擬赤城霞。燒竹烹新筍，因風掃落花。客來陳俎豆，莫作野人家。

偃蹇山城裏，低回半月强。出門聊曠達，散步且徜徉。蝶粉粘芳蕋，鶯聲下遠揚。主人初命酒，塵俗笑相忘。

老圃吾能學，東山爾亦登。長年望宗國，勝日引高朋。禮度還三代，韶華自五陵。青郊生意好，春在木香棚。

窈窕深棲處，縈紆細徑通。公車諳地僻，社鼓報時豊。飛閣斜連樹，浮圖正插空。只疑城裏寺，并在此園中。

吏事成予拙，閑情羡爾長。吳門今促席，魯國舊同鄉。掃地供賓旅，投壺按典章。飛花浮酒斝，香色共芬芳。

卉木來殊域，鸎花萬國同。映空天竹翠，隔歲石枏紅。臺榭迎朝旭，林塘漾煖風。小園名獨樂，渾似洛城中。

身隱少塵累，林幽似太初。子孫存典則，風俗自淳如。洗硯松泉淨，攤經草閣虛。清談坐來久，隨意摘春蔬。

瓦徑蘚成甃，花軒小結茅。龍渠疏地脉，雉堞拂林稍。書癖逢元凱，詩窮有孟郊。重來論文處，蓬户不須敲。孔氏名聞詩，號東山。宋南渡時有官潤州教授者，子孫因家於句容，至東山兄弟遂爲江東望族。其禮度習尚，雅有周魯遺風云。余今以潤州教授有事於句容，因同僚孔龍岡氏主於其家，負郭小園，乘春遊豫，亦遺塵想也。

歸鶴詠和姚秋澗有序

佳亭蠲暑，深院披襟，塵氣不得觸人矣。鶴歸之事，已自清新，詠賦之詞，又悉冲逸。種種可人，遂忘俗務。晚憩客署，欣賡四章。

不分山人去，衹緣蕙帳空。九臯寧在野，六翮且乘風。水石情猶重，雲霄興易窮。歸來知未晚，恰不與主人同。

忽墮干霄翼，人歸鶴自歸。却愁天路杳，共悟昨時非。花露醒仙夢，溪雲悦羽衣。自今忘去住，不是倦高飛。

達士便幽躅，靈禽戀德門。歸飛如有約，飲啄豈忘恩。水靚新翎色，苔荒舊趾痕。棲遲勝遐舉，深意在名園。

竹徑還宜僻，松巢不厭低。羽儀憐自得，胎息認幽棲。雲外避矰弋，山中隨杖藜。主人還白社，鶴亦下青溪。

同金白嶼文雁峰避暑仕隱園出遇小雨喜而短述尋復止時諸道苦旱遠近祈禱焉

飄地即能消暑，人堪用作霖。聖皇修己詔，臣子籲天心。四國遥難問，三農火不禁。出門聊稱意，飄灑濕衣襟。

未罄回天力，難成喜雨詩。雲雷空自慰，霈澤竟多疑。省月惟卿士，憂時有耄倪。四方災異遍，惆悵欲何之。

秋日小園雜興

幽人一畝宫，山勢亦巃嵸。墻上豆花白，水中萍葉紅。松篁移晝日，城堞起秋風。官舍親農圃，蕭然故國同。

心期在登眺，齋舍更依山。鈴閣金風振，朱扉白晝關。清貧憐客少，流落羨官閒。秋色晴無際，都歸俯仰間。

客至無公事，從容一問奇。簾疎常不捲，榻小欲頻移。鳥跡斜書砌，瓜藤密護籬。誅茅消歲月，偃蹇恰相宜。

鑿井學安土〔八〕，爲山似隱居。閒情便水館，薄禄愛園蔬。草木含元化，池塘浸太虚。悠然塵事遠，梦亦到華胥。

至崑山柬俞仲蔚梁伯龍

獨有崑山秀，應多種玉人。望閭尋大隱，鼓棹度重闉。疇昔披文藻，于今識性真。幽期如不負，高話五湖濱。

婁江訪王鳳洲麟洲不遇因同郭五遊返棹二首

惆悵回孤棹，無因見二難。海壖潮滾滾，澤國夜漫漫。欹枕還勞梦，披衣尚怯寒。子猷如興盡，□道□追歎。

欲話十年别，還看二月花。高情虛此夕，玄論復誰家。緩帶霑春露，危檣挂曉霞。川塗恐相失，佇立認仙槎。

吕山人過訪仰高亭同姚伯子飲

謫宦不知久，遊人自好奇。我辭東道主，誰勒北山移。白社頻呼酒，黄花近滿籬。相看莫輕折，華髪恐非宜。

月夜進舸

客行不成寐，夜夜在天涯。錦纜牽江月，湘簾織浪花。沿洄青雀舫，迤邐白鷗沙。豈不懷前路，兼

之感歲華。（馮海浮集）

吊黄鶴樓

空餘黄鶴臺，一上一徘徊。靈境但悲嘯，仙踪已刼灰。短墻巢烏雀，斷礎長莓苔。變幻成今古，憐余獨後來。（馮海浮集）

沐雲棲招遊太華山寺撤棘之次日開府公繼有此遊

翠荇穿波出，青松夾道分。船迴滇海月，寺隱太華雲。夷夏歸明主，安危屬世勳。高秋何所事，樽俎重論文。（石門集）

晴溪杜中丞招飲成趣亭時巡撫貴州兼制川東湖北諸道

霜圃澄秋氣，寒旌捲夕嵐。提封聯楚蜀，開府控西南。武庫書猶癖，文翁化已酣。閒亭引孤客，竟日奉清談。（石門集）

同粤南顔侍御遊圓通寺

雉堞深藏寺，雞園曲抱山。丹崖懸畫壁，玉洞隱禪關。松鶴能相迓，花驄亦自閒。南來一萬里，歡喜此登攀。（石門集）

聞　柝

野柝鳴沙岸，漁燈照白波。凄凄風不定，隱隱夜如何。歷亂鄉心碎，依微客夢多。江聲還自擊，展轉動悲歌。（石門集）

碧雲寺二首

石洞香雲滿，山門平旦開。欲從真界住，不共吏人來。花塢分泉汲，松屏近户栽。意於塵外得，獨上竗高臺。（石門集）

東谷日初上，西方境自偏。巉牙危結閣，石眼巧通泉。飛幰雲霞入，推窗薜荔懸。偶然遺去住，還

復接人天。寺東向，予宿香山，凌晨至此。（石門集）

午泊安州將赴雄縣連邑之地汎濫濁波亢旱未幾晚禾尋没老稺悲啼所不忍聞摇曳舟中惘然賦此二首

地利三秋盡，波光四野涵。帆檣通冀北，風景似江南。歲事復如此，民生何以堪。臨流無治策，顧影自知慚。（石門集）

力作無休息，秋來屢不登。九河艱到海，一雨便憑陵。水土當平世，天人有咎徵。揚波方自此，莫遣履堅冰。（石門集）

七言律詩

雪中望劈山

對雪面山得仙趣，須臾幻出真蓬萊。巨靈捐珮玉珩鈌，壯士揮戈銀甲開。風穿四壁吹不徹，酒隔一籬呼未來。牢落只今悲歲晚，肯於草閣暫停杯。

憶弟

烟霞穩護東山卧，景色蕭森何處樓。清時寄傲信偃蹇，薄暮懷人悵夷猶。指點浮雲古今事，吁嗟隕籜天地秋。側身望遠歌三發，西風吹我休不休？

送李陽坡還京時為大理評事

殊恩暫許覲親還，畫錦真成五色班。南極未應愁鶴髮，西曹只合侍龍顔。吟從祖道先看菊，行入重陽別有山。緩轡不妨臨眺興，白雲深處是鄉關。

尋濟陽黄海岳不遇

欵段衝泥日易斜，經旬纔上小清槎。旋呵彩筆題雲樹，自把瑶巵對雪花。叔度雅懷能忘物，春申豪氣不謀家。無情最是山陰月，也伴歸人到海涯。

送李岱東任寶應博士

清淮亭轉片帆輕，白馬湖深宿雨晴。秋水芙蓉憐獨秀，春風桃李咲相迎。名山到眼新詩興，别墅移舟故國情。此日且拚河朔醉，閑官不信有王程。

送嚴石谿博士稍遷嵩邑便歸省母

北地風高雪霰飛，出門何處戀輕肥。十年三徙官猶冷，千里孤征客始歸。故國漫撩何遜興，先春却换老萊衣。可憐片月摇湖水，誰叩山家白板扉。

山村候石谿見過不至戯柬促之始次七賢村，蓋去邑城十里爾。

處處雪殘晴更好，山山粉黛爲誰妍。兼程莫訝令三宿，勝蹟還尋古七賢。豈有高情留罄欬，幸無輕騎隔風烟。故人鎮日城頭望，只在滄茫野水邊。

既聞命駕追與之别次石谿韻二首

蚤年已著進賢冠，遲暮無嫌忝一官。爲謝山窓憐我病，定知詩酒繼君難。流澌夜渡風穿袖，古店晨興月滿鞍。珎重臨岐仍握手，相將杖策入長安。

中夜呼童起漉酒，平明策蹇送離人。山頭問訊悲前路，雪裏依稀識後塵。儒術謀身知不賤，奚囊隨手未全貧。江舟咲向梅花去，折得南枝寄早春。

賦得雪中栢次馬合川韻兼呈石谿

山寺經行憐古栢，關河從此賦離群。孤根已自乘陽氣，直榦還看插凍雲。荏苒歲時長不改，昂藏雪月兩平分。青青總爲添行色，咲殺先生冷廣文。

輓馬合川二首

未買青山老此身，不堪原憲一生貧。黄金臺畔聲名舊，白玉樓中翰墨新。月夜近聞談往事，雪時猶與送歸人。寧知悵別詩成後，卧倩傍人寫不真。送石谿未幾，一疾不起，詩在壁間，非親筆矣。

落落君才還造化，翩翩無復意飛騰。百年家學徒爲爾，半紙功名總不勝。苦志豈甘辭絳帳，精魂長似繞青燈。後人空抱遺書泣，手澤依然讀未能。

送葉魯峰暫還吴中時為藩國教授

遠道薰風迎去轡，清淮華月映孤航。津亭碧柳烟光合，海國黄梅雨氣凉。得意詩篇官獨冷，壯遊天地興偏長。遥遥千里頻翹首，不忘尊前醴酒香。

中秋同諸文學邀王鳳洲使君北臺讌集

玉輪直上當空圓，蟾光豸繡相新鮮。良宵不負清秋節，佳句初裁白雪篇。海國照臨承世澤，野人接引媿時賢。只將斗酒勤渠意，共聽高談尊俎前。

次日得鳳洲見和之作走筆答謝

曉起開函光陸離，右軍墨妙右丞詩。使君能下白屋士，好月先升碧海涯。賸有雅歌非俗狀，敢云痛飲是吾師。賞心樂事知無幾，嘆惜清圓夜夜虧。

九月望日吕東野主社賞菊

湖海交游舊得名，草堂高會總群英。酒杯皓月十分滿，詩思黄花一味清。客散獨留移短席，夜深相對話閒情。枕中悟我紅塵夢，長鋏都應媿此生。

同羅山父登雲門二首得雲字 名鹿齡，丹徒人。

清秋欵段喜逢君，麗藻新詩處處聞。遊覽獨慙東道主，行藏已勒北山文。乍臨絶壁疑無路，直到諸天不見雲。還望蓬萊如在眼，微茫定有列仙群。

得門字

執手來登山上軒，却從絶頂俯郊原。一秋積雨溪流急，萬壑淒風木葉翻。郢客不辭歌白雪，海天何事近黄昏。寧知此去深相憶，日日悠然見洞門。

冬日董孟才携酒同李舜卿賞菊醉插以歸

黄華主人尊不空，白衣卿相傳郫筒。已見冰霜催晚節，寧知盆盎爭天工。詩魔飛出碧霞外，醉魄歸來皓月中。何物麗人笑相向，花枝壓帽披香風。

歲杪三過紀臺馬上口號

山色遥連四野開，水聲長繞故城隈。前朝後市今村落，衰草斜陽古殿臺。千載廢興誰復念，九原珠玉總堪哀。玄冬天氣冰霜少，匹馬行吟幾度來。

壽封君李南溪二首（子歷城令，先世臨淄人。）

海天雙舄飛且還，爲報仙翁今駐顏。丹霞穩護白鹿洞，紫氣長遶青牛關。堦前流水塵不到，世上浮名心自閒。花縣沉沉春晝迥，試將豸繡舞班斕。

春色平分花事繁，綺筵迤邐傍文園。雅歌但賦南山什，壽酒新開北海尊。喜近湖皋饒勝跡，却從蓬島訪仙源。吏人共説承歡久，華燭高擎月在門。

題沈南湖輓親册（先爲縣令擢御史，時以憲僉鎮青州。）

天上紫泥緘玉璽，庭前碧草映金袍。烏臺中外新承寵，舄烏東南舊著勞。彩袖影隨江月落，白雲夢遶越山高。頻年海國須經理，何事臨風聽楚騷。

駕鶴相將八極遊，天書遥下鳳池頭。烟籠槐榭恩光遶，露裛萱庭瑞氣流。遺簡獨存塵蠹滿，殘機不動網蛛浮。三千里外雲何處，五十年來慕未休。

春閏三秀園亭小集曠然感懷即席賦謝

百二春光不厭遲，紅荆嫋娜罥飛絲。當年結社論文地，此日投閒感舊時。高颺何妨期汗漫，薄遊已自笑支離。長松箇□□千尺，逈出繁華色更奇。

送縣尉余草亭南歸子梅崗刑部主政

雁度遥空夜未霜，幾回清梦到江鄉。蓴鱸忽漫牽秋思，松菊依然靚晚芳。哲嗣瞻雲迎去旆，慈親計日認歸檣。褒封即有紓青紫，便作班衣獻壽觴。

九　日

形勝都將此日攀，黄金臺畔紫荆關。地因愛酒偏宜黍，天爲登高合有山。秋氣凄清雲去盡，晴光澹蕩鳥飛還。狼烽萬里無消息，獨立西風耐醉顔。

送陳進士東歸

摇落高秋塞草腓，張筵臨水送將歸。河橋此去家千里，海國遥看山一圍。無那曉風吹鬢髮，獨憐晝錦有容輝。九仙五朶深相待，更勒詩名上翠微。九仙、五朶，二山名。

齋居喜雪

夙夜在公寘塵務，沉沉齋閣興深思。只愁無緣答天意，不敢先題喜雪詩。宦情自是媿前哲，民病於今已後時。若得方春多霢霂，定應優渥慰農師。

雪後易州道中

連朝積雪不盈尺，寒光皛皛四望賒。西山北山有玉洞，千樹萬樹生琪花。縣吏驅車數相問，野老仰天謾自嗟。莫道無衣難卒歲，即看遍地起桑麻。

贈送陳廣文横厓之崇仁

卓犖聲華南斗邊，幸於燕市識高賢。兩京浪跡二千里，一舉知名三十年。健筆驚人龍夭矯，生綃觸意鳳飛騫。五陵花酒渾無賴，贏得江鄉苜蓿鮮。

同章廣文談蜀中之勝浩然有往遊之志因讀韓司封待禄堂記便喜胡芝亭至此即圖一晤而芝亭以覲親之任明發戒行未果良覿率爾有賦二首

風物蕭條北地寒，野人猶自媿微官。古來只有錦城樂，世上無非蜀道難。石鏡應憐衰鬢白，霜楓鮮比寸心丹。何當細問君平卜，贏得清時好掛冠。

見説西川多勝跡，中宵飛梦浣溪傍。嵐光萬里清暉閣，文物千年大雅堂。山斗聲名彌宇宙，蘇湖事業重綱常。凌晨悵望頻搔首，漠漠無端塞草黄。

次韻呈劉石圃

開國千年報主心，訏謨奕葉振徽音。登壇早繫蒼生望，結社偏宜野客尋。遂有西崑賡麗藻，不妨東閣散塵襟。小山叢桂梁園月，矯矯聲華滿藝林。

次韻答謝周與麓諫議見訪之作

長嘯依違杜若洲，燕雲海色望中收。十年岐路存羸馬，千里冰霜擁敝裘。敢謂公車推國士，緬懷京縣足朋遊。彤庭獻納無多暇，白雪新裁調轉遒。

龔玉淵席上賦贈

寒光清徹竹窓虛，不遣紅塵到索居。五色祥煙瞻象魏，三年梵榻富詩書。宏詞海國時名久，斗酒燕臺夜話初。見説上林春事動，漢宫獻賦待相如。

金陵楊望山亡兄執友也訪余隆福禪林余亦詣靈濟宮未遇既於玉淵席上晤言及夕有愴舊懷二首

我昔渡江髮及肩，君今把臂雙華顛。孤踪旅泊幾千里，一别塵勞四十年。自信馮唐難却老，始知揚子未離玄。相逢且盡樽中物，相送禪林月色鮮。

高人卜居近上清，我亦跨馬趨神京。何當不酌青州酒，底事長懷白下城。每誦鶺鴒成永歎，重聞伐木暢離情。殷勤爲問山中藥，誰遣微名滯此生。

雨後集蘇鴻臚第望西山有作

夏木陰陰聽午鶯，長空漠漠望初晴。芬芳花氣侵歌席，迤邐山光接禁城。世契三蘇新結社，文章二陸舊蜚聲。相看座上揮毫者，絶勝當年洛下英。

題楊思萱便面

記得當年遊狹斜，嬌姝並坐鬬容華。何郎玉彩疑匀粉，潘令風情愛種花。作意揚眉偏學月，無心整髻故低鵶。天街走馬爭相羡，人在青樓窺絳紗。

孫劒峰席上詠梅得筵字

沉沉東閣來高賢，江上小梅相對妍。和月移從千里外，乘陽開向百花先。烟籠瘦影頻傳燭，雪逐幽香細撲筵。絶勝灞橋詩骨冷，夜深留得飲中仙。

次劒峰詠梅韻

當筵歌舞轉鳴鑾，四海交遊共此歡。何處梅花開上國，中天月色滿長安。金吾輟禁春偏永，銀漢回波夜向闌。可是幽香撩客興，折來猶帶醉顔看。

鹽山道中感懷

徑行盡日少閭閻，望極平疇恨轉添。豈有野花紅勝錦，可憐陸地白於鹽。賜履太公虛北至，敷文神禹亦東漸。烝黎何計供租稅，窮老羞將歲事占。

春日出北郭登焦山謁隱君祠

欵段紆徐度野塘，幽花細草夾堤香。春山行入寺煙暝，霽月光隨江水長。絕壁祥嵐呈法象，虛櫓清籟動琳琅。何年作賦能招隱，此日瞻依到上方。

同諸生登焦山絕頂吸江亭

暮春之月春服成，相將歷歷登蓬瀛。要從玉兔輪中轉，還向金鰲頂上行。萬里天風鳴雜珮，四圍江水濯塵纓。晚來借得支公榻，夢覺蘧蘧夜氣清。

訪郭五遊不遇

占得名山最上頭，下方環抱大江流。禪房空鎖陳蕃榻，道岸先登郭泰舟。鎮日煙霞成變幻，兼天波浪任沉浮。幽人不是甘岑寂，好鳥間關足唱酬。

同吕甬東由金山放舟海門留宿焦山寺

車馬驅將三月過，登臨無那故人何。春來春去陰晴半，江北江南草樹多。地接海門飛畫鷁，山從水面擁青螺。高情莫以前期負，好向沙頭理釣簑。

山中再訪五遊不遇

我亦翱翔好遠遊，羡君獨往更悠悠。齋堂雨過蝸粘壁，島嶼雲連蜃作樓。結社定應招郢客，懷人猶自唱齊謳。南來欲借江山助，只有微名媿白鷗。五遊别號獨往生，常居焦山。

送王方齋北歸

雪霰霏霏辭帝鄉，楊花滚滚渡錢塘。浮雲不似宦情薄，流水渺如别恨長。直道歸來方鼓櫂，故人相見且稱觴。緣江山色供詩興，風入篷窗杜若香。

柬招郭五遊

幾度尋幽不厭頻，清江浩蕩隔風神。郡齋亦有談玄處，城市非無大隱人。璧水橋邊春雨滑，日精山上夏雲新。光陰流轉渾無賴，到此閑行任爾真。

山中偕甬東遲姚長山不至

長山主人期不來，翩翩二客凌崔嵬。松下雲深不知路，天邊日落還登臺。千尋空闊龍潭静，一望迢遥鳥道回。吳楚東南形勝地，側身懷古心悠哉。

聞鶯

江城四月聽鶯初，猶有春光數日餘。北地也應今見汝，東風無那轉愁予。飛花細逐韶光盡，勝地翻憐樂事疏。千里故人消息至，郡齋時復憶山居。

送王三樓閫僉書

王翦提兵六十萬，征旗縹緲楚江湄。琱弓射浪鯨鯢遁，獵騎衝風貔虎悲。三峽妖氛開絶域，八閩版宇屬清時。天威薄海烽烟息，畫鷁安流好賦詩。

奉和郡守明翁同登焦山謁隱君祠次韻

廟貌高居萬仞山，維舟沙際共追攀。清凉虚籟僧初定，浩渺危波鷗自閑。客至乘春如有待，興來薄暮不知還。流風千載存瞻仰，賦得新詩一解顔。

黃見源再過小齋而余闕一造謝微名羈人無論遠近雨中話舊漫賦此章

欲渡西津屢未能，閑官猶自媿良朋。微茫一水成疏越，咫尺三山阻共登。每憶春風燕市酒，重憐夜雨郡齋燈。高情從此頻過訪，苜蓿盤餐恐不勝。

聽蟬

一上危樓暑氣驕，平臨木末聽鳴蜩。念余僻性成疎拙，愛爾長吟破寂寥。高蹈有時吞沆瀣，幽棲無意薄雲霄。候蟲亦解吹陰律，響徹空林起夕飇。

寄送黎瑶石奔訃南歸

曾於東郭接風神，同是長安失路人。天署玉堂兼密勿，雲章鉛槧擅清新。憐君晚作明時器，顧我虛慙薄禄臣。咫尺丹陽不相見，孤舟倚仗重沾巾。

立秋

地隣碧殿隱蓬壺，門對青山展畫圖。正避炎蒸開小閣，即看秋信到高梧。凌晨自覺風光别，入夜偏憐月影孤。惆悵江南非故國，也同張翰美蓴鱸。

謝蔣山人酒醋之惠

陶令長閒漉酒巾，微生無復乞醯隣。郡齋忽訝藏兼味，苜蓿都應厭主人。和鼎媿非巖下士，開尊分得甕頭春。詩懷已併秋聲至，未似清香觸興新。

同李環洲登金山江天閣時自地曹赴調吴郡博士

雲日疎疎雨氣沉，江中傑閣迥千尋。東吴望郡分三輔，南渡羈人共一臨。高視誰言天道遠，壯遊更覺聖恩深。虞廷敷教司徒職，萬國同文振古今。

代祠焦隱士光

每登絶巘懷前古，再拜高賢感廢興。遇主即如商一德，匡時定慰漢三徵。清江猶自存遺廟，舊事惟應問老僧。血食千年昭聖典，恩波咫尺望鍾陵。

次司空林肖翁焦山之作并和郡守秦明翁

當朝滚滚文章伯，到處傳留金石銘。妙響真從三昧得，勝遊偏喜二難并。秋濤擊濯生香霧，夜壑參差粲列星。懷古不妨頻眺望，愛奇聊復坐岩扃。

中天亭在焦山絶頂。丹徒令尹陳侯創建，屬余立名。

高標迥絶中天亭，仰接赤霄踏巨靈。棲神八極納五岳，轉盼四游低萬星。金鼇西盤石齒齒，玉龍東逝波冥冥。千載垂名下山去，蘋花風起香寒汀。

九日用杜韻同諸僚登日精山，二三子侍。

當歌莫訝酒杯寬，佳節高朋罄此歡。泛菊已能忘肉味，插萸應不笑儒冠。門墻深鎖桂叢滿，几席平臨松頂寒。即有千家負城郭，悠然只作野人看。

再遊甘露寺送王竹匾明府得然字

蘆荻花深起暝烟，江南離思正茫然。九天閶闔龍光近，萬里雲霄雁陣連。法界生香留客静，浮圖捧月向人圓。竹岡賸有幽棲地，擬結他年物外緣。

竹匾留别席上各賦一物分得楓

坐愛清江映晚林，天風聶聶正蕭森。翠柯直上凌高節，丹葉長懸炳寸心。威鳳來儀瞻聖代，羽仙翀舉謝幽岑。含元殿外趨楓陛，未必秋光有淺深。

再遊金山初登海月樓

窈窕青山幾度遊，不知僻處有瓊樓。一江遥接三江水，十月深藏九月秋。林薄風聲隨浪息，菊花香色傍巖幽。天涯獨立還凝眺，落盡寒潮起暮愁。

夜登絶頂留雲亭〔九〕

亭在丹霄第幾層，翛然吾與月同升。望中更覺天無際，立處惟愁地不勝。風静沉沉聞梵磬，雲開隱隱見漁燈。吏情最喜滄洲近，欲託幽棲恨未能。

宿伴雲僧舍

頗怪登臨太有情，欲於此處學無生。滿堦霜月寒猶薄，拍枕風濤夢亦清。禪榻渾遺浮世幻，詩題喜見故人名。從來借宿知多少，别却山房百感并。

和姚秋澗乞休得告志感之作二首

蚤歲雕龍伎已成，向來詞賦擅西京。杜門便喜還鄉國，遁跡無妨住石城。禮度久拚違聖世，清修應不負平生。閒身坐嘯歸雲洞，猶是當年老客卿！

下馬歸來解玉珂，中林高卧醒煩痾。清曹已覺塵埃遠，舊隱應便意興多。斜月娟娟明水竹，微風習習颭池荷。江南却有思歸客，隔浦猶聞勞者歌。秋澗，南京人。丙寅夏致南鴻臚政。

壽大司馬郭似菴七十二首

海天迢遞有輝光，瑞靄徧浮綠野堂。勁節卻金杨伯起，精忠贯日郭汾阳。九重恩命优元老，三岛仙人献寿觞。可是东山高卧稳，独能无意任纲常。

安车千里赋归来，正际熙明寿域开。爱国讵能忘柱石，起家元自近蓬莱。东溟淑气锺灵哲，南极祥光烛上臺。百尺长松瞻节榦，年年青入五雲隈。

聽沈曉山説天台雁蕩之勝詩以識之

偶逢座上南州彦，聽説天台鴈蕩遊。足底石梁愁絶澗，眼前巖瀑識靈湫。桃花正吐千山滿，竹寺深藏萬壑幽。敢謂閑官好登眺，定知吾道有滄洲。

盆　桃

小桃也自領春風，太比凡花分外紅。總爲卑枝親地氣，却憐弱質擅天工。纖塵不到芳堦下，清露都沾淺土中。懶性頓成詩思溢，賞心莫放酒巵空。

春　雨

三日風聲太劇顛，一春花事半瀟然。夜來不斷霏微雨，曉起新看長養天。已報放衙公吏少，更堪開徑主人賢。無端幽意牽吟興，堦下小桃謾自妍。

清明

江南忽忽清明節，客裏悠悠歲月心。勝事只於官舍遣，韶光摠爲鬓毛侵。梨花著雨開將盡，燕子愁春飛不禁。莫厭廣文太蕭索，小窻時復一微吟。

曉山携榼客署詩以謝之

共是悠悠客裏身，天涯相對自相親。山城趨走風光轉，官署徘徊柳色新。元亮有情傳緑酒，鄭虔無俸買青春。清明前後霏霏雨，觸目鶯花冷咲人。

題張柳溪雙壽卷乃郎給舍，兩年中再受勑封之命。

九重寵錫年年事，長慶遭逢仰至尊。恩溥兩朝唐墨勅，爵荣再命漢黄門。靈椿老榦侵南極，萱草清芬漾北軒。奕世流芳方自此，芝蘭叢裏弄曾孫。

九日同金野舫登日精山

山藏曲磴萬松幽，客子相呼感昔遊。此日登臨逢九日，高秋摇落歷三秋。紫萸黄菊羞華髮，濁酒新詩遣薄愁。西北浮雲還在眼，江光如練掛城頭。

十日同尹遇齋諸僚友復登

九日纔過猶自閑，客來不厭更登山。新交便喜襟期合，舊侣頻驚鬢髮班。病起未能忘竹枕，秋來長是掩松關。躋攀偶逐群公後，始覺神遊霄漢間。

首尾吟答示姪履

先人及不肖輩三仕爲令，皆以不染解官。履既領固安，私竊憂之。問政於諸父，余曰：守在己，知不知在人。一涉顧慮，萬事將裂，奚其爲？爲政爾，執此往矣。質直示意，寄之話言。弗工於詞，弗顧也。

一毫不染是根基，畢竟須思未仕時。但有微官叨豢養，總然薄禄勝鹽虀。俸薪以外皆貪墨，門第無私即政規。家世相傳清白吏，一毫不染是根基。

一毫不染是根基，莫以懲羹忌冷虀。竪瑾竊權廉吏放，逆嵩當國哲人悲。方今聖主隆新政，况復端公輔盛時。正好激昂承世德，一毫不染是根基。

一毫不染是根基，完節全名慎莫虧。玉女守身防玷缺，珎禽惜羽避塵緇。當官自古惟三事，立國從來有四維。七字銘心常自檢，一毫不染是根基。

一毫不染是根基，義利關頭更莫疑。學道至今須體驗，觀人於此别妍媸。脚根立地常堅定，心跡通天自坦夷。報國承家都付汝，一毫不染是根基。

喜吳虎臣至又以為别

最喜北風能送客，天涯時復對知音。緣攻詩律通三昧，爲愛交遊散萬金。京口看山秋色盡，廣陵回首暝烟沉。相逢不似别離早，南去扁舟惆悵深。

得舍弟家信二首

南北音書久寂寥，天涯魂梦度寒宵。鶺鴒原上七年别，鴻雁空中千里遥。老去未應親簿領，歸來只合問漁樵。海山深處烟霞煖，不待東風長藥苗。

百二關河爾壯遊，一江烟水正悠悠。他年自比雙黃鵠，此日相思兩白頭。已識功名爲長物，莫教老大轉深愁。向平未解忘婚嫁，何日三山訪十洲。

試院喜晴同諸僚長限韻

喜看劍氣動星文，敢謂能空冀北羣。萬里嬋娟淨秋月，九天沆瀣洗凉雲。虚堂寂寞還生色，叢桂披離正吐芬。幸際唐虞同道泰，願將稷契獻明君。（馮海浮集）

乞飯烏

荒山遥環道士湖，中有千年乞飯烏。上下將迎三十里，飛來樓船檣上呼。乍喜飛來又飛去，匆匆得食轉相語。殷勤哺爾不厭多，但願舟行少風波。（馮海浮集）

方定溪侍御還湖廣僉憲余由楚來未遇必便道過山中歲暮余方次池口未及訪晤聊此寄懷二首

冀北論文識雅馴，關西抗疏仰風神。乍逢一詔回元氣，忽訝三湘借近臣。獻祖鴻圖連漢沔，先皇龍馭自岐豳。九華秀色頻翹首，歲晚停舟秋浦津。（馮海浮集）

棹入青溪鎖翠烟，美人猶自隔前川。五松秀色擎雲蓋，九子英華吐嶽蓮。江上漁樵空問訊，城中車馬自駢闐。誰言咫尺還千里，清夜相思若箇邊。（馮海浮集）

石頭城有懷

石頭城下進寒潮，靜聽疎更夜寂寥。生計已拚尋舊隱，窮年猶自滯歸橈。空悲浪迹淹三楚，無復傷心問六朝。城裏故人知健在，何時散步度江橋。（馮海浮集）

石阡楊雲堂余契友也闊别餘三十年迺余不辭滇南之行實圖一晤既竣事歸方將紆途入山而雲堂俟我於偏橋客邸已半月矣夜深話舊感而賦詩

故鄉却認是并州，歸去荒山憶舊遊。垂老逢迎惟涕淚，明時出處任沉浮。乾坤萬里誰青眼，驛舍孤燈共白頭。相對只疑成夢寐，莫教離别作新愁。（石門集）

湖口阻風登白雲亭遂上觀音閣迺石鐘山最高處

扁舟初下九江潮，猶是王程千里遥。溢浦寒流翻白雪，匡廬靈氣隱青霄。望迷水國聽哀雁，坐向蓬窗擁敝貂。發興東林一長嘯，無人相送虎溪橋。（石門集）

紫荆關閲武

萬年天險闢鴻濛，不數崤函百二雄。勑使觀兵中執法，守臣分輔右扶風。從來肘腋三關重，此去

華夷一路通。今日正煩廊廟策，安危何獨在元戎。（石門集）

馬水口閲武贈副將宋南川

上將傳呼曉建牙，澹雲疎雨淨塵沙。旄頭新茜珠爲絡，箭羽斜韃鐵作花。壁立重關叢虎豹，鈎連疊嶂綰龍蛇。皇圖萬里元無外，絶域要荒正一家。（石門集）

沿河營贈劉守戎孝菴是日閲武，大風作。

動地軍聲萬壑雷，旌旗拂拭嶺雲開。關河故向中華繞，將領多從上谷來。清境只疑明月峽，雄圖長憶大風臺。天朝猛士尋常事，輦轂猶閒頗牧才。（石門集）

秋　懷

燕山宦況近何如，寂寞高秋卧驛居。絶域烏孫閒牧馬，中原赤子半爲魚。定知漠北無驕虜，敢擬山東有敝廬。心折怕聽風雨惡，那堪永夜滴堦除。（石門集）

相逢道路問流離，洪水懷襄莫怨咨。主上側身修己日，臣工昧死敢言時。更無場圃登禾稼，即有絲綸損度支。豈爲小民煩聖慮，閭閻元自繫安危。（石門集）

聞警後即報平虜喜而有述却寄李仁齋

刁斗聲微夜向闌，捷書早已入長安。中丞帷幄霜威重，大將旌旗日色寒。但使塞鴻迴才積，不教胡馬飲桑乾。高秋正有登臨興，萬仞峰頭解戰鞍。才積，山名。（石門集）

仙臺

昭王何事築仙壇，晚節求賢意已闌。西望崑崙連九澤，東尋蓬島阻三韓。虛疑漢使浮槎遠，怪底秦皇渡海難。寂寞于今人不見，西風滿路促征鞍。（直隸易州志）

白溝水

遠水平添積雨霏，秋來處處有漁磯。旅人無奈泥途苦，官路惟應車馬稀。宋室當年分戰壁，天朝此地一戎衣。眼前何限傷心事，白鳥銜人故故飛。（保定府志）

遂城道中

武遂千年尚有城，郊原如舊轉凄清。天家設險三關重，秋色沉山萬壑明。指顧塞垣烽火息，循行阡陌羽旌輕。忽聞高調應難和，一夜凉風滿北平。（保定府志）

登横翠樓

横翠中天百尺樓，芳辰於此試攀遊。龍山入裏風吹帽，鷄水當軒月浸舟。晨趣林塘偏近市，忘形雲物自宜秋。相從莫訝登臨目，回首清凉雨氣浮。（保定府志）

安肅故城

板築空餘宋故疆，野人猶解説楊郎。邦畿千里今安堵，烽堠三關古戰場。紫塞遥連虚帶礪，白溝近繞豈金湯。建隆無意山南地，當日應知有靖康。（保定府志）

五言排律

瑞室詩

霞川子以瑞室事相示，余甚異之。及觀霞川子之所撰述而聽其言論，因不復異瑞室事。霞川子應聘如齊，著不刊之典，歷古所未有而今有之。諸所煥發，皆足以黼黻王章，羽儀吾道，席霎懷寶不足方其「瓌」異，是殆天下瑞也。齊野史氏曰：薛氏之始係於齊，今齊猶有能承其支者，爲古今右姓。霞川子之先作德不怠，明神庇之，室用不燬，以迄於今，是稱瑞室。蓋自齊遷越而顯於唐宋間。云瑞室以來又數百年，代有偉人，而霞川子嗣興。薛氏之瑞，豈直一室云乎哉！乃今霞川子適齊，爲齊郡志，傳之有永，殆非偶然者。余因是播之聲詩，併述其事，題之瑞室。語云地靈人傑，信然哉！信然哉！

一室動天地，千年迥異聞。池魚故無恙，玉石不同焚。精衛長呵護，堪輿絶祲氛。德優恒履吉，澤遠自流芬。昭代繁簪笏，前朝盛典墳。雲仍恢大雅，奎壁麗斯文。學富周藏史，書方晉右軍。詩篇得郊陜，道義重河汾。始奮圖南翼，終空冀北群。干旄輝白賁，結駟走玄纁。雄覽需司馬，冥搜必子雲。青陽新作賦，赤牘屢垂勳。變魯臻王道，聞韶仰聖君。多方今曠蕩，神化日氤氲。禹甸環龍馭，堯田足鳥耘。東南來藻彦，西北近陶薰。丹契真吾忝，幽懷罄所欣。論心殊未已，促膝詎能分。彩筆題金檢，絺章刺繡紋。承家與華國，爲瑞已紛紛。

乙丑中秋李陽坡太守雲坡給舍席上玩月賦謝十二韻兼呈張竹亭吏部陳芝巘憲使劉海山京兆三君子

蟾窟曾聯步，龍門今共登。平生期不淺，此夕興堪乘。古調推康樂，秋風感季鷹。諫垣方注望，京兆已先徵。憲度清三晉，英標邁五陵。相將人似玉，况對酒如澠。花影凉逾醉，杯光碧欲凝。笑談懽有託，離合苦難憑。莫問圓仍缺，應知墜復升。看山兩不厭，涉世一無能。席敞樓陰轉，衣單露氣蒸。醉歸還並駕，指點絳河澄。

壽江都郝封君二十韻先世金臺人，其子登進士。

南極胤文昌，仙源接帝鄉。堯天新泰運，禹甸舊維揚。逸德隆昭代，耆英嗣典章。福田欣有穫，壽域願無疆。老桂周三事，靈椿竇十郎。永綏綿鶴筭，殊錫被龍光。棟藻輝綸誥，庭蕤燦繡裳。茆堂開綠野，林麓跨朱方。流水將心遠，薰風引興長。芝蘭能並秀，橋梓必聯芳。鳩杖依瑶席，龐眉映玉觴。更番摇羽扇，隔坐奏絲簧。湖海交遊合，乾坤姓字香。襟期知脱灑，氣韻見軒昂。翠栢移穠蔭，丹葵吐艷陽。片雲蠲溽暑，一雨度微涼。爛熳春何限，沉酣夜未央。岡陵勤祝頌，泉石足徜徉。嘯傲心猶壯，登臨晚更康。燕山桑梓在，北望意飛翔。

午日姜茅諸子邀余及僚友集金山寺姚長山鄖石汀與焉紀遊二十二韻

夏正臻嘉令〔一〇〕，吳門結勝遊。江山有今日，風物自南州。列嶂蟠京口，通津控渡頭。天工從此見，地軸忽焉浮。絶壁金焦峙，高標殿刹幽。真空虚上界，法相湧中流。濯錦晴霞絢，涵波宿霧收。賞心聯鶴駕，遺俗競龍舟。簫鼓濤聲雜，旌旗水魅愁。三閭招正則，千載泣靈脩。露港停漁市，雲帆起棹謳。太平多樂事，曠達縱吟眸。習靜依蓮社，牽芳近杜洲。因之晞紺髮，何必訪丹丘。麗藻推姚合，閑吟得惠休。群英聲籍籍，四顧興悠悠。寶樹環分席，珠林錯庶羞。泛蒲聊復爾，剥黍更相留。稍倦猶登覽，清酣且獻酬。僧呼鼋到岸，客指蜃成樓。遐想無輕羽，卑棲豈壯猷。臨淵都不羡，來往玩雙鷗。

吟社諸翁招余雅集屆期奔命江上弗果如約乃甚悵惘薄暮間道至社應門者曰諸公移步彌陀院矣復驅馬紆途造寺而主人各歸去翌日乃辱見惠諸作同用心字余方自外來得此而喜勉和以謝忘其憊之甚也

歷歷江城彦，翱翔滿藝林。名俱高北斗，價總重南金。雅調知難和，幽期許更尋。頻開白蓮社，應共紫芝心。遠水澄秋色，前山起暮陰。主人歸偃蹇，車馬尚駸駸。

和吟社諸公彌陀院七夕聯句次韻

避喧乘爽塏，結伴叩禪林。淨業銷殘暑，多才慰賞心。吴宫華月上，梁榭澹煙沉。秋至題紈扇，宵征抱錦衾。綵樓高爛熳，桂殿迥清深。願乞千年藥，爭穿九孔針。渾淪天已鑿，巧僞日相尋。自是人情異，非關節候臨。法筵聊共息，機事莫教侵。寄傲該玄學，賡歌敞素襟。柴桑白蓮社，芳躅到于今。

送王竹區謁選北上得流字

聖代開麟閣，風雲起壯猷。高名吳季子，良吏漢諸侯。馴雉他年化，仙鳧此日遊。楓宸瞻上國，桂楫擊中流。曙氣侵行色，秋聲綰別愁。有懷初結社，相望一登樓。

送蔣伯源如京師

莫惜南徐別，偏憐北闕行。出門朝旭上，回首夏雲生。鳳翥金山寺，龍盤鐵甕城。按圖知秀色，覽勝得奇英。地以川原麗，人多氣骨清。亭前香陌轉，宅畔大江橫。長者時投轄，幽期每濯纓。虛窓流月影，高枕壓濤聲。經史家稱富，琴尊道自亨。聖朝耽釣隱，蚤歲博詩名。結客開三徑，談文遡兩京。雅懷塵外洽，妙句座中驚。怪爾凌晨至，欣余倒屣迎。病軀良偃蹇，衰鬢更分明。執手辭親昵，擔簦賦遠征。片言皆唾玉，千里共心旌。青岱光堪摘，黃河勢可傾。壯遊真放達，雄視必崢嶸。醉裏眠芳草，吟邊采杜蘅。大方歸俊傑，上國動公卿。慷慨趨臣節，依違逐世榮。乾坤容浪迹，海岳見交情。策馬添新恨，登壇憶舊盟。相思一以望，迢遞暮煙平。

姚伯子徐來亭小集因送吕山人

客舍仍分袂，王門舊曳裾。川塗望西洛，風雨滯南徐。小憇石壇淨，高談瓦閣虚。寒花親几席，秋水悦禽魚。連璧才無忝，呼盧興有餘。嚴城柝聲起，還宿子雲居。（馮海浮集）

别家

山居勤樹藝，兒女無饑寒。爾念爲官好，余悲行路難。移家狥薄禄，客歲滯江干。苦憶脱粟飯，生憎苜蓿盤。土壤非所宜，疾痛常爲患。却羡山中樂，徒令心力殫。言歸勞夢寐，欲去乏羽翰。復有遠征人，乃在天南端。（馮海浮集）

别諸生示姜子業

江城桃與李，接地舒繁陰。穠華被文繡，嘉實垂璆琳。上有雨露滋，下有根株深。不覩栽培力，焉知化育心。芬芳煖風漾，光艷瑞日臨。移植上苑前，爛熳成瓊林。明時慎自惜，别路悵難任。幸因秋

信至，慰我以好音。（馮海浮集）

别郭山人〔四三〕

良友共此酌，咫尺不可親。緬余繾綣懷，愧爾獨往人。壯遊寧憚遠，世路多苦辛。不如山徑中，甘爲鹿豕隣。忽然發長嘯，飄飄覽八垠。竹杖有仙骨，荷笠如車輪。草草欲言别，徘徊意未申。倘能從我遊，桃源同問津。（馮海浮集）

中秋詩 永寧寺同三廣文望月，時在寺修志，而是秋大水。

秋光恰半當三五，凌晨出門挾風雨。不愁零雨沾我衣，今宵無月誰爲主。年年蹤跡如轉蓬，處處月作主人翁。尋常相對兩不厭，況乃盈盈秋正中。前年滇雲一萬里，去年還泛三江水。江水滇雲渺各天，清光應接長如此。曷來旅泊燕山前，天時人事真可憐。束鹿河崩蕩城郭，濡陽水溢沉桑田。崩河溢水流不竭，淵泓卻似江南月。不照農家禾黍場，但照平地蛟龍窟。而我叨充芻賦臣，仰天長嘯空悲辛。無歲何能裨國計，不穀敢擬和神人。往年對月玩今古，今年對月心獨苦。月亦深藏怯向人，陰雲四塞光不吐。同遊滿座寂無聊，料得雲中月亦高。清宵相望不相見，空令物翳嗤吾曹。我有泠泠一杯酒，酹向雲中爲月壽。皓彩澄開玉兔睛，陰氛吸入銀蟾口。須臾現壁如有形，閃爍散見三四星。浮雲漸向絳河滅，一枝槐影横中庭。把酒向月起延佇，謫仙當年亦浪語。我今問之有微詞，月下何爲罷砧杵。漂流無室寒無衣，新秋絶粒恒阻饑。縱使清光盈宇宙，人間賞月人應稀。人人賞月情無賴，卻恐秋霖仍作害。來年無種土不乾，有時見月心亦泰。停杯更酌問嫦娥，向來何事慾陰多。江南浙西成巨浸，山東河北揚洪波。嫦娥無言静默默，誰當宛轉布胸臆。□□能拚幾夕指，半歲何堪兩番蝕。聖神天子今當陽，恒陰沴氣深閟藏。當蝕不蝕騰晶光，小臣拜手歌明良，千秋萬歲帝道傍。(保定府志)

五言絶句

宫中樂

瑞氣浮千殿，鈞天下九重。静聽人不語，忽動麗譙鐘。

自君之出矣

自君之出矣，不復下君堂。思君如熠燿，安能揚末光。
自君之出矣，長自斂蛾眉。思君如日月，流轉無已時。

水精館 亦山園雜詠，爲楊中丞題。

錯落涵碧滋，離披滴瓊乳。山人抱夙酲，不知夜來雨。

古木新祠

表海家聲舊，条天喬木蒼。清時便伏臘，芳藻足烝嘗。

豹　屏

山風夜有聲，向曉匝玄霧。莫使采芝人，傍偟山下路。

蒼龍頂

錯擬頷下珠，沉沉水中月。靈氣奪心神，澄潭鑑毛髮。

南極老人

炯炯南極星，獨地化爲石。碧蘚繡仙裳，長松倚杖策。

五嶽真形圖 五嶽游囊雜咏爲郭山人題，

嶽神降靈跡，洞天叅玉册。真宰不在山，寄示山中客。

杖

迤邐來山中，同來復同去。莫作乘龍行，白日恐翀舉。

衲

一衲歷四時，袪袖常不完。雖無紈綺麗，不知暑與寒。

瓢

重憐濩落姿，那謝瑚璉器。得意長相從，忘形莫輕棄。

鋤

採却靈山藥，去斸月中華。歸來三詔洞，言煉黃金芽。

觚

有酒豈必醉，無酒嫌獨醒。醉醒人不識，因之養性靈。

中林堂仕隱園雜景，爲姚秋澗賦。

堂深杳何許，灌木長十尋。八窓分秀色，四壁交清陰。

玉林

亭亭蒼玉寒，箇箇碧琅玕。籦龍飽春雨，威鳳足朝餐。

鶴逕

露下清夢驚，涼颸滿玄圃。夾逕花正芳，等閒莫教舞。

茶　泉

素綆直如弦，玠重莫汲邊。寧知建業水，酷似中泠泉。

春雨畦

雨從深巷來，生意正瀟灑。高卧緑簑中，連朝抱甕者。

借眠菴

夜寂心獨惺，地偏機亦息。雲來不掩扉，幽人倘相即。

洗硯磯

科斗象文字，蟲魚自頡頏。應龍行作雨，陣陣墨花香。

柳浪堤

流麗黄金堤，輕風吹不竭。香絮一以飄，浪花團白雪。

歸雲洞

雲根不在天，無心偶出洞。歸去自悠悠，封姨莫相送。

鵝群閣

鳥跡藏心訣，縱横筆陣圖。臨池摹内景，玄解玩丹跗。

鷗　波

逐侶來何急，忘機去自遲。風生波不定，化作碧淪漪。

浮玉橋

尋幽度石梁，藻荇闌干濕。白鷺窺紫鱗，啣飛來上立。

容與臺

浮雲天際開，悵望一登臺。靈脩杳何許，美人期不來。

觀生處

大道乃自然，何思復何慮。悠悠本無生，觀生亦無處。

思玄堂

寂寞子雲亭，蒼蒼老客星。金門辭待詔，白首草玄經。

芙蓉館

桃李穠華歇，庭除水色幽。孤芳真自惜，瀲灩不勝秋。

海月樓

暮從海上來，朝向海中没。大地貯流光，好作銀蟾窟。

秋影亭

澹淡既交砌，蕭疎亦上窗。俛仰天地間，雲物自成雙。

貽獨往生入城不過訪，頗以爲訝。

不見獨往生，依稀想幽事。買藥遊江城，夜宿城邊寺。

訪蔣山人不遇偕朱梟汀

三徑傍山開，空令二仲回。垂蓮應竊笑，窺鷺莫深猜。

夜坐

風動蛛絲落，夜寂螢火飛。中庭坐來久，零露沾裳衣。

登山

閑上日精山，江光隔城入。稍却市廛聲，吹裾風習習。

貴竹道中

遶麓圍紅樹，連峰瀉素湍。山多心不厭，只是客行難。（馮海浮集）

題杏林書屋卷

仙杏何年種，幽花觸處飛。偶經山下路，香惹薜蘿衣。（馮海浮集）

采藥淩晨出，攤書白日斜。深藏千萬樹，不信有人家。（馮海浮集）

崑丘臺

玉壘千峰青，瑶空萬里碧。徙倚崑崙墟，錯愕神仙宅。（馮海浮集）

迷　樓

連甍亘天起，知是何處樓。西風在高樹，瑟瑟不禁秋。（馮海浮集）

平山堂

小築洞相向，空堂山與平。留雲當户好，沉影入江清。（馮海浮集）

竹西亭

行看江上山，忽見竹西月。佳麗無古人，時時歌吹發。（馮海浮集）

晚泊

月色同寒水，砧聲似故園。江流從此去，早晚下吳門。（馮海浮集）

雄州送弟

倦翼歸飛急，相看失雁行。春風吹海國，何不共陽陽。（馮海浮集）

陌上塵飛滿，山中花發遲。到家解塵鞅，恰是看花時。（馮海浮集）

六言絶句

嚴廣文石谿别既多年晤在邂逅未盡傾倒乃復别去爲賦六言四章

朐陽十八年别，京口二三月過。嘯傲江山有待，悲懽故舊無多。

對拭一雙青眼，相看兩地白頭。今昔交情耿耿，浮沉世路悠悠。

晚節琢磨好句，平生暢達幽懷。縱不流連村酒，何妨信宿山齋。

疊疊論心此地，依依把臂何年。清曉山松掛月，殘春江草含烟。

每訊崙山歐廣文消息兼懷中翰黎瑶石四首

嶺表八九千里，廣陵二十四橋。風好幾番掛席，月明何夕停橈。

片片雲飛絶巘，聲聲雨滴空齋。江北江南極目，潮來潮去縈懷。

黄金臺下結社，白玉堂中訂盟。尋常相對山色，咫尺共聽江聲。
素魄流波千頃，美人在水一方。近别不知隔歲，新期况復同鄉。

齋居夏夜七首

對立長松百尺，旋栽新竹千竿。山月一鈎初上，江風半夜猶寒。
日暮空階雀啄，雨餘小院螢飛。南州宦况已薄，北地遊人未歸。
巖際烟光低户，江干暝色入樓。好月故侵書案，清宵不下簾鈎。
拂拭露華欹枕，嘯傲雲林賦詩。蛙聲數部鼓吹，水色千頃玻璃。
東流江水帶郭，南去雲山結屏。風起漁人吹笛，夜深估客揚舲。
高齋塵務頓息，久客鄉心若何。錯落星輝闇夜，清泠露下庭柯。
薰風忽爾盈簟，華月悠然在門。僻性不堪吏事，閑官深荷君恩。

七言絶句

送王淮川入覲六絶

歷歷金門平旦開，霏霏紫霧遶三台。垂衣幸際軒轅世，玉帛遥從萬國來。

海國蕭條野色清，孤臣何以答昇平。慇懃一點蒼生念，不博當朝赫赫名。

雲裏雙鳧飛不驚，誰知僊令往來輕。紅塵車馬如流水，盡是閭閻結束成。

道路猶傳羽檄頻，書生何計息邊塵。聖皇側席思良將，便殿時聞閲武臣。

齊楚諸侯入建章，相逢萬里各風霜。即從北海通南海，便逐鵷行整鴈行。

甲第旁開百道分，城中車馬豈堪聞。朝囬客邸渾無事，盡日緘情望白雲。時太夫人在堂，乃弟爲石首尹，同入覲。

柳枝詞八首

輦路如弦望不迷，兩行煙樹夾平堤。玉驄暫憇清陰下，金線千條拂尾齊。

長養新承雨露恩，行人一折一銷魂。勸君莫遣輕抛擲，插向河橋自着根。

靈和前殿鬬芳菲，想像風流拂翠衣。嫩色細和烟色暝，柔絲斜逐雨絲飛。
枝頭相對坐流鶯，送客間關啼數聲。只恐長條攀折盡，離人從此不牽情。
曉向東風曳舞衣，晴川如鑑照容輝。脩踈眉宇分霙黛，綽約腰肢恰一圍。
底事飄摇西復東，長年浩蕩領春風。都將飛絮紅塵裏，散作浮萍碧水中。
當空可憐揚白花，飛飛此去落誰家。不知栗里門前樹，風雨凄凉啼暮鴉。
鶯老春歸思渺然，空懸斜日咽新蟬。庭柯昨夜凉風發，摇落于今又一年。

采桑女二首

裊裊青條葉未齊，玉纖一摘一攀躋。輕盈流盼褰衣去，有箇錦鳩來上啼。
簾外東風破曉寒，出門猶自覺衣單。不嫌零露沾羅袂，只恐柔桑葉未乾。

駁催花詩

山徑牡丹零落，余偶過惜之。主人以催花之作索和，余乃駁之云爾。

好客尋春春已殘，主人對客兩無懽。不緣詩句催花老，料得花神興未闌。
下馬園亭倍寂寥，落紅滿地爲誰嬌。佳人猶自懸清賞，一縷朱纓颭颭飄。

無題三首

行到桃源别有春，相逢不是避秦人。當歌一曲流雲住，醉筆淋漓妙入神。
江蘺作幛藥爲房，貯得幽人徹骨香。花下詩狂纔半醉，不妨呼酒换金鐺。
别院縈紆一逕斜，綺窓綽約洞仙家。尋幽散步渾無賴，看盡堦前無數花。

易水上候劉刺史良久未至懷古感今漫賦六絶

坐對青山眼倍明，水邊相狎一鷗輕。問余那得閑如許，來送燕州刺史行。
燕昭愛士非真才，郭隗爲逐黄金來。霸圖當日無消息，蔓草荒榛空復臺。
長城深護帝王居，山勢巑巖戟不如。易水奔流新漲濶，行人指點岸沙虚。
水聲山色自前朝，西望彊秦萬里遥。一自荆卿從此去，秋風千載尚蕭蕭。
山下平田禾黍稠，豐年亦爲小民憂。青苗賣盡誅求在，更到新租死未休。
不愁餓死似前年，穀賤傷農倍可憐。握粟出村終不售，寡妻何處覔官錢。

再遊招隱寺十首

萬壑離奇隱薜蘿，幽期入夏許重過。宦情總爲江山得，輸却登臨感興多。
頗訝山僧兩兩行，焚香作禮下山迎。竹窗開向翠微處，望見遊人曉出城。
環抱山頭仄逕迴，田家隱隱蓽扉開。石梁三折清泠水，知是虎跑泉上來。
夾路青松自作行，山門咫尺尚深藏。忽然寶地迎朝旭，却悟西方是上方。
萬木陰森雨氣浮，怪來五月似深秋。風前借著高僧衲，不換人間狐白裘。
登眺慙非作賦才，危巒疊出讀書臺。離宫帝子無陳迹，纍纍藤花上下開。
三洞斜連自淺深，空濛長鎖碧雲陰。不教鑿石題名字，誰識乾坤有古今。
前朝勝蹟遍丘墟，僧臘開山九十餘。莫以吾人妨入定，欲將半偈問真如。
曲水飛觴坐淺莎，四山壁立轉嵯峨。皇圖蕩蕩元無外，謾詫風流自永和。
恰上前峰俯練湖，亂流百道間平蕪。望中更覺多奇絶，一笑臨風倒玉壺。

即　事三首

鐵甕城開夜向闌，曳裾昏黑立河干。岸頭一點明漁火，照見危檣下急湍。

京江津吏慣逢迎，小船大船啣尾行。大船吹角小船避，來去都應趨利名。

莫笑微名隱抱關，水邊獨立亦幽閒。夜深片月浮清彩，隔岸高擎華蓋山。

陽月姚伯子開繼堂對菊是日楊明府携酒入社分體二首得憑字高字

九日題詩恨未能，秋花秋月兩無憑。衹緣冬首逢餘閏，剩却秋光興可乘。是月望前，猶月九也。

子雲西蜀草玄豪，爲謝吟壇載碧醪。陽月又逢重九節，不妨把菊復登高。

和莫中江大parse即席催梅之作次韻四首

一夜狂風鳴老榦，半塘寒影濯孤清。殷勤問訊春消息，坐傍花神好訂盟。

銜寒小閣莫停杯，凍雪輕勻白玉臺。半醉廵簷笑相向，便教春色到紅梅。

乍喜江梅着蓋新，南枝先報歲前春。相逢座上和羹者，不是郊原踏雪人。
玉樹蕭條幾歲寒，吟邊此日共君看。獨憐花下相逢晚，明發江頭别更難。

采輯先皇實録恭述十首

先朝四十五年事，太史兼收委巷歌。黄帝垂衣玄化遠，周王壽考作人多。
封章激切捐軀日，遺詔傳宣慟哭時。但祝皇躬千萬歲，不妨臣子卹恩遲。
顧命追封賞直臣，綸音涣汗墨花新。感恩地下無終極，莫羡生存有幾人。
議禮明廷半已非，舊時諫草録應稀。只今國是真須定，彩筆遥瞻玉署輝。
赤芝白兔年年獻，玉檢金書歲歲開。天上忽傳修省勑，四方祥異一時來。
一代明禋奏九韶，兩階干羽格三苗。巍巍大孝同虞舜，蕩蕩皇仁埒帝堯。
重華巡守四時遊，十二山川十二州。勑使御香分道出，我皇端拱事玄修。
文武分符擁巨藩，一時面縛出轅門。將軍戴罪儒臣死，獨報天朝養士恩。
丹烽無警海無波，南北英雄入網羅。百粤只今屯李牧，八閩亦自有廉頗。
採訪都從萬國來，小民無處不堪哀。莫言聖政歸臺閣，自是皇風遍草萊。

烏江三首

鐵騎彫殘草木多，江東已屬漢山河。楚人只有虞姬在，泣聽君王垓下歌。（馮海浮集）

家世談兵絶等倫，向來百戰總紅塵。東城引劍甘心處，何不縱横敵萬人。（馮海浮集）

匹馬行吟吊楚魂，謀臣憤死主南奔。千金購首無難色，刻印如何便少恩。（馮海浮集）

桃源洞三首

古道荒祠迹已陳，桃花潭水委荆榛。洞門不是難尋覓，聖代應無避地人。（馮海浮集）

一入山中不識年，四朝三國總茫然。世情自是難相近，爲謝漁人莫浪傳。（馮海浮集）

花落花開春復春，耕田鑿井自乾坤。秦皇駕海求仙藥，不逐桃花一問津。（馮海浮集）

柬李太守磐石（四五）

南去昆明鳥道長，向人處處問同鄉。獨憐萬里尋歸路，此日逢君在岳陽。（馮海浮集）

聞雁

一年不見若爲愁，忽聽飛聲入舵樓。未必音書憑汝寄，也知消息近中州。（石門集）

柳泉寺

行到青山忽有泉，路傍古寺更悠然。遊人莫遣鳴騶入，驚起山僧白日眠。（石門集）

見杏花

日日行春不見花，東風無意到天涯。誰憐官舍門常鎖，落盡繽紛萬點霞。（石門集）

石鰱魚一名豆角魚，絶小而美。

曉汲清流烹小鮮，帶將烟雨滿前川。秋風忽動鱸魚興，自傍艖頭數酒錢。（石門集）

註：

〔一〕「近將」，《海浮山堂詩稿》（以下簡稱《詩稿》）作「逝將」，茲從《馮海浮集》。
〔二〕「工正」，《詩稿》作「公正」，茲從《馮海浮集》。
〔三〕《詩稿》原奪「之」字，茲從《石門集》。
〔四〕「若非金焦」三句在《詩稿》「尋常風寂」句之前，而《石門集》則位置不變。
〔五〕「六代」，《詩稿》作「六我」，茲從《石門集》。
〔六〕「司諫」，《詩稿》作「司課」，茲從《馮海浮集》。
〔七〕「誠意伯」，《詩稿》作「城意伯」，茲從《馮海浮集》。
〔八〕「安土」，《詩稿》作「安王」，茲從《馮海浮集》。
〔九〕「夜登絕頂留雲亭」，《馮海浮集》作「夜登金山絕頂」，茲從《詩稿》。
〔一〇〕「臻嘉令」，《石門集》作「逢佳節」，茲從《詩稿》。
〔一一〕末句《詩稿》作「閒官深荷君恩」，《馮海浮集》同；《石門集》作「官閒總是君恩」。

詞

滿江紅・賀王指揮君輔平盜帳詞

寶劍橫秋，長歌罷、壯心激烈。環海岱，塵飛四野，烽連三月。虎旅戰酣紅日退，馬蹄踏遍蒼山裂。看須臾、滿地起畊桑，豺狼穴。　丈夫事，人臣節。酬國志，封侯業。且從兹小試，便收奇捷。澒洞千層炎海浪，蒼茫萬里天山雪。待英雄、赤手定要荒，垂名迹。

（摘自海浮山堂文稿）

賦

宧適軒賦

嘉靖戊子春，余方束髮，從家君薄遊南中。蓋自司徒大夫出守平涼，尋調石阡，寔爲貴州支郡。土夷並隸，故號難治。居亡何，駸駸乎中華風俗矣！三載政成，奏最，當行。迺郊廟復古，庀材未備；又境外屢多事，詔可久任，有擢毋移，督郡如故，繇是上下安焉。郡故有軒在廳後，往，祁守題其額曰「宧適」。嗟乎！守啣命萬里，下郡蕪廢，鞅鞅宦況，日且不給，適豈易易乎哉？溫凊奉引之暇，展素抽毫，感而有賦，其辭曰：

馮子侍大人於宧適之軒，於時四隣休息，民熙俗敦，吏事無宣，肅肅公門，則取適於此也。斯軒也，壁有咏，俎有尊，周有流，隙有園。山翩翩兮若翔，石盤盤兮如蹲。遠流盼於霞際，俯投跡於苔痕。客有造之者，目軒而揖曰：「異哉！軒之額也。是方宧也，又奚而適也？抑嘗思之：斯地極偏，而物華則妍，適固其然哉！側聞馮子學禮聞詩，從適於此者，四三年矣。盍以耳目之所覩記，而爲我言之。」馮子迺歛容畣揖，肅賓即席：「僕雖不敏，槩陳什一。粵若茲軒，正位有邦。採椽不斲，疏寮流光。師帥在前，二千石堂。聖哲與隣，數仞宮墻。蓋嘗於是乎俛仰乎天壤，而汎觀乎四旁也。爾其東望鎮山，寔稱知府。肇自荒服之未通，天錫嘉名於裔土。兆聖化於百世之上，奠郡國於萬代之下。斯固天意之有在，而今之宦於斯者，非其一定之數也邪？爾其諸山環峙，天然門廡兮。排衙岫列，蹌蹌抃舞兮。掛榜崖平，如削以斧兮。筆架蟬聯，尖峰爲伍兮。大樂在縣，金鏞銅鼓兮。雲堂月巘，玉峴瑶圃兮。森森東面，拱揖軒户兮。西臨長河，觸目悠悠。挾壯志以横飛，兼丹心而北流。浸青峰兮影倒，涵碧落兮光浮。下有揚波之尺鯉，上有眠沙之匹鷗。余於是挈瘿罇，酤白酒，訪逸侣，借扁舟，嘯空江而暢懷，覽彤霞以明眸。蓋清溧之氣，不能以取醉，而逝水何之，曾不爲我而少留也。南矚温泉，於彼山曲。光薄晴雲，氣涵朝旭。仰脉騰珠，頹波漱玉。芳煖豈謝於驪宫，惠風庶躡乎沂麓。爾乃乘韶景，曳春服，來遊兮來歌，童冠兮五六。聊逍遥兮濯纓，偕容與兮休沐。澹暝烟兮已沉，踏明月兮歸復。北際長空，浩浩無涯。望東海以側身，瞻北極而揚眉。睨平蕪之盡處，看白雲之起時。山繚繞而環遮，獨此一面之不迷。夫固縱吾目之所極，騁吾人之曠懷者乎？故軒之獨秀也，山川奥區，靈譎權奇，余未之悉究也。東如斯，西如斯，南北如斯。繙圖經之所載記，信亡能出其右也！迺若卉木毛羽不可縷數。余所舉者，軒中所有。周垣之外，略而弗取。其木則有銀杏一章，高數十丈，巨室之材，故國之望。景蔽翳兮垂雲，聲撃搏兮奔浪。烟條含春，風葉號秋。蜩螗絶續，鵲室綢繆。山禽珎翼，以類鳴求。大者如鸛，小者如爵。文者如鷸，鷙者如鶚。諮其名之莫得，覩其奇之可愕。或朝啼而暝棲，借一枝於水末。翠栢雙清，余手自栽。緑竹交陰，余手自培。忽經歲而逾茂，榦已侔於樓臺。豈造物者之獨厚，方屬意於將來也邪？其花則有紫薇之株，衆芳之尊。種分臺省，名借星垣。渥丹葳蕤，淺碧披翻。擅百日之芬芳，恥三春之鬪妍。飽光澤於湛露，奪艷陽於遥天。菊儗陶憐，蓮兼周愛。準天象地，通中直外。落英延齡，秋荷爲佩。蕭蕭兮逸士之流，亭亭兮君子之輩。其卉則有蒙茸扶疏，侵階夾渠。歲寒不彫，四序榮敷。芝蘭迺植，蕭艾是鋤。生生不息，寔繁有徒。虎鬚之草，鳳尾之芻。龍爪之菽，馬齒之蔬。燕麥可糗，兔葵以茹。渚水交流，菱芰雕胡。藥餌所珎，苤莒夫須。其禽則有金雞之文，五采畢彰。胸顔正赤，背色純黄。頸披片錦，顧盼輝煌。尾若璹瑁，摇曳脩長。雙來白鷴，有美如玉。翠鬟朱弁，縞衣紺足。緑文如波，痕細而曲。棲之檐間，矯矯越俗。丹鶴昂藏，得之喬林。以飛以舞，縱之竹陰。雄雉間關，繡服文矜。以飲以啄，以娱我心。乃有鸚鵒，暨彼倉庚。振羽牽衣，鼓舌長鳴。入言儇巧，簧韻丁寧。開雕籠兮不去，依畫棟兮忘形。環兹檐楹，爽塏幽窅。既驅溽兮繁陰，亦搴芳兮瑶草。娱雅志兮琴書，息機心兮魚鳥。躭至樂兮天倫，日游衍兮至道。形神亡斁，民物維新。陰陽式序，宇宙同春。生意不伐，協氣迺臻。有菀者園，是産岐麥。漁陽效靈，張堪比德。千里謳歌，三農嘆息。幸甚至哉！覩兹實穡。燦彼夭桃，條枚不殊。纍纍嘉實，并蒂合莩。側如累卵，垂若雙珠。葉如眉而淺黛，腮相偎而半朱。瑶池千載之不遇，武陵數代之所無。方詫美於天台，又何有乎玄都？紛溶菖蒲，滲灕水田。一寸九節，靈根駐年。短劍淬鋒，鐵鋩刺天。神農嘗之以定魄，韓衆餌之而昇仙。皇皇者華，倏爾其馥。茁若玉簪，爛如金粟。奪水仙之標韻，發天香之清郁。颺咫尺之蕙風，惜幽遐於蘭谷。青青篔簹，林林琅玕。喜寓興於淇澳，羞會計於渭川。既敷華之非常，又結實而貞鮮。感籜龍之神化，下威鳳而授餐。燿彼三靈，是生四瑞。余之所舉，不踰軒署。疆境休徵，弗可殫記。優哉遊哉！聊以卒歲。客曰：「美矣！盛矣！太守之庥。充養性情，與造物遊。令終有俶，後樂先憂。宦成弗怠，民瘼是求。嘗謂至是邦者，必聞其政。太守默默無言，抑執循而得此者哉？」馮子曰：「大人之事，不求人知。自眡不足，惟日孳孳。大凡舉動，咸亡所爲而爲之也。簿書填委，言不盡意。余之所舉，眡已成事。厥性醇壹，故其民絀詐以還樸。厥德正直，故其民向方而不慝。厥行廉潔，故其民亡擾以自殖。昭朗卓犖，故其政不貳而吏不黷。蓋上以翊太平之治，下以成偏安之俗已耳！於時庶事底績，四方多釁。芒部煽禍，株連遠近。虔劉邊陲，憑陵州郡。天兵乃來，惟公籌運。糧械山積，軍聲霆震。渠酋褫魄，兵不血刃。奉詔班師，大明威信。播州敗類，凱里奪嫡。樹黨操戈，轉戰累葉。道路不行，居民殆絶。招亡納叛，流獠千億。天地常慘，殺氣閉塞。朝廷隱憂，公乃奉徼。頃刻就道，單車執策。人心惟危，公獨正色。巒山絶險，深入其穴。瘴溪毒淫，瀕死靡怵。狺狺虎狼，鏦鏦鋒鏑。艱辛萬狀，寒暑再易。一貞不回，乃奏斯續。荷天顔之怡豫，下褒美之璽書。熄百年之屠燹，驅萬山之猰貐。民散耕而休息，苗徙置而奠居。酋格心而臣妾，咸囿化於唐虞。」客曰：「偉哉此功，豈曰小補。允垂竹帛，著之風雅。惠昌華夷，利存宗社。猶願有聞，識其大者。」馮子曰：「唯唯。聖人在位，迺建明堂。四郊奕奕，九廟皇皇。雲楶辰極，虬棟虹梁。傑材鴻榦，楩楠豫章。厥大千圍，厥喬百尋。堅如貞珉，價重南金。郡罄其産，公竭迺心。窮搜遐歷，夙夜惟欽。共工弗匱，細民弗侵。禘祫迭舉，上帝居歆。大禮斯成，載降德音。聖謨洋洋，明倫大典。頒之郡齋，寫之琬琰。三綱既正，百行端本。民斯興起，昭訓久遠。宣上達下，以副忠悃。若是之類，謂非其大者乎？」客起而嘆曰：「噫嘻大哉！靖共臣節，執禮齊民。彝倫既敕，斯謀斯猷。惟我后德，然而根極。本源之地，豈無相觀而有得者哉？」馮子曰：「聖人繼天，皇極乃立。大道爲公，心法弗秘。爰詁四箴，始闡敬一。群蒙有覺，守臣承式。翼翼惟寅，乾乾不息。進則有爲，退藏于密。亡動亡靜，亡所不適。迺礱巨石，採之名山。迺構崇宇，立之學宫。昕夕講解，遐邇傳宣。縉紳諦聽，耆儒聚觀」。於心有得，而後即安。蓋有慎脩之思，自亡便僻之干。向非沉潛乎聖訓，抑豈能亡離合於其間者哉？」於是客迺俛而咨，仰而讚曰：「於戲噫嘻，至矣盡矣，又何加焉。放勳欽明，敬以格天。重華協帝，一以心傳。四勿復禮，天下歸仁。憲章三聖，卓哉五箴。兼總條貫，究極天根。錫厥臣庶，反本還淳。聲教南暨，訖於斯軒。蓋聞柔遠之政舉，則篤近者可從知也。無外之德邕，則内治者有以基之也。故宸翰欽崇，堯舜傳心之要也。大典式頒，司徒敬敷之教也。朋堂既建，五禮攸敍也。蠻夷格心，三苗分北也。守臣承休，岳牧贊治也。翼翼乾乾，思其難以圖其易也。先難後獲，無逸乃逸。軒之名義，斯其兼得。再拜昌言，大啟瞽惑」。於是客辭而謝，没階而退。馮子乃歛衽以趨庭，載承顔而流甜。

醉月賦

丙寅中秋之夜，馮子與客既燕於聚星之堂，已，迺復集於仰高之亭。清風依人，華月載升。樛松敷象，叢桂流馨。締好會於文園，躅新甃於中庭。爾其汲波濯觴，開襟促席。意浹蠲辭，機忘輟揖。俄二客之已興，儼主賓之六逸。馮子曰：「輕翳飄没，清采婆娑。有客有客，孰尠孰多？悵二難之莫并，將四美之蹉跎。歲忽忽而靡樂，老冉冉其柰何！」客有董觴政者，揚觶環視，大呼曰：「於戲噫嘻！時哉弗可追。能者酌酒，不則賦詩。所不盡懽，有如此巵。」於是諸客大釂，主人亦樂。俛仰天人，徙倚寥廓，迺庸作歌曰：「壁月兮圓規，離雲兮揚輝。昔年醉我兮滄海涯，今夕何夕兮江之湄。既照臨兮萬有，疇豫樂兮疇悲。」客有止飲者，迺賡載歌曰：「秋宵兮未艾，挹晶明兮雲裔。千古兮余心，騁望兮興慨。」少焉，林稍洩白，玉輪移空。旋覿客顏，自西而東。主人迺再起滌器，薦迓高風。容輝所及，畀以巨觥，使之遞引滿以始倡，馴舉白而成終。繇賓逮主，勿爽厥次。厥有弗率，觶迺從事。倏盈魄之當天，森人影之在地。客乃却坐離席，辭曰既醉，或跂立以揚眉，或偃仰而高視，或矢志於徹宵，或甘心以取觶。於焉主人陶陶，睥睨賢豪：「月胡不飲，而醉吾曹？」客曰：「酒在吾手，月在吾巵。月如不飲，舍此安之。吾今吸金波而吞玉兔，夫焉得不餔吾之糟而歠吾之醨乎？至乃賓主具醉，枕籍相依。蛩鳴酸切，竹陰遠移。澹玉繩之修亘，燦三星之已低。孰離合之無端，繫循環之有時也。」主人唯唯，掖客而起。月亦沉酣，頹然西徙。

散曲

小令

【北雙調胡十八】

辛未量移東歸四首

每日價説歸田，誰子待苦留戀？急回頭恰過年，有花有酒是神仙。弟兄每比肩，兒女在眼前，喜歡的無是處，一日醉兩三遍。

每日價説歸家，到如今省牽挂，息奔馳免波查。東隣西舍慰安咱。打一個耳擦，使一個手法，行的去轉的來，拿的起放的下。

每日價説歸休，這其間剛罷手，已往事盡都勾，十年世路夢中遊。到深山裏頭，有薄田幾丘，儘自在儘安然，惜性命延吾壽。

每日價説歸湖，忘不了訪仙路，烟月艇水雲居，悠悠蕩蕩小蓬壺。載的來艷姝，釣的來好魚，也會吃也會頑，人道俺儘豪富。

【北中呂滿庭芳】四首

天官賜福，地靈有待，人事相扶。循良已上功勞簿，名滿皇都。望吾鄉官遷東魯，尋勝境舟泛南湖。清閑趣，從前受苦，今日且歡娛。

急流退勇，兩畿奉職，三仕成功。白雲一片相隨送，對面東風。這便是前呵後擁，緊跟着去迹來蹤。清閑夢，從前俗冗，今日得從容。

中年知止，一官如寄，兩鬢成絲。當年無復飛揚志，老更何之。分明是山人樣子，怎會做仕路腔兒。清閑事，從前故紙，再不費神思。

陞官道好，酒雖有味，不飲爲高。從今不走長安道，也免塵勞。名利途何時是了，是非場其實難逃。清閑樂，從前懊惱，今日且逍遥。

【北中吕朝天子】

將歸得舍弟書二首

去春呵你回，今春呵俺歸，正與春風會。青山緑水有光輝，喜的幽人至。賢主佳賓，吾兄我弟，笑談多情意美。你回也不遲，我歸也不疾，遲和早都得計。

你去年入山，俺今年棄官，同氣長爲伴。浮名不到水雲間，從此無羈絆。日日相過，時時廝見，省傳書千里遠。看時文幾篇，和新詩幾聯，課子姪親筆硯。

【北雙調清江引】

八不用八首

烏紗帽滿京城日日搶，全不在賢愚上。新人换舊人，後浪催前浪，誰是誰非不用講。

紫羅襴披的破盧蘇，也非是值錢物。縫聯無掛搭，拆洗難重做，送與他故衣行不上數。

拖天帶繫的没顛倒，總是虛圈套。一條死牛皮，幾塊生牛角，拖拉的有上梢無下梢。

皂朝靴磨擦了半截底，也有個登開日。驢前馬後行，簷下堦傍立，近新來丢剥了如敝屣。

擺頭搭一雙雙開路神，引入迷魂陣。翻回安樂窩，遠離京畿郡，俺如今是山中自在人。

三簷傘兒不用遮，仰看天心月。雪中戴斗篷，雨裏擎荷葉，好向王維畫兒上寫。

花藤轎兒行的緊，遠路多勞頓。顛的心緒慌，摇的頭皮暈，總不如瘦驢兒騎的〔二〕穩。

黄堂上自來公座高，無福誰能到。夜闌人未歸，早起寒猶峭，總不如熱炕頭還是好。

【清江引】

東村作二十首

懶慢無堪病也宜，鎮日常貪睡。黑甜一覺中，萬事無縈繫，醒來時便有些閑是非。

一折一磨病也該，清福無邊界。不欠酒家錢，不少詩家債，受用的癢兒無處擓。

一片白雲常在山，忽被風吹散。風來雲不知，雲去山無伴，爲甚的從前出岫懶？

絮絮叨叨何處聲，攪亂幽人興。鶯兒嘴又尖，燕子舌偏佞，搬弄的好年華不暫停。

庭下雙槐枝葉齊，生長在清幽地。玄冬蔽冷風，朱夏遮炎日，冷暖相交都是你。

舊日親朋不甚多，靜裏思量過。榮華固不長，貧賤都彫落，好相知再結交三四夥。

一月招邀一兩席，也吃個醺醺醉。柴桑處士家，洛社耆英會，歲歲年年稱壽杯。

彎曲律連皮柳木叉，搭一座葫蘆架。涼如避暑宮，廣似連雲廈，客來時坐石床清趣煞。

沽來青州酒一壺，浸入泉深處。勝似蜜林檎，賽過金盤露，不愛涼甜只愛苦。

土酥出畦白似霜，甘脆真堪尚。宜烹玉葉羹，善解梨花釀，自古道菜根滋味長。水蘿蔔

待不看書又看書，畢竟閑不住。難將紙上言，盡得其中趣，俺不看他誰是主。

待不作詩又作詩，改不了詩言志。閑時口内吟，靜裏心間事，怕只怕索詩人來到此。

待不撰文又撰文，翰墨吾之分。姻親贈遠行，社友傳高論，不由人謾尋思睡不穩。

待不唱歌又唱歌，唱的是村田樂。年成減半收，家業安貧過，樂處尋來愁處躲。

大雨時行日日晴，荒旱天之命。難醫眼前瘡，又抱心頭病，爲均輸倒加糧二頃。

水旱相仍六七年，自昔誰曾見。田園没養活，糧草乾陪墊，窮鄉官近來無俸錢。

老龍王安心忒好閑，不管頻年旱。溪頭水脈乾，井底泉源斷，要一瓢水下鍋難上難。

去年七月初行雨，今歲歸何處？連宵有暴風，長夏無甘澍，懶龍眠到幾時天上取。

過今年向平婚嫁少，五嶽終須到。眼前有子孫，手内無錢鈔，趁閑時不遊山何日了。

出門自然兩脚輕，閑坐三分病。悶時渴睡多，樂地精神勝，總不如訪名山到處行。

【南商調黃鶯兒】

病起二首

陋巷少人過，問先生病若何？經旬學得陳摶臥。新麥飯吃多，村薄酒飲多，這些兒醉飽消得過。敵詩魔，從今説破，休要苦吟哦。

抱膝水邊亭，避炎蒸遠市城，悠然物外山林興。此身呵已輕，此心呵更清，多因詩瘦非因病。勸先生，肥從口味，酒飯一齊行〔二〕。

【黃鶯兒】

午憩

庭樹影交加，掃蒼苔設小榻，頽然一枕消長夏。待觀書眼花，要題詩手麻，老妻閑説家常話。問莊家，麥收幾許？快沽酒賞葵花。

【黄鶯兒】

懷所知

牆外轆轤鳴，似轔轔車馬聲，高軒恍忽臨荒逕。試披衣起聽，待抽身出迎，多應是佳客乘詩興。憶交情，逢時對景，獨自立中庭。

【南商調黄羅歌】

樹下留客

小隱在山林，客來時坐緑陰，團團芳樹垂清蔭。静悠悠趣深，冷颼颼〔三〕氣森，解衣散髮無拘禁。共知音，狂歌痛飲，酒到莫停斟。堂高數仞，也索費心；食前方丈，也索費心，此身之外圖些甚？閑中過，樂處尋，一枝藜杖一床琴。由人笑，信口吟，佳山佳水遍〔四〕登臨。

【黄羅歌】

示姪

高枕臥林間，衆賢姪來問安，睡魔即漸都消散。早來也喜歡，晚來也喜歡，不來必定多縈絆。克家難，耕讀勤幹，何必遠來看。各安生理，經書勉旃；及時耕耩，種豆滿山，麥秋減却多一半。天猶早，地正乾，商霖何日遍人寰？田糧重，民力殫，常將辛苦濟時艱。

【黄羅歌】

灌園

流水遶人家，灌田園開〔五〕小閘，隨灣就曲增堤壩。罷河陽種花，效東陵賣瓜，路〔六〕行人笑俺擡高價。自矜誇，纍纍滿架，五色絢雲霞。充飢當飯，解渴當茶；客來欵待，臨溪坐沙，謾條條共説無憂〔七〕話。機心盡，樂意洽，漢陰抱甕舊生涯。秋葵葉，春韭芽，四時佳味度年華。

【黄羅歌】

觀雨共酌椿林堂〔八〕四首

小雨潤如酥，遠霏霏近却無，空濛斜向疏簾度。雲行太虚，風飄玉除，絲絲點點成甘露。荷沾濡，瀟然無暑，滿座笑歡呼。梁園詞客，高陽酒徒；詩成共賞，飲盡再沽，千金不賣長門賦。〔合〕勤學稼，慣種蔬，一簑一笠一張鋤。天心轉，民命蘇，從今不悔作農夫。

多病故人疏，有誰來問索居？蕭條長夏東村路。田園半蕪，禾苗半枯，老農一望無情緒。命巾車，閑遊城府，談笑有鴻儒。相逢不飲，高情又孤；何須投轄，無勞曳裾，及時好雨留人住。〔合前〕

竹裏有行厨，煑新茶泛翠盂，清香嫩剖蓮臺肉。襟懷不俗，形骸不拘，擎杯對景聯詩句。問通儒，從今至古，不飲豈吾徒？劉伶五斗，阮籍百斛，相如滌器，文君倚壚，陶淵明種黍逢甘澍。〔合前〕

雨過洗平蕪，染南山列畫圖，雲門地鏡添膏沐。荷花錦鋪，榴英火簇，山翁醉倒在花深處。正歡娱，胡曾懷古，張翰憶蓴鱸。秋風將至，暑氣漸徂。興來不淺，陶然一壺，慶豐年共享天之禄。〔合前〕

【南仙吕入雙調朝元歌】

述　懷〔九〕四首

長歌短歌，盡日逍遥樂；詩魔酒魔，到處盤桓坐。明月清風，同咱三個，常把世情參破。萬慮消磨，清閑壘成安樂窩。奉勸儍哥哥，休爭少共多！〔合〕隨緣且過，權當做東山高卧。

心不戀三臺八座，生來福相薄，勉强待如何？休想豪華，且耽寂寞，防備臨時失錯。難免張羅，會飛騰也將翅兒縛。宦海有風波，平生涉歷多。〔合前〕

到處裏追歡行樂，山童歌舞着，拍手笑呵呵。帽插巖花，酒斟江糯，慢把風騷酬和。信口開合，新詩小詞積漸多。烏兔走如梭，都將今古磨。〔合前〕

也不管花開花落，年年一短簑，寒暑飽經過。順水推船，隨風倒舵，雲影天光攤破。碾碎銀河，烟村幾家趁〔一〇〕碧波。喜聽採蓮歌，山花賽綺羅。〔合前〕

【北雙調玉江引】

閲　世〔一〕四首

我戀青春，青春不戀我。我怕蒼髯，蒼髯没處躲。富貴待如何？風流猶自可。有酒當喝，逢花插一朵。有曲當歌，知音合一夥。家私雖然不甚多，權且糊塗過。平安路上行，穩便場中坐，再不惹名韁和利鎖。

一品高官，朝中待漏寒。萬里兵權，將軍夜過關。名利不如閑，奔忙爭似懶。誰會鑽天，休嫌胳膊短。誰好綿纏，休嫌膝蓋軟。世路如同天樣遠，就裏多坑塹。曾將古人評，再把今人勘，一樁樁上心來重點檢〔二〕。

論地談天，逢人説一篇。希聖希賢，空聽口内言。心迹總茫然，經綸方大展。妙旨通玄，教人打啞禪。外貌清廉，生來只愛錢。好一似鷺鷥兒毛色鮮，素質無瑕玷。包藏吞噬心，兩脚忙如箭，零碎魚兒嗉兒裏攢。

世路悠悠，誰知短共修。歲月如流，忽然春復秋。肥遯且藏頭，功名甘罷手。浪迹遨遊，撑開范蠡舟。擺脱閑愁，休登王粲樓。生涯只須詩共酒，莫自嫌卑陋。鶯花又换新，山水還依舊，這其間要追懽隨處有。

【玉江引】

紀　笑〔一三〕四首

學問才華，看如大海沙。利口伶牙，聽如井底蛙。財旺主通達，粧窮都是傻。空自嗟呀，安排不到家。枉受波吒，休嗔我笑他。我笑他恰便似臨崖馬，不早收韁罷。回又不敢回，下又不敢下，脚跴〔一四〕着賺人坑不是耍。

百口分跋，難參尖嘴佛。百計騰挪，難逃毒害哥。成敗是蕭何，英雄無結果。一折一磨，誰知死共活。一仰一合，休嗔我笑他。我笑他恰便似扑燈蛾，自取焚身禍。雙眉化作烟，兩翅燒成末，眼睜睜飛將來不見火。

有眼無睛，何曾識好人。側耳聽聲，強將假當真。舉世見錢親，窮胎爲禍本。滿口胡云，休言清慎勤。一味貪嗔，休嗔我笑君。我笑君貪財不顧身，晝夜無窮盡。更不辨蒼白，何處尋公論？把英雄折倒的沿地滾。

立定根基，出門多路歧。説甚相知，從來知我希。人面逐高低，迂儒不度己。今是昨非，誰能早見機？秉性難移，休嗔我笑伊。我笑伊一文錢纏到底，算甚麽名和利？堪嗟枉費心，可惜乾淘氣，總不如望雲山歸故里。

【北正宮醉太平】

遂　閑一首

誰説俺不平，俺元無宦情。秋收田地到春耕，從來是本等。懶驢愁治不了傳槽病，餵猫食救不的殘生命，使牛歌改不了舊音〔一五〕聲，急歸來笑聽。

沉顛先擔子，軟兀剌身奇，擔驚受怕有差池，那裏是中吃的果兒？空教我喘吁吁濟不的星兒事，悶懨懨伸不的平生志，急煎煎捱不的那些時，喜今番到此。

【北雙調天香引】

送陳震南二首

送君行匹馬西風，别思綿綿，去路匆匆。塵鞅空囊，雲山逸興，宦海孤蹤。徘徊處寒花舊壠，指顧間斜日離宫。稽古桓榮,識字揚雄。金石文章,錦繡心胸。足音稀空谷跫然,不是詩翁,便是神仙。氣味相投,風情迥别,議論通玄。感知遇綈袍戀戀,説行藏光景年年。瘦聳吟肩,小設離筵。遠客悲歌,野水寒烟。

【天香引】

謝張誠菴雙調之贈

解塵纓笑入詞林,最喜同聲,偏愛知音。水檻霜清,山堂月冷,竹塢雲深。裁麗曲工如蜀錦,按新腔價重南金。險韻侵尋,雙調沉吟。四海傳流,千古胸襟。

【天香引】

柬東沙吕僉憲

樹勳名劍閣嵯峨,歸去雲山,笑入烟蘿。處處新詩,時時小酌,日日高歌。共知音天仙素娥,同得道月老黄婆。塵世消磨，春色融和。進步蓬萊，回首風波。

【天香引】柬劉後溪

興飄然杖策何之？數首唐詩，幾曲元詞。關塞書懷，山川寫景，鄉國題思。玳筵上傳授與明腔雪兒，畫屏前凖備下妙翰張芝。名起當時，紙貴京師。健羡清〔一六〕才，珍重嬌姿。

【天香引】柬董信溪

任逍遥洛下耆英，曾作鹽梅，爲國調羹。一脈家傳，三齊閥閲，累世簪纓。樂琴書心田坦平，愛山水眼界分明。地接蓬瀛，路出燕京。退隱漁樵，進取功名。

【北雙調仙桂引】

壽董北山七十一

鷗盟常共水雲親，鶴算偏宜海屋隣，蝸軒更與蓬萊近。奉身安行步穩，古希年再數重巡。亨清福三齊耆俊，樂清閑十洲舊隱，遇清時萬曆長春。遇清時萬曆長春，南極生輝，北海開尊。賢主嘉賓，金昆玉季，桂子蘭孫。論宦業調羹補衮，振家聲善武能文。麟閣功勳，鳳藻絲綸。與國同休，奕世承恩。

【北雙調河西六娘子】

癸酉新春試筆

獻歲山翁六十三，老馮唐懶去朝參，功名簿上閑磨勘。呀，袖手且粧憨，退步有何慚？世態炎凉已飽諳。

【南正宮玉芙蓉】

益姪家宴

千金一刻春，良夜三更近，滿華筵骨肉之親。海浮山下烟霞潤，椿桂堂中氣象新。清香醞，三巡五巡，一家兒老少醉醺醺。

【南仙吕桂枝香】

臨姪家宴

疏星淡月，好天良夜，玳筵前兄弟排行，畫堂中兒孫羅列。把金杯滿些，把金杯滿些，合家歡悦。銀壺漏永玉繩斜，去歲人何在？今春景又别。

【南仙吕入雙調朝元歌】

蒙姪家宴

條風谷風，春意花梢動。三鍾兩鍾，春酒眼前奉。銀燭高燒，湘簾不控，忽聽的歌聲輕送。皓月當空，良宵不眠興未窮。子姪笑相從，殷勤醉海翁。天倫情重，寂寞了西堂清夢。時舍弟逝矣。

【北雙調折桂令】

咸姪家宴

海雲收雪霽山青，旭日初長，文運方亨。五桂重芳，一椿未老，四葉傳經。開夜宴休離酩酊，聽春絃最喜輕清。伐木歌聲，行葦親情。樂意綢繆，笑語丁寧。

【北中吕朝天子】

答陳李二君二首

陳子昂古詩，李太白律詩，字字相傳示。錦心繡口冠當時，滿紙龍蛇字。掌筆騷壇，游情文事，海山間三數子。俺如今淺思，編幾句小詞，也當做詩言志。

一遭兒菊籬，輪莊兒酒席，老兒當常相會〔一七〕。淵明得意便啣杯，笑向花間醉。好景凝眸，深山屏迹，棄浮名如脱屣。喚奚奴〔一八〕自隨，遞詩筒再題，就裏〔一九〕多風味。洞厓、芝巘，悉示詩章。懶漫無堪，未能仰和。聊占小令，用謝高篇。媿鐘缶之殊音，將唱酬之無當也。

【南中吕駐馬聽】

晚　浴〔二〇〕二首

晚浴晴川，正是炎蒸六月天。葛巾斜掛，芒履雙抛，野服高懸。科頭跣足腹便便，柳陰深處涼無限。名利休纏，頂冠束帶，許多不便。

坐傍溪橋，一派清漣暑氣消。風生雙腋，爽透煩襟，淨滌塵囂。水邊難解紫羅袍，枝頭怎掛烏紗帽？散誕逍遥，如今喜得，林泉高蹈。

【南南呂懶畫眉】

樂　閑二首

水邊林下一閑人，無慮無思自在神。功名富貴等浮雲，春光秋月無窮盡，日日看山日日新。

清風明月兩閑人，笑傲烟霞洗世塵。無邊光景滿乾坤，涼生暑退秋光近，日日吟詩日日新。

【北正宫塞鴻秋】

喜　雪二首

雪花兒飛，風力兒催，隔窗兒凛慄透寒威。土炕蘆蓆，濁酒山妻，賽羊羔勝党姬。念窮民肚裏無食，嘆寒儒身上無衣。高山成玉壘，平地起銀堆。嘻，看來歲得便宜。

雪填門，人斷魂，少柴無米怎温存？喜殺官人，盼殺黎民，撒梨花都是春。滿天街瑞氣氤氲，舞簾櫳玉屑繽紛。今冬難凑手，來歲好安身。貧，那有隔年陳。

【北雙調仙桂引】

甲戌新春試筆

大年初一好晴明，初二初三氣候清，迎春士女如雲盛。問勾芒仔細聽：願今年五穀豐登，願今年八方寧靜，願今年糧差輕省，願今年黎庶安生。聽勾芒應答衆生：天有神靈，官又廉明，吏不違條，民不犯法，盜不縱横。四夷安齊輸欵誠，三光正推驗昇平。從今後歲歲收成，户户充盈。託賴着萬曆皇朝，倚仗着九棘公卿。

【仙桂引】

燈夕

元宵十五好晴天，十六十七景物妍，觀燈士女貪歡宴。喜孜孜笑語喧，幸遭逢盛世豐年。風不動芝麻賤，月交輝百穀全，好燈光萬事安然。謝朝中宰相調元，官不勞民，吏不貪錢，糧不重徵，差無偏累，銀不加添。感逃移心回意轉，恤貧窮復業歸田。左右無權，書算絶奸。吃緊的郡守廉明，委實的邑宰仁賢。

【南南吕一江風】

益姪家宴二首

入新年，日日開春宴，幸得身强健。喜團圓，椿桂重芳，蘭蕙香風滿。新詩和幾聯，新詞和幾篇，堂前又覩奎光現。

入新春，又值文明運，咫尺三臺近。慶風雲，聖主臨軒，齊魯登賢俊。春光占幾分，春鶬勸幾巡，耳邊廂忽聽的春雷震。

【南仙吕入雙調玉抱肚】

臨姪家宴

一年嘉慶，北堂前芝蘭向榮。把金甌淺泛流霞，和春詞變入新聲。歌喉響遏碧雲行，雪月風花滿郡城。

【南仙吕入雙調朝元歌】

蒙姪家宴

花香酒香，且把愁顔放。風光月光，頓覺詩懷暢。笑語綢繆，篆烟飄蕩，春滿尊前席上。琴瑟高張，清歌一聲繞畫粱。昔日紫微堂，今朝翠竹房。男兒志向，休負了前人名望。

【北雙調折桂朝天令】

咸姪會試二首

燦文星世世重輝，酉中秋闈，戌中春闈，看東華金榜名題。解却儒衣，換上朝衣，羡沖舉九苞鳳起，任扶搖萬里鵬飛。聖主登極，賢俊來儀，投至得捷報南宮，不枉了聲震東齊。設席，舉杯，元旦成佳會。長行直到曲江池，方稱遊春意。桃浪千層，杏林十里，這風光真個美。對燈花此夕，步雲程有期，大家拚一個醺醺醉。

十年來一介書生，頗擅才名，也擅科名，五朝中累世簪纓。方顯文星，又顯官星，論黼藻堪稱國英，談道義克振家聲。纔入新正，即便登程，一步步足躡天梯，不移時身上瑶京。此行，準成，金榜標名姓。出門相送弟和兄，勸酒多嘉慶。棠棣連枝，雁鴻接影，到京師趨華省。耳邊廂細聽，唱的是渭城，和一闋折桂朝天令。時履姪在駕部。

【南商調黄鶯兒】

勉姪二首

掛一段狀元紅，占春光錦繡叢，書生仰荷君恩重。望金門鞠躬，近天顔改容，傳宣京尹排騶從。狀元紅，前遮後擁，攔不住五花驄。

簪一朶狀元花，這風流實可誇，長安走馬人如畫。金貂客手插，玉樓人眼瞰，杏園春色真無價。狀元花，來回顧影，不覺的側烏紗。

【北雙調折桂令】

春陰

寫春聯遍帖柴門，詩也宜春，酒也宜春。跨毛驢笑入烟村，風也撩人，雪也撩人。環海岱生意鼎新，滿乾坤和氣氤氲。行雨行雲，富國安民。準擬西成，多謝東君。

【折桂令】

焚柏子

翠巍巍柏子浮煙，清似鷄舌，潤比龍涎。芸草窗中，芝蘭砌畔，椿桂堂前。遇道人偏宜講玄，對高僧最好談禪。案上丹鉛，坐下青氈。對此觀書，對此鳴絃。

【折桂令】

燒榾柮

燒榾柮老瓦盆中，暖氣烘烘，樂意融融。烟透軒窗，寒銷院宇，春滿簾櫳。煨嫩芋紅爐謾擁，點清茶白雪新烹。冷淡家風，瀟灑山翁。受用無邊〔二二〕，熱酒三鍾〔二三〕。

【折桂令】

閱報除名四首

喜朝中一旦除名，俺纔是散誕山人，自在先生。敝屣離身，扁舟抵岸，飄瓦忘形。苦奔波三萬里迢迢遠征，花打算四十年小小前程。蜀道難行，齊瑟誰聽？若不是忽剌八開豁的清白，怎能勾生扢查倒斷的分明。

嘆人情不繫之舟，隨水東西，蕩蕩悠悠。把似俺二意三心，總不如一刀兩斷，才是箇萬了千休。信同僚苦勸着莫得要輕輕罷手，聽親戚攛斷的怎能勾早早回頭。到底是賦性優柔，遇事遲留。止不過蝸角虛名〔二三〕，又不是都督王侯〔二四〕。

笑吾生天地之間，半紙功名，六品王官。百樣參差，十分潦倒，一味孤寒。破砂鍋換蒜皮有何希罕？死鷄兒熓白菜枉受艱難。從今後雲水青山，竹杖黃冠。遠離了世路風塵，跳出了宦海波瀾。

看人情世態偏別，禍福無端，好惡隨邪。歧路亡羊，塞翁失馬，弓影成蛇。拾了個破包頭有何難捨？打了個昏斯謎費盡周折。雖不是豪杰，也不是癡呆。豈不知這樣兒清高，那樣兒巴竭。

【北中呂朝天子】

喜客至

喜羣英赴席，看五星聚奎，百里内賢人會。甕頭新釀帶糟皮，到手休辭醉。東省齊名，南宫高第，兩同年情更美。酬勸了幾杯，穿換了一迴，申不盡東君意。

【朝天子】

候客不至

敬心兒往來，用意兒刮劃，爲只爲兩世通家愛。寒儒那有大安排，鷄黍相陪待。廚下休忙，東君莫怪，請着他佯不采。有酒兒自釃，有肉兒自嚌，頓忘了炎涼態。

【朝天子】

拜客不答

遠迢迢出城，靜悄悄到廳，再拜申微敬。覓人擡轎費經營，買柬兒通名姓。往而不來，幡然自省，敞着門終日等。俺如今已惺，也學的寡情，閉了門推乾淨。

【朝天子】

喜客相訪

掩柴門不開，有高賢到來，又破了山人戒。斯文一氣便忘懷，笑傲煙霞外。雅意相投，誠心款待，酒瓶乾還去買。你也休揣歪，俺也休小哉，終有個朋情在。

【南仙吕桂枝香】

雨後雪

小春將盡，寒風傳信，恰纔聽雨點無聲，又早見雪花成陣。静悄悄閉門，静悄悄閉門，新開香醞，自釃自飲意欣欣。堂前十月汪汪水，不怕來年一日辛。

【桂枝香】

雪　晴

一天飛絮，萬山堆玉，霎時間掃盡同雲，又添上無邊清趣。任幽人品題，任幽人品題，錦囊佳句。探〔二五〕梅歸去意何如？消磨歲月詩千首，笑傲乾坤酒一壺。

【北雙調胡十八】

刈麥有感四首

八十歲老莊家，幾曾見今年麥！又無顆粒又無柴。三百日旱災，二千里放開。偏俺這卧牛城，四下里忒[二六]毒害。

不甫能大開鐮，閃的個嘴着地。陪了人工陪飯食，似這般忒癡，真個是罕希。急安排種豆兒，再着本還圖利。

穿和吃不索愁，愁的是遭官棒。五月半間便開倉，里正哥過堂，花户每比糧。賣田宅無買的，典兒女陪不上。

往常[二七]時收麥年，麥罷了是一儉。今年無麥又無錢，哭哀哀告天，那答兒叫寃？但撞着里正哥，一萬聲可憐見。

【北雙調折桂令】

刈穀有感二首

自歸來農圃優游，麥也無收，黍也無收。恰遭逢饑饉之秋，穀也不熟，菜也不熟。占花甲偏憎癸酉，看流行正到奎婁。官又憂愁，民又漂流。誰敢替百姓擔當？怎禁他一例誅求！

近新來百費俱捐，官也無錢，民也無錢。遠鄉中一向顛連，村也無烟，市也無烟。貧又逃富又逃前催後趲，田也棄房也棄東走西遷。幸賴明賢，招撫言旋。毒收頭先要合封，狠催申又討加添。

【北正宫小梁州】

飼蟻有感二首

無千無萬聚庭堦，犯險的惹禍招災。那年江省考遺才，人廝躧，多士最堪哀。

縱然吾意無毒害，脚到處衆命難捱。撒了把細麩皮引的他忙成塊。喜的是手疾眼快，齊入穴中來。

【北中呂朝天子】

東村樓成四首

小樓，地頭，不出户觀耕耨。晚來四面上簾鈎，一覽山川秀。瀟散琴棋，尋常詩酒，避塵囂辭俗友。到秋，頗收，具鷄黍邀親舊。

望家，看瓜，小可成間架。四圍禾稼間桑麻，只看到秋收罷。破二作三，少七没八，謾綳拽窮對搭。板笆，草榻，高卧無驚怕。

倚闌，玩山，平穩似連雲棧。門前七里釣魚灘，説甚的磻溪岸。陡展詩懷，高擡醉眼，性天寬心地坦。避煩，討閑，好受用窮鄉宦。

四方，八窗，高出松梢上。黑甜一枕到羲皇，傲煞陶元亮。長夏風清，新秋氣爽，好潛修堪静養。坐忘，退藏，息念處消魔障。

【朝天子】

自遣四首

海翁，命窮，百不會千無用。知書識字總成空，浮世乾和鬨。笑俺奔波，從他盤弄，你乖猾俺懞懂。就中，不同，誰認的鷄和鳳。

海浮，命毒，方的俺無錢物。半床圖畫半床書，這便〔二八〕是安身處。論地談天，知今道古，一時人全不數。念吾，寡徒，有句話和誰訴？

汝行，此生，天賦與烟霞性。世間名利兩無成，落得山中靜。鳥徑禪關，龍溪釣艇，緑簑衣披一領。子平，五星，不問卜知前定。

萬緣，聽天，不富貴安貧賤。老妻稚子種山田，骨肉相依戀。家世耕讀，時常過遣，又何須名姓顯！向前，有年，便足平生願。

【南中呂駐雲飛】

此景亭初秋小酌〔三九〕二首

時值新秋，一雨初晴暑氣收。翠滴山光瘦，紅濕荷香透。嗏，佳客任遨遊，買魚沽酒。醉後狂歌，舞破衣衫袖，不管人間萬種愁。

一段秋光，萬柳陰中納晚涼。風動鷗波滉，雨過龍溪漲。嗏，玉手送霞觴，逍遥亭上。洗耳開懷，試聽紅兒唱，一笑都將萬慮忘。

【南仙呂桂枝香】

贈人二首

月中丹桂，天花香細，熬盡了萬紫千紅，占斷了奇花名卉。到清秋盛開，到清秋盛開，金風飄砌。嫦娥初會意徘徊，乞得千年藥，還攀萬丈梯。

冰輪高掛，花枝低亞，恰纔玉兔東昇，又早銀蟾西下。折一朶桂花，折一朶桂花，千金無價。香風縹緲散天葩，分付登雲客，相將步月華。

【南仙吕二犯傍粧臺】

此景亭觀雨共酌〔三〇〕

流水遶孤村，藕花四面吐清芬。坐邀三益友，行樂百年身。輕雷忽送山前雨，暮靄遥連海上雲。解衣沽酒，促膝論文，一談一笑共相親。

七月火西流，湖光山色倍清幽。共拚河朔飲，散步習池遊。兒童莫笑山翁醉，麴米能消杜甫愁。碧筒縱飲，清商朗謳，海天一雨彩虹收。

【二犯傍粧臺】

世恩堂觀雨共酌〔三一〕

高會畫堂中，瑞烟裊裊雨濛濛。漸看花露重，莫放酒尊空。敲殘棋子消清晝，捲盡湘簾對遠峰。竹溪六逸，商山四翁，至今千載仰高風。

無事且啣杯，相邀一月兩三席。醉翁非爲酒，詩社共分題。德星喜兆賢人聚，膏雨初回造化機。太平有象，豐年可期，逢場作戲便追隨。

【二犯傍粧臺】

李奇坡會不果赴〔三二〕

三日出村行，青鸞早已報先聲。披衣看月色，攲枕盼窗明。未及赴飲天留客，纔待登車雨滿城。笑余掃興，孤君款情，秀才食肉犯梟星。

涼雨洗平沙，瓊樓對起鎖烟霞。清秋浮爽氣，勝事競繁華。佳山佳水東齊郡，難弟難兄北海家。綺筵候客，銀河泛槎，相看咫尺隔天涯。

【南正宫玉芙蓉】

喜雨二首

村城井水乾，遠近河流斷，近新來好雨連綿。田家接口蕎秫飯，書館充腸苜蓿盤。年成變，歡顔笑顔，到秋來納稼滿場園。

初添野水涯，細滴茅簷下，喜芃芃遍地桑麻。消災不數千金價，救苦重生八口家。都開罷，蕎花豆花，眼見的葫蘆棚結了個赤金瓜。

【玉芙蓉】

苦　雨二首

衝開七里灘，淹倒蟠溪岸，釣臺沉何處投竿？三時不雨田苗旱，一雨無休水潦寬。民愁嘆，號天怨天，這其間方信道做天難。

恰纔慶雨澤〔三三〕，豈料爲民害〔三四〕！一時間旱潦齊來。牆傾屋塌千家壞，水浸風磨五穀災。多奇怪，時乖命乖，嘆吾生畢竟是老窮胎。

【玉芙蓉】

苦　風二首

難將風雨調，無計回天道，簸乾坤晝夜狂飈。核科折盡泥中倒，黍穀磨殘水上漂。哀哀告〔三五〕，千勞萬勞〔三六〕，誰承望一年勤苦總無聊〔三七〕！

封家十八姨，毒害能爲祟，撞南牆猛雨如錐。摧殘禾稼饑難濟，壓倒房廊命有虧。民何罪？天知地知，願回心風調雨順霽嚴威。

【玉芙蓉】

喜晴二首

鳩來屋上鳴，雨霽偏靈應，這其間準擬收成。雖然天意人難定，到底民窮運轉亨。簷前聽，三聲兩聲，誰想這小毛團倒好驗陰晴。

陰雲萬里無，積雨千山度，拯羣生脱離了泥塗。青天豈有絶人路，赤日還爲救命符。沽酒處，三壺兩壺，眼見的樂陶陶醉倒了老農夫。

【北雙調玉江引】

農家樂 次洞匡韻

喜得秋成，新炊乾飯飽。準備冬寒，純棉粗布襖。不怕社官喬，何妨書手狡。無慮無憂，先將官債了。無是無非，休嫌家當少。暖虛虛炕頭睡的好，安穩誰驚覺。消殘水旱愁，唱徹村田樂，若不是這年成何處跑。

【玉江引】

農家苦 次洞匡韻

倒了房宅，堪憐生計蹙。衝了田園，難將雙手扒。陸地水平鋪，秋禾風亂舞。水旱相仍，農家何日足？牆壁通連，窮年何處補？往常時不似今番苦，萬事由天做。又無餬口糧，那有遮身布，幾椿兒不由人不叫苦。

【南仙呂傍粧臺】

憂復雨 次洞匡韻 四首

喜登山，閑看秋雨自憑闌。誰知巨洋深似海，平地水連天。飄流房屋傷禾稼，傾倒牆垣損藥欄。天難定，民不安，滿懷愁鎖兩眉間。

望雲開〔三八〕，忽驚東北雨聲來。百川齊泛濫，千里盡風霾。甫能六月愁乾旱，恰入三秋告水災。流行到，時運該，家家少米又無柴。

黑雲連，猶如天地尚函三。街前翻巨浪，城下起狂瀾。閭閻生計頻年病，市井謠言何日安？思前事，防未然，千愁萬苦訴蒼天。〔三九〕

暮烟霏，村城四望見應稀。有塵生飯甑，無處覓漁磯。半彎轉過三尺水，一步行來兩脚泥。田園沒，生計微，誰將荒政拯羣黎！

【傍粧臺】

喜復晴 次洞厓韻四首

舉頭瞧，披雲撥霧仰丹霄。開門看小圃，倚杖步荒郊。鳩聲喚徹千林曉，鶴駕飛來萬里遥。山容瘦，花瓣嬌，野人遊玩也清高。舉頭看，三竿紅日上青天。且喜天睜眼，不怕水衝田。雖然〔四〇〕南畝禾生耳，忽見〔四一〕東隣竈有烟。詩懷暢，酒量寬，願同擊壤樂堯年。〔四二〕

喜輝煌，扶桑擁出太陽光。不愁泥曳履，猶恐露沾裳。牆傾旋插新籬障，屋倒權修破草房。看秋景，納晚凉，一時得意氣軒昂。

對青山，雲霞變幻片時間。清風良夜景，明月早秋天。酒杯到手休辭醉，竹杖隨身不記年。登臨樂，笑語懽，大家同會大羅仙。

【北中吕朝天子】

四術

醫

把腕兒綽觔，搯杖兒下針，無倒斷差分寸。處心醫富不醫貧，慣用巴霜信。利膈寬胸，單方弔引，幾文錢堪做本。瀉殺了好人，治活了歹人，趁我〔四三〕十年運。

卜

睜着眼莽謅，閉着眼瞎謅，那一個知休咎？流年月令費鑽求，就裏多虛謬。四課三傳，張八李九，一樁樁不應口。百中經枕頭，卦盒兒在手，花打算胡將就。

相

對着臉朗言，扯着手軟纏，論富貴分貧賤。今年不濟有來年，看氣色實難辨。膝子封妻，成家蕩產，細端相胡指點。憑着你臉涎，看的俺醜顔，正眼兒不待見。

巫

扇鼓兒狠敲，背膊兒磣摇，不住的梭梭跳。五更半夜睡不着，隣舍家嫌聒噪。綽去了三魂，相衝着五道，鬼病兒難得好。買金銀紙燒，請師婆賽了，敬意把邪神報。

【北仙吕寄生草】

四不全

缺唇兒〔四四〕

娘吃了兔兒肉，兒少了口唇皮。喝茶喝水空勞力，説長説短乾淘氣，吹燈吹火無巴臂。懷胎婦女再休饞，但見了兔兒須迴避。

點脚兒〔四五〕

一脚長一脚短，一步高一步低。東欹西倒街前醉，歪頭劣肚門傍立，伸腰曲膝牀頭睡。買一條鐵拐早修行，功成插入神仙隊。

禿廝兒

少一綹青絲髮，有幾根喇哩毛。網兒頂線無着落，梳兒篦兒都不要，虱子蟣子無消耗。人人稱道是同知，幾時戴一頂烏紗帽？

瘿膊兒

看着你嗉兒裏有，每日家還要吃。吃的是尿胞裝着些膀胱氣，響的他吁吁喘喘難醫治，愁的是深深唱喏頭着地。連腮帶耳一般粗，做了些揚揚不睬胖張勢。

【北中呂滿庭芳】

四憎

蠅

蠅營半載，跟尋腥腐，變亂蒼白。雖然首尾無毒害，蹤跡胡歪。書案上搖搖擺擺，酒席間鬧鬧垓垓。鼻尖兒快，靜悄悄荒郊野外，人坐下一齊來。

蚊

些微形狀，聲如雷動，嘴似針芒。但沾着皮肉不厮放，頃刻成瘡。眼待合又疼又癢，睡不穩難忍難當。酥胸上，輕輕一掌，汝命早先亡。

蚤

行藏欠穩，尖（四六）心害物，利嘴傷人。忽然亂跳無音信，磚縫裏藏身。手摸着三魂早殞，口咬着一命難存。那時節無投奔，饒你跟頭亂滾，跳不出破皮褌。

蝨

窮生蟣蝨，慣欺破襖，頻解高懷。你咬我我咬你都休怪，手到擒來。擒住你開呵喝采，放（四七）了你增福消災。從今後休相害，實指望富而生疥，又只怕癢難捱。

【滿庭芳】

藥　蟲（四八）

紅頭黑嘴，苦中作樂，甜處求食。何曾生冷傷脾胃，無病尋醫。咀嚼的口中最美，補養的身上難肥。秋陽内，攤開曬你，不死也去層皮。

【滿庭芳】

書　蟲〔四九〕

蠹魚〔五〇〕雖小，咬文嚼字，有甚才學？綿纏紙裹書中耗，占定窩巢。俺看他一生怕了，你鑽他何日開交？聽吾道：輕身兒快跑，捻着你命難饒〔五一〕。

【南仙吕桂枝香】

冶源大十景十首

乾坤清氣，林泉佳致，恍疑似方丈蓬壺，端的是洞天福地。暖溶溶玉池，暖溶溶玉池，源頭活水，珍珠亂撒，一片琉璃。海上三山秀，人間萬古奇。

浮山勝概，冶源烟靄，又不是香霧空濛，又不是輕雲靉靆。不移時閃開，不移時閃開，神仙世界，十洲三島，閬苑蓬萊。天上黄金闕，壺中白玉臺。

白鷗輕漾，紅鴛翻浪，恰纔過捉馬潭邊，又早到小龍灣上。緑陰陰兩行，緑陰陰兩行，青絲飄蕩，千條弱柳，萬縷垂楊。好一似連環鎖，牽人入醉鄉。

山居幽静，湖光相(五二)映，翠巍巍四面雲屏，碧澄澄一輪銀鏡。聽悠悠數聲，聽悠悠數聲，禪林清磬，動人詩興，信步閑行。雨過沙邊路，風來水上亭(五三)。

冶官遺廟，千山環抱，鑄劍池徹底澄清，飛雲閣半空縹緲。柳陰中小橋，柳陰中小橋，漁樵徑道，遊人登眺，盡日逍遥。上到摩天嶺，方知此處高。

堂開雲岫，泉分石竇，倒坐着水月觀音，生就的淨瓶楊柳。有前朝古槐，有前朝古槐，千年依舊，龍蛇技鬭，隱護靈湫。黑水洪洋峪，深藏景最幽。

扁舟一葉，金波摇拽，輕撥開翠藻青蒲，滿載着光風霽月。蕩星河影斜，蕩星河影斜，好天良夜，珠泉萬顆，雲錦千叠。鮮鯽銀絲鱠，年年受用些。

東山高臥，小亭清坐。結識上酒友詩朋，準備下及時行樂。滿池塘緑荷，滿池塘緑荷，紅蓮萬朶，開尊宴賞，信口吟哦。喜得高人至，盤桓安樂窩。

玉泉香院，金仙出現，千年古刹傳留，萬載皇圖永奠。自歸來閉關，自歸來閉關，空門依戀，静聽清梵，醉愛逃禪。石鼎烹茶品，名山第一泉。

秋來春去，四時成趣。家住翠竹叢中，人在白雲深處。看天然畫圖，看天然畫圖，眼前詩句，水芹香稻，鮮酒活魚。見說江南好，江南恐不如。

【南商調黄鶯兒】

美人杯二首

掌上醉楊妃，透春心露玉肌，瓊漿細瀉甜如蜜。鼻尖兒對直，舌頭兒聽題，熱突突滚下咽喉内。奉尊席，笑吟吟勸你，偏愛吃紫霞杯。

春意透酥胸，眼雙合睡夢中，嬌滴滴一點花心動。花心兒茜紅，花瓣兒粉紅，泛流霞悮入桃源洞。奉三鍾，喜清香細湧，似秋水出芙蓉。

【南南吕懶畫眉】

前題次韻二首

妖嬈人樣酒杯兒，仰面昏沉睡覺兒，纖腰半露那些兒。細看他這點花兒蕊，瀉出瓊漿一線兒。

瑶觴托在手心兒，暖酒輕沾口角兒，杯心正對舌尖兒。消停仔細嘗滋味，滿口香甜有趣兒。

【北雙調折桂令】

送琦孫鄉試

論干支應驗如何？子也登科，丁也登科。橋梓聯芳，祖孫繩盛，世沐恩波。準備就攀月桂當頭一朶，不枉了赴文場鏖戰三合。鵬舉溟渤，鳳起巖阿。佇望飛騰，勉自琢磨。

【北雙調仙桂引】

詠詩匏

靈匏聲價重鴟夷，盤古流傳混沌皮，團圝共結緇沂會。賽郫筒不摘離，叩清音唤醒詩脾。寫不盡風花記，吟不徹雪月題，但登臨滚滚相隨。小壺天玉質冰肌，喜則喜空洞能容，爲則爲囊括無遺。錦重叠滿紙雲烟，光絢爛一天星斗，圓滴溜萬顆珠璣。俺只道混元形未分兩儀，誰鑿透通玄竅肇判三極！

付奚童仔細收拾，倩高賢珍重留題。覽詩篇字字精工，詠詞章句句神奇。

【仙桂引】

喜雪新春試筆

大年初一雪花飄，瑞氣祥光貫九霄，從今已顯豐穰兆。喜三白遍四郊，託賴着臺省賢勞。扶助的朝廷有道，保安的黎民無擾，感召的雨順風調。細繽紛密灑衡茅，海宇生輝，山岳增高。萬朶琪花，千枝玉樹，百尺銀橋。掃蕩了豺狼當道，簇擁着驄馬行軺。清擬冰條，貴比瓊瑤。滿齊城有脚陽春，恰都是柏府人豪。

【仙桂引】

元宵喜雪夜分而止

元宵十五雪花飛，玉映天街火樹圍，從今再顯豐年瑞。萬民安二麥宜，壓遺蝗入地千尺。喜百穀蒙生意，慶三農更足食，拜謝了天地神祇。草堂開小設筵席。雪裏燈竿，分外希奇。柳絮輕盈，梨花飄漾，梅蕊芳菲。笑談中詩詞並美，轉盼時燈月交輝。夜色何其？兔影沉西。有酒重斟，不醉無歸。

【北雙調河西六娘子】

笑園六詠六首

問道先生笑甚麽？笑的我一仰一合，時人不識余心樂。呀，兩脚跳梭梭，拍手笑呵呵，風月無邊好快活。

人世難逢笑口開，笑的我東倒西歪，平生不欠虧心債。呀，每日笑胎嗨，坦蕩放襟懷，笑傲乾坤好快哉。

閑看山人笑臉兒紅，笑時節雙眼兒朦朧，平白地笑入玄真洞。呀，也不辨雌雄，也不見西東，笑不醒風魔胡突蟲。

玉兔金烏趕的慌，我笑他不住的窮忙。今來古往如奔浪。呀，三萬六千場，日日笑何妨，俯仰乾坤一醉鄉。

笑倒了山翁老傻瓜，爲甚的大笑哈哈？功名不入漁樵話。呀，打鼓弄琵琶，睡着唱楊家，用盡你機闞笑掉了我的牙。

名利機關没正經，笑的我肚兒裏生疼。浮沉勝敗何時定？呀，個個哄人精，處處賺人坑，只落得山翁笑了一生。

夜聞琦捷口占二首

【北中吕朝天子】

文運到丙丁，發跡在早齡，越顯的門風盛。神機妙出火牛城，一戰三齊定。耀後光前，連科決勝，赴瓊林拚酩酊。金榜上列名，玉堂中樹聲，又千里傳家慶。

恰辭了桂軒，又到了杏園，早遂却男兒願。連登及第邁前賢，您喬梓都堪羨。四世科名，五朝恩眷，荷天公垂庇遠。清白字祖傳，忠孝事〔五四〕勉旃，要振起咱門面。

【南越調浪淘沙】

種樹二首

荒隴枕洋溪，萬木雲齊。堯山翠色兩相依。歲歲年年生意好，手自栽培。甘雨正淋漓，萬物光輝。滿林紅杏鬭芳菲。寒食清明剛到也，煙草萋萋。

獨自踏青遊，七里灘頭，垂楊嫋娜弄新柔。遍插青枝臨曲水，一種風流。日日掃閑愁，移近高樓，栽培不爲棟梁謀。我愛長條千萬縷，蕩蕩悠悠。

【南商調黄鶯兒】

鞦韆

遥望肉〔五五〕飛仙，半虚空如線牽，天風吹得團團轉。摇落了玉蟬，湯抹了翠鈿，粉香汗濕桃花面。興飄然，湘裙大展，現八瓣妙金蓮。

【北正宫醉太平】

家　訓〔五六〕四首

勸哥哥學好，休捨命貪饕。聰明伶俐莫心高，只隨緣便了。抹了臉遮不盡傍人笑，腫了手拿不盡他人鈔，放倒身吃不盡小人敲，急回頭自保。

勸哥哥自想，要仔細商量。須知梟短不能長，再休提勉强。别人肉貼不在腮頰上，愛便宜見放着傍州樣，怕年年醫不得眼前瘡，悔當時戳莽。

勸哥哥休歹，把兩眼睜開。一還一報一齊來，見如今天矮。人人心地藏毒害，家家事業多成敗，時局面有興衰，到頭來怎解？

勸哥哥休狠，學性格温存。得饒人處且饒人，退步行最穩。循天理處安吾分，占便宜處甘吾笨，咬牙切齒反吾身，狠讀書爲本。

【南正宮玉芙蓉】

笑園約會二首

山人今又來，雅會猶然在，笑園中羅列群才。主人駕出無拘礙，坐客淹留盡放懷。真豪邁，悠哉快哉！一個家醉醺醺齊倒在碧苔堦。

友山醉似泥，角藝難支對，老冰壺伏地咔之。洞厓早跑知迴避，望石留連躲是非。胡先輩，低壺矢棋，勝不的醒山人硬勸了掛紅杯。會友望石，迎盛眷至宦邸，歡甚，同會慰勞之。有獻嘲者，但投壺對弈，略不爲動。所謂笑而不答心自閑者，非耶！

玉芙蓉

嘲　贈二首

他鄉即故鄉，久旱甘霖降，喜團圓無限風光。東藏西躲牽羅帳，後擁前遮入洞房。還掙扎，男兒自强，打算的兩年閑併做了一冬忙。春光滿繡幃，夜夜乾淘氣，一家兒衆口難齊。使不的調虎離山計，當不得將軍八面威。腰肢瘦，憑誰替伊？這其間險些兒斷送了光頭皮。

【北雙調折桂令】

病憶山中〔五七〕四首

數年間〔五八〕投老山村，閑也宜人，忙也宜人。近新來悞入城闉，行也勞神，坐也勞神。從今後再休想出山探親，準備下一納頭懶處安身。隔斷紅塵，占斷白雲。高插荆籬，緊閉柴門。

下山來逐日窮忙，窮也難當，忙也難當。到山中一味清狂，清也何妨，狂也何妨。怎寧耐勞勞攘攘，甘消受踽踽涼涼。雪嵌巖窗，月浸茅堂。四大安然，萬慮俱忘。

笑當年半紙功名，功也無成，名也無成。急抽身一意歸耕，歸也相應，耕也相應。藥欄兒徐徐理整，草菴兒小小經營。烟月尋盟，雲水關情。細挽湖波，痛濯塵纓。

掛崖龕雲樹叉枒，也有僧家，也有田家。抱山村澗水交加，也有漁槎，也有仙槎。碧雙灣浮沉月華，小八洞吞吐烟霞。不鍊丹砂，不養黄芽。風落枯藤，雪煑新茶。

【北雙調鴻門奏凱歌】

喜　雪二首

荷當陽明聖君，喜燮理多賢俊。正四時風雨調，育萬物陰陽順。呀，淨大地絶纖塵，拍長空結片雲，碾世界千山玉，鑄乾坤一錠銀。來春，享富貴無窮盡。吾民，賴天恩有處分。

慶三白方朔誇，凑四幅王維畫。吟不就灞上詩，壓不倒袁安廈。呀，折一朶浩然花，啜一盞党姬茶，摇一把山陰棹，訪一回安道家。銀槎，緊緊繫浮山下。瑶華，飄飄在冶水涯。

【鴻門奏凱歌】

岱翁餽問雪中賦謝

封題了梁苑詞，發付了梅花使，沾濡了鸞鳳箋，飛灑了龍蛇字。呀，鮮菱肉最甘肥，遠致自楚江湄。涼滲滲黄金橘，嫩生生白玉芝。珍奇，感子建殷勤賜。休辭，恰相如病渴時。

【鴻門奏凱歌】

奉謝諸宗枉駕〔五九〕

街前多長者車，門外有賢王輅。忽驚傳梁孝來，又報道陳思顧。呀，踏破了小茅廬，慌張了老迂儒。有雪茗何曾獻，欠村醪不敢沽。潛夫，再休把書來著。相如，喜從今病已蘇。

【鴻門奏凱歌】

謝諸公枉駕

邀的是試春遊張曲江，訪的是耽酒病陶元亮，行的是快吟詩唐翰林，坐的是會射策江都相。呀，這的是白雲明月謝家莊，抵多少秋風野草鎮邊堂。您子待平開了西土標名字，俺子待高卧在東山入醉鄉。周郎，耳聽着六律情偏暢。馮唐，身歷了三朝老更狂。

【鴻門奏凱歌】

謝諸老枉顧

一個樂謳歌全盛時，一個慣領料長生會，一個輪莊兒獻壽觴，一個打夥兒閑遊戲。呀，一個倚玉樹折花枝，一個扶翠袖當青藜，一個教二子雙攀桂，一個濟羣生三世醫。希奇，八老聚魔先退。芳菲，兩娥來春早回。

【鴻門奏凱歌】

謝會友枉顧

又不曾費推敲將詩債擔，又不曾閑包攬把風情勘。止不過下山來將公事勾，進城去把高親探。呀，單想着洞天福地紫雲菴，清風明月碧龍潭。但離了聖境多愁病，恰遇着遊人共笑談。意象兒虛涵，默坐處機心淡。魂夢兒沉酣，猛醒來世味諳。

【鴻門奏凱歌】

子姪守歲

一個飭元戎冀北軍，一個修世業齊東郡，一個劍雙揮星斗光，一個筆橫掃龍蛇陣。呀，一個折丹桂抱經綸，一個劚藍田課耕耘，一個近日月承天眷，一個走關山望海雲。全不厭清貧，守歲錢賒一分。但款敍情親，交年杯換幾巡。

【北雙調清江引】

戊寅試筆十首

換歲交年百事吉，清曉天光霽。午風鼓太和，夜雪呈嘉瑞，喚書童掃文房閑試筆。

雪擁天街免拜年，閉閤開家宴。姪孫個個來，兒女團團勸，這便是滿堂春住世仙。

春水春山玉鏡臺，照徹神仙界。舟移島嶼中，人在雲霄外，這風光有黃金無處買。

緑水青山不用多，只容得人三個。閑隨牧豎歌，醉伴漁翁卧，每年間不暫離他共我。
明月清風何處無，全借山川助。高山更有情，流水都成趣，水山風月光萬古。
風月水山春色早，不近紅塵道。静尋物外遊，遠避人間鬧，出脱的一身安無價寶。
雪月風花細裁剪，又喜年成變。三農到處安，五穀殊常賤，愁只愁折官糧難辨錢。
好年成一文錢一片金，不似今番甚。糶糧没去頭，變産無人賃，一條鞭不弱如十段錦。
穀賤傷農傳自古，並不分貧富。今年下下門，舊歲超超户，抛荒了好莊田千萬畝。
山縣從來民害民，虎一分狼一分。明加又暗加，法盡情無盡，好清官不覷簷下狠。

【北雙調鴻門奏凱歌】

復兒度遼省墓二首

覽雄風北鎮巔，蟠大地東洋甸，近扶桑曙氣通，映析木祥光絢。呀，仰廟貌鳳飛騫，瞻華表鶴翩躚，環瀚海三千里，抱豎閭百萬年。靈源，演世系徵文獻。龍仙，按圖經授秘傳。

歷三朝寵數優，傳四世文風舊。念焚修總是空，要祭掃乾生受。呀，長撇下萬千愁，冷落了四十秋。那裏也鱗鴻耗，大拚着狐兔遊。承繼了箕裘，早共晚功名就，撞破了烟樓，遲和疾志願酬。龍山駱用卿，浙人，前戊辰榜先公同年友。善堪輿術，嘗按圖相先隴，每（六〇）奇中。余戊戌東歸一展墓，逮今四十年，始遣子復，寄此勉之，必有濟也。

解任後聞變有感二首

【北雙調仙子步蟾宮】

無官方顯一身輕，有子須教萬事成，歸家便是三生幸。又何愁烹五鼎，豈不聞君子懷刑？可惜了淮陰命，空留下武穆名，因此上急回頭死裏逃生，因此上急回頭死裏逃生。今日的一點英魂，昨日的萬里長城。劍擁兵圍，繩纏索綁，肉顫心驚。恨不能得便處投河跳井，悔不及起初時詐死埋名。口説無憑，眼見分明，再休提大爵高官，且安排淺種深耕。

邊聲初奏紫宸朝，戰血新沾壯士袍，風塵塞滿長安道。顯的俺退閑人有下梢，任他行攘攘勞勞。捨命的當前哨，貪功的赴市曹。俺如今散誕逍遥，俺如今散誕逍遥，也不登城，也不挑壕。避難而行，奉身而退，有託而逃。總然是潑家私無多有少，也不愁舊根基積小成高。世路崎嶢，宦海波濤。險阻經過，平穩開交。

【北中呂朝天子】

解官至舍二十首

不着人眼空，不降錢手窮，故意把家緣弄。早年志氣藐三公，到底無實用。東海荒村，南山舊壠，說歸來非是哄。買三尺小童，學一世老農，悟往事真如夢。

苫兩間草堂，蓋幾個竹房，小則小合爻象〔六一〕。三冬生暖夏生涼，就裏消災障。水繞山圍〔六二〕，人間天上，遠塵纓遺世網。掛絲桐一張，釀村醪一缸，窮不殺陶元亮。

得意處早辭，稱心事審思，進與退皆天賜。功名富貴要知時，勘千載英雄志。論罪西曹，行刑東市，有傍州新例子。題數首小詩，填幾個拙詞，嘆古往今來事。

大牙爪虎威，小魃魎鬼皮，賭甚麼才和智？世間到處有危機，知足方爲貴。兔死狐悲，功成身退，覷通途漆似黑。謝朝簪拂衣，羨山人着棋，再不戀蠅頭利。

熱烘烘火爐，暖溶溶酒壺，虧不盡杯中物。半酣之後膽兒粗，打叠起憂和慮。濟濟官僚，潭潭帥府，犯邊的纔是苦。住半間草廬，披一身野服，過到老無榮辱。

暴醃肉冷噇，新篘酒暖釃，風雪滿柴門外。塞翁豈有濟川才，論甚的成和敗。踢倒愁山，熬乾苦海，更何憂天地窄！寫新詞遣懷，笑時人揣歪，又恐怕兒曹怪。

也不學側文，也不慣使村，隨分量安時運。埋頭袖手掩蓬門，非便是耽孤悶。斗室天寬，匡床地穩，有丹方三數本。龍虎陣統軍，麒麟畫策勳，名與勢都休問。

共白雲在山，伴黃石閉關，浮世事成虛幻。翠微深處萬松寒，流水鳴空澗。險阻非遥，歸來未晚，葆天真一味懶。到如今退閑，笑當時耐煩，那答兒無災難！

罷清貧一官，受艱辛百般，千里外音書斷。胡塵滚滚路漫漫，急回首無羈絆。灑淚新亭，甘心舊疃，不關情長共短。繞東流綠灣，看西山翠攢，覓幾個鷗爲伴。

老妖精愛錢，小猢猻弄權，不認的生人面。癡心莫使出頭船，風浪登時變。扭曲爲直，胡褒亂貶，望君門天樣遠。幸身名保全，竄山林苟延，守本分甘貧賤。

破炕頭暖燒，舊朋情款邀，親狎處多觀笑。衡門不許外人敲，小院宇冰花落。會面嫌遲，抽身要早，悔當初知見少。利名心免勞，是非場且饒，受用足村田樂。

一會家忖度，百般的怎麽？缺世界實難過。識人多處是非多，懶待起東山卧。明月當頭，清風入座，好相交他共我。拚性命死磨，有多少養活？眼底事都瞧破。

叫喳喳早鴉，鬧吵吵晚蛙，混不了漁樵話。溪山環繞兩三家，就裏乾坤大。草舍斜開，蒿籬亂插，有鄰翁同笑耍。煎柏葉當茶，燒蔓菁漫牙，吃不飽由他罷！

土孤堆蟻垤，泥疙疸蚓穴，些小處誇勳業。裝成傀儡像豪傑，越顯的功名劣。莫恨時窮，休嫌運拙，虎離山龍在野。占清溪一絶，斷紅塵兩截，看不厭天心月。

燈挑着竹檠，酒斟酌瓦瓶，霜月小銀河淨。共君一夜話平生，説不盡江湖興。且放疎狂，常拚酩酊，醉了呵還自醒。笑吟吟緩聲，韻悠悠好聽，唱一闋隨心令。

得休處且休，待修來早修，心不足何時彀？是非場上莫貪求，一任龍蛇斗。月朗風清，天長地久，忙裏無閑處有。種山田一丘，釣滄溟一鈎，養性命增年壽。

看炎涼滿眸，聽風聲點頭，人海内多虚謬。些兒蝸角也稱牛，真共假誰窮究？尺步繩趨，錦心繡口，苦清貧甘自守。富貴兼五侯，聰明通九流，兩下裏難厮湊。

淨巉巉遠岑，疏刺刺晚林，碧水内天光浸。一間草閣一床琴，從雅淡無些甚。野鳥如簧，巖花似錦，莫蹉跎孤負您。買香醪淺斟，想新詩苦吟，誰待把咱拘禁？

矮鋪他草菴，破盧蘇葛衫，衠一味捱清淡。萬山深處老龍潭，徹底青於藍。爽氣侵人，寒光照膽，有神靈多妙感。窮性分免貪，歹心腸少憨，再休把驪珠探。

趁光風捲簾，看斜陽轉簷，棲隱處雲來占。門垂五柳似陶潛，叢菊開芳豔。樂以忘憂，貧而無諂，到如今不犯險。悔當時出尖，没來由討嫌，急回首無瑕玷。余以癸亥秋解官，自分優游山水，無意世事。邇於笥中偶檢舊稿，爲之憮然者久之。

【北正宮醉太平】

李中麓醉歸堂夜話戊午感事〔六三〕十八首

笑山人懵懂，怪野性疎慵，緣何不與世情通？厭繁華俗冗。隱居占一口白雲洞，家私〔六四〕守一隻黄虀甕，奚囊欠一個孔方兄，下山來打哄。

茅庵無片瓦，石洞有殘霞，青山深處住成家，儘胸懷脱灑。飽嘗世味如嚼蠟，傍觀人海如看畫，閑評物理似摶沙，問山人不答。

比桃源深遠，倣栗里幽閑，侯門有鋏幾曾彈，玩圖書數卷。忘形自有烟霞伴，明時老卻英雄漢，機心不到利名關，看白雲自捲。

望十洲霧斂，與三島雲連，海波曉日湧金盤，見桑田近遠。功名富貴非吾願，詩詞歌賦難興販，風花雪月不須錢，儘逍遥過遣。

二十年不足，三百里無餘，偶然又到子雲居，下山來有主。文章不數三都賦，忠誠不忘千秋録，精通不但五車書，老先生自許。

好光陰有幾？美心事難齊，定知早晚兆熊羆，聽兒童道喜。南山丹竈千年計，東窗紅日三竿睡，西堂白晝一枰棋，老先生自適。

有干雲書閣，伴咏月詩豪，從遊門下盡時髦，展山堂灑掃。天人造化窮玄妙，經書義理都精到，詞章字句細推敲，老先生自考。

喜完名全節，不降志隨邪，中年晝錦儘驕奢，看頑童戲者。高勳一點雲明滅，高官一朵花開謝，高歌一片月横斜，老先生笑也。

論功名小可，問道理如何？總然有志也蹉跎，欠明師指撥。願時間省幾個高軒過，在門牆打一月春風坐，問鄰翁借半壁嬾雲窩，老先生教我。

儘紅塵眯眼，看紫陌摩肩，蠅頭蝸角鬭威權，亂紛紛貴顯。一棚傀儡千根綫，一條大路三重塹，一生事業半文錢，問前程近遠？

眼睜睜打盹，跳梭梭發昏，猶如混沌未全分，黑旋風亂滾。皮燈籠挑入迷魂陣，悶葫蘆藏在埋頭囤，渾泥漿插和麵糊盆，不明白似您。

休涎眉瞪眼，怕赤手空拳，要從平地去鑽天，透靈犀一點。細丁星半壁金鋼鑽，團滴溜幾顆琉璃彈，滑禿盧滿把水晶丸，一條繩貫穿。

世不曾下廣，也不走蘇杭，不中販賣老文章，單看他掛榜。開行的有幾個梳兒匠，使錢的他道是唐三藏，打魚的正撞着斷橋樁，眼睜開撒網。

入嵩山深隱，向北海垂綸，粗衣淡飯守清貧，有殘書數本。搜山的正撞個精光棍，巡欄的也有個低時運，告饒的只戴頂破頭巾，血心腸自忖。

喬山神愛寶，老土地貪饕，往來君子把香燒，保前途大好。凡人留一貫鴉青鈔，神仙捨一粒靈丹藥，飛禽抽一撮絳紅毛，急回來再找。

享榮華富貴，遇盛世明時，幹成銅斗好家私，是一生利息。閑花野草田荒廢，抛妻撇子民逃避，拿刀弄仗盜乘機，老官人不理。

包龍圖任滿，于定國遷官，小民何處得伸寃？望金門路遠。嚴刑峻法鋤良善，甜言美語扶兇犯，死聲淘氣叫皇天，老天公不管。

休隨心作歹，莫倚勢胡歪，須知暑往有寒來，不多時便改。強梁自有強梁賽，聰明反被聰明害，後人又使後人哀，看斑斑史策。

【南仙呂傍粧臺】

效中麓體六首

醉醺醺，滿懷風月一腔春。閑看烏兔如流水，身世等浮雲。有歌有舞東山妓，無是無非北海樽。休粧假，莫認真，得相親處且相親。

樂陶陶，人生何必苦煎熬？百歲如春夢，萬事似秋毫。重茵怎似春風坐，列鼎爭如陋巷瓢！甘吾拙，笑爾勞，得風騷處且風騷。

錦重重，四圍山色畫圖中。是處皆仙景，無日不春風。翠烟籠罩三家疃，綠水環流一畝宮。尋芳徑，曳瘦笻，得從容處且從容。

月溶溶，湖光映徹水晶宮。燦爛沉星斗，寂寞冷魚龍。山藏丹洞青羅裊，石作琴臺翠蘚封。門常掩，路不通，得潛蹤處且潛蹤。

杳茫茫，周回十里水雲鄉。望日尋蓬島，乘月泛滄浪。追隨陶令白蓮社，嘯傲裴公綠野堂。三山帽，一葦航，得徜徉處且徜徉。〔六五〕

鬧吵吵，甜言美語枉徒勞。再休提空口説空話，虛套〔六六〕弄虛囂。生財那得唐劉晏？作論爭如晉魯褒？休扎掙，自忖度，得開交處且開交。

【南商調黃鶯兒】

仙臺春酌〔六七〕四首

和氣暖〔六八〕天街，喜春風拂面來，東君笑擁嫦娥待〔六九〕。香〔七〇〕馥馥滿〔七一〕腮，嬌滴滴滿懷，冰肌玉骨非凡態。問仙臺，日邊紅杏，誰去倚雲栽？

瑞色繞蓬萊，散陽和下九垓，風光高出雲霄外。蕊珠宫閃開，瑶池宴早排，逍遥極樂超三界。醉仙臺，蟠桃當〔七二〕酒，脱骨换凡胎。

携手步瑶堦，掃雲〔七三〕霞四面開，閑看人海情〔七四〕無耐。惜青春不來，嘆紅塵苦埋，總不如放浪形骸外。訪仙臺，劉晨阮肇，相伴着到天涯。

終日走塵埃，笑他行心性獃，眼睜睜多少成和敗。學時人揣歪，替别人守財，怎能勾滿把花枝戴？上仙臺，吟風弄月，誰似俺好胸〔七五〕懷！

【北雙調折桂令】

環山别業二首

平泉莊千載稱奇，今也如斯，古也如斯。一登臨便索詩詞，山也堪題，水也堪題。對嵐光重重青紫，觀海市隊隊旌旗。淡菊疏籬，白酒黄鷄。醉也相宜，醒也相宜。

平白地樓閣千尋，天也無心，地也無心。兩三年萬柳垂陰，松也成林，竹也成林。村酒熟呼來便飲，新詩就醉後還吟。從此攜琴，幾度開襟。賓也知音，主也知音。

【北雙調對玉環帶過清江引】

初夏

萬柳千鶯，終朝不住鳴。一水孤清，通宵不斷聲。竹枕醉魔醒，松窗鶴夢驚。樓閣開明，疏簾透曉星。烟靄收晴，輕波漱晚汀。池塘倒入樓臺影，玉宇風初定。一輪淡月孤，萬里遥天静，恍疑是蓬壺方丈景。〔七六〕

【北雙調雁兒落帶得勝令】

旅夕不眠

空堦上雨兒零，破窗紙風兒勁。悲鴻不斷頭，促織相隨趁〔七七〕。搗練女弄秋聲，深閨婦哭長城。鐵馬兒簷前響，金鷄兒架上鳴。難聽，喬嗓顆無乾淨。閑爭，老姚婆鬧到明。鼓搥兒發死敲，云板兒連聲報；傳鑼的緊緊篩〔七八〕，喝號的哀哀叫〔七九〕。漏點兒絮叨叨，鐘聲兒鬧吵吵；破梆子無情打，響鈴噹捨命摇。難熬，捂着耳心中躁。通宵，蒙着頭睡不着。

【北雙調雁陣來】即雁兒落帶得勝令。

抗塵容

你休誇衣着新，俺不顯龐兒俊。灰培了兩道眉，土嵌了雙蓬鬢。積垢眼中昏，飛沙口内吞。面帶磚和色，形如泥塑人。望不斷烟雲，滿路迷魂陣。抖不盡埃塵，多年土地神。

【雁陣來】

走俗狀

鬆不開牛角絛，判不徹花闌票。踏穿了粉底靴，戴破了烏紗帽。恰纔個出西郊，又轉的上南橋。來往有三千遍，翻回勾八百遭。好教俺心焦，走不斷長安道。看了這軀勞，成不的老道學。

【北中呂朝天子】

感　述〔八〇〕八首

老天，不言，能富貴能貧賤。僥君日日使威權，終有日天心變。行濁言清，機深見淺，到頭來難掙展。一年，兩年，根脚終須現。

鄙夫，利徒，今古無其數。青蠅白璧豈能污？未免成躭悞。磊落英雄，清修人物，前怕狼後怕虎。設謀，使毒，只待把忠良妬。

矯情，撇清，心與口不相應。誰家貓犬怕聞腥？假意兒粧乾淨。掩耳偷鈴，踢〔八一〕天弄井，露面賊不自省。醜聲，貫盈，遲和早除邪佞。

訕邊，弄諠，左右將人騙。聲言不要一文錢，旬日有千來串。百計彌縫，萬般展轉，弄藏拽圖倖免。鬼纏，苟全，反把清名薦。

感君，寡恩，水皮上抽一棍。蒼蠅趕上賣柴人，到底無滋潤。平白地生嗔，没來由下狠，不提防成禍本。您們，俺們，自有人評論。

爾曹，枉勞，恩怨何須較。疏疏天網不能逃，自有神明照。故舊之情，通家之好，正歡娛成懊惱。

忖度，禍苗，爲只爲鴉翎鈔。

海翁，老通，時運到官星動。黄堂左右有威風，越顯的君恩重。天地無私，文章有用，保山河大一統。效忠，奉公，莫虚耗堂食俸。

怪哉，又來，公道猶然在。輕車熟路走塵埃，依舊民安泰。齋馬清風，甘棠遺愛，鐵船兒再渡海。揣歪，使乖，枉自把心田壞。唐馮元淑歷浚儀、始平二縣，單騎赴職，未嘗以妻子隨。所乘馬不飼芻豆，民號爲齋馬云。閩〔八二〕賈郁性峭直，不容人吏過。爲仙遊令，及受代，一吏酣酒。郁曰：吾再典此邑，懲此輩。吏揚言公欲再作縣令，猶造鐵船渡海也。後郁復典舊邑，時醉吏盜庫錢數萬具獄。郁批榜尾云：竊銅鑼以潤家，非因鼓鑄；造鐵船而渡海，不假鑪錘。因決杖徒之。未幾移福清，召爲御史中丞去。

【北雙調仙桂引】

壽賈柳溪

矮團標俯仰弄烟霞，閑世界從容數歲華，老場園美滿登禾稼。是柴桑處士家，傲霜枝菊有黄花。安樂處根基大，笑談間風韻雅，喜年年月映簷牙。小陽春景物清嘉，一水縈迴，萬柳楂枒。直幹穿雲，清波遶砌，幽鳥眠沙。共隣翁傳杯換斝，看稚子燒竹烹茶。洞裏丹砂，天上銀槎。放曠情懷，悠久生涯。柳溪者，太守賈近皋伯翁也。河南嵩縣人，隱居鳴皋山下。植柳以千數，因以自號。余嘗爲柳溪翁小傳。

【仙桂引】

思　歸

想當年怕盤弄這條蛇，笑往事都看成一夢蝶，覷行蹤恰便似風中葉。好功名少了半截，早抽身省去巴竭。猛想起冷清清竹籬茅舍，翠巍巍青山緑野，静沉沉洞府巖穴。静沉沉洞府巖穴，收拾起萬緒千頭，脱離了七嘴八舌。子俺這皓首南來，看了那黄河東去，急回頭紅日西斜。鬧攘攘閑是非誰人待惹，急煎煎惡思量那會周折。不看眉睫，不下鍬钁。俺如今還待要順水推船，又只怕留不住下坂行車。

【北雙調河西六娘子】

知　止十首

兩字功名過耳風，抵多少傀儡場中。從今纔醒了黄粱夢。呀，衰鬢已成翁，大運幾時通？還守俺天生的一世兒窮。

兩袖清風精利兒光，抵多少衣錦還鄉。長江後浪催前浪。呀，烏兔走的忙，兒女趕的荒，戀不的功名紙半張。

閑上仙臺弄玉簫，抵多少一品隨朝。從今聽不慣花胡哨。呀，一曲碧天高，幾朶彩雲飄，把世上紅塵冷眼兒瞧。

椿桂堂中歲月深，抵多少一刻千金。離鄉背井圖他些甚？呀，你把酒兒斟，我把曲兒吟，骨肉團圓也遂了心。

七里灘頭把釣竿，抵多少拜將登壇。嚴光不夢着韓侯患。呀，博得你身安，爭似俺心寬？事到頭來難上難。

水秀山明安樂窩，抵多少萬丈風波。忙時耕種閑時卧。呀，富貴待如何？朋輩已無多，相伴着漁樵唱一會兒歌。

海闊天空此景亭，抵多少樓觀飛驚。山光水色都承應。呀，也不論公卿，也不問白丁，酒興來時開一瓶。

畫閣摇光碧玉湖，抵多少閬苑蓬壺。洞天載在神仙籙。呀，洗盞泛香蒲，切鱠打活魚，載酒的船兒今有無？

恰坐的三人一葦航，抵多少錦纜牙檣。隨波下去隨風上。呀，明月映滄浪，清夢到瀟湘，只在俺門前楊柳塘。也有青山也有泉，抵多少陸地神仙。南村北疃沿門兒踐。呀，酌酒瓦盆邊，矮坐地爐前，醉的俺齁齁不怕天。

【北正宮塞鴻秋】

乞休二首

論形容合不着公卿相，看丰標也没有搊搜樣，量衙門又省了交盤帳，告尊官便準俺歸休狀。廣開方便門，大展包容量，换春衣直走到東山上。

坐時節顫巍巍高挑嚴陵釣，行時節呼呀呀遠泛山陰棹，悶時節韻悠悠忽聽的蘇門嘯，閑時節消停遍採天台藥。石壇曬道書，童子看丹竈，那時節冷清清白没個人來到。

【北雙調殿前歡】

歸興二首

想歸來，十年奔走困塵埃。何如散步雲林外，笑傲詼諧。窮通命運該，山水平生愛，詩酒尋常債。情懷浩蕩，浩蕩情懷。

自評論，功名富貴似浮雲。從來世路多危峻，禍福無門。青山且負薪，綠水好垂綸，白屋堪肥遁。乾坤有我，我有乾坤。

【北中呂朝天子】

拔白〔八四〕四首

老儒，忒愚，白髮添憂慮。神仙自古有方術，擇日修將去。剪草除根，拔茅連茹，嘴兒光鬢兒禿。再鋤，越疏，濯濯似牛山木。

老君，教人，打扮的龐兒俊。編成吉日與良辰，弟子須尊信。返老還童，虔心有準，按仙方無走滾。壽星，墨卿，白黑相攙并。就中檢點莫消停，强把額顱掙。下手猶難，端相不定，錯拔下三兩莖。細瞧，二毛，粧出商山皓。貴人頭上不曾饒，白髮惟公道。舊根猶多，新愁不少，咬着牙撏不了。猛驚，越疼，摔碎了青銅鏡。一根，兩根，長的快拔不盡。膚撓，目逃，硬死做重年少。

【朝天子】

烏　鬢〔八五〕四首

費工夫染髮，老先生弄虛，也不是天然趣。若將人品辨賢愚，不在這些兒處。墨汁塗金，烏霜掃玉，姜太公應笑汝。日居，月諸，搬運的朱顏去。

六十歲老哥，抹調他怎麽，反被人瞧破。真方傳與世人學，倒有陰功大。倍子爲君，銅花爲佐，皂白礬等分和。會合，量着，少許硇砂末。

絹羅兒細篩，瓷鉢兒爛捱，手腕兒多寧耐。重湯慢煑鏡光開，火候勤看待。取次賢勞，佳人休怪，畫眉的尚往來。粉腮，瑩白，也爲你淡掃春山黛。起一個五更，水洗勾幾缾，洗殺也無乾淨。雖然染蘸似鴉翎，面貌又不廝稱。展轉嗟咨，來回顧影，對菱花深自省。此形，本清，不做作還真正。

【朝天子】

六　友六首

老張，傷腔，豪氣三千丈。少年不住走科場，又早龍鍾樣。腿兒拖拉，腰兒慢仗，甚男兒當自强。面黃，鬢蒼，吃胙肉何曾胖。

老曹，氣豪，骯髒山林貌。麟經傳世好文學，使不慣宜時套。師道尊嚴，門牆清要，愛廬江風景好。勉學，苦熬，不負烏紗帽。

老周，好修，道理都參透。同門儒雅更風流，中歲方馳驟。冀北行臺，江南太守，論功名君占首。一丘，到頭，萬事方成就。

老鍾，古風，太朴今無用。文章道義總成空，枉兆丹山鳳。造物安排，時人搬弄，越尋思越懵懂。自從，廣宗，便做了南柯夢。

一川，命慳，筆力千人彥。天朝甲第有遺賢，宋玉多秋怨。北地蹉跎，南曹偃蹇，妙文章聲價遠。九泉，幾年，有子赴瓊林宴。

老徐，起予，有義氣多聲譽。弱齡同榜便齊驅，走不斷長安路。五馬勤勞，三鱣清苦，名不登丞相府。受誣，解符，恨塞滿石村墓。

六友者，余兄弟束髮以來同門友也。書史筆硯無不同，小試科舉無不同。所不同者：余弟舉甲午科，登戊戌第；余與宋、徐三人舉丁酉科，周舉癸卯科，登癸丑第，鍾舉丙午科。惟張曹二子，屢舉不第，相繼應貢出身；張爲柘城邑博士，曹爲廬州郡博士。余之判保定也，張以汰冗補定興，來謁余，嘆其不遇，而老將至也。因與坐而悉數諸友，皆彫喪矣！周爲御史，終於徽州太守。鍾爲廣宗令，徐爲霸州刺史，俱以忌者免官。宋爲博士，遷南曹司務，二年卒。四友者，或得志而失官，或不得志而失官，或不得志不失官而隕命。嗚呼！其數耶？其心有所不足耶？張曹雖未得科第，而老于儒官，亦自幸矣。余兄弟浮沉南北，淹滯歲月，竊升斗之禄，感時念舊，異地而同心也。余與張對酌，而口占此詞。酌罷，筆之於簡。

【北雙調折桂令】

下第嘲友人乘獨輪車〔八六〕四首

問先生歸計如何？也不張旗，也不鳴鑼。小小車兒，低低篷子，款款折磨。蹺的個腿偎腮軟癱做一朶，敦的個手搥胸世不得通活。怕待奔波，且謾騰挪，只落的兩眼迷離，四鬢婆娑。

問先生歸計何如？彈鋏長歌，莫嘆無車。錯認高軒，若非皂蓋，定是肩輿。剛離了冷飯店淒涼無語，又撞着打頭風灌滿蘧廬。仰面嗟吁，搔手踟躕。一任他蓬轉天涯，怎能勾席捲長驅。

問先生何計存身？束手無謀，舉目無親。何處攀轅、幾時攬轡、甚日埋輪？那壁廂睃不上丟不下殘書亂綑，這壁廂死不死活不活瘦骨嶙峋。纔待舒伸，又怕偏陳。受不過硬氣車夫，快不的冷眼家人。

問先生何處安歇？剛要寧帖，又上搖車。休説才華，莫談星命，總是饒舌。赤緊的狀元花狀元紅讓了人也，安排着將軍來將軍去怎肯虧折！未了的寃業，終有個結絶。投至得捲土重來，那其間再辨龍蛇。

【北雙調對玉環帶過清江引】

訪宋一川四首

今古名標，雲臺千丈高。社稷功勞，天門萬里遥。綵筆懶題橋，金鈎怕釣鼇。鳳髓龍膏，幾時吃不飽。豸繡麟袍，醉時卧不倒。春來何處無芳草？日日堪行樂。纔下木蘭舟，又上花藤轎，唤遊人數聲林外鳥。

兩袖清風，生來眼界空。萬丈長虹，從來志氣雄。對面不相逢，寸心誰與同？學就屠龍，難成世上功。騎上飛鵬，難逃眼下窮。饒君才學過晁董，且守着黄虀瓮。高山結舊盟，流水牽清夢，愛烟霞常將路兒擁。

笑倚胡床，杯浮雲日光。醉枕奚囊，衣沾花草香。蝶夢繞黄粱，鶯聲下緑楊。儘我疏狂，乾坤戲一場。看你窮忙，功名紙半張。柴門有客來相訪，銷繳些閑情况。揮毫王右軍，漉酒陶元亮，野花兒大開頭同玩賞。

饒你天才，青春挽不來。饒你仙胎，白頭撇不開。對景且忘懷，傳杯不住釃。聲價高擡，由他心性乖。蹤迹沉埋，由咱心性獃。數椽茅屋簷兒矮，落得個閑身在。風花雪月間，利鈍窮通外，熬盡了繁華千萬載。

【南仙呂入雙調朝元歌】

春遊〔八七〕八首

花枝柳枝，牢把春心繫；鶯兒燕兒，喚得遊人至。粉黛三千，樓臺十二，這的是洞天福地。玉女仙姬，天台武陵在那裏？受用是便宜，勞形待怎的？醒而復醉，才是俺安身活計。

花梢柳梢，艷冶章臺道；千嬌百嬌，嫋娜傾城貌。淡抹濃粧，輕嚬淺笑，迤逗殺五陵年少。忙解金貂，銀屏影遮絳蠟燒。夜夜鬧元宵，時時醉碧桃。百年長嘯，誰承望九重宣召。

花叢柳叢，處處相遮擁；詩朋酒朋，日日廝和鬨。彩筆留題，金尊高捧，好把閑愁斷送。醉眼朦朧，蓬萊咫尺無路通。酒到飲千鍾，筵前一點紅。浮生如夢，勞碌了成何大用？〔八八〕

花英柳英，沾惹風流興；雲情雨情，慣使疏狂性。問俺不言，勸咱不省，怎下的虧心短行？孤負芳卿，别離的話兒不待聽。錦片好前程，如同火上冰。今宵歡慶，便是俺三生有幸。

花妍柳妍，嬌染春風面；人圓月圓，同赴瑤池宴。水陸俱陳，笙歌齊按，一會家參詳一遍。今古流傳，英雄豪傑都枉然。花裏遇神仙，酒中樂聖賢。風光無限，都只在鞦韆庭院。

花遮柳遮，深院黃昏月；雲疊錦疊，暖閣青春夜。曲盡同乾，酒寒再熱，只吃的玉山趔趄。東倒西斜〔八九〕，紅裙手扶嬌又怯。世路下坡車，名韁纏腿蛇。閑中嘆〔九〇〕業，再不想封侯功烈。

花陰柳陰，滿地鋪雲錦；更沉漏沉，良夜貪歡飲。要笑如狂，流連未寢，一點香腮紅沁。越展胸襟，時人怎知方寸心！酒盡且重斟，春歸何處尋？無拘無禁，貪戀那功名做甚！〔九一〕

花街柳街，風月隨時賣；陽臺楚臺，雲雨連年債。愛重如山，情深似海，一刻千金難買。分付多才：青春一去不再來。且把錦心埋，常將笑口開。榮枯利害，丟搭在九霄雲外。

【北南呂玉交枝】

閑適八首

春風秋月，送年華何曾斷絶？任飄飖休把紅塵惹，得團圓莫遣雲遮。花香輕颭竹影斜，柳絲搖曳湖光潔。斷閑人權靠後些，喜孜孜先生到也。

清風明月，伴幽人三個俊傑。喜相逢幾度中秋節，料陰晴費盡週折。紛紛敗葉滿地蹅，迢迢良夜圓光缺。斷閑愁權靠那些，樂陶陶先生醉也。

光風霽月，好襟懷天然自別。對青山緑水甘疏拙，傲今古多少豪奢。饒他機巧三寸舌，難移一點心如鐵。斷紅塵權靠外些，淡呵呵先生笑也。

嘲風咏月，滿腔春無有個盡竭。儘開懷對景隨心寫，論甚麼筆底龍蛇？花枝低亞雲錦叠，海棠零落胭脂雪。唤紅裙權靠這些，困騰騰先生睡也。

風來月上，共徘徊勸咱舉觴。玩湖山陶寫閑情況，是不是塞滿詩囊？九秋飄墜桂子香，三春掀起桃花浪。問行藏江湖廟堂，費神思沉吟半晌〔九二〕。

風亭月館，惜年芳千金買歡。畫屏掩映芙蓉幔，龍涎香爇金盤。低回星斗夜色闌，高燒花燭春雲暖。錦重重紅圍翠攢，韻悠悠鸞簫鳳管。

風情月貌，管别離章臺柳條。落紅滿地無人掃，更那堪緑野烟銷！三湘雲盡雁影遥，五陵人困鶯花老。簌珠簾誰破寂寥？鎖瓊窗孤眠未曉〔九三〕。

風前月下，覓幽期何曾見他。黄鶯兒提着名兒罵，粉蝶兒飛過誰家？青春飄蕩〔九四〕楊柳花，黄昏冷落秋千架。業身軀爭些兒害殺，乾相思百無個治法。

【南仙吕入雙調玉抱肚】

幽　居〔九五〕四首

山青水緑，染生綃天然畫圖。占汀洲一段秋光，更白蘋紅蓼黄蘆。浴鳬飛鷺蘸平湖，五色粧成錦繡鋪。

山明水秀，錦重重那有個盡頭。愛登臨獨步閑行，每日價蕩蕩悠悠。海邊縱放釣魚舟，不是金鰲不下鈎。

山圍水繞，抱村居遮護了一遭。看兩輪日月交輝，喜白雲翠靄飄飖。年年飽暖頌唐堯，歲歲疏狂託聖朝。

山村水舍，敞柴門紅塵斷絶。矮簷前平野相連，閑亭下魚鳥盤跩。機心已盡利名竭，相對浮鷗没話説。

【南正宫玉芙蓉】

山居雜詠〔九六〕四首

茅簷燕壘合，柳色鶯穿破，問山妻新投濁酒如何？疏籬半缺遊絲過，片月斜沉花影拖。新來瘦，詩魔酒魔，俺只待樂陶陶不離懶雲窩。

平疇麥浪匀，曲水荷風潤，慣疏慵閑掛羽扇綸巾。北窗高卧常蓬鬢，洞口尋幽〔九七〕不抱琴。盤桓處，松陰竹陰，俺只怕等閑間虛負紫芝之心。

天空雁字懸，水落沙痕淺，過南鄰不覺醉了陶潛。黄雞白酒家家勸，紫蟹金鱗日日鮮。柴門外，山田水田，俺只愛遠紅塵學作地行仙。

千山鳥道無，萬徑人蹤阻，滿乾坤惟有依舊平湖。神仙迷却三山路，烟月分開八景圖。團標内，茶爐酒爐，俺只道海波中現出小蓬壺。

【南仙呂入雙調朝元歌】

山中客至〔九八〕四首

山光水光，寫出瀟湘樣；詩狂酒狂，演就江湖量。小小扁舟，與波下上〔九九〕，眼底乾坤蕩〔一〇〇〕漾。星斗低昂，雙裾捲成風月囊。雨過輞川莊，雲生緑野堂。〔合〕高情相〔一〇一〕訪，休負了酒懷詩況。

攜取隨身藜杖，行過芳草塘，步步惹花香。得句拈鬚，咨嗟嘆〔一〇二〕賞，忽聽村童嘲唱。一曲滄浪，爭如爾曹信〔一〇三〕口腔！閃脱是非場，登開名利韁。〔合前〕

收攬烟霞色相，危峰下夕陽，汀蓼纜孤航。醉伴鷗眠，夢驚漁唱，回首東山月上。千頃流光，神遊廣寒桂影〔一〇四〕涼。俯仰自成雙，徘徊再舉觴。〔合前〕

睡穩梅花斗〔一〇五〕帳，醒來日半窗，身世兩相忘。旋釣河魚，新篘村釀，常把眉頭開放。散步徜徉，神仙已傳不老方。買斷水雲鄉，相鄰蓬島傍。〔合前〕

【南中呂駐雲飛】

秋日偶成〔一〇六〕四首

小小涼亭，高捲湘簾露氣清。遠水連天淨，片月當窗正。嗏，敗葉舞閑庭，一派秋聲。宿雨初收，幾點殘霞映，四面山光冷畫屏。

小小琴臺，松竹交陰鎖翠苔。綠綺依然在，白雪誰能解？嗏，不見子期來，空負〔一〇七〕幽懷。幾度攜樽，獨自無人待，坐對芙蓉水面開。

小小漁船，只在烟波七里灘。潮落魚龍堰，霜老菰蒲岸。嗏，占斷水中天，儘日流連。飲罷香醪，再把魚兒換，遥指江村舉釣竿。

小小方塘，石榻花陰午夢涼。一幅羅紋漾，萬顆瓊珠上。嗏，水面奏絲簧，調轉清商。何處白衣，遠送葡萄釀？笑倩佳人洗玉觴。

【北雙調沉醉東風】

繕　室四首

數十年遮風庇雨，兩三世閉户讀書。若不是牆堵欹，怎忘了藏修處，記尋常變化龍魚。燕子歸來覓舊居，還認着先生做主。

莊嶽間先開故里，環堵内再整新基。雖然是蝸殼軒，穩便似蝸頭陛，行坐處戀土難移。子子孫孫永保之，這答兒安然到底。

也不羨雕梁畫斗，也不羨紫閣朱樓。人都要所事强，俺子待胡將就，甚的是萬載千秋？仔細思量算到頭，單看您兒孫謹守。

矮簷楹無罣無礙，小庭除閑往閑來。雖無臺閣崇，却有胸襟大，喜相傳家世清白。椿桂堂前好種槐，滿院宇濃陰秀色。

【北雙調水仙子】

偶題四首

蕪麻窩呼作賽朝鞋，土炕頭安如拜將臺，綿布袍暖似飛魚袋，是前生帶得來。小軒窗眼底蓬萊：雲結就香羅帶，雪粧成白玉堦，非是俺巧立名色。

蒼松職掌大夫權，翠竹名標君子賢，寒梅要遂調羹願，鼎立在斗室邊，伴幽人自在安然。藏錦繡書千卷，吐珠璣詩百篇，也算做富貴雙全。

黄金臺下是非多，白玉堂中分福薄，青雲路上時辰錯，好前程有絆磕。急回頭十里烟波，相伴着漁翁坐，閑隨着牧豎歌，且權將歲月消磨。

會談天跳不出一空囊，會論地挨不開四堵牆，會騰雲闖不過千層網，總不如不會强。見如今世道非常，他不放來生帳，俺又無隔宿糧，老先生未卜行藏。

【南仙吕入雙調柳摇金】

風情〔一〇八〕四首

風花雪月，破工夫要笑些，不受用是癡呆。嘆光陰千里馬，想人生一夢蝶。好天良夜，休負了好天良夜。急回頭斗轉參斜，酒杯兒到手都休撤。醉了的時節，只落的耳輪兒常熱。

春花秋月，不多時景别，疾似下坡車。恰花朝香韻杳，又月夕清影斜。東風惡劣，花正好東風惡劣。月才圓忽被雲遮，最難消一刻千金夜。悶了的時節，唤紅梅把酒爐兒燒熱。

惜花愛月，芳心嬌又怯，兩件兒費周折。一春常起早，到晚來剛睡些。盈虧開謝，終有個盈虧開謝。忽刺八玉兔西斜，怕只怕御水流紅葉。困了的時節，你且把被窩兒温熱。

羞花閉月，天然風韻别，又何必羡驕奢？麗春園不掛眼，廣寒宫靠後些。閑評優劣，俺也曾閑評優劣。他比花添了些乜斜，月比他少欠了風流業。見了的時節，纔顯的知疼知熱。

【南中呂倚馬待風雲】

悼琴仙〔一〇九〕四首

想像仙娃，不與塵凡共一家。白雲古洞，明月清風，流水桃花。天台深處鎖烟霞，劉郎採藥迷歸駕。嫦娥閉月華，攔回銀漢槎，再不見乘鸞下。嗏，何處覓仙娃？自嗟呀，萬恨千愁，病體難擎架，悔不當初不遇他。

想像仙姿，秋水芙蓉第一枝。天然標格，改樣風流，分外清奇。腰肢輕裊海棠絲，鬢鬟半嚲秋蟬翅。花開風亂吹，花落春又歸，揾不住看花淚。嗏，何處覩仙姿？自傷悲，盡日忘餐，長夜難成寐，一日相思十二時。

想像仙裳，繡帶悠揚錦瑟傍。一雙彩袖，六幅鮫綃，千縷霞光。步摇玉珮響叮噹，笑攜羅袂香飄蕩。餘香在洞房，悲風繞畫梁，冷落了梅花帳。嗏，何處挽仙裳？自思量，萬里江湖，一簇千層浪〔一一〇〕，不似悠悠此恨長。

想像仙音，素壁空懸綠綺琴。冰絃已斷，焦尾無聲，玉指難尋。高山流水暮雲深，碧桃紅杏荒苔蔭。

文君病已沉，相如惱碎心，琴臺上空擲窨。嗏，何處聽仙音？自沉吟，瓶墜簪折，水把藍橋浸，夢斷高唐淚滿襟。

【南仙吕二犯月兒高】

閨　情〔一一一〕八首

小院香風過，疏簾淡烟鎖，舞倦垂楊綫，飄盡梨花朵。懊惱〔一一二〕今春，偏把俺折挫，腰肢瘦小瘦小些兒個。見了憔悴形骸，心疼殺可意哥。哥，喬樣兒託誰學？一似皓月難圓，減容光夜夜磨。

紅粉多薄命，青春半殘景，人去瑶臺怨，花落胭脂冷。裊娜〔一一三〕腰圍，强把繡裙整，虧鞋淺印淺印〔一一四〕殘紅徑。正當三月韶光，倚闌干無限情。情，離别幾曾經？再來扯住衣衫，影兒般不離形。〔一一五〕

歌罷桃花扇，粧殘翠雲鈿，恨壓春山重，淚滴秋波淺。寶鏡塵蒙，何曾覩顏面？知他那裏那裏貪歡宴，撇的我短嘆長吁，聲聲祝願天。天，靈感鑒盟言。不記的耳畔叮嚀，枕頭兒作證見。

夜夜閑惆悵，時時細思想。才離心窩內，又到眉尖上。萬恨千愁，還不了寃業帳。多情自古自古多磨障，空有翠繞珠圍，總不如薄倖郎。郎，遊蕩在何方？縱有野草閑花，虛飄飄不四〔一一六〕行。月缺重門靜，更殘五夜永〔一一七〕，手托芙蓉面，背立梧桐影。瘦損伶仃，越端相〔一一八〕越孤另。抽身轉入轉入〔一一九〕房櫳冷。又一個畫影圖形，半明不滅燈。燈，花燭杳〔一二〇〕無憑，一似靈鵲兒〔一二一〕虛梟，喜蛛兒不志誠。

門外雕鞍邁，鏡中玉容改。扯碎合歡被，剪斷同心帶。鳳拆鸞分，端的是愁無耐。良〔一二二〕人流落流落〔一二三〕天涯外。悄没一紙書傳，空留下啞謎兒猜。猜，没亂殺女裙釵，但得個信息真實，來不來也放懷。

遠樹寒蟾下，長空凍雪撒。風動流蘇帳，冷透凌波襪。夢兒裏溫存，熱突突都是假。醒來提着提着〔一二四〕名兒罵。兜的俺惱亂柔腸，閃殺人只爲他。他，一迷的使虛花。想的他一脚兒回來，實心兒〔一二五〕不到家。〔一二六〕

玉宇明河漫，瓊窗朔風凜。展轉蝴蝶夢，寂寞鴛鴦錦。閣淚汪汪，長夜捱孤枕。從來不似不似〔一二七〕今番甚。都因一片閑愁，生扢查〔一二八〕惱碎心。心，害得死臨侵，欲待再不思量，急煎煎怎樣〔一二九〕禁？以上俚曲，石門樂府載之，乃山中舊作也。後數曲在郡作，將歸田矣，因附。

庚午郡廳自壽八首

【北正宮醉太平】

一千里故人，六十度生辰，天涯聚會慰情親，嘆光陰滾滾。乍相逢幾度看衰鬢，自離别數載無音信，喜團圓今日倒清尊，不覺的夜分。

手接着壽卮，口念着新詞，今年還似去年時，笑依然在此。青雲〔一三〇〕已負平生志，黄花不管閑人事，滄洲長繫故鄉思，憶商山採芝。

新按院慶都，舊鹽院安肅，南來北往急奔趨，滿身間是土。兩頭恐犯尊官怒，一時顯把生辰悮，三杯又怕故人疏，夜深沉秉燭。

五更頭上堂，三廟裏行香，虔誠默祝訴衷腸，一心呵敬仰。聖人耶保佑俺文詞壯，城隍耶保佑俺家門旺，地靈耶保佑俺一身康，比年時更强。

傳來的羽檄，報到的聲息，分明打攪好筵席，全無些道理。緊催兵馬臨邊地，廣儲糧草隨營隊，笑談尊俎退强敵，仗朝廷德威。

正管着府廳，又署着滿城，忽然夜半報邊聲，自披衣點燈。飛星迅速傳軍令，嚴城倉卒修軍政，通宵誰敢悞軍情，壽筵呵且停。

能賦詩退虜，且閉閤修書，誰知文武有吾徒？論全才敢許。天公自有英雄録，朝廷也有功勞簿，書生還有護身符，常措身坦途。

幾番家告休，只固的攀留，又防水旱又防秋，怎能勾撒手？慌裏忙裏延年壽，茶裏飯裏邀朋舊，風裏雨裏且低頭，得安閑便走。

【北雙調仙子步蟾宫】

四　誓〔一三一〕

剪　髪

整犀梳生怕齒兒抓〔一三二〕，摘鳳髻常憂翅兒划〔一三三〕，插金釵又恐尖兒岔。一絲絲疼殺咱，怎下的快剪兒髡音肯平聲他。耳輪兒隄防着湯抹音罵，鬢脚兒休當做打耍，頭皮兒留下些根查。頭皮兒留下此根查，赤〔一三四〕緊的雲鬢鋪蟬，寶髻盤鴉。千里懸情，寸腸掛慮，一世結髮。珠絡索牢拴住心猿意馬，錦纏頭打疊起路柳牆花。你若情雜，休得留他！貨郎兒換兩個鋼針，打繩的當一綹青麻。

爇香

雪冰肌淺露紫葡萄，金寶釧斜連紅瑪瑙，麝蘭香正點花穴道，選良時真個燒。俊生生玉腕相交，齊臻臻香肩並靠，磣可可銀牙碎咬，亂紛紛珠淚齊〔一三五〕拋。亂紛紛珠淚齊拋，你也難禁，我也難熬。一個價腹熱腸荒，心驚膽戰，肉裂皮焦。瘡兒疼越疼越好，焙兒大越大越灼。休忌薑椒，留下根苗。香烟兒鑒察的明白，瘡盤兒封裹的堅牢。

刺臂

針尖兒挑繡紫霓裳，墨汁兒淋漓白玉堂，筆頭兒揮灑黃金榜，都盛在錦繡囊。三般兒各逞高強：筆描就同心花樣，針刺的隨胸血滲，（滲音倘）墨粧成透體玄霜。墨粧成透體玄霜，一樣傳情，兩下成傷。刻骨銘心，書名畫字，數黑論黃。寫山盟指證着今來古往，設海誓滿拚着地久天長。那個遺忘，他便無常。雖不是露面黥卒，見放着貼骨疔瘡。

中盟

雲鬟半嚲剪烏金，玉腕雙擎刺繡針，冰肌一點留香印，這恩情海樣深。常言道十指連心，刀刃兒湯着就滲，針尖兒見了害磣，艾焐兒想起難禁。艾焐兒想起難禁，休悔當初，不説如今。怕的是燒了還燒，剪了又剪，針了重針。添了些瘡上瘡却怎生共枕，受了些苦中苦也不忍同衾。不遇知音，少要癡心。虛撮〔一三六〕脚雨意雲情，浮皮頭柳影花陰。

【仙子步蟾宫】

八美〔一三七〕

鞋杯

高擎綵鳳一鈎香，嬌染紅羅三寸長，滿斟緑蟻十分量。窾生生小酒囊，蓮花瓣露瀉瓊漿。月兒牙彎環在腮上，錐兒欛團圞在手掌，筍兒尖簽破了鼻梁。筍兒尖簽破了鼻梁，鈎亂春心，洗遍愁腸。孤𩋾轤〔一三八〕滾下喉嚨，周流肺腑，直透膀胱。舉一杯恰便似小脚兒輕擡肩上，咽一口好疑是妙人兒吸入胸膛。改樣風光，着意珍藏。是必休指甲兒掐損了雲頭，口角兒展涴了鞋幫。

肩几

并頭蓮栽向碧窗紗，連理樹移來翠繡榻，比目魚寫上丹青畫。合和仙手兒搭，喜孜孜語笑歡洽。眉兒梢不離了腮頰，鬢兒邊打了個耳擦，舌兒尖遞了個香茶。舌兒尖遞了個香茶，唇啓朱櫻，臉印紅霞。交頸綢繆，齊眉款曲，並體褻狎。燈兒前一雙俊雅，鏡兒裏兩個寃家。他也親咱，咱也親他，從今後俺不索悶倚欄干，你休得獨抱琵琶。

臂枕

錦重重繡被展紅鴛，嬌滴滴花容落翠鈿，暖溶溶素腕移〔一三九〕金釧。白如霜軟似綿，偎多才一枕高眠。耳邊廂鳳釵斜彈，懷兒裏鸞儔燕婉，夢魂中蝶翅蹁躚。夢魂中蝶翅蹁躚，勝似行雲，真似游仙。緊靠酥胸，仰擎纖手，醉倚香肩。粉汗津一團玉軟，腮痕印幾點紅嫣。珊枕高閑，寶髻斜偏。一任俺臂膀兒酸麻，生怕他頭頂兒虛懸。

手板

嬌紅新染[一四〇]鳳仙花，纖素輕抽玉筍牙，清香旋綰鮫綃帕。按宮商實可誇，體妖嬈國色仙娃。天魔舞幾回變化，霓裳曲數聲幽雅，雲陽板一點無差。雲陽板一點無差，似這般掌上清音，索強如扇底紅牙。擊玉敲金，移宮換羽，高手名家。繞梁音自然瀟灑，流水板越見熟滑。聽不上金鼓諠嘩，絲竹淫哇。總不如韻悠悠彩袖香飄，斯[一四一]琅琅寶釧聲雜。

牙筯

篆香壺常把酒兒描，糯米牙輕將菜兒咬，櫻桃口微向人兒笑。舌尖兒相輳着，却留下半點兒根梢。這意兒誰人知道？這情兒何時是了？這滋味無福難銷。這滋味無福難銷，美似醍醐，貴比瓊瑶。玉液金波，香酥甘露，鳳髓龍膏。養身法神完病少，解酒方魄散魂消。嘴嚼連朝，饜飫通宵。透春心一點靈犀，醉東風兩朶蟠桃。

肉屏

暖雲窩緊把兩邊遮，温香玉先將背後截，長春花正補當陽缺。矮屏風三四摺，任他行顛倒豪傑。

紙兒糊怎如（一四二）他温熱，焨兒光不似您調貼，畫兒好少比俺乜斜。畫兒好少比俺乜斜，玉惜香憐，翠擁紅遮。四座陽春，一團和氣，百樣驕奢。一個價意孜孜指尖兒輕捏，一個價笑吟吟眼角兒偷趄。使不的喉舌，粧不的癡呆，俺便是鐵石人也索温柔，虚怯症不怕風邪。

耳　簪

馬蹄金造就耳剜兒，蟬翼鬌單鋪滿面絲，螺頭青細綰香雲髻。倒別着簪一枝，倩佳人央挽多時。擡貴手輕輕摘取，轉秋波低低窺視，啓朱唇款款斜吹。啓朱唇款款斜吹，須要經心，莫得離嘻。俺則索叉手躬身，交頭接耳，苫眼鋪眉。嚇的俺不轉睛斜僉着坐地，儘着他不住手兩下裏施爲。好個消息，幾陣昏迷。俺已則心癢難撓，他還待手下偎隨。

帕　箋

汗巾兒展作錦雲箋，淚點兒流成玉露盤，粉盒兒權當金星硯。滴將來一處研，寫封書訴不盡情言。一字字離愁閨怨，一句句緣慳分淺，一行行寡鵠孤鸞。一行行寡鵠孤鸞，千里相思，兩字平安。料應他離恨尤多，鄉心已碎，望眼將穿。我的淚你的淚湮成一點，你的心我的心結做一團。袖兒裏盤桓，手兒上綿纏。酬志了美滿功名，乞求得早晚團圓。

【仙子步蟾宫】

十劣

勒價

小丫鬟吹着盏短檠燈，老鴇兒瞪着雙黑眼睛，醜撅丁扶着桿無星秤。俊多嬌佯不聽，解行囊信意加增。一包兒無零無剩，一盤兒齊齊整整，一家兒喜笑花生。一家兒喜笑花生，不是爭差，非爲嫌輕。似這般俺也輸心，他也樂意，你也馳名。這兩點怕不是鼎，那一塊也欠十成。等待消停，都要煎傾。論親情不索疑猜，交財帛須要分明。

索債

酒太公站立俺門傍，油博士擔來這壁廂，肉擔兒掛在頭直上。欠王屠鈔幾張，姐夫每不索思量。陳酒債秤還三兩，清香油賒過幾缸，平肋肉割了多方。平肋肉割了多方，一總還錢，零碎熝湯。休怪絶情，何須戀己，莫得粧鎊。也不索三三兩兩，又何必掩掩藏藏。倒斷行囊，準折衣裳。你若是打發的清潔，俺還送半點兒乾糧。

清　帳

俺也曾買綾羅裁了些可身衣，俺也曾換金寶打了些好首飾，俺也曾賣莊宅受了些腌臢氣。那些兒虧負你？你須索加減乘除。止不過一時半刻，又不曾通宵整宿，頓忘了昔日平時。頓忘了昔日平時，跌落了錦片前程，折蹬了銅斗家私。你子待累百爲千，逢三道五，見一成十。我和你一樁樁開除個端的，小九九打算個真實。除了穿吃，扣了春資，剩下買兩個猱兒，零頭兒取一個娼妓。

閉　户

老虔婆準備下意兒歪，小大姐包藏着性兒乖，窮姨夫啜賺在門兒外。叫丫鬟世不開，可憐見放入門來。禱告了家親三代，拜辭了爺娘叔伯，囑咐了俊俏喬才。囑咐了俊俏喬才，您忒無情，俺也合該。赤緊的典了衣服，花了網帽，破了靴鞋。把似俺無半星也擺劃，還望您老兩口兒躭待。俺子待暗裏偷乖，夜去明來。打扮着點卯官身，扎掙着挑水擔柴。

問　年

鬼胡尤打扮個俏寃家，歪扭捏粧成朵解語花，喬相識問了句衷腸話。猛低頭難對答，歷年來都是十八。未成人偷哧了幾下，已成人逃走了幾乏，不成人販弄了三家。不成人販弄了三家，一捏青春，半把年華。也索收心，不消現世，還待撑達。奶兒長低留答臘，孩兒多皮慹扒查。只等待眼兒昏花，腿兒塌撒。保佑你活到一百，終不成還是十八。

賀生

虔婆禱告拜神祇，子弟安排賀壽儀，嬌羞沐浴迎新歲。生辰密年紀希，袁天罡算了個端的。有一年三番壽日，把三年呼作一歲，每一歲九度生時。每一歲九度生時，辦炷名香，擺列筵席。敬謝神明，虔邀宗祖，敦請親戚。遞一杯添兩件首飾，行一禮奉一套羅衣。今日佳期，來歲休移。俺也有本命元辰，單看你那日回席。

下橋

剛團圓一片月兒斜，正豔冶三秋樣兒別，恰芳菲幾朵花兒謝。順風船下坂車，舊人兒見了情絶。猱着頭姐兒的火者，眵着眼鴇兒的候缺，放倒身撅兒的幫貼。放倒身撅兒的幫貼，再休提幼小風流，美滿驕奢。俺則索袖手埋頭，低聲下氣，做啞粧呆。他正是宜時的風花雪月，俺落得末脚兒感嘆傷嗟。雨散雲歇，瓶墜簪折。若能勾再到陽臺，除非是夢裏蝴蝶。

回爐

再來不值半文錢，昔去何須一溜烟，翻回不滿十年限。被人嗤惹俺嫌，生饅頭怎入籠嚴？做不的油頭粉面，乾出上涎眉瞪眼，只落個赤手空拳。只落個赤手空拳，活是他人，死和他纏。俺如今這樣時光，又無接手，不比常年。雖然是答臘些殘湯剩飯，却不道盤繳的少米無鹽。姊妹行閑談，小大兒難言。鴇兒道：死了倒是乾淨，子弟每見了不到跟前。

留僧

俏姨夫換了個禿姨夫，舊施主做了個新施主，化緣簿改了個姻緣簿。倒陪錢當積福，花藤兒纏住了葫蘆。手問心道了個萬福，百衲衣打了個窩鋪，齋饅頭券了個胸脯。齋饅頭券了個胸脯，鴇兒開言，行者鋪謀。俺子索早起腰胱，午間中袖，夜晚包袱。巧藏拽金面皮觀音老母，偷夾拿銅法身彌勒尊佛。總不如剃了頭顱，做個尼姑。這世裏配一對光頭，那世裏變兩個毛驢。

鑽龜

白綿單展做了黑泥條，紅繡鞋沾上些綠水毛，素羅衣印下對烏龜爪。正撞着這一遭，也不必屈打成招。天靈蓋生生揭了，搭撒頭緊緊搐着，麻種眼慢慢偷瞧。麻種眼慢慢偷瞧，嚇殺多情，疼殺多嬌。

我和他比蜜調油，如魚得水，似漆投膠。也子道爺兒們合家歡樂，止不過夥兒裏本分窩巢。誰承望官法難饒，一世耽囂。駡幾場似没嘴的葫蘆，打幾頓似没氣的尿胞。

大鼻妓

【仙子步蟾宫】

堂堂相貌土星高，一寸山根三掉腰，搽胭粉多使些錢和鈔。因此上淡梳粧懶畫描，費擎擡壓損妖嬈。竪一道擎天柱，搭兩孔駕海橋，怕則怕對臉兒支磽。怕則怕對臉兒支磽，不能勾倚翠偎紅，恰便似水遠山遥。費口閤舌，歪頭側腦，自有方略。比鷹嘴微爭些大小，似羊頭少一對觡角。回子根苗，癩象軀牢。雖然是眼罩兒重遮，也則索遠遠的舒着。

清源妓名無瑕玉，獨擅時望，遠近傾慕，以一面爲快墓。嘗以地主拉至其家，將示衒耀之意。適暑，方浴，出稍遲，心鄙之。既出見，果尤物也。欲議之，無所摘。然準頗隆，遂占此詞，出而示人，頃刻傳以爲笑。自後見之者色萎矣。余再至，則已轉徙，不知所在。

【南商調集賢賓】

題　怨〔一四三〕六首

斜陽滿樓簾半捲，空教我望眼連天。千里雲山人共遠，望不斷衰草寒烟。危欄倚遍，忽聽的賓鴻哀怨。愁怎遣？怎不將一紙書傳。

孤幃幾時捱到曉，聽不上畫鼓頻敲。惱恨寒雞啼不早，急睜睜業眼難交。心中焦躁，盼不到參横月落。如何是好？怕只怕夢斷魂勞。

百般苦情誰象我？閣不住淚似懸河。恨壓眉梢雙黛鎖，又不是病染沉疴。心如刀剮，誰降下這場災禍！如何是可，每日家難死強活。

思君不來何處耍，空教我數盡歸鴉。何處垂楊閑繫馬，貪戀着路柳牆花。君情忒寡，見放着鮫綃羅帕。真共假，誓盟言須有個監察。

這場屈情非小可，受不盡小性兒哥哥。冷語閑言尋趁我，平地上就起風波。是誰之過？不住的將人折挫。眉黛鎖，有話兒不敢分駁。

說來的話兒都是謊，好着人〔一四四〕無處隄防。休信傍人將俺講，他那裏〔一四五〕背後輪鎗。全無遮當〔一四六〕，俺只有青天在上〔一四七〕。君細訪，枉了人算甚麽高强！

【南正宮玉芙蓉】

同　前〔一四八〕四首

言合意不合，和你實難過，你分明特故的將俺揉搓。俺何曾敢把針兒錯，尺水翻成一丈波。雜情貨，心多話多，聽不上絮叨叨常把嘴兒磨。

難將性兒拿，就裏多虛詐，料應他看承做敗柳殘花。幾曾有半句知心話，已則是十分虧負咱。登開罷，情差意差，儘着你戀別人另結好緣法。

吃他無限虧，滿眼傷情淚，這其間受不盡瑣碎參差。他一心要做虧恩事，全不想從前溺愛時。巴心誓，天知地知，只願的一樁樁報應謝神祇。

因他意兒〔一四九〕別，把俺閑羅惹，進門來一迷裏打草驚蛇。在誰家調的情兒熱？臨到咱行冷似鐵。從今夜，恩絕愛絕，把一方汗巾兒裂做兩三截。

【北雙調蟾宫】

四景閨詞四首

正青春人在天涯，添一度年華，少一度年華。近黄昏數盡歸鴉，開一扇窗紗，掩一扇窗紗。雨絲絲風剪剪，聚一堆落花，散一堆落花。悶無聊愁無耐，唱一曲琵琶，撥一曲琵琶。業身軀無處安插，叫一句寃家，駡一句寃家。

小湖山分外清幽，飛一對沙鷗，宿一對沙鷗。怕斜陽偏照西樓，上一掛簾鈎，下一掛簾鈎。畫堂深清〔一五〇〕晝永，坐一個無休，盼一個無休。晚粧殘雲鬢亂，戴一隻搔頭，卸一隻搔頭。無倒斷情思悠悠，夢一段風流，想一段風流。

洗炎蒸玉露金風，滴一葉梧桐，落一葉梧桐。意沉吟倦理針工，繡一朵芙蓉，撇一朵芙蓉。展香奩臨寶鏡，看一番粉容，惜一番粉容。數歸期思往事，屈一遍春葱，舒一遍春葱。望雲山音信難通，看一會歸鴻，送一會歸鴻。

雪花飛密灑瓊窗，助一派凄涼，又一派凄涼。更那堪簷鐵悠揚，緊一陣叮噹，慢一陣叮噹。瘦伶仃愁展轉，溫一邊象床，冷一邊象床。被兒閑枕兒剩，東一個鴛鴦，西一個鴛鴦。盡頭來虚度韶光，牽一股柔腸，斷一股柔腸。

【北中呂朝天子】

風　情〔一五一〕二首

得頑，且頑，放不下風流擔。萬花深處小桃源，信步兒從頭串。笑臉乜斜，歌喉圓轉，撒紅牙三四板。不吃醋的眼酸，不吃酒的量寬，只爲他相迷戀。

得謅，且謅，舞破了春風〔一五二〕袖。月明纔上柳梢頭，把手兒湖山後。共結〔一五三〕同心，齊開笑口，弄精神百事有。面軟的不羞，心窄的不愁，只爲他相拖逗。

【朝天子】

鞋　杯〔一五四〕二首

環兒脚一彎，花兒瓣兩邊，做了個飛鍾勸。半新不舊軟如綿，少欠下風流願。手澤猶存，香塵不斷，細端相重檢點。擦破了的口圈，蹴損了的底尖，跌綻了的根兒綫。

熱突突酒傾，白溜溜水清，照見個人兒影。金蓮小巧掌中擎，到口無餘剩。苫眼舖眉，參詳内景，口不言心自省。心坎兒裏踢蹬，肚囊兒裏款行，腸禮兒裏穿芳徑。

【朝天子】

嘲　誚二首

你説我艮支，我説你作鴟，誰的是誰的不是？紐箍兒別棒費神思，道不出個真實字。使口兒傷人〔一五五〕，挑牙兒斡剌，有的些歪樣子。叫你聲妮子，笑你個鬼尸，再休得胡行事。

你嫌俺老成，俺嫌你寡情，性格兒天生定。黄毛兒黑尾鬼胡伶，口兒裏無乾淨。賣弄你乖覺，將咱來傒倖，轉灣兒没了影。叫着又不應，駡着又不聽，治不了傳槽病。

【北雙調清江引】

閱　世四首

過一日少一日要上一日，省了些閑淘氣。一日十二時，倒在花前睡，及早的風流些便宜你。

過一春了一春要上一春，打疊起閑愁悶。一春九十日，日日胡廝混，去了青春呵盼望殺您。

過一年是一年要上一年，再不去歪廝戰。四時共八節，到處貪歡宴，歲月無情哄不了俺。

過一生只一生要上一生，休替别人掙。三萬六千場，醉倒烟花徑，每日價醒了醉醉了又醒。

【清江引】

閨　思〔二五六〕四首

手托香腮心兒裏想，淚滴闌干上。無情也有情，見不的喬模樣，靈鵲飛來撒一個兒謊。

枕上淚痕窗外雨，總是傷心處。淚點兒滴不乾，雨點兒聲〔二五七〕不住，一點一聲愁萬縷。

起初只說相交好，枉惹傍人笑。與了個甜棗兒，丢下個虚圈套，恨上來常將香盤兒咬。

恰纔朦朧眼兒瞑，成就了合歡令。一雙彩鳳飛，兩朵朶紅蓮並，明知是夢兒中生怕醒。

【清江引】

省　悟〔二五八〕四首

明知烟花路兒上苦，有去路無來路。惡狠狠虎巴心，餓剌剌狼掏肚，俺如今前怕狼後怕虎。

一個家張眉多睃眼，單給飄風漢。田產已盡絶，家業都零散，搦來大坑兒填不滿。

再不去掃雪填枯井，心兒裏明如鏡。摳了眼不嫌瞎，哄殺人不償命，豈不聞人的名兒樹的影。再不去火上弄涷涷，霎時間没的弄。總是一場空，到底成何用？只落的兩隻手一個搦。

【北中吕紅繡鞋】三首

五閻王不嫌鬼瘦，二菩薩那管人愁。甜食内下一把倒鬚鉤，只憑着巴心兕，哄了些帽兒頭。俺如今醒了腔，只枉的空着手。

一家兒穿衣吃飯，要別人破産填還。門兒外樹一朵引魂旛，納命的齊來到，偷生鬼閃在一邊，現放着萬人坑填不滿。

又不是官糧科派，動不動折變田宅。翠紅鄉掌一面虎頭牌，火焰似追錢債。也須俺賣得來，生子怕傻村驢不肯買。

【南仙吕桂枝香】

春　閨四首

容光消瘦，非因病酒。見不上燕子將雛，聽不上鶯兒求友。任飛鳴自由，任飛鳴自由，將人拖逗。

黄昏清晝恨悠悠，蝴蝶三更夢，烟花萬種愁。〔一五九〕

危樓倚遍，天涯人遠，望不斷嶺樹重遮，空自把湘簾高捲。又韶光一年，又韶光一年，鶯花爛漫。

滿懷心事告人難，身外春如海，眉尖恨似山。

萬花開放，同誰歡賞？名園内緑暗紅稀，芳徑裏蜂喧蝶攘。亂紛紛過牆，亂紛紛過牆，春光飄蕩。

千條弱柳綰柔腸，夢醒人何處，愁來夜未央。

瑶臺寂靜，銀河耿〔一六〇〕耿，長空碾萬里冰輪，深院鎖一簾花影。咨嘆〔一六一〕了幾聲，咨嘆了幾聲，芳心不定。

凌波露冷步閑庭，欹枕難成寐，憑闌無限情。〔一六二〕

【桂枝香】

贈妓桂香二首

廣寒宮内，天香月桂，香飄蕩玉兔風清，影扶疏銀蟾光碎。問嫦娥愛誰？問嫦娥愛誰？清宵凝睇。

今秋得意步雲梯，月中丹桂連根拔，不許傍人折半枝。

商飈初動，天香飄送。看今秋步月登雲，到春來騰蛟起鳳。喜身遊月宮，喜身遊月宮，香魂入夢。

三分色相狀元紅，探花榜眼都成配，淺白深黄總不同。

【桂枝香】

贈　行二首

君行保重，妾身陪奉。比目魚一躍成龍，交頸鳥雙飛化鳳。望雲山萬重，望雲山萬重，空勞魂夢。分開連理各西東，不愁我冷落深閨裏，只念你風塵遠路中。

長途勞頓，有誰俫問？拚着你萬里鵬程，撇下俺一腔春恨。漏沉沉夜分，漏沉沉夜分，金爐香盡。夢魂飛繞〔一六三〕楚天雲，君如夢妾難留妾，妾夢君來不見君。〔一六四〕

【桂枝香】

月夜小集二首

彩雲何在？銀蟾堪愛。恍疑是桂子飄香，猛見了嫦娥下界。喜秋光滿懷，喜秋光滿懷，無拘無礙。清歌勸酒手齊拍，一個個愁眉展，一雙雙笑口開。

高情訪舊，清宵如晝。一個個志氣軒昂，一個個功名成就。一個個女流，一個個女流，香飄紅袖。半輪斜月掛城頭，酒醉三更後，笑吟吟攜素手。

【桂枝香】

夢　想二首

寃家心變，將人坑賺。半夜裏枕冷成冰，兩道兒淚痕如線。你成雙我單，你成雙我單，如何不怨。癡心妄想來到身邊，做一個團圓夢，也强如獨自眠。

喬才鬼詐，全無拘怕。起初時做小伏低，到如今心粗膽大。夢兒中等他，夢兒中等他，將他留下，陽臺雲雨會巫峽。雖然不是真歡慶，也當春風刮一刮。

【南商調黃鶯兒】

曉　霞〔一六五〕二首

一點曉霞紅，閃祥光映碧空，神仙早出扶桑洞。上蓬萊幾峰，飲蟠桃幾鍾，喜朝陽展翅丹山鳳。錦雲重，把金烏簇擁，高捧在九霄中。

一點曉霞嬌，赤煦煦暖似燒，東窗紅日相輝耀。抹胭脂怎調？染丹青怎描？巧天公粧出如花貌。細量度，陰晴先兆，雲雨在今宵。〔一六六〕

【黃鶯兒】

嘲妓葵仙

猛見蜀葵花，隔牆頭賣弄他，風吹雨打全不怕。單開頭似喇叭，粗枝葉似檾麻，花心兒到有些娘大。忒拉揸，鬢邊怎插？折挫了好頭髮。

【黄鶯兒】

解　嘲〔一六七〕

轉眼盼多情，表丹心向日傾，更無柳絮顛狂性。嬌滴滴紫英，顫巍巍碧莖，香肩常把雕闌並。耐炎蒸，開花結子，到底不凋零。

【黄鶯兒】

嘲妓蘭池

遥望一鋪籠，馬蓮墩更不同，亂紛紛茅塞成何用？莎草是祖宗，蒯草是老兄，假名託姓精胡弄。瓦盆中，連根兒倒出，真個是麥門冬。

【黄鶯兒】

解嘲〔一六八〕

清淺小池塘，潤幽蘭壓衆芳，天然一種非凡相。花兒異香，葉兒細長，香風翠帶齊飄蕩。傍瓊窗，歲寒三友，無此不成雙。

【黄鶯兒】

文卿〔一六九〕二首

談笑有鴻儒，小桃源當隱居，書中有女顔如玉。性格兒出俗，美名兒不虚，不知人在花深處。漢相如，向文君笑語，要只要幾行書。

及第杏園春，掌書仙降紫雲，玉堂人物常親近。唱詞兒忒新，呼字兒忒真，多才比的俺無學問。卓文君，念相如正窘，愛只愛一張琴。

【黄鶯兒】

梅英

花裏有魁元，賞名園第一仙，南枝早把春風占。雪和成粉團，月籠着玉顔，風花雪月不厮辨。伴孤寒，喬松修竹，青眼笑相看。

【黄鶯兒】

月季

一月一芳菲，論花容不似你〔一七〇〕，千紅萬紫難匹配。花不歇枝，香無了時，四時八節皆春意。最嬌姿，自從初會，直與歲寒期。

【黃鶯兒】

弱　仙〔一七一〕

軟款妙人兒〔一七二〕，顫巍巍花一枝，海棠睡起嬌無力。風兒柔怕吹，步兒輕懶移，藕絲兒牽的人兒至。細腰肢，春衫可體，尚自怯羅衣。

【黃鶯兒】

韶　仙〔一七三〕

音律壓齊城，更妖嬈體態清，輕歌妙舞都相稱。奏簫韶九成，按絃歌幾聲，洋洋盈耳穿芳逕。午風輕，花枝弄影，莫不是鳳來庭？

【黄鶯兒】

剪　髮

玉手解青絲，鳳頭釵初卸時，頂心一剪烏雲墜。黑鬒鬒似漆，長鬖鬖過膝，單根兒都是心肝繫。好收拾，紅絨兒辮起，每日看幾遭兒。

【黄鶯兒】

嘲　僧

得意笑青天，把瑶琴對你彈，趙州平地神仙見。受用殺浩然，快活殺浪仙，耳邊廂不住秋風灌。四蹄攢，窟窿橋上，現世上刀山。

【南雙調鎖南枝】

盹　妓二首

打趣的客不起席，上眼皮欺負下眼皮，强打精神扎挣不的。懷抱着琵琶打了個前拾，唱了一曲如同睡語。那裏有不散的筵席？半夜三更路兒又蹺蹊，東倒西欹顧不的行李。昏昏沉沉來到家中，睡裏夢裏陪了個相識，睡到了天明纔認的是你。

涎瞪了眼，答刺了頭，打一個呵欠大張着口。也不想軟款温柔，也不想丢可留修，也不想拿堂扭柳。眼皮兒怕待睜開，手背兒不住的搓揉。也不着人也不勸酒，請將來上不的臺盤，擡舉你扶不上牆頭，大家開交纔是了手。

【南正宫玉芙蓉】

次韻贈妓少蘭〔一七四〕二首

花神送異香〔一七五〕，飛到瑶堦上〔一七六〕，喜秋蘭嫩蕊幽芳〔一七七〕。千條翠縷隨風漾，一段清標帶月光。何須羨新紅海棠，這些時春花無主盡收藏。

幽蘭擅國香，曲奏瑶琴上，與知音千載流芳。滿斟緑蟻金波漾，掩映朱唇琥珀光。何須羨春風野棠，争如這畫堂中盆景好珍藏。

【北中吕朝天子】

贈田桂芳〔一七八〕八首

桂卿，麗情，所事兒堪咱敬。惺惺自古惜惺惺，愛的是人恬静。兩意相投，同聲相應，眼微朦心自省。細聽，幾更，怕不盡今宵興。

小田，妙年，月裏嫦娥面。瑤池宴會大羅仙，不許凡人見。玉斝高擎，檀槽輕捻〔一七九〕，似鶯聲花外囀。向前，俏言，甚日尋方便。

太真，出塵，畫兒上曾斯認。重重疊疊挽烏雲，薄設設鋪蟬鬢。曉月雙彎，秋波一瞬，窄金蓮尖玉笋。見人，便親，心繫兒撙成緊。

戀他，寸家，萬種情牽掛。霎時形影隔天涯，悔不盡輕沾抹。强打精神，丢開他罷，想殺人休當耍。笑咱，傻瓜，忘不了臨明話。

想他，爲何？頓刻貪歡樂。不明不暗便開豁，自是咱之過。意兒留連，心兒傒落，近别來一月多。盼着，念着，怎再得同衾卧？

這〔一八〇〕詞，好〔一八一〕詞，口口相傳示。賞音幸遇妙人兒〔一八二〕，滿座皆同志。盼盼風情，鶯鶯心事，雪兒歌難似此。念兹，在兹，只兩個相思字。

自别，似呆，還不了前生業。傍人笑俺忒隨邪，俺不比乾風月。那值殘春，難捱今夜，口無言書怎寫？這叶，那些，敢一樣腸兒熱。

桂芳，蕙芳，一對神仙降。秋花春草噴鼻香，喜得相親傍。月下風前，人間天上，説無雙也有雙。北腔，繞梁，慢掃着琵琶唱。

【南中呂駐雲飛】

贈潤仙名玉塊

美質良材，體似羊脂膩又白。碾就獅蠻帶，結就瓊瑶珮。嗏，琢就鳳凰釵，精神光彩。剔透玲瓏，所事堪人愛，軟玉温香抱滿懷。

【駐雲飛】

贈麗江名金塊

百鍊真〔一八三〕金，麗水生來席上珍。富貴相〔一八四〕親近，高價難評論。嗏，正遇着買金人，偏他識認。九紫十赤，成色銷鎔盡，細細絲兒�到心。

【駐雲飛】

贈李沂仙

欒意陶然，勝日尋芳沂水邊。冠者閑遊衍，童子相陪伴。嗏，正遇暮春天，東風拂面。痛飲高歌，醉倚花嬌豔，將謂偷閑學少年。

【駐雲飛】

贈劉一兒〔一八五〕

一段風流，一點情牽兩意投。一曲銀箏奏，一股金釵溜。嗏，消遣一春愁，一番花柳。一顧傾城，一笑天然秀。一度含情一上樓。

【駐雲飛】

贈于少蘭次韻

緩步蹣跚，玳瑁筵前見少蘭。嫩蕊初分瓣，不許蜂蝶亂。嗏，莫惜好花殘，芳心一點。恍惚相逢，枉把東風怨。要上陽臺休怕晚。

緩步蹣跚，一段香風送楚蘭。口啓胭脂瓣，曲度行雲亂。嗏，酒到莫留殘，把閑愁檢點。醉伴花眠，懶賦長門怨。回首歸來還恨晚。

【南仙吕入雙調玉抱肚】

贈牛月娥二首

月娥風韵，廣寒宮天生妙人。換鍾兒款敍幽情，奉詞兒宴樂嘉賓。相逢不飲負青春，洞口桃花也笑人。

花容月貌，白生生越添豔嬌。玉螳螂倒插烏雲，粉蝴蝶斜壓鮫綃。春葱款撥紫檀槽，側耳聽聲魂暗消。

【玉抱肚】

贈趙今燕二首

趙家今燕，賽昭陽舊時管絃。聽悠悠音律清揚，喜飄飄舞袖翩躚。琵琶輕掃動人憐，須信行行出狀元。

南詞北唱，錦堂中清音繞粱。曲江池陪奉明公，秀春園占斷排場。高擎暖酒換新腔，不是情人也斷腸。

【玉抱肚】

贈小妓孫曉臺〔一八六〕二首

曉臺如畫，擁扶桑紅雲彩霞。麗春園姊妹馳名，平康巷歌舞傳家。暖風長養〔一八七〕牡丹芽，玉露輕沾菡萏花。妙齡之際，女孩兒天生世奇。嫩生生百樣妖嬈，細條條一捻腰肢。雲情雨意假推辭，燕約鶯期佯不知。

【玉抱肚】

寄示潤仙四首

潤仙喬勢，誓盟言全然不依。甜話兒記在心頭，假意兒認做真實。行思坐想盼佳期，提起東來忘了西。

負心玉塊，兩三番不見你來。許着俺席上傳情，誰承望啞謎難猜。東君試問女裙釵，誰是癡心誰賣乖？

走頭没路，買花錢分文又無。愛的是寶鈔金銀〔一八八〕，用不着者也之乎〔一八九〕。書生枉自費工夫，每日空勞定計謀。〔一九〇〕

難捱長夜，呆答孩白没話説。閃的人冷冷清清，哄的俺半半截截。烟花簿上有分别，自古及今不放賒。

【玉抱肚】

題情十首

單身獨自，盼情郎盼到幾時？往常間强打精神，至如今學害相思。憑誰寄與斷腸詩？只怕翻成絶命詞。

寃家心變，這些時誰家鬼纏？打聽的有個真實，我和他兩命難全！神靈監察誓盟言，不叫寃家只叫天。〔一九二〕

心中焦躁，好恩情全無下梢。俺這裏受盡凄涼，你那裏自在逍遥。更長漏永眼難交，枕冷衾寒睡不着。

喬才薄幸，枕邊言全然不聽。實指望常遠相交，怎下的這樣無情！狠將來罵了兩三聲，你倒不疼我倒疼。

多時不見，夢兒中到咱眼前。急慌忙扯入蘭房，雙手兒摟抱身邊。醒來知是假姻緣，落的安然一夜眠。

抽籤討〔一九二〕卦，叩神靈都是〔一九三〕哄咱。玉手〔一九四〕兒扯斷蛛絲，寶釵兒打落燈花。簷前喜鵲叫喳喳，撒謊虛囂做一家。〔一九五〕

饒人一命，告哥哥陪個下情。你若是意轉心回，俺纔得死裏逃〔一九六〕生。但存陰隲有前程，洗却青樓薄倖名。

無聊無賴，眼乜斜自家死捱。捱的我情思昏昏，杳冥中雲雨陽臺。雞聲三唱夢回來，棒打鴛鴦兩下開。

蛾眉雙皺，淚汪汪何曾斷流！倚遍了十二〔一九七〕欄干，禁不的一段閑愁。三朝兩日懶梳頭，從到春來不下樓。

立心不善，把奴家閃在一邊。俺當初悔效文君，你如今狠似龐涓。琴心何日再偷傳？飛鳳求鸞續斷絃。

【南商調集賢賓】

頂真敍情二首

寃家狠心將俺閃，閃的人叫苦連天。天道無私靈聖顯，顯着你負了盟言。言辭改變，變了心神明照監。監察俺，俺虧心性命難全。虧恩負義全是你，你須當服罪知非。非是俺如今不懊悔，悔只悔一向着迷。迷人難治，治不的真心實意。意兒美，美姻緣再也休提。

【南中呂駐雲飛】

題贈小娥二首

燕舞鶯歌，弄月吟風錦繡窩。呷軋冰輪過，皎潔銀蟾墮。嗏，飛下小嫦娥，忽驚四座。謫降天仙，權遂人間樂。仙不風流圖甚麽！人不風流待怎麽！

玉質冰姿，又是蟾宮第一枝。小桂多風致，嫩蕊偏嬌媚。嗏，根自廣寒移，化生塵世。天上人間，一樣貪歡會。仙不貪歡圖甚的！人不貪歡待怎的！牛小娥者，月娥女也，初爲名妓，詞以嘉之。

【北中吕朝天子】

又　贈

月娥，少娥，一輩兒傳一個。能彈能舞又能歌，品竹誰能過。妙手名家，知音在坐，擺筵席賀客多。伴明月養活，共白雲結夥，好挾上東山樂。兩娥來謝品題，果尤物也，再此答意。

【北雙調水仙子帶折桂令】

嘲　友

青天白日打燈籠，照見南來小相公：涼衫大帽粧朝奉，搭連包肩後聳，倒垂蓮燭影摇紅。頂着甑是何威重，對着人全無禮容，光着腿怎打秋風？　光着腿怎打秋風？步履郎當，舉止疏慵。豈是清修，雖然簡便，也欠温恭。入公門鞠躬時誠惶誠恐，在家中習禮處無影無踪。假若是越女吴童，月貌花容，一迷裏前後通行，不枉了邂逅相逢。

【南雙調錦堂月】

偶　書〔一九八〕

山閣蕭條，花枝瘦損，難同舊時容貌。雨淚盈盈，空有寄來鮫綃。將萬縷蘭麝微熏，記一點櫻桃紅小。歸期早，看取月下花前，那時歡笑。

【南商調高陽臺】

落花有感〔一九九〕

半畝蒼苔，一番紅雨，韶光滿眼〔二〇〇〕拋擲。立盡東風，可能容易收拾，狼籍。留他不住春歸也，問那人歸在何日？望天涯暮雲千里，杳無消息。

套数

李中麓归田

書備五朝，簡贍可知；易更四聖，質文易覩。此非往牘少文，後聖寡要，推移不禦，惟世爲然。昔也盤庚話之愚民，曲禮行之鄉鄙；今也析句詁字，老儒困之，豈惟民哉！若夫文字之變，詩又甚焉，三百篇中，變居其二。既又變爲騷，爲五七言，爲律，爲今樂府。嗟乎，變極矣！詩由性出，存乎其人；聲與政通，繫諸其俗，古近遞降，如鱗次然。軒古輊今，不煩審辨，然而作者可以適性，聞者可以考俗，感發鬱陶，激昂倫靡，其用一也。間出淫慝，古亦有之，放之而已。操觚之士，騖心爾雅，樂府有作，力究兩京，得其文，逸其義，得其義，亡其聲，要之，文固未通釋也。卽文義酷肖，不協鍾律，不足以爲樂；卽併得之，必令人弗聽也，亦何貴於導善滌邪者哉！夫楚音隕江東之涕，胡笳起漠北之思，易其地則不爲動。世葉逾絶，又何啻此？孔子删詩之後，被之管絃，要必審五方之音，各歸本調。後之誦者，一以江左聲協之，其能合乎？離騷多禮神之辭，漢魏皆絃歌之曲，音響節奏，自出一機，繩以今韻，然且不可。律體既盛，始嚴沈法，雖云格力非古，而李唐樂歌，即多近律，如太白清平調曲，及郭氏諸所收集是也。唐律大法固在，然其聲之舒疾高下，不得而聞；且以渭城短律，婦人稚子，知誦其句。至使文士興歌，人自爲疊；琴師按譜，不一其聲。則他所依放，例可知也。宋曲見於今者，有辭無聲，其僅存者，一二而止。漢志曰：周衰，禮樂俱壞，樂尤微眇；後世之聲，既非盡美，又奚傳焉！嗟乎，聲音之道，不在雅頌，而在今樂。有識病之，其機緘變易，關乎人理，亦氣運然與。故每域於本朝，不相流襲。豈直聲音，文亦不逮，四言盡於三百，五言極於漢魏；唐律宋詞，各臻其工。模擬雖逼，定不及也。僕性嗜古，凡文章度數，遊心無礙，獨於正樂，有夙憾焉。移風無自，寄興靡依，一有感發，莫能遂歌，微吟不絕，姑託近調。嘗見鴻筆大家，顧或爲之，何也？予聞之，今之樂，猶古之樂也。又云，古人之詩，如今之歌曲。往竊疑之。乃孔子有志三代之英，又曰：「吾舍魯何適矣！」固亦有不得已者。吾鄉中麓李公，博學正誼，予心慕之。都中邂逅，彼此塵鞅，未緣請益。頃抗疏歸田，娛情述作，紹作大雅，討論秘文，雜興所及，時涉新譜，其亦游戲翰墨故邪，抑定樂之無繇也？僕因得而聽之，意真味婉，氣正聲平，借使達者屬耳，擊節賞音，里人聞之，亦足以發流通之妙，不在茲乎！秋夕共話〔二〇二〕，悉所未聞，偶論樂聲，深契予意。途次無聊，遂成俚闋如左。

【北仙吕點絳脣】瀚海洪流，岱宗神岫，英靈湊。淑氣充周，醖釀盡乾坤秀。

【混江龍】山河依舊，其中自古聖賢州。似您這天才傑出，真箇是無愧前修。霎時間對客揮毫風雨響，世不曾閉門覓句鬼神愁。囊括了三墳五典，八索九丘。網羅了百家衆技，三教九流。席捲了兩漢六朝，千篇萬首。彈壓了三俊四傑，七步八斗。俺也曾夜到明明到夜聽不徹談天口，則爲他心窩兒包盡了前朝秘府，舌尖兒翻倒了近代書樓。

【油葫蘆】多少詞林翰府儔，則被他一筆勾；乾坤豪士眼中收，這其間能説會道堪居首。剛道箇真材實料難禁受，說甚麽琴遇知音，再休提棋逢對手。每日價自歌自飲嫌孤陋，乞求的黄卷上結交游。

【天下樂】千載名賢儘應酬，風流意氣投，短檠長夜三更後。話高情曲一腔，賞雄篇酒滿甌，消繳些天長和地久。

【那吒令】掃鸞牋運肘，試錦心繡口，望龍顔拜手，犒金花玉酒，宴瓊林上首，折天街御柳。瑞烟開金馬門，香風嫋銅龍漏，擺鵷行緩轡聲幽。

【鵲踏枝】論功業比伊周，論文學擬曹劉。憑着你柱石彤庭，黼黻皇猷。會談間把前賢考究，羨君家自古傳流。

【後庭花】你本是那佐唐虞賢聖胄，皋陶爲理，後世以李爲氏。有幾箇正綱常清議友？膺劾治了背闕將軍罪，勉判倒了太平公主讎。元紘聖恩優，受用些酴醿賜酒，絳只吃的醉朝天拜玉樓。汝陽王璡中興功第一流。光弼丹扆箴取次投，德裕避賢詩歸去休。適陳情表不自由，密北海尊任意酬，邕西崑體到處謳。商隱

【青歌兒】坐臥間牙籤牙籤萬軸，繁行動間錦囊錦囊千首。賀便做了三朝卿相也索意休，昉怎癡心寧耐，白首封侯。廣我則待鶴背雲頭、八極周遊，少君函谷騎牛、聃采石登舟、白烏鳥相投、白鹿爲儔、涉少室藏脩、渤盤谷清幽：愿可正是龍眠高隱百無憂，公麟無福也難消受。

【寄生草】漢文皇空拊髀，酬國志難罷手。牧你從來紗籠就裏埋名舊，藩投至得御樓側畔承恩厚，昉終有箇凌烟上面圖形秀。靖你道是八磚學士懶朝參，程我道是十年宰相須承受。泌

【賺尾】四海覓知音，五嶽尋朋舊，赤緊的馮唐不偶。至如今手把陰符覽未休，嘆韶華又早大火西流。氣橫秋，笑看吳鈎，則待要向長安函送單于首。俺這裏帶斜陽倚樓，只落的伴黃花勸酒，約定了清風明月兩悠悠。是年北虜始寇邊

謝少溪歸田〔二〇二〕

少溪翁與先兄冶泉公同薦於鄉，意氣甚相得。既舉進士，爲侍御史，侃侃有聲稱；視學畿內，累官大中丞，晉司馬，督戎政，威名大顯。一旦上疏，求解兵權，歸休於繡水之上。余適過章邱，薄暮詣訪約，主賓野服相見，繾綣話契誼。酒數行，令余爲歌詞，以志高逸。余笑而謝曰：「今之詞手，章邱人擅場矣！」余於此蓋難乎爲詞哉。

【北南呂一枝花】慵聽玉殿鞭，怕待金門漏；承恩雙鳳闕，拜表五龍樓。笑解歸舟，打疊起麟袍袖，收藏了寶帶鈎。閒時節尋一片繡水漁磯，悶時節訪幾箇青山道友。

【梁州】人道是前朝王謝，俺道是當代伊周。生平事業都成就。對丹墀三千禮樂，擁畫戟百萬貔貅；網羅轂公門桃李，羽扇麾帥府諸侯。酬志了三十年廊廟分憂，準備着數千里湖海遨遊。也不戀大官羊列鼎鳴鐘，也不厭家常飯粗茶淡粥，也不嫌小村莊瓦鉢磁甌。書樓筆疇，調停歲月閑消受。酒三杯，詩數首，有時節高卧東山不可留，念蒼生也索回頭。

【尾】者麽您惠連康樂爭馳驟，明月白雲共宴遊，樂事賞心隨處有。俺則待畫山光一丘，寫行樂一軸，唱一會歸去來辭開笑口。

憶弟時在秦州

余弟在秦州，五年不得調。前此及今，浮沉五品秩凡七任，歷十有五年，五品以下不論也。余居山中，秋風四起，油然興懷。憐濡滯之迹，觸離隔之情，而不自知其身之濩落無當也。形神千里，意緒萬重，書所不盡，申之詞章。山中簡册不攜，韻或出入，弗許也。

【北雙調新水令】金風飄杳隴雲寒，惜分飛兩行征雁。碧連芳草渡，紅綻蓼花灘。須有箇北向南還，經幾度春老秋殘，只聽的失羣聲遍霄漢。

【駐馬聽】悶倚闌干，宿酒初醒月露寒；慵拈筆硯，新詩欲寄海天寬。紅塵迢遞鶺鴒原，黄昏冷落棠梨院。凝望眼，側身西塞情無限。

【沉醉東風】受盡了半生偃蹇，乞求的兩字平安。他那裏爲我思，我這裏因他盼。大丈夫撼海推山，憑着頂觸佞嫉邪獬豸冠，且不問眼皮上前程近遠。

【雁兒落】蕭颯颯風吹函谷關，淅零零雨洗連雲棧。煖溶溶烟封兩漢宫，明皎皎月滿三秦甸。

【得勝令】呀，爲甚麽懶把素書看？止不住常將寶刀彈。顯不得冰玉聲名響，跳不出金銀世界寬。

自離了長安，一步步音書斷；才到了關山，一程程道路難。

【沽美酒】見如今坐不寧卧不安，衣不解飯不餐，只待要遠播天威蕩了塞垣，指日間生擒了可汗，平蹅了土西番。

【太平令】二十載風霜冷淡，數千里山水瀰漫。望君門空瞻霄漢，盼家音難憑魚雁。我呵，到如今意懸夢牽，不由我淚彈。呀，生被這不做美的雲山離間。

【川撥棹】一會價謾俄延，可知我功名薄緣分淺。總不如袖手高閑，閉口無言，冷眼傍觀。那答兒鶴長鳧短，且埋頭山水間。

【七弟兄】每日價竹邊水邊任盤桓，對芳尊數轉嬌鶯歡，插綸巾一朵野花鮮，採瑤芝幾箇幽人伴。

【梅花酒】嘆光陰撚指間，怕皓首蒼顏。恨遠水遥山，想鷺序鵷班。悔當初容易別，至如今見面難，望燕臺不可攀。有一日九天上舞青鸞，五雲裏捧花箋，萬里外促雕鞍，千官隊拜金鑾。

【收江南】呀，烽塵寂靜玉門關，恩波蕩漾錦江山；滿天兵甲一齊閑，把干戈盡偃，邊臣歌舞入長安。

此詞作於嘉靖庚申之秋，筆未竟，不覺淚下。時舍弟方奔走障塞，得而覽之，復余曰：「車中讀未竟，輒淚下。」夫兩地之淚，豈以功名下哉！明年，弟稍遷河南參議；又明年，相見於京邸，余亦授官矣。自是南北分攜，往復相左者七年，始遇於郯，旅舍不寐，戀別無計，復分袂去。又二年，弟以入覲，便道求晤於保郡，而歸志遂由此定。從前感懷，可以消遣。是知天倫之樂，合並之趣，不在仕路，而在山中。

徐我亭歸田

我亭徐子守霸，郡甫再期，乃輒歸田間。先是道路宣言，徐守召遷京曹，吾弗聽也。輿望當遷，其如時事何！居無幾，又言徐守以論免，吾又弗聽也。即多口如公論何！已而守果東歸。匝一月，余始知之。輾然笑曰：「公論竟不能與時抗哉。」郡故有名，而業已瘝敝，邇益敝甚矣。公私仰給者，循其名而責之備，持之日益急，歲且大侵，民弗堪命。守以節用愛人四字平其政，若之何勿論且免也。時余偃蹇卧茂林深巖中，聞徐子免官不足惜，獨惜其不能徑造山人，濯塵容於清泠之淵，而猶有依依兒女子情耳。然幸高堂重慶，方罄至歡；余又以苦熱，憚於獨往。即未知先發者誰，且恨無五尺童走相訊也。客有言及徐子者，輒作不平氣。或曰：「二十年科名，博官二年耳，是古人什一之法。」或曰：「節慎憂民，而坐此廢放歸，無以自謀，奚什一法也？」余則笑止之曰：「客之爲徐子計，是不知徐子者；爲余言之，是不知余者。客且休矣，余將洗耳於清泠之淵。」客謝不敏去。余乃臨流沃穎，爲填此詞。後有知徐子者，必使歌之。

【北正宫端正好】跳出了虎狼穴，脱離了刀槍寨，天加護及早歸來。甫能撮凑到紅塵外，總是超三界。

【滚綉毬】磣可查荆棘排，活撲刺蛇蝎挨；打遇遭擠成一塊，諕得俺脚難挪眉眼難開。一箇虚圈套眼下丢，一箇悶葫蘆腦後摔；踩着他轉關兒登時成敗，犯着他訣竅兒當日興衰。幾曾見持廉守法垛了寃業，都子爲愛國憂民成了禍胎，論甚麽清白？

【叨叨令】見了箇官來客來，繫上條低留答剌的帶。又不是金階玉階，免不得批留鋪剌的拜。恰便似天差地差，做了些希留乎剌的態。但沾着時乖運乖，落得他稽留聒剌的怪。兀的不磣殺人也麼哥！兀的不磣殺人也麼哥！單看你胡歪亂歪，粧一角伊留兀剌的外。

【脱布衫】謝天公特地安排，感吾生苦盡甘來。熱還了蠅頭利債，再不把文章零賣。

【小梁州】也是俺八字生時小運該，捱過了月值年災，等不得滿頭風雪却歸來；清江外，鷗鷺免相猜。

【幺篇】雲深三逕無邊界，急回頭滿地蒼苔。不負〔二○三〕咱多寧耐，年年相待，松菊手親栽。

【上小樓】風光未改，規模猶在，不由俺眼兒端相，口兒嗟咨，意兒裁畫。爲着那料不開、劃不來、功名草芥，險把俺潑生涯丢答在九霄雲外。

【幺篇】多虧承廉訪司，乾生受御史臺。倒惹的百姓攀留，妻子埋冤，隣里疑猜。假若是弄不諧、這一排、大驚小怪，怎能勾安樂窩通轟自在。

【滿庭芳】田連滄海，門垂五柳，院列三槐。從今不受人禁害，事事丢開。弄機權聽他喝采，隨本分看俺偷乖。垂堂戒，低頭自揣，再不説濟川才。

【快活三】帶清風兩袖來，喫緊的少金帛。雖然不得世人財，也省了花打算胡支派。

【朝天子】薅鋤了草萊，掃除了小齋，破漏處重苫蓋。軒窗窈窕忒幽哉，就裏無拘礙。儘俺粧酣，饒他作歹，笑呵呵佯不采。丢一箇眼色，唱一會哈咳，雲去也青山在。

【四邊靜】霎時間龍歸大海，蝦笑泥蟠，蚓笑塵埋。誰識俺放浪形骸，寄傲乾坤外。須不是閉户窮愁傻〔二〇四〕秀才，一納里無聊賴。

【耍孩兒】浮生但得閑身在，一萬兩黃金難買。今日箇月明千里故人來，抵多少位列三臺！無官纔是神仙福，有道難爲將相才。爲甚麼跳出樊籠外？這的是急流勇退，須不是早發先衰。

【十七煞】追魂牒拜相麻，捨身崖拜將臺，未央宫慣把忠良害。粉蛾投火休言命，錦鯉吞鈎不是災，貪心所使非無奈。怎似這赤松伴道，也免得黃犬唧哀。

【十六煞】高名重似山，通途黑似海，鵬程反被蛛絲礙。無心出岫閑雲散，捲翼投林宿鳥來。悠悠世事皆身外，盡是些虛舟飄瓦，斷梗枯荄。

【十五煞】當初錯認真，而今且買獃，爲只爲到頭不把心田壞。鞭箠赤子情難忍，奔競朱門眼倦開，甘心兒不染炎涼態。自古道貧而無諂，義不存財。

【十四煞】見尊官陪小心，入公門怎放懷，烏紗緊按忙搊帶。竦身疾走還嫌慢，對面低頭不敢擡，壓簷石離不了雙膝蓋。那怕他淋漓風雨，也子索跪倒塵埃。

【十三煞】帶銅鈴馬上馳，提鐵繩部下來，城狐社鼠真無賴！一箇道稽遲糧餉賫飛票，一箇道緊急軍情奉火牌，閑言碎語須躭待。真心兒貪圖小利，謊話兒毆打公差。

【十二煞】官清氣不長，財多福自來，見如今顛倒觀成敗。奴顔婢膝終須貴，義膽忠肝反見猜。俺如今只落得丹心在。打疊起經綸手段，展放開風月情懷。

【十一煞】抱瑤琴彈袖低，插巖花壓帽歪。尋幽散步雲林外。攔迴緑水挑了坑塹，隔斷紅塵立了界牌，勿得相侵害。喜年年深耕淺種，願歲歲增福消災。

【十煞】迎神三上香，虔恭一字排，山童野老齊來拜。岔聲鑼鼓喧天響，美味村醪就地釃，當莊兒敬把牛王賽。俺這裏隨班行禮，不强如納陛升階。

【九煞】蜂屯散晚衙，鴉羣放早牌，山鳴谷應威名大。閃開皂蓋蒲葵扇，换却朝靴芒草鞋，吕公絛緊淨似鐫花帶。人都道清閑刺史，瀟灑蘭臺。

【八煞】又無牌票追，又無官長來，又無節年號件多黏帶，又無獄囚干係〔二〇五〕擔驚怕，又無倉庫查盤費刮劃，又無凶荒水潦難徵派。俺不是承行接管，官吏當該。

【七煞】老太君近九十，老尊堂多半百，壽萱重茂光三代。祖孫空切陳情表，母子遥懸陟屺懷，到如今謝天謝地全恩愛。喜孜孜承顔旦夕，笑吟吟戲綵庭階。

【六煞】弟兄友愛情，親朋契闊懷，東隣西舍相陪待。從今但説陰晴話，此後惟愁水旱災，再不提世路多毒害。盡都是一場瞎〔二〇六〕帳，滿口胡柴。

【五煞】南州有故交，東君無俗客，時時下榻相親愛。常餘雞黍供佳會，剩有鶯花破悶懷，小園旋摘時新菜。一茶一飯，閑往閑來。

【四煞】也不説胸藏萬丈虹，也不想腰懸三尺白，課耕教子功勞大。也不求世上千鍾禄，也不羡牀頭萬貫財，但願年年歲歲人常在。受用些粗衣淡飯，準備些細米乾柴。

【三煞】喚青衣花滿簪，倩紅裙酒滿釃，剛纔破了官箴戒。時興麗曲傾心聽，適意新詩信口來，狂歌痛飲真豪邁。相伴着花仙酒聖，説甚麽閬苑蓬萊。

【二煞】清風到碧梧，斜陽下緑槐，千山列嶂烟横黛。幽窗正與雲門對，别業遥連地鏡開，寒流一縷拖裙帶。想前朝鴉盤寶髻，鳳插金釵。

【一煞】龍池百代清，牛山萬古哀，笑當時登覽心無奈。三千珠履英雄盡，十二山河霸業衰，龍爭虎鬥人何在？你看那王侯高冢，都做了蔓草荒臺。

【尾】山林識趣高，功名局面窄。放歌古調烟霞外，誰會把白雪陽春下註兒解？

邑齊初度自述〔二〇七〕

余始試邑於淶，重以禄不逮親爲永憾。不攜家累，祇一童自隨。杪秋初度，壺漿奠獻之餘，舉觴致語，自祝心切；感慕不釋，命筆填詞，至三煞，潸然淚下不可止。童竊覘之，後傳於山中，只謂思鄉然耳。外人每歲物色余初度日，竟不能得；詞亦不以示人。

【北正宫端正好】不圖名，非干禄，無心也待價而沽。只因趕上紅塵路，此地逢初度。

【滚繡毬】俺不是漢高陽舊酒徒，魯諸生小架局，逞粗豪風流人物，欠磨礱狂簡迂儒。幾曾誇俺德能？也難攀彼丈夫；更不出三門四户，單守着者也之乎。眼見的爭名奪利眉兒先皺，耳聽着受職爲官膽兒便虚，俺子當似有如無。

【脱布衫】想黄花三逕香鋪，望白雲千里光浮。遠迢迢家山何處？悶懨懨此情無據。

【小梁州】俺子索獨對秋燈賦索居，展轉躊蹰。便做了三槐九棘待何如？無情緒，枉自受拘束。

【幺篇】上琴堂端坐如泥塑，下廳堦尺步繩趨。倉庫經，循環簿，那里也知新温故，曉夜念文書。

【上小樓】酸甜辣苦，中心難訴，辨的是卷案招詳，錢穀刑名，笞杖流徒。親也無，朋也無，誰行扶助？斷送的這壁廂走投無路。

【幺篇】升早堂夜未闌，放午衙日已晡；酩子里忘了生時，躭了歲月，錯了機謀。形也孤，影也孤，誰行看覷？却不道細思量有何緣故。〔二〇八〕

【滿庭芳】天涯間阻，秋光冷淡，夜色蕭疎。臥看牛渚空延佇，情景誰〔二〇九〕俱？撇下俺錦胡同真仙洞府，玉闌干方丈蓬壺。空孤負，鶯歌燕舞，檀板繡氍毹。

【朝天子】水連天碧湖，草含烟緑蒲，家住在名山處。天然一幅輞川圖，滿眼皆詩句。畫舫移風，紅裙染露，翠波中聞笑語。紫霞觴滿浮，玉壺春有無，只喫到青山暮。

【耍孩兒】年年此日神仙聚，都來會烟霞洞主。相傳王母宴蟠桃，爭似俺竹裏行廚。來時共折瑶華贈，醉後還憑彩袖扶。獻一卷脩真賦，琅函錦字，玉簡金書。

【六煞】往常時開壽筵，到如今入宦途，官箴謹守遵侯度。朝廷有道追呼少，門第無私來往疎，爲民爲國非干譽。赤緊的君恩未報，民命難蘇。

【五煞】省刑罰當放生，理沉冤替念佛，丹心願受長生籙。排衙奏罷三通鼓，畫戟粧成五福圖，官僚左右相扶助。衣冠濟楚，禮度閑熟。

【四煞】公堂半載忙，私衙一事無，閉門猶恐人知悟。淒清單父琴三弄，酩酊彭澤酒一壺，也權充作樂陳樽俎。自釃呵自飲，誰勸也誰扶。

【三煞】愧不及跪乳羔，恨不如返哺烏，雙親永感悲風木。香飄寶篆無人見，酒滴茅沙有淚俱，紙灰飛〔二一〇〕起歸何處？擺列着三牲五鼎，止不住短嘆長吁。

【二煞】念平生手足親，耐尋常骨肉疎，天南地北多岐路。長空萬里衡陽雁，尺素千金湘水魚，何時固結連枝樹？每逢佳節，遍插茱萸。

【一煞】俺那里霜前紫蟹肥，床頭白酒熟，正期着秋飽家家富。胡歌野叫村田樂，樵父漁翁慶壽圖，來來往往諸親故。到晚來安排燈火，和睦宗族。

【煞尾】康寧福自生，清閑樂有餘。俺如今江湖廊廟隨時遇〔二一一〕，博得這兩字平安萬事足。

訪沈青門乞畫

青門之名，余耳之舊矣。壬戌早春，歷城邂逅，西館燕嬉，時余猶書生也。余今以曠官赴調，復得周旋談笑京邸間，因乞作畫。有感昔遊，情不能默。青門藝苑博雅，兼善北譜，故以投之。

【北雙調新水令】數年前遊冶秀春樓，正花時緑肥紅瘦。新詞挑玉質，香醑寫金甌。意氣相投，一見寸心透。

【駐馬聽】五岳遨遊，山水都歸摩詰手；兩都馳驟，文章直與馬班儔。向來三載客燕州，幾番曾憶東山否？尚兀自抱箜篌，花開花落人依舊。

【雁兒落】俺子怕胸填宋玉愁，料應他眉鎖西施皺。不〔二一二〕承望衣憐范叔寒，只落的帶寬休文瘦。

【得勝令】呀，怎不上仲宣樓？也不駕剡溪舟？冷落殺顏回巷，蒙茸了原憲裘。望千里滄州，笑南渡新學究，種五色瓜疇，羨東陵故國侯。

【水仙子】青門地接鳳凰樓，綠水波縈鸚鵡洲。朱英香泛麒麟囿，寫生綃紀勝遊。一行書鐵畫銀鉤，一聯詩郊寒島瘦，一度曲評花判柳，一腔春醞藉風流。

【折桂令】一腔春醞藉風流，不入山林，不事王侯。過一橋又一橋遠市離塵，訪一回又一回潛踪隱跡，遶一灣又一灣曲徑通幽。則今日倚玉樹步芳園齊開笑口，待何時上金山遊古寺共豁吟眸？雲樹綢繆，萍水飄流；渭北江東，楚尾吳頭。

【離亭晏歇指煞】〔二一三〕故園此日花如繡，蘭舟〔二一四〕蕩漾閑春晝，憑君臥遊〔二一五〕。抹一帶海浮山，染一溪滄浪水，蘸一點雲門岫。幽人不出村，抱膝因何瘦？按圖、寓眸。朗誦着北山文，乍醒了西堂夢，苦憶的東籬菊。繪松雪畫的〔二一六〕屏，題沈謝詩引首，願騎鶴更〔二一七〕上揚州。笑殺俺不知機待怎生，敢子是託〔二一八〕芳名傳不朽。

改官謝恩

初解邑綬，臺章諭以量才改邑。章下，天曹覆奏，謹按臣敏疎簡不堪臨民，文雅猶足訓士。制曰可。遂攝鎮江教事。昧爽陛謝，喜而製此。既抵任，列職惟五，獨臣館與孔氏鄰，他館次第堂門之外。孔氏弘申，宣聖六十一代孫也。先固不知其人，况其居哉。由此觀之，聖恩天命，通一無二，知非偶合。天下樂後句，實亦不知其然而然。

【北仙吕點絳脣】拜命天朝，敬敷五教。興學校，輔翊唐堯，立天德行王道。

【混江龍】欽承明詔，縣郎官新改郡文學。前程萬里，仕路千條。常言道今日不知明日事，俺怎肯這山望見那山高？脱離了簿書期會，穰穰勞勞。樂得些英才教育，擺擺摇摇。再休提徒流笞杖，鬧鬧吵吵。單守着詩書禮樂，寂寂寥寥。子今日沐恩波海闊從魚躍，也是俺癡人有癡福，小可的無福也難消。

【油葫蘆】俺也曾宰制專城壓勢豪，性兒又喬，一心待鋤奸剔蠹惜民膏。誰承望忘身許國非時調，奉公守法成虚套。没天兒惹了一場，平地裏閃了一交。淡呵呵冷被時人笑，堪笑這割雞者用牛刀。

【天下樂】俺也曾手把絲綸掣六鰲，漁樵，氣韻高。俺也曾醉上蓬萊看八表，駕滄溟眼界空，登泰岳衆山小；緊靠着孔孟宅鄰舍好。

【那吒令】七八歲勉學，淡虀鹽一瓢。二千里枉勞，路途債九遭。四十年苦熬，冷板凳兩條。世不愁文運衰，生不怕窮星照，打精神再把書教。

【鵲踏枝】聖天子重英豪，四海内集時髦。則您這宰輔公卿，都是俺功績勳勞。雖是俺文章欠好，索强如立草爲標。

【寄生草】非是俺功名鈍分福薄，盈虚消長天之道；榮華富貴人之好，清貧冷淡吾之樂。子俺這孤燈耿耿照書齋，一任他諸公衮衮登廊廟。

【幺篇】尊經閣凌雲漢，明倫堂跨赤霄。詩書子史窮玄奥，君臣父子全忠孝，齊家治國諳經略；蘇湖德業重真儒，唐虞聖化存吾道。

【後庭花】若不是那年時擔懊惱，怎博得這其間能湊巧。且休提夕貶潮陽路，子俺這謫黄州聲價好。恰上任立科條，幸遇着文衡文衡考校，舊題目撞了箇着，老文章記的牢。唱名時取的高，賞呈文紙一刀，筆三枝五彩毫。半截紅纏滿腰，插雙花上馬嬌，共生徒撒了一遭。

【青歌兒】呀，方顯俺書生書生榮耀，不枉了平生平生才調。雖不得萬里封侯建羽旄，子俺這燕頷班超，食肉丰標，一八元宵，十月之交，鄉飲嘉殽，祭品盈庖，親友招邀，兒女支銷。又子怕清白門第富而驕，未若貧而樂。

【賺尾】謹保守舊家聲，便看做無價寶。赤緊的脚跟兒立地實着，世世清名答聖朝。甚的是富貴崇高，冷瀟瀟不染塵囂，儘有些暮史朝經道義交。再不讀律條，誓不追糧草，罄丹心迎官接詔睦同僚。

贈許石城〔二一九〕

丙寅春，余以移官京口，參謁留臺，過訪奉常許石翁。夜話亹亹，論及聲律。凌晨趨伺官府，卓午弗得見。卽肆卜肆借筆，爲塡一闋，草具求正。而翁業已先遣童子折簡索贈，不知余所往。翌日，復詣官府，又弗得見。卽肆中題姚園十八景，付之秋澗，亦初稿也。概不是正，顧輕許可，何耶？

【北南呂一枝花】跡雖覊霄壤間，心直在羲皇上。客常來談藝圃，塵不到草玄堂。二十年晝錦還鄉，居帝里山河壯，荷皇圖氣運昌。且休提仰泰山北斗齊名，單只看震春雷南宮放榜。

【梁州】想當時冠羣英賢科第一，到如今抱孤貞國士無雙，老山濤到底留清望。空自秉松筠節操，更不開桃李門牆。玩一會蜉蝣世界，笑一棚傀儡排場。起甲第休看做許史金張，論詞華并不數盧駱王楊。有時節千仞岡高整雲衣，有時節七里灘輕移雪舫，有時節百花叢痛飲霞觴。也不索比量短長，閑仞騷不閣在咱心上。仰聖君託賢相，四海昇平振紀綱，醉也何妨。

【尾】望滄海〔二二〇〕萬頃瓊瑤漾，遶鍾阜千峯繡幙張，這佳水佳山足吟賞。任烏兔且忙，幸身軀儘康，看庭前春草年年長。

題市隱園十八景〔三二〕

始余客上京，得内交市隱主人。主人方致身清班，顧未嘗忘市隱園也。乃以湘帙標十八景，彙諸名家題詠數千百言。示余徵詞，以備一體。余笑而應之曰：「主人以十八景示余，余臥遊乎，余夢遊乎，余恐詞之支離而無當也。」主人既得請改南曹，廊廟江湖，一旦合併矣。乃余以謫至南徐，乘輿詣白門，輒馳入園中，歷撫十八景，從而賦詠，用賞夙託；復請主人稍更其額曰：仕隱。

【北雙調新水令】彩〔三三〕鸞飛詔下丹霄，滿園中萬花歡笑。新恩辭北闕，舊隱改南曹。衙一味清高，占盡了世間樂。

【駐馬聽】露浥蘭皋，步惹幽香濕錦袍；風生芸閣，聲隨流水響金鑣。依然束帶立於朝，一般走馬長安道。這其間無限好，樂田園俯仰登廊廟。

【雁兒落】俺子見玉林抽鳳尾摇，茶泉煮龍團鬧。春雨畦歲歲收，海月樓年年照。

【得勝令】呀，俺子見串鶴逕午烟銷，剪鷗波晚風飄，閑揮灑鵝群閣，慢行吟浮玉橋。歸雲洞新鑿，開頂上通天竅。洗硯磯清標，見池中有鳳毛。

【水仙子】中林堂美景一週遭，容與臺平臨四望遥。觀生處勘破千年調，柳浪堤春意好，芙蓉館絶勝江皋。借眠菴黑甜一覺，思玄室丹心未了，秋影亭黄葉飄飄。

【折桂令】有時節上吟壇滿座風騷，句句評駁，字字推敲。歌太平韶護之音，聚耆英山川之秀，傲王侯湖海之豪。論才華也不亞金鑾視草，愛清閑又何妨玉珮趨朝。混迹漁樵，懶出城郊，際鍾陵萬代昌期，聽長江千里春濤。

【離亭晏歇指煞】雲深怕近紅塵道，日高懶〔二二三〕整烏紗帽。憶當時六朝，鬬富貴金谷園，弄詞藻華林晏，嘆埋没銅駝草。爭似這坐中小洞天，眼底真蓬島，又何須解嘲。也不勒北山文，也不攜東山妓，也不隱南山豹。浮沉金馬門，出入石渠閣，有時把溪上清言念幾條。謝皇恩吏隱兼，慶仙園遭際好。秋澗輯古人玉壺冰數種，彙爲一書，名曰溪上清言。

留别邢雉山〔二二四〕

僕垂髫隨宦，皓首重來，慨舊識之無多，樂新知之畢聚。傾蓋言志，擊節賞音。華燈與雪月交輝，笑語共笙歌雜沸。於是督郵入郡，迅鞅載途；惟奔命之不遑，悵良宵之易曙。塵容俗狀，抑又甚焉。翹首寄聲，聊復爾耳。

【北雙調新水令】憶金陵佳麗帝王州，四十年感時懷舊。看山光洩不盡天地靈，聽江聲流不斷古今愁。單只爲四海交遊，霎時間同氣相求，誰承望利名韁緊拖逗。

【駐馬聽】鳳舞麟遊，雙闕重城十二樓；龍爭虎鬥，六朝三國幾千秋。明時閑却濟川舟，良宵兜起談天口。全不減晉風流，賞心樂事般般有。

【沉醉東風】則今日伴漁樵青山綠藪，想當時侍君王紫閣彤樓。那其間常懸捧日心，這答兒且褪拏雲手。趁清朝急早抽頭，白玉堂中第一流，權做箇沒是非清心道友。

【雁兒落】丞相呵不住的施毒手，學士呵蹬脱了牢籠彀。方顯的樂閑人有下梢，一任他使計的乾生受。

【得勝令】呀，準備着打魚舟，收拾了釣鰲鈎。邀夜月芙蓉帳，醉春風歌管樓。暢好是優游，再不待金門漏，也忒煞清幽，勝强如玉殿秋。

【川撥棹】俺這裏恰凝眸，一萬縷秦淮橋畔柳。俺子見雲水悠悠，風竹颼颼，静巉巉深巷景幽，躲過了長安官路口。

【七弟兄】識時的袖手，得便也掉頭。笑宦海等浮漚，只落的對人不把雙眉皺。放懷消盡一腔愁，可真是悟真直撞三關透。

【梅花酒】俺從來好遠遊，恰又到皇州，正日暖風柔，聽麗曲清謳。明晃晃花燈照綵樓，聲細細玉管間箜篌。客難留，席不收，您畫堂中儘消受，俺紅塵中枉馳驟；您三五輩探春遊，俺二千里抱官囚；您常則是傲王侯，俺不能勾訪丹丘：喒這些兒不相投。

【收江南】呀，把似您功成名就百無求，量俺這一官半職甚來由，枉費了玉堂學士好相留。望車塵疾走，俺可甚一心分破帝王憂。

【尾聲】靈臺早晚題章奏，德星今日躔奎宿。俺這裏共春風滿樓：擅詞藻探花郎，慕清議登龍客，樂恬曠談玄友；恰報到四路諸侯，好共歹難喫受。謝學士把盞相酬，直不上半張紙的功名，謊的我心提在口。

酬金白嶼〔二三五〕

秋澗雅招，春園好會，得白嶼之老友，聆黃鍾之希聲。賓主罄歡，溪山改色；恨相知之既晚，計信宿之無繇。別路匆匆，睠言脈脈。茲者瑶函韜以南昌，清響偪乎東泠。無言弗酬，倡予和汝，郎工拙不論也。

【北黃鍾醉花陰】奎壁連珠現光彩，四下裏祥烟瑞藹。芸閣靜玳筵開，雪鬢霜髯，滿座上高談客。和氣動暖風來，這的是一刻千金何處買。

【喜遷鶯】自古道青春難再，喜相逢笑口齊開。英才，斷轃着五湖四海。也有那聖世衣冠，伴着草萊，醉披襟斜岸幘。一箇箇周情孔思，一箇箇道骨仙胎。

【出隊子】一箇箇英雄豪邁，縱風情滿壯懷。文光萬丈貫三臺，氣岸孤高壓九垓，聲價千鈞重四海。

【幺篇】數算了金陵詞派，傲梨園蕭爽齋。清歌麗曲寫胸懷，識譜明腔稱體裁，換羽移宫諳韻格。

【刮地風】子聽的江左周郎大喝采，不由俺雙手兒齊拍。見了他一字字堪人愛，一聲聲音呂和諧，一句句六朝感慨，一篇篇千古興衰。慣評花閒判柳十里樓臺，問功名佯不睬，每日價放浪形骸。猛可的遇知音敢子是情無奈，他道俺乍相交何處來？

【四門子】他敢是早年間出落在紅塵外，做了箇散誕仙風月客。撒一會奸，賣一會乖，覷高官大爵怎介懷；撒一會津，賣一會獃，見不上學鑾撇奮。

【古水仙子】他他他繡筵前沒刮劃，俺俺俺見面生情暗裏猜。是是是筆陣裏馳名，敢敢敢吟壇上出色。想想想料應是揚子宅，箇箇箇並着肩促膝相挨。談談談玄的玄白的白，悄悄悄俺心中〔二三六〕生疑怪，呀呀呀見放着盛世翰林才。

【尾聲】有一日拖着條呂公拐，遊遍了雁蕩天台。滿拚着七日山中，抵浮生千萬載。

仰高亭中自壽〔二三七〕

平生酷愛山水間，齊南有別墅二，皆名勝之區，每去城市，恒居其中。暨薄遊四方，亦得佳山水處。淶水抱西山之秀，京口擅金焦之美，出處之間，不可謂不遇也。草亭初成，欣然命酌；日精月華，金焦北固，諸峯羅列几席，自謂賢於食前方丈遠矣。遂歌黄鍾之宫，邀名山以自壽。

【北黄鍾醉花陰】細雨輕風淡烟裊，又一帶山圍水遶。搬日月滾江濤，地闊天高，越顯的幽亭小。超北固跨金焦，便做道閬苑蓬萊，也只是山水好。

【喜遷鶯】正值着清秋天道，數重陽屈指非遥；登高，咫尺内青山翠島。見放着日月精華龍虎朝，轉頭來遊翫了。一壁廂丹山起鳳，一壁廂赤水騰蛟。

【出隊子】這的是幽居堪樂，冷齋邊山可樵。新苫小巧草團標，旋壘高低流水橋，消遣時光花共鳥。

【刮地風】把多少韶華攛斷了，俺子待撫景逍遥。想人生也有個千年調，怎做的方朔偷桃，笑神仙計拙心勞。是掏摸犯法違條，總不如守清真不染分毫。傲乾坤長壽考，行動處水米無交。爲甚麽懶參禪慵學道，敢子是老先生頓悟高？

【四門子】小亭中説〔二二八〕不盡其中妙，喜的是氣韻清風致好。黄菊兒開，紅葉兒嬌，銜一味天香桂子飄。酒盞兒擎，詩句兒敲，獨自個稱觴頌禱。

【古水仙子】當當當雲板敲，是是是空外仙音奏九韶。謝謝謝天地三光，請請請文房四寶，來來來緊隨身齠齔交，看看看掃雲烟展紙揮毫。勸勸勸楮先生滿席都醉飽，慶慶慶遇良辰四友齊歡樂，年年年常伴着老風騷。

【尾聲】仰高亭無一點紅塵到，也不惹酒聖詩豪，子俺這筆硯琴書，一壁廂申舊好。

五嶽游囊雜詠〔二二九〕

往於燕市識五遊山人，既而不復恒見，蓋嘗慕其果於離塵絶俗者。邇登焦山，見山人行窩在焉。訊之僧，則曰頃向岱岳去，不久當還此。閲月，山人果還，輒過書齋，相與話塵外事；且得玩弄游囊六物，及自題雜詠六絶句。余亦以六絶句和之。山人稱善，從而歌焉，弗諳於律，山人曰：「子能轉爲新聲乎？」余曰唯唯，作中吕。郭山人名茀，字次甫，吴人也，亦號獨往生，善古詩。六物者：五岳真形圖、杖、衲、瓢、鋤、觚。

【北中吕粉蝶兒】五嶽遨遊，滿乾坤一腔靈秀，擅江湖千古風流。覽恒山，連泰華，祝融神岫。不多時回到中州，早又是效嵩高望天祝壽。

【醉春風】萬萬歲再山呼，感皇恩三叩首。俺是箇天朝作養一閒人，遥到處走，走。俺是箇草莽之臣，烟霞之侣，神仙之胄。

【紅綉鞋】四海内漁樵爲偶，三教中道釋同流，這的是唐虞聖世有巢由。也没那高官勢，也没那小民憂；相伴着木石居，麋鹿友。

【普天樂】一江清，三山秀；白蘋渡口，紅蓼灘頭。深棲學卧龍，遠舉依靈鷲，漢焦光遁迹還如舊。道高一世，名垂萬古，洞隱千秋。

【脱布衫】煉丹臺彈壓江流，瘞鶴銘湮没滄洲。羅漢岩天長地久，桃花塢緑肥紅瘦。

【小梁州】見了些洗古磨今水上漚，抵多少飄瓦虚舟。分明世事等蜉蝣，閒窮究，人我海浪悠悠。

【幺】雙飛烏兔搬昏晝，手摩天欲挽難留。没事忙，空迤逗；自鴻濛以後，日西下水東流。

【上小樓】想起那陰陽未剖，無聲無臭。俺子索妙契天機，靜與天居，動與天遊。因此上覽九州、遍八陬，把興亡看透，端的是好山川古今依舊。

【幺】投至得繞蔥嶺轉山腰，敢又早向桃源尋洞口。見了些雁蕩天台、碣石龍門、三島十洲。有時節泛槎遊，入斗牛，浮沉宇宙，抵多少利名場黄昏清晝？

【滿庭芳】做一箇烟波釣叟，瀟瀟灑灑，蕩蕩悠悠。水清不怕魚兒瘦，俺子待樂以忘憂。也不羨嚴陵貴友，也不羨渭水封侯。醉把漁船扣，高歌送酒，響遏碧雲流。

【耍孩兒】天風飄起雙袍袖，結束了游囊在手。腰纏跨鶴上揚州，爭似俺幾件兒清脩。一元和氣懷中抱，五岳真形掌上收。漢皇再拜親承受，東方朔謹請，西王母傳留。

【五煞】杖呀，涉滄浪擔在肩，上青山拄過頭，穿雲步月多生受。一條寒玉扶攜便，九節枯藤摩弄熟，又子怕葛陂水底蛟龍門。百錢高掛，萬里閒遊。

【四煞】衲呀，也休誇奪錦袍，也休提集翠裘，粗針大綫天生舊。千山熬煉霜和雪，百歲消磨春復秋，夏涼冬暖迎風門。到晚來蒲團高臥，權當做布被蒙頭。

【三煞】瓢呵，太極分兩儀，空同涵萬有，從來濩落難求售。單守着門清似水居顔巷，休靠那樹大招風惱許由。歸來飽飯黄昏後，曲肱而枕，鼓腹而遊。

【二煞】鋤呵，明晃晃月上弦，曲彎彎玉作鈎，快生生百鍊鋼磨就。閒刨石髓和雲煑，細劚山精帶露收，藥籃兒挑起香風透。伴劉晨阮肇，訪閬苑蓬丘。

【煞】觚呵，形從三代前，名傳千載久，曾隨瑚璉陳籩豆。雖然不做模稜樣，却也難將圭角留，醉翁之意誰參透？賽金盃玉斝，勝瓦鉢瓷甌。

【尾】悠悠獨往生，年年方外走。閒看世事多非舊，只落的五岳遊囊件件兒有。

壽馬南江〔二三〇〕

南江舊尹，早負才名。北海狂儒，晚承契執。適於七月登七秩之壽，猥以一言罄一日之懽。非詩非賦，居然几席少文；有聲有辭，莞爾絃歌在聽。調非寡和，坐有知音。

【北雙調新水令】碧梧金井報新秋，正暑退涼生時候。筵招滄海月，杯引大江流。織女牽牛，共祝長生壽。

【駐馬聽】銀漢雲收，貝闕天開碧玉樓；琅璈樂奏，水晶簾控紫金鈎。羣仙隊隊〔二三一〕下丹丘，青鸞白鹿驂前後。望虛空遥拜手，老人星現朝南斗。

【雁兒落】惜朱顔有去留，守丹竈無昏晝。銷磨了報國心，拂破了歸山袖。

【得勝令】富貴浪中舟，功名水上漚。才大難爲用，時來不自由。周流，歲月閒消受；交遊，英雄儘唱酬。

【沉醉東風】杏花村呼來美酒，桃葉渡棹入扁舟。人間快活仙，林下風狂叟。掛冠來不事王侯，踪跡難尋境最幽，單認着門前五柳。

【折桂令】細追尋六代風流，高興狂歌，雅志清修。字擬鍾王，詩宗陶謝，賦準曹劉。古稀年從容到手，太平世安穩藏頭。醉卧林丘，嘯傲滄洲，散誕逍遥，泮渙優游。

【水仙子】也曾對西風獨上仲宣樓，也曾乘皓月同登〔二三二〕郭泰舟；也曾卧斜陽爛醉劉伶酒，也曾和騷人賦遠遊；也曾度函關穩跨青牛，也曾綰銅章三番結綬；也曾散朝班雙梟回首，也曾事先皇百里封侯。

【清江引】暑往寒來春復秋，就裏閒窮究。幾見百年人？浪説千年壽，老詩翁端的到九十九。

又仰高亭自壽〔二三三〕

三年謫宦，兩度稱觴。中間爲萬里之遊，居常談虎；畢竟挾五湖之興，慕在飛鴻。雖偃蹇於江城，亦優閑於林屋。安隨所遇，樂得其常，吾所以自壽每如此。

【北雙調新水令】憶前年自壽仰高亭，歎滇雲去秋奔命。今朝沽酒處，依舊小山青。身外浮名，浪迹何時定？

【駐馬聽】白首窮經，官舍凄涼老客卿；青氈聽命，江天寂歷少微星。西風又起故園情，南樓忽動新詩興。拚酩酊，休將往事重思省。

【雁兒落】好回來萬里程，端的是三生幸。心不關杜甫愁，身不惹相如病。

【得勝令】無日不閒情，隨處是前程。詩得江山助，文兼吏隱名。昇平，際聖世朝綱正。長生，羨幽人道氣清。

【川撥棹】呀，俺這裏謾消停，到處裏安然尋聖境。俺可也性體虚靈，耳目聰明，心志精誠，節操堅貞。守定了黄庭内景，向崑崙頂上行。

【七弟兄】一會家細評，此生、也非輕。出風塵改不了烟霞性，在江湖毁不了鷺鷗盟，傲乾坤阻不了山林興。

【梅花酒】正江南秋色澄，恰丹桂流馨，又黄菊舒英。酒淋漓香不斷，花爛漫笑相迎，愛青山傍草亭。俺子索剪鮮蔬煮香羹，汲甘泉試茶經，依古調按元聲，换新詞祝遐齡。

【收江南】呀，謫仙人三載到江城，煉丹臺千里隔蓬瀛，笑蠅頭蝸角一身輕。對良辰美景，正秋來萬寶慶西城。

余以乙丑冬客潤州，丙寅作仰高亭於尊經閣之北，舊膳堂遺址也。雙柏蒼老，對植左右，不知幾何年矣。亭少東爲日精山，峙于周垣之内；其後爲北固山，郡堞倚以爲雄；近西爲月華山，亦峙城中，而日精特爲秀異，長松干雲，佳氣葱蒨。時一登眺，則金焦大江之勝，在目中矣。丙寅之秋，自壽于亭中。丁卯應滇闈之聘，其日方燕集黔國，亦歌鹿鳴之詩，余未之有述也。今秋初度，復坐此亭，頹然獨酌，忽憶畏途，爲之動容，并州故鄉之意，固所安心耳矣。若夫左扶桑，右泰岱，嵩沂角其前，渤海帶其後，藐然中處，則有此景亭在焉。他年自壽，不厭煩復者此也。

題丹元樓 宗藩誠軒翁〔二三四〕

外史氏曰：吾嘗語於人人，誠軒翁則賢孝君也。被服祖訓，性行麟慈，黼黻皇猷，文藻彪焕。曩事端惠王，備極愛慤，無間朝昏，亹亹翼翼，盍無異於賢士大夫。厥惟終事，必成必信，情文交罄，據禮考俗，巨纖畢集；哀怛之容，悲慘之聲，觀者感動。匍匐稽顙，以謝臨客。客弗敢當，弗變也。卽遠之日，環登城陴，擗踊奔號，攀籲無從。執紼之人，還望流涕者以千計。嗚呼！卽古之賢士大夫，曷以過焉，而況於邦君者哉。既禫而冕，乃歷臺登樓，拜手稽首，跽祝萬壽。北面拱極，西向瞻雲，前依宗國，左埒頖宮，兹樓臺之大觀也。猥以譾劣，抽毫填詞，逖傳懿美，將使陳詩觀風者采述焉。其詞曰：

【北南吕一枝花】常懸捧日心，少慰瞻雲憾。去天欣尺五，入洞喜函三。叢桂毵毵，裊瑞靄香風淡，沐恩光玉露湛。倚南山紫翠千重，俯北海烟波一覽。

【梁州】環眺望雕楹繡檻，荷帡幪珠履瓊簪，簷牙炳燿金珠紺。窗啣旭日，簾捲〔二三五〕晴嵐，奇葩爛漫，怪石巉巖。幕亭臺四面蒼杉，染池塘半畝柔藍。喜修心兀坐端居，好藏書兼收並攬，愛寅賓闊論高談。忠肝義膽，瞻天戀闕寧辭暫。仰精誠、佩昭鑒，卓行芳名播斗南，寵賚瑶函。

【尾】旌賢寶善勤〔二三七〕推勘，勑使觀風幾駐驂，指日傳宣聖恩湛。犒黄封味甘，宴丹元飲酣，賀當今大孝尊親萬民感。

送賈封君約翁南還〔二三八〕

約菴翁來遊上谷郡，深居燕閒之室，不與物接，泊如也。居無何，遽命駕歸山中，恐人之知，秘其行色，無所於訊。余竊以微意偵得之。私念曰：翁之行不使人知，其自處得之矣。余辱通家後進，闕於言別，獨胡能爲情哉！乃拂紙吮毫，作長短句，託之近調。時天高風急，浩然放歌，聲迫霄漢，自謂頗壯行色。翁其與進否耶？

【北南吕一枝花】人間福德全，洛下耆英舊。丹心瞻上國，白首望中州。一雁横秋，雨洗燕山岫，霜清易水流。恰東籬勸插黄花，又南浦催斟緑酒。

【梁州】趁迤邐長亭官柳，儘逍遥短劍輕裘，離歌妙轉清商奏。征雲冉冉，歸馬悠悠，懸情伊闕，寄興嵩丘。老弟兄同氣相投，小兒孫奕世承休。笑談間引滿霞觴，崢嶸處踏開月窟，發達時撞破烟樓。不求、自由，百年晚景閒消受。慶團圓、喜成就，傲盡朱門萬户侯，泮涣優游。

【尾】一家獨擅乾坤秀，一世安然福禄優，笑向烟霞尋故友。竹林下宴遊，草堂〔二三九〕中唱酬，覷了那利鎖名韁怕沾手。

郡廳自壽

己巳菊月，余至保郡，越半年矣。每念桑梓在東齊，而余又西來；余弟治江南，而姪領北縣。或遠或近，均莫之聚也，恆切憶之。是歲燕趙齊楚大水傷稼，而吾家僉有貢賦之職，不易報塞，更相念也。自筮仕壬戌歲，初度皆有述，在郡無與偶者，乃賦此以自廣。

【北仙呂點絳唇】甲子將周，壯懷依舊。人長壽，知命無憂，五十今增九。

【混江龍】等待的黎明時候，俺子索雞鳴而起早梳頭。可正是高秋屬序，朔旦焚脩。投至得文廟行香先報本，瞻拜了城隍土地祝神休。衆官僚升堂公座，唱一聲擊鼓排衙。兩邊廂分班伺候，各衙裏人馬平安。子俺這黄堂佐職欽除授，統領着三州刺史，兼管着十七諸侯。

【油葫蘆】序立着官吏師生齊拜手，衆鄉耆謹叩頭。俺子索采民風詢民瘼解民憂，修德弭天災，黎庶無逃走。蠲税感皇恩，老幼長相守。只愁政不行，那怕歲不收。不移時德意溥仁風透，端的是和氣滿神州。

【天下樂】俺子見聖旨傳宣五鳳樓，漂流，百姓每愁。衆臣工急將德政修，盡安民一點心，釋官家萬里憂，喫緊的救幽燕十六州。

【那吒令】愛民心已周，遇荒年不愁。敬天心已投，致中和有由，報君心已酬。望神京稽首，答謝了聖主恩，祝贊了皇王壽，保山河萬載千秋。

【鵲踏枝】消繳了小民愁，分破了帝王憂。宰相每燮理陰陽，不枉了黼黻皇猷。方顯的功名不朽，這其間與國同休。

【寄生草】正值着三秋節，喜孜孜不自由，小臣深感天恩厚。短歌輕轉清商奏，老夫私祝喬松壽。自家悲喜自家知，尋常甘苦尋常受。

【幺】呀，悄無人相過訪，又無人共唱酬。天邊幾點丹霞秀，堦前數朶黄花瘦，眼中千載青山舊。半牀書史淨無塵，一簾風日閒清晝。

【六幺序】嘆骨肉三千里，望雲山十二樓。那裏也拜家園數畝松楸。念功名泛梗浮漚，覷人情飄瓦虚舟。那裏也兄弟相求，子姪從遊，詩酒交酬，笑語綢繆。望不斷斜陽衰柳，挂離懷天際頭。

【幺】呀，四下裏凝眸，那答兒消憂？恰便似宋玉悲秋、王粲登樓、司馬淹留、杜甫窮愁。望不見知心故友，這其間誰與儔？只落得鴻雁啾啾，風氣颼颼，歲月悠悠，良士休休，一弄兒冷淡清脩。乞求的無榮無辱無卑陋，到大來不忝儒流，只願的平安兩字常相守。一壁廂天官賜福，一壁廂海屋添籌。

【賺煞】想吾生豈偶然，把今古閒窮究。到大來天長地久，看了些千載英雄冠九流。感明時夢見伊周，荷天休，上下交修。乞求的爲民爲國躋仁壽，望年年有秋，願家家好收，這的是微軀此外復何求？

庚午春試筆〔二四〇〕

余生於正德辛未，今六十年矣。鳳曆初頒，恭閱一過，余歲侈然冠於干支之首，未嘗不廢册而歎也。自去秋出城，毒霧淫於五内，醫慎宣洩，遂嬰腦疾。雖勉慕微禄，時時強起，然風寒易薄，勤力不任，從此矣。獻歲有將迎之役，返而伏枕，饔飧藥餌，自念無聊之甚，乃浩然憶山中也。呼兒近榻，索片紙試筆云。

【北雙調新水令】從今花甲一周遭，可又早六旬來到。生辰非將相，賦質本漁樵。誤脱藍袍，換頭角改時調。

【駐馬聽】仰荷清朝，七載三遷歷郡曹；俯慙衰貌，一身千里困塵勞。染髭鬚蘸不上兩眉梢，怕風寒閉不了雙鼻竅。見如今難自保，待歸山便採長生藥。

【沉醉東風】走紅塵偏能易老，覷青山去也非遥。休勞七尺軀，妄想千年調。趁明時好做箇開交，一任頭顱長二毛，再不把煤烟暗掃。

【雁兒落】再不把拾來的擔子挑，再不把不哭的孩兒抱；再不替别人家瞎頂鍋〔二四一〕，再不做現世的虚圈套。

【得勝令】俺本是白屋下老文學，怎做的黄堂上好官僚？聽斷呵生子怕虧了情法，擬罪呵又子怕差了律條。早潦了田苗，怎下的惡狠狠追糧料？重併了差徭，誰能勾實丕丕戀土着。

【沽美酒】他他他生不聊，我我我怎貪饕？總不如兩袖清風歸去好。到山中落魄，拖竹杖住松巢。

【太平令】把世事通然丢窩，銜一味散誕逍遥。也不管青紅白皂，也不管高低強弱。我呵，還守俺草茅、土窰，一答兒打熬。呀，說甚的江湖廊廟？

【川撥棹】非是俺覓苦李漾甜桃，也子是歎吾生無(二四一)耐老。看俺這曲脊蝦腰，手顫頭搖，言語刁騷，衣履鏖糟。行動處東趄西倒，一步低一脚高。

【七弟兄】一會家待學老陶儘孤高，傍東籬倚杖閒舒嘯，謝彭澤斗米怕折腰，伴南村野老開懷抱。

【梅花酒】顛狂歌託聖朝，恰過了元宵；又值着花朝，特地到芳郊；詩句向閑中得，酒價在杖頭挑。時雨過水平橋，香露滴藥生苗，龍潭淨海通潮，蟾影淡斗回杓。

【收江南】呀，試看了今年新曆好蹊蹺(二四二)，把俺這元辰本命細裁度。司天臺太史蘸霜毫，標題的倒好，這的是從頭再數聖明朝。

辭署縣印(二四三)

郡齋後室，病臥暖榻，遽然午夢未足，方在山中，曠若無營也。忽喧傳郡丞陳大夫到廳上，聲勢甚厲。余謝不任倒屣之罪，呼兒(二四四)出捧茗碗授之。將命者，反命云：善視印在也。余聞之，股木彊、肌雞膚，慄慄若風雨驟至。兒問余寒乎？亟析薪，噓燃之。納榻底。余乃喜，附暖熟眠。暮而醒，竟不問印所在；徐聽無人聲，印出矣。

【北中呂粉蝶兒】庚午流年，看了會子平書有些兒窰(二四五)變，打了箇六壬時正撞着赤口留連。平白地一顆印，没來由丢在咱閒庭前院。子俺也曾被蛇纏，見了條爛井繩諕的我心驚肉顫。

【醉春風】那一箇傷天理害人精，狠心腸幹這樣繭？這繭兒没頭没緒亂絲纏，快送的他遠，遠。諕的我魄散在雲端，魂飛在天外，怎隄防這場兒災變？

【紅繡鞋】我和你是通家的門面，你和我往日又無寃，如何把俺死牽連？心窩上垛了一脚，腦門頭楔了幾拳，倚着你手脚兒強，欺壓的軟。

【幺】俺本是山林中貧賤，伴不的臺閣上英賢，逃名躲利怕威權；芥子似心腸兒小，柳絨般氣力兒綿，掉着那筆尖兒可又早吁吁的喘。

【滿庭芳】俺可也學疎才淺，受了這一官半職，離不了斷簡殘編。雖然是管糧廳注定了天曹選，到頭來門第蕭然。午風微琴聲清遠，明月上鶴影蹁躚。取次銷前件，畢罷了簿書消遣，俺可也黄卷内對先賢。

【小梁州】移過那矮矮燈檠小榻前，良夜無眠。圖書舒捲玩先天，驅聞見，得意處每忘言。

【幺】雖不是太史編修院，起來時日轉花磚。案牘清，勾銷遍，縱有那行移黏卷，無經手的半文錢。

【上小樓】職業修須當黽勉，本分外何勞迷戀。你子待南去北來，後擁前遮，東扯西牽。把似你佐三邦，任貳府，還子待户封八縣；憑着這大才能，你可也烈烘烘施逞了一遍。

【幺】俺不慣當攬頭，休把俺向家裏捻；捻的俺立地無存，片甲無歸，疾走無邊。直走到東海沿，治水前，和俺那村莊家相見；感不盡老同僚好心兒方便。

【幺】便做道考察册開了逃，俺也是六十翁罷差遣。也不怕革職爲民，又不犯提問追贓，落得箇晚節成全。正遇着羊馬年，廣種田，多收些絲絹，俺子待按四季納錢糧也不署那親臨的州縣。

【鬥鵪鶉】這印呵你誇他墨綬銅章，俺覷着是搥錘鞭鐧。逢着的肉綻腰折，撞着的身酥骨軟。誂的我躡足潛踪閃在一邊，悄没聲不敢言。他自有那硬漢來擔當，可憐見俺小家兒權時告免。

【耍孩兒】起初時也做了箇喬知縣，只想把經綸大展。誰承望癡心枉使出頭船，顯不的快覩爭先。饒他飲的醺醺醉，倒説俺爲官索酒錢。爲嘴食難分辯，俺子索拂衣而去，至如今閉口無言。

【幺】俺也曾循行阡陌中，徘徊里巷邊，農桑種植身親勸。長安大道千株柳，野店荒村萬畝烟。春日暖和風扇，誰承望甘棠起謗，至如今喬木含寃！

【幺】不甫能赴天曹改職銜，掌文衡謝糾纏，没來由帶管丹徒縣。來來往往成了仇恨，唧唧噥噥垛了業寃。有幾起屈枉事行咱辯，開一夥江洋巨盜，盡都是本縣的〔二四六〕生員。

【尾】重來此郡中，安心守自然，從今再不去歪厮戰。你不將這印去呵，斷送我走上東山離的你遠。

聽鐘有感

語云：鐘鳴漏盡，夜行不止。蓋古今通禁也。然往往有犯而不校者，無乃家給人足，外户不閉之時乎！春宵病臥東窗之下，月霽風恬，鐘聲清越，稍動天街散步之興，顧強起未能耳。命筆秉燭，漫填此詞，已復欹枕。默然省，惕然驚也，乃竟夕不成寐云。

【北黄鐘醉花陰】短巷長街送車馬，黑鄧鄧飛塵亂撒。收晚景，斂殘霞，數盡歸鴉。轉眼夕陽下，人困也馬行乏，只聽得鐘送黄昏一下一下的打。

【喜遷鶯】景陽樓高掛，韻清圓聲不沙，堪誇。響動了人人驚怕，恨不的疾走慌忙奔到家。鎖心猿拴意馬，快做箇抽身罷手，倒免得鬥口磨牙。

【出隊子】猛然聲岔，緊十八慢十八。街坊小户掩了籬笆，酒店茶房上了板搭〔二四七〕，便是相府侯門早也拴閉殺。

【幺】疏鐘纔罷，聽梆聲怕怕他。這壁廂提鈴喝號的磣油花，那壁廂劄鋪巡風喬坐衙，擺列着把路攔街尖哨兒馬。

【刮地風】那一個消停半時霎，動不動就當賊拿。猪毛繩丢在膊兒上掛，齊向那冷鋪裏拖拉。正當門牌樓一架，獸頭房規模不大。窮蓼花，醜土巴，絮聒聒有些閒話。他道你發罷揺撞罷鐘到處行踏，這的是御街頭不是你房廊下，笑你個不知時大傻瓜。

【四門子】老婆婆提着名兒罵，夜深沉不到家。耳朶兒聾，眼睛兒花，問人呵討不的句真誠話；身子兒沉，手脚兒麻，一步兒剛挪的半扎。

【古水仙子】蓼蓼蓼三撾，盼盼盼西望長安不見家。去去去有路兒難行，來來來是人兒須怕。悔悔悔悔從前意兒差，想想想想當初性兒撑達。聽聽聽定夜鐘一百單八下，休休休再休去打鼓弄琵琶。

【尾】來到南城見了個都兵馬，看了這老公公該免科罰，勸你早早回頭一垞兒受活煞。

月食救護

己巳秋，七月之望，月食不見。舊儀，日月入地食，及陰雲不見者，贊拜成禮以俟。是夕，文武方面官涉歷多者，僉以此質議，問於書生。書生漫應之。貿貿然救護無已期，長跪不堪者，手據地匍匐矣。數生者方更迭倚立，或掩口竊笑，又謬置木牌亂其始終。然陰雲竟夜，迄無明驗云。

【北南吕一枝花】黑呼通陰霾半夜天，硬哥邦石砌當堦地，軟烏剌腿丁骨存了血，磣柯查波羅蓋去了皮。隔重雲日月交食，打不破昏思謎，又不知進退機。可恨那傍觀者樂以忘憂，哄着俺領班的恭而無禮。

【梁州】有一個執牌的是不是先呈了食既，有一個上香的來不來又換上初虧，他把那生光食甚都顛置。不分南北，怎辨東西；豈知吞吐，那顯遲疾！一個價死没騰苫眼鋪眉，一個價呆答孩似醉如癡。其中，就裏，顛三倒四存何意？見了那扒的扒睡的睡，這的是苟且因循不整齊，反褻天威。

【尾】只教他在官人都要齊齊跪，免使他仰面粧憨似不知，他準備下分番倒替堦前立。據他這所爲，全不守禮儀，問着他修省之心無半米。

日食救護

庚午正朔，日有食之。將屆期，召書生問禮，無一至者。既就位，拜跪如禮。食二分弱而吐。日者以復圓牌樹案上，贊者相戒默默。移兩晷，班後人嘖嘖不平，私相語云：今非雲掩，日光已復，牌樹久而不贊拜，何也？已而有人報御史臺救護畢，生方狼顧徐走，作狐疑狀；又久之，始徹案。魯論曰：「及其更也，人皆仰之。」生獨不能仰者耶？元夕，月又食，余以病作在告，而僚吏各有所事，出郡城去，惟太守就位焉。

【北南吕一枝花】重逢羊馬年，又值雍熙運；早朝龍鳳輦，同賀聖朝君。叵耐天文，舜日生纖暈，羲光減半分。衆官僚救護精虔，霎時間團圓證本。

【梁州】有幾個歪學究不知分寸，又打上瞎陰陽怎辨時辰？那廝每青天白日精胡混。站的站天生的心倴，看的看日射的睛昏。站的似把廟門兩邊獅子，看的似掉鬼臉一隻胡孫。跪一攢老師儒斷送了斯文，卧一簇衆生員歪戴着頭巾，盼一個報時人全無有定準。發昏，丢盹，復圓牌换上了多時分〔二四八〕。烏影全蓋精褪，瞎帳虚頭戲弄人，呆裏粧呑。

【尾】子俺這第一班咫尺天光近，直跪的文章可立身，也是俺一點忠誠存敬慎。有幾個歹筋，故意弄廣文，他要看那一位先生膝蓋兒穩。

對驢彈琴

有人觀古詩，摘句之工者揭壁間，凡數聯。其友過，見壁上句，怒褫之，拂衣去。主人問故，謝焉。友忿然曰：「汝何詬我之甚哉？」主人笑而解之：「是何與君事也？」其人愈忿，不顧而去。然竟不知其躁妄。而摘句者亦不能自白，以至絶交。嘗以語余，資一捧腹。鄙諺之言，有類於此，是以君子慎所與也。

【北南吕一枝花】知音自古稀，感物非容易；名琴偏愛撫，大耳不曾習。思憶顔回，怎入驢肝肺，難通草肚皮。俺這裏勾打吟猱，他那裏前跑後踢。

【梁州】他支蒙着兩耳朶長勾一尺，俺摩弄着七條絃彈了三回。子見他仰天大叫喬聲氣，唬的宫商錯亂，聒的音律差池。忽的難調玉軫，兀的怎按金徽？張果老赴不的瑶池佳會，孟浩然顧不的踏雪尋梅。他也懂不的崔鶯鶯待月眠遲，他也省不得卓文君飛凰求匹，他也曉不的牧犢子晚景無妻。看伊，所爲，秋風灌耳空淘氣。不知音不達意，這的是世間能走不能飛，草券一張皮。

【尾】看了他粗愚癡蠢村沙勢，似不的禾黍秋風聽馬嘶，怎怪他不解其中無限意。不遇着子期，誰知道品題？俺索把三尺絲桐收拾起。

六秩寫真〔二四九〕

林山山人數年前以繪事謁余於淶水，今年至保州見余，謂余貌猶昔也。余笑而不答。山人工山水人物，筆意蕭散不俗，又善畫菊。因問之曰：「若能爲海翁畫像乎？」山人笑而諾焉。乃幀綃匀采，作畫二幅，其一則海浮山村圖云。山人石臻，行唐人。

【北正宮端正好】野鶴姿，孤雲相〔二五〇〕，休看濟楚軒昂。一生瀟灑偏豪放，拙質從天降。

【滚繡毬】巧丹青要主張，老先生不掩藏。你雖然畫葫蘆從來依樣，子俺這老官人你索仔細端相。眉梢有皺紋，懸針在印堂，染渲的十分停當，粧點出滿面風光。髭鬚不是天然黑，鬢髮還添數點蒼，便老也何妨？

【脱布衫】這的是戀功名却老仙方，霎時間一掃烏霜。且休提隨時混帳，只求箇本來模樣。

【小梁州】俺雖然受職爲官佐大邦，四品黄堂。烏紗角帶有輝光，虚名望，俺子待君子道其常。

【幺】俺本是江湖舊隱山中相，又何須珮玉冠裳？總不如綸巾羽扇任清狂，青藜杖，得意儘徜徉。

【滿庭芳】曾魁乙榜，不登甲第，便買田莊。從來不顯公卿相，僅足衣糧。淡富貴天庭高廣，小榮華地閣圓方。銜一味莊家樣，今見職掌，左右廣盈倉。郡城有廣盈左倉、廣盈右倉，凡二所。

【朝天子】米倉、草場，打算些莊頭帳。官閒睡到大天光，紅日高三丈。小可公衙，逍遥宦況，做歪詩没事忙。水荒、旱荒，硬把眉頭放。

【耍孩兒】峨冠博帶威儀壯，託賴着朝廷作養。崢嶸頭角豈尋常，不弱如衣錦腰黄。一官半職成何事？只爲傳神借寵光。老儒巾早離了咱頭上，人人瞻仰，世世傳揚。

【二煞】寫一幅行樂圖，高懸在五柳莊，清奇落魄山林相。田家正喜三秋飽，籬菊偏宜九月芳，把一枝描寫在輕綃上。膽瓶斜插，芸閣生香。

【一煞】龐兒畫的清，臉兒渲的光，三停五岳十分相。雖無紫袍玉帶功名顯，只有皓首龐眉歲月長，説甚的山東宰相山西將。不圖崇高富貴，博得福壽安康。

【尾】他道是吳小仙，又道是袁柳莊。他道俺官星還有十年旺，那時節另寫真容再相訪。

舍弟乞休〔二五一〕

余弟少洲子，辛未自江省左轄入覲，尋朝萬壽節。既竣事，私念曰：竊惟承宣使者，還職十二，罷去十三，臣當罷，然幸留，是曠蕩之恩也。恐奉職無狀，乃請老。余聞之，忻然曰：是可以老矣。吾與爾同歸乎！蓋平日夙約如此云。自余攝玉川長，不習文墨者五閱月。邇劉廉訪念庵寄詞數種，余覽之心動；又聞弟將歸，乃述此以志喜。

【北商調集賢賓】五湖舡浩然歸范蠡，知止足討便宜。再不提爭名奪利，也休誇今是昨非。想當初高竿上貪進無功，子今日急流中勇退知機。荷天朝放臣還故里，成就了歸去來兮。感恩辭鳳闕，報德叩龍墀。

【逍遥樂】山呼萬歲，化比唐虞，聖邁〔二五二〕軒羲，一統華夷。贊皇猷四相扶持，萬里乾坤拱帝畿。慶賀了明良際會，見如今八方寧靖，四海昇平，九有雍熙。

【金菊香】却怎生微臣謝病解朝衣，這的是老馬思鄉路不迷。算人生少年能有幾？事到臨岐，收傀儡散筵席。

【醋葫蘆】早抽身望岱宗，急回頭瞻斗極，這的是孤臣去國意徘徊。雖然是利名心到今無半米，怎忘了君臣之義，不由人淋漓雙淚似杋推。

【幺】到東山春興長，向西疇農事急，數十年重整舊柴扉。把象簡烏紗收拾起，打扮出村翁的風致，拜謝了當今聖主賜臣歸。

【幺】雖無多金與帛，却有些山共水，登山玩水景希奇。四面青山圖畫裏，碧澄澄水緣山勢，把一座小莊兒環遶了兩三圍。

【幺】同胞好弟兄〔二五三〕，挨肩兒厮靠倚，我和你相將塞雁一行飛。看了他嘹嚦悲鳴天外起，怕的是無情矰弋，再不戀鵝湖山下稻粱肥〔二五四〕。

【幺】當家問老農，知心尋舊識，村南村北共追隨。好友良朋誰到底？空自有黃金浮世，眼見的白髮故人稀。

【幺】清心讀道書，高談窮妙理。這其間早已悟玄機，那其間怎能將塵慮洗。這其間退藏於密，那其間你我兩着迷。

【梧葉兒】也休言人定天難定，文齊福不齊，只爭來早與來遲。想當初宦海翻鯨浪，如今春風信馬蹄，相伴着我和伊，直走到神仙洞裏。

【後庭花】俺那裏松窗倚翠微，茅菴依緑水，勝概連三島，危峯壓九嶷。塵世界不相離，又不在山南海北。闢荒田守舊基，課耕讀教子姪，戒兒孫躲是非，量功名值些甚的！

【青歌兒】呀，想着俺逃〔二五五〕名逃名躲利，只爲您隨行隨行逐隊，送的俺半路離家往事違。塵土奔馳，枳棘卑棲；故國依依，望眼離離；海角天低，洞口雲迷。到今番攜手好同歸，結一夥烟霞會。

【浪裏來煞】春分酒剛半熟，清明節將近矣。趁韶華過眼共留題，有幾句詩詞聲韻美。喜遇着太平時世，祝吾皇福壽與天齊。

送李閣老南歸〔二五六〕

石鹿翁之乞罷也，前後章十數上。聖天子眷之，朝列重之，海内士庶之衆，莫不望而惜之。翁陳乞愈懇不止，至是得請。余聞之，乃作而言曰：大哉聖人寵遇之仁，卓哉賢相奉身之道，古今君相，罕聞見者也。余始爲之歎息，歎息之不足，爲之擊節，擊節之不足，而不知歌之詠之，又一唱而三歎之，若不能以自已也。翁其謂余爲知音乎！

【北雙調新水令】狀元歸去馬如飛，最喜是功成身退。避賢初罷相，樂聖且啣杯。無限光輝，受用足昇平世。

【駐馬聽】帝德巍巍，千載〔二五七〕明良安社稷；臣工濟濟，兩朝元老鎮華夷。黄金鑄像甚希奇，赤松辟穀真玄秘。倣張良學范蠡，歸山便是歸湖計。

【雁兒落】幾番家上封章早見機，喫緊的奉温旨難回對。至如今表誠心有感通，因此上行孝道無拘繫。

【德勝令】呀，最喜是父母兩期頤，爲甚麽恩寵邁倫夷？堪羡也黼藻三公衮，權當呵斑斕五綵衣。盡忠孝無虧，論好事都全備。享福禄駢集，算人生實罕希。

【川撥棹】二十載鳳皇池，一路功名真箇是美。自從御筆親題，便殿承直，每日間經筵講帷，這的是一條冰清似水。

【七弟兄】試賢科第一，論相業〔二五八〕誰及？厭紛更尚執持，端的是太平宰相匡時器。老成人物清朝瑞，爲甚麽聖明天子難輕棄？

【梅花酒】甫能勾謝龍墀，却又早宣勑。感不盡恩輝，仗銀瓜御路馳，欽給驛錦衣回，遣官僚左右隨。投至得碧雲湖緑楊堤，戧金船雪浪催，望東山訪漁磯，對南薰颭旌旗。

【收江南】成就了臣忠子孝兩無違，眼見的芝蘭累世競芳菲，好便似四時之序有前期。呀，老先生去國，方顯的元臣出處得其宜。

量移東歸述喜〔二五九〕

是年春，余弟得旨東歸，余是以有雄州之會，相將同隱南山中。弟不可，曰：「不告而去，非禮也。」余曰：「告則不得去，余既屢告之矣，迄不得請，奈何？」弟曰：「姑徐之，或有擢也。」至是，擢魯士師，遂行。

【北仙吕點絳唇】用舍行藏，浮沉升降。咱心上，萬慮俱忘，一點無遮障。

【混江龍】皇恩曠蕩，青春作伴好還鄉。敝車羸馬，短劍空囊。佐的是千里邦畿頭一郡，輔的是九朝藩國上十王。也會説龔黄事業，也會念董賈文章，端的是長沙太傅江都相。朱門曳履，青史流芳。

【油葫蘆】自古來漢室東平姓字香，賢王，這的是地靈人傑演天潢，謹遵祖訓全忠亮。正靠着孔孟門，這便是鄒魯鄉，少甚麽詩書禮樂與仁讓，似這等封國豈尋常。

【天下樂】便不然匹馬蕭蕭返故鄉，參詳，五柳莊。這陀兒山水園林生意廣，要飽呵泊下田，要暖呵陌上桑。雖然是寒酸改不了窮模樣，這的是知足得安康。

【那吒令】到春來好忙，纔耕呵又耩；到夏來也忙，不鋤呵不長；到秋來狠忙，疾收呵緊搶。忙的忙没是非，搶的搶無遮當，到冬來黍穀填倉。

【鵲踏枝】及早的納官糧，又不去上公堂。做一個聖世閒人，儘俺疎狂。但來的親朋過訪，笑談間賓主相忘。

【寄生草】也休論村和俏，也休言短共長。莊家不用虛名望，山人自有閒情況，安心怎受乾磨障？青春先到草堂中，白雲常鎖山溪上。

【幺】呀，正遲日江山麗，更春風花草香。高齋睡足梅花帳，輕風細滚桃花浪，清尊滿泛梨花釀。左圖右史有殘書，青松翠竹存幽尚。

【後庭花】許多時耳邊廂空妄想，誰承望好人言都是謊！也不看出馬三條路，只到了推車四堵牆。細平章，成就了幽人幽人長往。啓賢明一字王，感仁恩千歲昌；代陪臣上表章，賜山人歸故鄉。是非叢没兩廂，利名途不四行。

【青歌兒】呀，學不就新興新興時樣，改不了尋常尋常伎倆。一迷裏奔馳走四方，誰弱誰強？何短何長？難比難量，自作自當。子俺這平生意氣忒昂藏，甘疎放。

【賺煞】清福趁人來，好事從天降，儘着俺閑遊戲賞。這的是喫了筵席好散場，休貪戀剩酒殘湯。趁時光，勝日尋芳，離不了海浮山下龍灣上。卧明月滿床，駕清風一航，長受用地老共天荒。

賀鳳渚公鎮易州〔二六〇〕

鳳渚公初尹清苑，晉擢廷評，衈刑南圻；出守長沙郡，惠政茂績，課天下治行第一。辛未春，上臨軒賜宴，寵數殊典，聖朝僅再見焉。既而來鎮易州，公舊遊也，吏民愛戴，日深一日，復恐遷去。詩云：「鴻飛遵渚，公歸無所，于汝信處。」

【北雙調新水令】九重宫殿聖人朝，普天下太平時道。綸音傳玉陛，仙樂奏雲璈。御筆親招，賢太守齊來到。

【駐馬聽】德邁唐堯，蕩蕩巍巍光四表；心同周召，雍雍濟濟肅千僚。聖君賢相重英豪，黎民百姓都安樂。那其間真箇好，歡聲塞滿長沙道。

【雁兒落】一箇箇衡攔〔二六一〕着白玉橋，一箇箇緊扯定花藤轎，一箇箇攀轅的不放行，一箇箇卧轍的連聲叫。

【得勝令】呀，只聽的滿路鬧詡詡〔二六二〕，誰承望太守早歸朝，誰念俺賦重蒼生苦，誰念俺差繁赤子勞？忽聽的民謠，恰受用三年樂；只願你官高，任飛騰萬里遥。

【水仙子】賢聲欽奏紫宸朝，聖旨傳宣彩鳳毫，承恩犒賞烏翎鈔。御筵開都醉飽，受用些內酒仙餚。看卓異聲名振，把循良姓字標，不負了撫字心勞。

【折桂令】十餘年撫字心勞，到處仁聲，一味清操。月照吳江，雲離楚岫，春返燕郊。一處處邊塵盡掃，一家家民病都消。當日箇小試牛刀，至如今大展龍韜。這的是熟路輕車，安穩逍遥。

【離亭宴歇指煞】雲端已下旌賢詔，天曹又貼陞官報，俺民呵怎熬？不甫能盼得來，却又早陞將去，再怎生巴得到？這壁廂去後思，那壁廂來時笑，到處裏等着。只願的八方黎庶安，萬里烽烟息，四海村田樂，方顯得仁賢是寶。大丈夫志四方，保吾民都是好。

歸田自壽 癸酉（二六三）

自壬戌之秋，皆有自壽之詞。其爲郡縣，則恐吏民知之；爲博士，則恐生徒知之。其詞久而弗傳，故所至無與爲壽者。壬申歸田，方幸親姻弟姪，相與稱壽，而是歲吾弟不禄，吾服朞年之制，廢祝壽之禮。今秋逸壽會友招余，即席叩余生辰。笑而不答。諸公笑相向曰：「無乃是日乎？」余默默無以應也。是會也，洞厓大夫爲雲門逸壽會記，余姪子咸叨鄉薦，亦於席上聞捷。是夕家宴，小大畢集，夜分乃罷。

【北商調集賢賓】黍登場釀成桑落酒，交九月入三秋，準備下山翁稱壽，穩情着（二六四）海屋添籌。等閑間暑往寒來，平白地霧散雲收。到城中訪尋同會友，四十年故國交遊。子俺這生辰重慶祝，詩酒共綢繆。

【逍遥樂】雲門依舊，世路更新；鄉情耐久，光景難留，到如今太半白頭。都不羨三公與五侯，出落的抽身撒手；俺子待怡情山水，寄傲乾坤，遁迹林丘。

【醋葫蘆】俺如今度韶華六十三，每年間閱秋光七八九，一時時一處處趁追遊。每日價打呵呵大家開笑口，也算做功成名就，喜孜孜不離了釣詩鈎。

【幺】俺子見大施爲有是非，細評論無好醜。至如今閑〔二六五〕將冷眼覷時流，看了他覆雨翻雲難罷手，到頭來苗而不秀，總不如得合休處便合休。

【幺】俺這裏買山中百畝田，插門前五株柳，一納里耕田鑿井度春秋。稚子山妻十數口，正值着收成時候，這的是微軀此外復何求？

【幺】恰纔箇繞蝸居編菊籬，又報道步蟾宮折桂手，端的是前人種德後人收。倣效着北海開尊頻送酒，正對着南山爲壽，一家兒團圓賀喜自相酬。

【梧葉兒】聽靈鵲猶然噪，看燈花不斷頭，喜數世紹箕裘。衆子姪行排雁，小兒孫氣食牛，擎瓦鉢捧瓷甌，一箇箇齊斟壽酒。

【後庭花】常記的急煎煎塵内走，有時節氣昂昂街上擱。走的箇喘吁吁無停脚，擱的箇立欽欽不轉頭。暢好是没來由，頓忘了開尊開尊祝壽。潑家私一向丢，劣身軀不自由，十年間無事憂，到今日歸去休。

【青歌兒】呀，猛想起功名功名馳驟，總不如山林山林清秀。子俺這竹杖芒鞋獨木舟，任意遨遊，信口歌謳；百丈厓頭，七里灘頭，訪仙翁道侶慕玄修，閑窮究。

【浪裏來煞】有青蓮共唱酬，謝白衣來送酒。山中宰相儘清幽，到今年喜從心上有。又寫出新詞自壽，把閑言一筆盡都勾。

題長春園

北山翁寄余長春園集，余既覽之，從而詠歌之，又從而一唱三歎之。則雖未見其人，窺其園，卽如接音容，玩奇勝，相與登熙臺，坐春風中也。古人嘗云，神交卧遊者，不空談矣。癸酉二月，余始晤山翁於園亭，傾蓋論心，歷境觀物，殆猶夙遇云。時邑中詞宗騷客畢集，是余嘗竊慕而心醉者；而是日又相與傾倒盡歡，盤桓花下，余迺大醉。詰朝始雨，東沙、後溪、信溪三翁，皆有志喜之作。主人授筆硯，余夙酒初醒，然心醉者未醒也。山翁余與爲世講兄弟，誼不得辭，勉成〔一六六〕此調，附備一體焉爾。

【北商調集賢賓】海雲鄉望春天共遠，花有信景無邊。青靄靄千林芳甸，錦重重十畝名園。往常時迅掃了混沌江湖，至如今出落的散誕神仙。看桑田幾時經變遷，一任他日月流連。這答兒舒遲消永晝，安穩度韶年。

【逍遥樂】東風拂面，北闕懸情，西疇在眼，好雨連綿，霎時間萬物澄鮮。正值着輕暖輕寒二月天，春遍滿河陽花縣。可正是賢侯製錦，聖主登極，良相調元。

【金菊香】從今後安排沽酒買花錢，爲甚麽白日無憂夜穩眠？興來時引杯休放淺，芳草如綿，醉倒處便安然。

【醋葫蘆】錦鳩兒屋上啼，黄鶯兒花外囀，聽聲聲一似向人言。紅杏枝頭春較淺，休只待芳菲零亂，喚遊人早來到看花園。

【幺】到春來碧桃開緑柳垂，到夏來海榴紅翠荷展，到秋來芙蓉亭畔菊籬邊，到冬來雪月風花細裁剪。落的箇歲寒不變，總然是四時八節盡堪憐。

【幺】賞一春又一春，樂一年又一年，受用足春光如海酒如泉。仙苑春長何處顯？托賴着主人康健，草堂深不弱似小桃源。

【幺】晚風前醉月樓，水晶簾雲外捲，趁清光把盞對嬋娟。高駕冰輪天上碾，暢好是相酬相勸，滿拚着一千二百箇月兒圓。

【幺】至誠心有感通，格仙亭神聖顯，靈文寶籙受真詮。一顆金桃丹九轉，準備着瑶池開宴，紫霞觴沉醉了大羅仙。

【幺】好弟兄宦業成，老夫妻福禄全，喜的是千金難買子孫賢。蓋世功名方貴顯，畢罷了南征北戰，便歸來知足扁吾軒。

【幺】荼蘼棚曲檻幽，牡丹臺國色妍，又輕風細雨養花天。萬紫千紅分近遠，單等待四時開遍，直到了暗香浮動老梅邊。

【幺】羣峰展畫屏，拳石傍几筵，擺列着清奇古怪貌峨然。九雙貞友瀛洲選，每日在山翁前面，都一般磨而不磷秉心堅。

【梧葉兒】結一夥北海奇英會，索強如西京獨樂園。喜緑野遶堂前，那裏也藏金塢，廣開些種玉田，雖不是李平泉，一簇簇繁華照眼。

【後庭花】人居在小洞天，客追隨平地仙。曲奏陽春調，詩成白雪篇。聚高賢，一個個珠璣珠璣滿卷，蘸霜毫拂錦箋。按宫商叶管絃，選歌姬就舞筵，不知音不與傳。

【青歌兒】呀，正值着清明清明遊宴，人都在鞦韆鞦韆庭院。忽聽的牆外人聲越自憐，彩袖雙騫，寶髻斜偏，形影蹁躚，意態留連，汗浥〔二六七〕花鈿，露濕金蓮。含情〔二六八〕背立小桃邊，多留戀。

【浪裏來煞】愛煙霞地自偏，傲乾坤心更遠。論英雄何必老林泉？滿腹經綸須大展，休負了蒼生之願，那其間東山高卧聽朝宣。

題劉伊坡壽域

劉伊坡，汴之陳留人，大學士文穆公之孫。博學能文詞，善書法，以世廕官中書，出相周、魯二王國，廉勤有聲稱。嘗謝病家居，作生墳，搆真寧亭、知息堂，築歸化臺、小瑕丘，於其上種花釀酒，時邀親厚，燕飲其中。諸名家記詠其事，刻之木石者甚富。余見而重之曰：「達人哉，達人哉！」諸家之詩文尚矣，余則爲作雙調十一章，爲燕飲樂歌云。

【北雙調新水令】望中原佳氣鬱籠葱，出神仙小瑕丘洞。青龍瞻泰嶽，白虎鎮喬嵩。朱雀奇峯，繞玄武大河控。

【駐馬聽】紫翠重封，萬叠層巒對祝融；雲霞簇擁，千年靈氣隱隆中。伊瀍汴洛共朝宗，夷門少室相陪奉。這的是長命冢〔二六九〕，到其間衣冠遺世空傳頌。

【雁兒落】俺只道冷清清養老宮，却原來淨巉巉藏貞洞。栽培的顫巍巍錦片花，擺列的酷烈烈香醪瓮。

【得勝令】呀，人都道拚死命逞英雄，俺只道尋活計覓從容。爲甚麽看日月如飛箭？這其間覷乾坤似轉蓬。心胸，好世界遊仙夢；疏慵，潑生涯過耳風。

【川撥棹】論閥閱有三公，論才華非一種。文擅雕龍，詩比宗工；詞苑稱雄，書法兼通。論事業當朝賈董，都分付黄土中。

【七弟兄】這的是勑封，壽宫。喚良朋。我共你三杯兩盞相傳送，你共我三言兩語敘情悰，索强如三番兩次空盤弄。

【梅花酒】自離了紫禁中，正周魯分封，恰相國優崇，受恩眷方隆。猛然思芍藥圃，驀地想木香棚。怕繁華取次空，寂寞了海棠叢。

【收江南】呀，真寧亭幾度領春風，知息堂無復憶坡翁，歸化臺千里月朦朧。這都是託空，却不道鼎湖弓劍有仙蹤。

【沽美酒】且休題學卧龍，也不必訪崆峒，聖帝賢王世道隆。到如今君臣義重，不枉了效吾忠。

【太平令】有一日天風送〔二七〇〕，直到了閬苑三峰。相伴的蓬萊仙衆，撇颺了小瑕丘洞。那其間駕空，御風，再不落轂中，這壙呵暢好是備而無用。

【離亭宴歇指煞】中州遺却虛梁冢，神仙喚醒邯鄲夢。笑殺時人懵懂：欠分曉死生關，不明白忠孝字，怎識得王侯種。常聞葉底蟬，誰羨雞羣鳳？試看坡仙壽壠。達者洞玄機，至人通造化，善士承天寵。俺子見青山展素屏，緑水修清供，一簇簇松梧翠聳。端的是知止足得身安，保真元歷年永。

十自由

【北般涉調耍孩兒】天官賜福宣章奏，遥望着金門稽首。欽尊聖旨莫遲留，把閑人一筆都勾。身心耳目都安泰，手足腰肞得自由，到今纔是閑時候。一個個從吾所好，一個個慎爾優游。

【十煞】身呵報君恩不憚勞，振家聲不外求，十餘年贏得龐兒瘦。一生勤苦消磨盡，兩字功名歸去休。流行坎止無差繆，遠離塵網，高卧林丘。

【九煞】心呵意懸懸不自安，急煎煎無限愁，愁的是爲民爲國無昏晝。十分如意難爲福，少不應心便是仇，把心腸使碎了乾生受，俺如今何思何慮，無惱無憂。

【八煞】頭呵從來怕見風，虛眩不耐秋，爲甚麽到家中緊把衡門扣？再不去長安道上頻回首，也不向文武班中三叩頭。戴的是綸巾箬笠天然秀，把烏紗帽請起，將展翅兒權收。

【七煞】眼呵望君門天又高，盼家鄉淚暗流，看文書一夜一個三更後。看了那招詳輕重難服罪，覷了那人面高低懶待瞅，看不上參的透。把似那京塵迷目，爭如這野景凝眸？

【六煞】耳呵不平言懶待聽，耳不聽心上憂，勞勞攘攘龍蛇門。一個家喬聲顙氣情難忍，一個家美語甜言話不投。論理法難聽受。總不如粧聾塞耳，一任他呼馬呼牛。

【五煞】口呵濕津津皮裏纏，硬邦邦到處謅，每日間念條説款歪窮究。一會家噙唇左嘴喬粧磣，一會家張口巴舌不害羞。這些時打叠起閑聲嗽，一任他淘乾了氣顙，叫破了咽喉。

【四煞】鬚呵許多時白似霜，一時間黑似油，碙砂銅末安排就。事從忙裏尋刀鑷，狠上心來着手揪，疼不過精皮肉。近新來蒼顏有喜，白髮無愁。

【三煞】手呵檢行移無了期，弄刀筆不斷頭，指尖兒酸困了難禁受。一壁廂忙〔二七一〕把文書判，一壁廂常將〔二七二〕角帶搊。至如今高抄起雙袍袖，若要揎拳露掌，除非是把釣垂鈎。

【二煞】膝呵見官人軟似綿，到廳前曲似鈎，奴顔婢膝甘卑陋。擎拳曲跽精神長，做小伏低禮數周。俺如今出門兩脚還如舊，見了人平身免禮，大步搊搜。

【一煞】足呵任高情行處行，趁閑時走處走，脚跟兒蹬脱了牢籠扣。潛蹤洞壑尋深隱，濯足滄浪揀上流。皂朝靴丢剥了權存後，再不向鵷班鵠立，穿一對草履雲遊。

【尾】閑居日月長，静觀天地久。閑中静裏安年壽，更一段清福綿綿詩共酒。

旅　況〔二七三〕

【南仙吕二犯傍粧臺】恨匆匆，一鞭行色片時中。到今記不的〔二七四〕臨行話，想不起别時容。影孤惟有青燈對，夢斷纔知翠被空。〔合〕穿窗月，透隙風，一般清冷各西東。〔二七五〕

【前腔】恨重重，不知何處覓行〔二七六〕蹤？多應淚似三江水，愁鎖〔二七七〕兩眉峰。香銷蘭麝金爐冷，玉減腰圍繡帶鬆。〔合前〕

【不是路】見面無從，廢寢忘餐百事慵。添悲痛，捱不過長夜如年盼曉鐘。眼朦朧，卧看巫山十二峰，望藍橋無路通〔二七八〕。要相逢，枕邊少個風流種，錦衾誰共！錦衾誰共！〔二七九〕

【掉角兒】聽不上凛冽悲風，聽不上嘹嚦哀鴻，聽不上畫角悠揚，聽不上簷鐵丁東。聽不上〔二八〇〕響當當驚好夢，冷清清和淚滴，銅壺聲送。〔合〕凄涼一弄，離愁萬重，望雲山天涯咫尺，此恨無窮。

【前腔】盼不到倚翠偎紅，盼不到酒釃花穠，盼不到水月流光，盼不到烟霧空濛。盼不到碧紗窗青玉案，捲湘簾看楚岫，金鈎雙控。〔合前〕

【尾】幾回夢裏厮和鬨，單等歸來兩對同，千里神交非〔二八一〕是空。〔二八二〕

寄情

【南仙吕入雙調步步嬌】暮雨朝雲成虚幻，枉把佳期盼。高唐事杳然，夢斷襄王。鈎惹芳心亂，要寫錦花箋，耳邊厢留不住天邊雁。

【鎖南枝】離别苦，行路難，回頭阻隔千萬山。孤影有誰憐？清尊有誰勸？教我好難消遣。想的俺情牽，想的俺肝腸斷，想的俺心邪，想的俺神魂倦。衾也寒，枕也寒，窗又寒，燈也照孤寒。

【香柳娘】望迢迢路遠，望迢迢路遠，一聲長嘆，離愁滿懷，如何不怨！急煎煎意懸，急煎煎意懸，拆散並頭蓮，分開交頸鴛。撲簌簌淚連，撲簌簌淚連，也是俺年災月限，緣薄分淺。

【園林好】忘不了花容月豔，忘不了酥胸粉面。忘不了拈香發願，忘不了耳邊言，忘不了醉中天。

【江兒水】想起他風流態有萬千，吹彈所事都靈便。解舞腰肢嬌又軟，怎當他不住秋波盼。誰似他言談舌辯？生爲多才，每日價不茶不飯。

【僥僥令】望眼爲誰穿？淚點爲誰彈？一霎兒作念千千遍，巴不的有情人到枕邊。難捱衾似鐵，怎遣夜如年。恨殺漏永更長聲不斷，好似滴壺銅海水添。

【尾聲】新詞權當音書轉，多囑付青鸞黄犬，是必的拜上花仙。

閨　思〔二八三〕

【南商調集賢賓】離愁滿天没處躲，下香堦權當騰挪。離了重幃〔二八四〕還較可，見牛郎阻隔銀河，空耽寂寞。眼睜睜一邊一個，他和我，百般的離不了愁窩。

【前腔】青山淺描雙黛鎖，向天邊望斷秋波。遠樹寒空烟淡抹，畫眉郎那答兒磨陀？青春擔閣。要相逢陽臺一樂，無結果，糊突夢當甚麽嘍囉！

【黄鶯兒】烏兔轉如梭，急煎煎把俺磨，一年好景都零落。風兒寒奈何，雁兒叫怎麽？雨絲兒哨的窗兒破。冷呵呵，香腮紅沁，只疑是醉顔酡。

【前腔】瘦影伴嫦〔二八五〕娥，呆答孩怎動挪？幾椿兒慣把人折挫。疏刺刺帳羅，虚空空被窩，凄涼涼〔二八六〕長夜捱不過。眼强合，難禁枕冷，又添上淚痕多。

【琥珀貓兒墜】雲鬟重整，宫様綰青螺。何日粧臺展翠蛾？幾時繡榻兩情和？因他，悄一似倩女離魂，病染沉痾。

【前腔】扁舟閑繫，盡日漾金波。水冷霜清舞敗荷，江湖滿地一漁簑。蹉跎，却不道孤負幽期，對景吟哦。

【尾聲】四時光景（二八七）堪行樂，百歲芳春有幾何！及早回還錦繡窩。

勸色目人變俗

【南商調黃鶯兒】中國有戎狄，遡傳流自古昔，華夷一統承平世。吃的好食，穿的好衣，進門來一陣臊狐氣。細尋思，試虛心勸你，休發犬羊威。

【前腔】暇日會親識，狗西番坐上席，五湯三割全不覰。手托着蛋皮，口嘶着蛋吃，蘸白鹽解不了雞腸氣。有差池，對青天發誓，拍口吃猪脂。

【不是路】堪嘆回回，生不惺惺死着迷。難存濟，不信陰陽不請醫。愛家私，顧不得衣衾不整齊，下塲頭只自知。現放着有幫無底千家器，是何家禮？

【掉角兒】望西方天遥路迷，在中原看生見死，總不如隨鄉入鄉，早做個子孫之計。再休提塔不剌散不撒，答兒麻哈兒哇。腥膻滋味，清齋難記。徒勞受饑。最難熬千金一刻，星月圓時。

【前腔】讀的是孔聖之書，且收拾梵經胡語；穿的是靴帽羅襴，打疊起纏頭左髻。再休提猪爹爹狗奶奶，胡姑姑假姨姨。腥膻遺類，更名換字，用夏變夷。勸伊行還同中國，一樣行持。

【十二時】移風易俗非虛語，出谷遷喬爾自思。休把良言作戲詞。

嘲友人試琴

【北南吕一枝花】也曾將百體篆填滿龍鳳箋，也曾把一腔春點作昆蟲畫，也曾扳萬丈梯探月窟，也曾搊三寸斧砍天葩。高手名家，團弄的琴心怕，搬調的風韻滑。止不過古流傳一派仙音，又打上巧做作千般指法。

【梁州】你試將花閃閃的錦囊兒寬褪，俺索把玉纖纖的銀甲兒安插，不由俺一雙妙手齊齊下。一壁裏抹挑勾剔，一壁裏吟猱撞打，一壁裏往來綽注，一壁裏滾拂潑剌。則俺這手腕兒不識住受了波查，則俺這指頭兒不移時告了消乏。捏挪了雁足蜂腰妙相兒可誇，摸挲了蛇腹牛毛斷紋兒非假，打量了龍池鳳沼闢眼兒堪拿。枕他，抱他，怎下的一霎兒牆頭上掛。下手裏擰，上手裏掐，兜的個百樣聲音背不的咱，罷了也三弄梅花。

【尾】人都道攛行貨眼前新宜時所事堪抬價，俺則道傳世寶天生舊見廣經多自掩瑕。他是個古的兒怎與時俗品高下，者麼您撥弄的掐滑，丢答的手乏，使一個訪友攜琴賣乖法。

琴友郭茂才，納姬名梅花。揮之非愜，遣之弗果，因以琴嘲焉。郭善篆隸法，畫草蟲。

李爭冬有犯

【北中吕粉蝶兒】錦繡叢中，隨葫蘆也曾打鬨。俺也曾駕孤航湖海飄蓬，也曾步瑶京攜玉手乘鸞跨鳳，也曾伴嫦娥身在蟾宫，也曾泛桃花誤入武陵仙洞。

【醉春風】但有個詩朋酒友共開尊，少不得倚玉偎香珠翠擁。他那裏倒身下拜笑相迎，我這裏也拱，拱。受用些花徑鶯歌，蘭堂燕舞，松窗鶴夢。

【紅繡鞋】怕的是村沙懵懂，喜的是剔透玲瓏。但遇着拿班做勢是相衝，使盡了氣力兒扭，也挾着膊項兒雄，只因俺好性兒使不的猛。

【滿庭芳】見了那行家不同，丰姿典雅，禮貌謙恭。把似你做喬腔怎得人知重，惹釁招風。又不是賽名花貂蟬愛寵，又不是鎖春風銅雀深宫，又不是襄王夢。巫山翠聳，人在最高峰。

【耍孩兒】只因他鬢邊半露雙釵鳳，鈎引的行人簇擁。春心飄蕩逐西東，元來是浪蝶狂蜂。顛狂體態如飛絮，浪蕩腰肢似轉蓬，長街短巷鑽人空。騎着頭木驢兒戳磣，戴着個罨眼兒粧聾。

【十五煞】敗風俗情怎饒，壞綱常法不容，須不是平地干戈動。饒他海闊魚投網，一任天空鳥入籠，没來由倒往高枝送。俺則道雲泥間隔，誰承望魚水和同。

【十四煞】老鴉兒一樣黑，窩狗兒一攢風，蓮花盆打在荷花甕。自古道除了當行都是離，拿到當官也是空，一家兒怎着他人弄？謹按着九宮八卦，認定了六弟三兄。

【十三煞】乾人情面皮薄，冷衙門法度鬆，乾坤上下成何用？那廝每龍蛇不辨傷王化，這廝每貓鼠同眠玷士風，喬相識廝和鬨。見面錢花銀十兩，答賀禮水酒三鍾。

【十二煞】又無升斗才，又無尺寸功，毛椽兒怎做雕梁棟？龜頭湜起心中大，鱉蓋掀開腹内空，料應走不出矬腰甕。等的你頭兒搖了，敲的你蓋兒生疼。

【十一煞】也不論短共長，又不知吉與凶，到晚來做了個瓜虀夢。床前拖下三魂喪，枕上揪來四鬢蓬，猪毛繩牽出花胡洞。赤緊的項圈兒怎解？紐扣兒難鬆。

【十煞】牽不上窟窿橋，剜不出混腦蟲，前呼後擁相隨從。兩行排列貔貅士，八字分開虎豹叢，一齊下手將人弄。那幾位好哥哥幫襯，看一眼小妹妹着疼。

【九煞】拶指兩頭齊，批頭一片紅，兩般兒任意隨身用。筋連十指鑽心竅，血染雙臀入子宮，皮開肉裂花心動。這其間破了的誰補，綻了的誰縫？

【八煞】初來不詫生，嘗新不犯重，幾乎險把殘生送。說不的肉賤骨頭貴，避不的人生面不同，精皮膚到處人摩弄。戰兢兢聲如酒噤，跳梭梭手似茶風。

【七煞】黑洞洞門牆不見天，密匝匝荆棘不透風，枷杻吊鎖難移動。白日價傷心舉眼無親故，到晚來饒命連聲叫禁公，亂紛紛多少囚徒共。趁着個就地滾的官舖，巴着個等飯吃的窟窿。

【六煞】叫一聲取口詞，畫十字填草供，滿堂人吶喊如雷動。小牌子一十還較可，大牌子二十越覺疼，撒花蓋頂程程重。掙了個鯉魚跌脊，滾了個蝴蝶翻風。

【五煞】只爲你將磚要比天，是鬼刮陣風，稍螞蚍展作丹山鳳。賴蝦蟆出水金精獸，屎蜣蜋巴山鐵爪龍，麻蒼蠅也把神童弄。元來是三變化的白鮮，兩倒手蛆蟲。

【四煞】又不是嶺頭梅，又不是澗底松，又不是高岡修竹棲鳴鳳。怎似得歲寒三友人爭羨，晚節孤芳誰與同？毛條兒敢把輕薄弄。眼見的飛花隨水，幾曾有敗葉爭冬。

【三煞】蔬花兒世不香，鬧枝兒似草蓬，蘖嗓兒苦李如何用。磣科兒那得好結果，歪根子全無豔冶容，生生的辱没殺桃源洞。也不是中吃的果子，元來是希爛的衏衖。

【二煞】又不是平頂黄，又不是雁過紅，似這般低種誰人種？成不的模樣實難賣，上不的臺盤總是空，眼兒酸蜇的牙根痛。你家有鑽核秘法，誰理論擲果淫風？

【一煞】我道你有眼不見機，無才只死充，那些兒知高知下知輕重。再休提見驚識怪人擡奬，全不想做小伏低自弄窮，爲甚麽扯着拉着人不動？下顧你似靴箭裏摸腿，攀援俺似食店裏回葱。

【尾】忍疼換曉粧，含羞整舊容。一尿胞打醒了胡都夢，從今後再休將大氣兒捅。

官妓李爭冬，恃姿容驕怠。嘗騎過市，遇縫掖不爲意。怒付之官，官不能理。士人聞於内，傳令杖之。自後此輩知謹畏云。

十美人被杖〔二八八〕

【北雙調新水令】買歡追笑遣流光，近新來一番惆悵。搜尋風月館，點檢翠紅鄉。博選羣芳，十樣錦真堪賞。

【駐馬聽】鶯燕雙雙，風送春心度畫牆；芙蓉兩兩，天然秀色映秋江。有誰搬遞是非場，無端牽扯平康巷。因被訪，低眉俯伏霜臺上。

【雁兒落】一個顫巍巍玉蕊着棍兒湯，一個嬌滴滴紅英着棒兒抹，一個香馥馥酥胸襯碧堦，一個軟穠穠膩體捱牙杖。

【得勝令】呀，一個露春葱〔二八九〕解羅裳，一個彈烏雲卸殘粧；一個粉面皮如澆蠟，一個劣身軀似抖糠。當堂，一個紅繡鞋跟朝上；收場，一個醉扶歸不姓楊。

【幺篇】子弟每攔街立捧酒漿，姨夫每沿城走找藥方。老虔婆氣瞞〔二九〇〕心跳八丈，醜撅丁手捶胸淚兩行。哭一聲親娘，五百劫寃業障；叫一聲情郎，八千人惱斷腸。

【沉醉東風】往常時牙印兒摩挲半晌，香盤兒恐怕成瘡。捏一捏骨肉酥，摟一摟心胸脹。沾麻着做勢拿了腔，似這等凶神不可當，跳不出天羅地網。

【水仙子】又不曾做真賊偷了賈充香，又不曾放潑火燒了祆神像，又不曾駕虛詞遞了王魁狀，怎隄備〔二九二〕這禍殃。三般兒委實難當。合歡被輕翻紅浪，凌波襪高擎玉掌，小蠻腰妙舞霓裳。

【折桂令】又不是乾相思鬼病羸尩，赤緊的閉閣垂簾，伏枕着床。俺則索款款依從，頻頻問候，悄悄商量。或是茶或是飯你隨心勉强，或是行或是卧俺着意扶將。禱告穹蒼，保佑安康，俺若是替他些兒，怎教你獨自禁當。

【離亭宴歇指煞】俺則是笑吟吟走馬章臺巷，誰承望急煎煎累手烟花帳。因他這場，頭皮兒陣陣麻，指尖兒個個冷，心坎兒梭梭撞；眼皮兒睡不合，淚道兒揩不上，越加慘傷。憔悴了玉精神，清減了花體態，改變了嬌模樣。也則索枕兒上慢溫存，被兒裹乾摩盪，不多時身安氣爽。那其間有恩的將好情兒酬，行孝的着甜話兒奬。

十年前暴虐扇禍，以訪捕爲一切之政。民無良賤，隸于法率無辜人。十美人一時受杖而出，觀者如堵；而爲之奔走前後，不知其幾也。走筆貽羅山甫，憐其剪髮者與焉。

剪髮嘲羅山甫

【北黃鐘醉花陰】矮髻盤鴉玉簪鞸，黑鬒鬒香雲一朵。金鳳小，寶蟬薄，一抹紅羅。翠葳蕤珠絡索，描不就遠山螺，子爲這三綹兒青絲纏上了我。

【喜遷鶯】花間行過，粉蝶兒個個隨着仙娥。真乃是一塵不涴，恰來的走馬章臺可意哥。見了這濃粧豔裹，不由人魂銷魄散，只落的喜笑吟哦。

【出隊子】却不道傍人瞧破，急攘攘怎奈何？香堦眷戀一心着，花徑同行兩意合，繡榻交歡百事可。

【刮地風】不多時雨意雲情熱似火，便待要同死同活。滿承當一世隨緣過，他則將花剪兒偷挪。解烏雲四鬢娑娑，理青絲兩手分撥。耳邊廂猛聽的一下枝柯，呀，翠紛紛雲鬟零落，不由俺兩淚如梭，好教俺血淋淋心膽如刀剁，也比那死一遭爭不多。

【四門子】他道俺脚跟無綫空躭閣，赤繩兒繫〔二九二〕戀着我。淚點兒湮，指頂兒搓，茜紅絨固結重重裹；心坎兒揣，手掌兒托，好一條連還套鎖。

【古水仙子】他他他志不奪，俺俺俺扯肚牽腸怎動挪？罷罷罷將意馬牢拴，準準準把心猿緊鎖。行行行纏腿帳難開脱，步步步絆脚索不離行窩。管管管提着心做事無失錯，懸懸懸吊着膽到底没災禍，睡睡睡將魂夢兒繞身縛。

【尾】收拾的日久年深非小可，相守到兩鬢如皤，到底團圓纔是好結果。

清明南郊戲友人作〔二九三〕

【北黄鍾醉花陰】錦繡江山畫圖裏。端的是皇都第一。人旖旎，景芳菲，堪賞堪題。來往向花前立，心没亂眼迷離，見了些百媚千嬌真個是美。

【喜遷鶯】豔陽天氣，花朝過了又寒食。相攜，齊蓁蓁成羣逐隊，恰便似萬紫千紅散緑堤。鬧垓垓人似蟻，管甚麽蜂喧蝶攘〔二九四〕，暢好是翠遶朱圍。

【出隊子】天仙聚會，去一回來一回。雲霞縹緲暗香飛，花柳扶疏麗日遲，車馬倥匆樂事急。

【刮地風】一個價粉鼻兒馥郁聞芳蕊，一個價檀口兒啣杯。一個價手兒勤常怕金釵墜，一個價脚兒懶寸步輕移。一個價並香肩指東説西，一個價折回頭推整羅衣。一個價笑語嘻，一個價音律低。一個價喜孜孜幕天席地，一個價醉醺醺苦眼鋪眉。一個價轉秋波無耐挑人意，一個個引人魂三不歸。

【四門子】使不的調虎離山計，兩眼兒急上急，恰看了東，又悮了西。急煎煎四下裏難支對，纔顧了南，又忘了北，眼面前悲歡得失。

【古水仙子】他他他他不癡，你你你你的中腸只自知。去去去去的無情，來來來來的不理。猜猜猜猜不破昏思謎，受受受受不過來往臨逼。休休休傻書生休得同兒戲，天天天天不從人意，看看看看的眼飽肚中飢。

【尾】我道你見面生情不度己，到晚〔二九五〕來感嘆傷悲，夢兒裏相逢拖逗煞你。

都下舊俗，清明日展墓。士女冶遊郊郭之外，而南郊爲尤盛。四方之人，雜然往觀，一國之人，皆若狂焉，殆類於此。

詠所見

【南商調集賢賓】湖山那邊瞧見你，好交俺心下驚疑，何處神仙來這裏？又不是同赴瑶池，忽然相會。近前來越添標致，真個美，不由人軟了身軀。

【前腔】恰纔相見方懊悔，悔只悔會面猶遲，悔到其間還是喜。動人處淺淡粧飾，他有斯文風味。掩不盡千嬌百媚，今日裏，這場事委實希奇！

【不是路】玉質冰肌，蟬翼輕鬆四鬢齊。多清氣，釵梳不用金珠翠。步輕移，緊淨丢修可體衣。正當時，覷了他青春一捏嬌年紀，纔是妙齡之際。

【掉角兒序】嫩超超百様嬌姿，細彎彎兩道蛾眉，窽生生三寸金蓮，瘦亭亭一捏腰肢。最相宜，雪窗前，書館内，擁紅爐，斟暖酒，良宵清會。這場心事，應無了期，没來由不疼不癢，惹下相思。

【前腔】待和他月底吟詩，待和他燈下敲棋，待和他較量輸贏，待和他比並高低。待和他按金徽，調玉軫，譜新詞，依古調，傳情適意。知音交契，相逢有期，乍相識心乎愛矣，何日忘之？

【尾】從來玩賞烟花地，南北東西任所之，不似今番念在茲。

縣官賣酒〔二九六〕

余治邑核最，忌之者因而媒孽必無之事，竟解官。聞之者爲之一笑，見之者未嘗不相對笑也。真定道中，行吟馬上，口占雙調一闋。或索所著作，遂書此以示：歌未竟，乃鼓掌大笑不可止。余曰：「客何笑之甚哉？長者停車下邑，猝無以爲具。我有斗酒，藏之久矣，于此不以奉其上，不可謂忠且敬也。脱有民酬其直，拒而弗受，自立于峻絶危疑之地，亦太傷廉哉！其直誠儉，其事誠細，獨不聞劉寵一錢、相如滌器哉！然則爲之者非妄爲，議之者非浮議，聽之者非過聽，笑之者非真笑矣。以直道黜，不猶愈于失己；以微罪行，不猶賢于顯斥哉！」客乃斂容踧踖避席曰：「先生之言良是也。」余既送之出户，客乃仰天而視，掩口而顧，捧腹踉蹌而歸。余爲之延佇目送者久之，亦逌然解頤曰：「狂客之笑若是，是余之賣酒，信然哉，信然哉！」詞不可傳而事可傳，必能博天下後世同一笑云。

【北雙調新水令】喜皇風醇美運熙洽，太平年釀成玄化。醉翁亭真快樂，酒泉郡儘繁華。生意堪誇，這店主設施大。

【駐馬聽】畫戟高牙，不比尋常賣酒家；香車駟馬，非同小可潑生涯。草刷兒斜向縣門插，布帘兒飄颯譙樓下。忒清高真秀雅，把廳堂淨掃新裝榨。

【雁兒落】一個酒太公將象簡拿，一個店小兒〔二九七〕把金魚掛。一個打壺瓶使了錫鑞牌，一個盛碗盞占了文書架。

【得勝令】一個掌櫃的坐官衙，一個寫帳的判花押，一個承印吏知錢數，一個串房人曉算法。這一個獃瓜，不吃酒便要當堂罵；那一個油花，不還錢就將官棒打。

【沉醉東風】一個個攘賬的翻盆弄瓦，一個個少錢的帶鎖被枷。假若係良民且索休，是窮鬼饒他罷。賬難清屢次駁查，展轉那移下筆差，定問擬知情枉法。

【水仙子】也曾見漢相如水洗的手兒滑，也曾見畢吏部繩纏的腿兒麻，也曾見李翰林寵幸的心兒大，也曾見賀知章掉下馬。幾曾見這樣豪華？月台上排銀瓮，丹墀裏傳玉斝，琴堂中滿泛流霞。

【折桂令】琴堂中滿泛流霞，喜的是海量寬洪，愛的是民意和洽。醉漢升堂，糟頭畫卯，酒鬼排衙。五更籌雙雙一迷裏投壺打馬，三通擂鼕鼕都做了擊鼓催花。鈔不料罰，價不爭差，只圖個脱貨求財，勝強如害衆成家。

【離亭宴歇指煞】韻悠悠絃歌聲裏觀風化，樂陶陶醉鄉深處無驚詫。由他笑咱，過幾個快活年，行幾椿平穩事，説幾句安然話。壺中日月長，醉裏乾坤大。非咱，自誇，一不欠起存粮，二不欠京鎮草，三不欠丁夫價。除非人可〔二九八〕憎，到了天不怕，勸飲呵休辭莫假。酩子裏好裝憨，葫蘆提不爲傻。

楊龜山語録云：設法賣酒，所在官吏遂張樂集妓，以來小民，此最爲害政。而必爲之辭曰：與民同樂。

豈不誣哉！按此事宋朝乃實有之，亦可笑甚矣。故龜山深疾之如此。

縣官賣柳有引見文稿。

【北南吕一枝花】荒城小過活，僻邑胡將就；清官窮計策，瑣事細搜求。日用堪憂，俸少飢難救，民貧債不酬。每日價三曹案紙上栽桑，總不如一命官堂前賣柳。

【梁州】一個個銅錢扣手，一張張寶鈔當頭。青枝翠幹安排勾，官與民兩平買賣，本和利加倍交收。土要厚根深條望，水要勤葉密陰稠。第一年嫩生生大似車軸，第二年圓混混粗如巴斗，第三年直立立好做梁頭。凝眸，倚樓，灞陵橋弄影篩清晝。馬嘶風鶯唤友，飛絮垂絲散客愁，嫋娜輕柔。

【尾】自古道河陽一縣花如繡，臺城十里烟如舊，爭似這召南萬載春常有。喜棠陰久留，樹芳名不休，也强如陶令門前五株柳。

右二詞是爲縣官賣酒、賣柳而作也。是時撫台李公，檄州縣各樹道路如法。六郡州縣，奉行未至，而余所課樹已暢茂矣。忌者因而中傷之。縣官既行其政，而民心亦歸。使者以其異己，深忌之。又使者至，謂之曰：「爾福人也。」使者謝曰：「余胡爲乎福哉？」又使者曰：「至此邑，溝洫治，途樹茂，他事稱是，百里改觀焉。吏之良也，非公之福哉。」使者默然不應，呼酒與之飲。執事者以金華進，惡其甘而叱之。邑小無他異酒，則以市醞進。使者怒，叱執事者。主簿曰：「今京師一時尚黍醸，何不以青州從事進乎？」余曰：「是大不可，且懼無繼也。」簿曰：「事急矣，禍將及我，公獨不爲動耶！」力請錀，跨馬去，致一罌而獻之。二使者欣然大釂，俄而竭。再釂，則非也。復怒，索黍釀益急。執事者慄慄，稽顙請罪。既得其實，促車而去，密遣人偵縣官過。久之，亡所得，遂以二事爲聯而緘詣當事者。當事者拒弗信，而使者持之益力。反覆不得已，論調焉。或者嘆曰：「此禍水耶？禍本耶？何以至是也！」

吕純陽三界一覽

嘉靖丁酉春，一道士挾箕仙之術驗休咎。今中丞康川冀公，余弟觀察使，時尚未第，偕余往叩焉。道士戒以精舍齋沐，翊日乃可祇事。厥明而道士至，題位焚香符咒，降神應禱，書事忽誤字。余曰：「焉有不識字鬼能書休咎哉？」余遂扶箕祝曰：「必真純陽公來也。」所書辰戌科第名數，後皆奇中。是歲秋，余果領鄉薦，竟不許甲第，亦既驗矣。迨戊午丁巳間，有酷吏按治齊魯，大獵民貲，以填溪壑，累歲無饜。人人自危，莫知所止。咸謀攝問箕仙，而不得道士所在。衆乃强余禱之，既降筆，但書「不可言不可言」六字而止。余曰：「神仙亦畏人哉？如果畏之，諛詞隱語，何不可也！」乃歷草二十一段，而大書以命之曰三界一覽。次而録之，正宫套詞也，亦不正言齊魯事。諺云：鬼怕惡人，詎不信然！

【北正宫端正好】恰離了玉皇前，早來到金門上，衆仙官列坐巖廊。有靈有聖無偏黨，總是忠良將。

【滚繡球】作善的降百祥，作惡的降百殃，禍福司分毫不爽，免不的自作自當。有勢的休使威，無錢的休妄想，便休提東遮西擋，使不的口大舌長。雷門斷斷無虚斧，天網恢恢不漏網，立見存亡。

【脱布衫】遍天宫飛繞祥光，下塵寰歷覽封疆。垂衣的唐虞聖上，補衮的吕周賢相。

【小梁州】慶了這萬載隆平國祚昌，大振朝綱。諸司百職總循良，仁風蕩，德教被遐荒。

【朝天子】紙不罰半張，帕不受一方，便是一池水難形狀。官清吏瘦小民康，處處有傍州樣。寬緩追徵，辨明寃枉，説虧人實是謊。掛靴的滿牆，竪碑的滿堂，一個個留名望。

【四邊靜】霎時間咨嗟嘆賞，躡住閑雲，倚遍斜陽。枕畔黄粱，一覽山河壯。知他森羅殿在那廂，索把雲頭降。

【耍孩子】撥開地軸躬身望，黑洞洞沉吟半晌。出生入死判陰陽，總是些糊突行藏。邪神假仗靈神勢，小鬼粧成大鬼腔，胡廝混歪廝攘。坐不的金門寶殿，分不出地府天堂。

【十三煞】那吒每擺兩班，夜叉每列幾行，牛頭馬面狼牙棒。後宫收訖金銀錁，前殿交盤寶鈔箱，打路鬼來索帳。盡都是張牙餓虎，露爪貪狼。

【十二煞】爪撈兒十把鈎，筆尖兒一桿鎗，那判官舉筆擡頭望。金銀橋上休歡喜，刀劍林中慢慘傷，從頭細審聽明降。管教您行凶的壯膽，作福的着忙。

【十一煞】女孩兒枉訴寃，老將軍忒自强，這兩人休把金橋傍。鋼叉緊守銀瓶姐，套索牢拴武穆王，秦家兩口兒齊疏放。屈枉了南朝元宰，相府糟糠。

【十煞】埋兒的望得財，卧冰的待吃湯，這兩人怎在銀橋上？三年乳哺傷和氣，一片瓊瑶破碧江，免不的遭魔障。佯慈悲的郭巨，假孝順的王祥。

【九煞】鬧吵吵毆丈夫，淚漣漣怨始皇，古來列女虛名望。身投濁水秋胡婦，哭倒長城美孟姜，這潑賴難輕放。着落他疏通河道，找補邊牆。

【八煞】雞黍邀好弟兄，金寶分欠忖量，誰知禍害從今降！范張閉口難分訴，管鮑低頭不省腔，喚左右忙供狀。這兩個同謀上盜，那二個坐地分贓。

【七煞】趙瞎漢瞇他爺，錢啞巴罵他娘，孫聾親聽的姪兒謗。李没牙咬下半邊耳，周禿廝髮拔一寸方，吳瘸兒踢折了將軍項。這一起干名犯義，那一起鬬毆成傷。

【六煞】王道人〔二九九〕告出妻，高内官犯宿娼，閨門不整楊和尚。老鴇兒半身不遂胡行逕，小大兒兩腿瘋癱莽跳牆，這男女實淫蕩。依律還俗發遣，照例貨賣從良。

【五煞】這賊情問的真，那囚徒謊的慌，當頭見放着真贓仗。飢寒憑盜爲活計，晝夜看財合謹防，誰是你看家將！開豁了强人復業，比較着失主追贓。

【四煞】這人命也不虛，那身屍實有傷，四隣六證難欺誑。李三帽兒張三戴，張四名兒李四當，斷不倒無頭狀。少不的供明的擬罪，平白地招詳。

【三煞】又一干放火情，牽連着衆地方，焦頭爛額都呈樣。却不合收拾不淨柴一垛，又不合準備不及水兩缸，各有力應折杖。上納了工食紙穀，追奪了稞程房廊。

【二煞】有錢的快送來，無錢的且莫慌，尋條出路翻供狀。偷與我金銀橋上磚一塊，水火爐邊油兩缸，殘柴剩炭中燒炕。若無有這般打典，脱與我一件衣裳。

【一煞】這幾場對三曹，那兩邊列六房，能神惡鬼喬模樣。三番下雨三重濕，一遍求神一上香，腦後帳全不當。有幾個東洋大海，成不盡實犯真贓。

【煞尾】剛離了鬼府關，早看了天門榜。伏章奏請金堦上，把這三界源流細細的講。

骷髏訴冤

三界一覽既録，人爭傳誦，咸謂幽明之際可畏哉。繇是乞卜者紛紛矣。黄海岳至自歷下，館於書舍，竊慕其事，自謂可致也。閉室私攝焉，再三之而弗應。余叩門而入，因拉與扶之。余曰：「汝奚卜，奚不祝也？」曰：「願乞長生術耳。」已而箕運甚力，或間息焉。嗣而録之，不詳其義。余叱曰：「汝何鬼，此何説也？」乃徐書骷髏訴冤四字。余嫚駡曰：「此何關於問答哉！急去毋留。必純陽師來，乃受教。」又祝而降，詞語大相似，自稱我東方財神也。余與黄子相視而愕，且惑其爲吾鄉財神也，不敢詆呵；而骷髏者亦必吾土寃鬼矣。事固可惻，姑併存之焉。

【北般涉調耍孩兒】饒君使盡英雄漢，免不得輪迴一轉。雖然跳不出死生關，也省了些離合悲歡。三魂早上泉臺路，七魄先歸蒿里山，深埋遠葬塵緣斷。自古道蓋棺事定，入土爲安。

【九煞】猛聽的一片聲，撲鼕鼕振地喧，鋼鍬鐵钁團團轉。又不是山衡水破重遷葬，又不是吉日良辰再啓攢，原來是官差一夥喬公幹。霎時間黃泉曬底，白骨掀天。

【八煞】讐徒慣放刁，贓官莽要錢，鋪謀定計歪廝戰。非干人命伸寃枉，只要身屍作證間，山東六府都跑遍。少可有一千家發塚，八百處開棺。

【七煞】又不曾爭一言，又不曾交一拳，又不曾本家親屬來陳辯。子孫祭掃三兩輩，桑梓栽培數十年，没來由到處差官勘。耳邊廂神號鬼哭，眼見的地覆天翻。

【六煞】今日王家莊，明日李家園，南來北往迎知縣。坑中滿把乾柴熰，鍋内忙將滾水煎，亡靈何苦遭烹鍊！粉身碎骨，瀝膽披肝。

【五煞】無傷要有傷，非寃却報寃，富家郎免不的遭刑憲。這的是不見死屍不下淚，要了官司要使錢，清平世界登時變。說甚麽昭昭白日，湛湛青天！

【四煞】常言道錢出急家門，財與命相連，將錢買命非輕賤。王員外過付銀一萬，李大舍交收金一千，招詳改擬銷前件。執法司倒做了枉法，洗寃録却做了啣寃。

【三煞】千家墳做了七寶山，一張狀強如騙海船，金銀財寶齊興販。每日價廣搜故紙迫贓杖，到晚來獨對孤燈打算盤，開了門偷睛看：抱狀的是招財童子，訪事的是利市仙官。

【二煞】生民有處逃〔三〇〕，死屍無處鑽，陽人反把陰人陷。誰家寃孽將咱垛？你的窮坑着俺填，百骸九竅都零散。誰與俺修齋作福？枉受了萬苦千酸。

【一煞】一個道管送不管埋，一個道丟開不在官，一個道提防後日還來驗。炎天露暴蠅蟲咬，淺土浮坵鴉雀餐。俺也曾替你掙了千千貫。他和你一併歸結，閃的俺兩不相干。

【尾】告知富家郎，少把金銀攢。大家都做個精窮漢，免使他圖財連累着俺。

財神訴寃

【北般涉調耍孩兒】三皇聖世傳堯舜，治國生財爲本。裝修萬里錦乾坤，全仗俺一位尊神。年年打算床頭帳，日日奔忙世上人，一心兒都要與俺相親近。掌管着金銀寶藏，看守定福禄財門。

【九煞】人人下苦求，個個忒認真，却不道財星拱照時和運。時來共喜石崇富，運去偏憎原憲貧，一家兒寫一本錢神論。誰不待黄金過了北斗，白璧降了西秦。

【八煞】自古道財多身有傷，身安不怕貧，怎當的濕肉熬乾棍！面前插水真成假，紙上栽桑假作真，一日一個迷昏陣。一個個哭天無淚，一個個入地無門。

【七煞】鐵掃帚便是掃地王，皮笊籬做了個聚寶盆，瞞天一網都撈盡。蚰蜒穴内難逃命，狼虎唇邊怎脱身？狠心腸還道無滋潤。頭髮根兒裏數算，牙齒縫兒裏搜尋。

【六煞】不怕頭上有青天，只説書中有黄金，大家撞着梟神運。雲殘風捲三齊土，水淨鵝飛六郡民，還不捨心中恨。千人下淚，萬户傷心。

【五煞】一家掌着霜刃鍘，一家凑下雪錬銀，兩家見了情兒順。十分足色傾成錠，一樣精絲趄到心，霎時間銷了心頭悶。他便是追魂使者，俺做了救苦天尊。

【四煞】俺本是尋常百姓家，怎伴的威嚴九棘臣？雲臺凛凛難投進。幾番家盤詰無夾帶，一迷裏交收有禍因，顯些兒犯了天條禁。怕的是黏污風憲，擅入公門。

【三煞】他教我星馳徑到家，火速取回音，千山萬水難尋問。中途又怕强人手，半夜還憂獨宿身，眼睜睜又犯了天條禁。各不合擅離信地，私渡關津。

【二煞】不多時到地頭，正遇着大開門，東隣西舍來存問。一個道兩年過付全憑俺，一個道每日交通不避人，眼見的都一分。買命錢一時了事，護身符半紙迴文。

【一煞】財源向北流，財星直北奔，迢迢遠過漁陽郡。從今休想回來路，此去誰扶困苦民？低頭懶把蒼天問。坑的俺有家難奔，送的俺舉眼無親。

【煞尾】他來俺這裏做了官，俺去他那裏爲了神。離鄉背井都休論，終不道天網恢恢尋不着您。

嘉靖丁巳戊午間，有墨吏某，每按郡縣，輒羅捕數百千人，囹圄充塞，重足而立，夕無卧處。計民産百金已上，必坐以法竭之。凡告人命，雖誣必以實論，有厚賂，雖實必釋。由是誣告伺察之風盛興，而倚法强發民冢者不可勝計。冢主自陳無冤，則坐以私和，縣官勘報無傷，則論以枉法。有葬七十餘年者，冢巔之木合抱矣，子孫乞哀于縣官。縣官垂涕而掘之，不敢後。某自謂山東之民易于殘虐，密請于故相，獨留一年，六郡之財悉歸私室而後去。嗚呼！訴寃二詞，人所不敢言者，而仙言之，亦異矣哉！

【北仙呂金盞兒】因他去減我風流，悶來時懶上粧樓。萬斛春愁，鎖盡眉頭。空教我望斷秋波眼，數盡了殘更漏。紅葉無情，知他沉與浮。我因他俊龐兒，寂寞梨花朶，丁香掩過芙蓉扣。裙掩纖腰，睡損胭脂皺。半掩重門，半掩重門，又是黄昏時候。

【悮佳期】心事寄銀鈎，空惹下這場羞，沉吟無語暗低頭。海棠落盡，滿地花如繡。宿鳥枝頭，宿鳥枝頭，杜鵑啼血三更後。謾凝眸，只見畫橋流水，目斷歸舟。

【丞相服】病覺！今番是陡，悶懨懨無了無休。薄情何處繫驊騮，多因他别戀章臺柳。從他去後，魚書未投。相思魂斷，淚珠暗流。至今被冷鴛鴦繡。

【玉抱肚】歸期虚謬，想多才别戀秦樓。見陌頭楊柳青青，頓交人不堪回首。柔絲難挽别離愁，昨夜青春今白頭。

【琥珀貓兒墜】新愁舊愁，何日離眉頭。舊恨新愁無了休，愁多愁少總成愁。病酒，甚日得歸來，再整鸞儔。

【餘文】薄情弄巧多參透，今日相思到盡頭，受過淒凉一筆勾。（詞林白雪）

註：

〔一〕「的」，汪本作「上」。

〔二〕汪本末二句作「從今強飯，高唱踏莎行」。《南宫詞紀》同。

〔三〕「颼颼」，汪本作「蕭蕭」，《南宫詞紀》同。

〔四〕「遍」，汪本作「便」，《南宮詞紀》同。
〔五〕「開」，抄本作「間」，茲從刻本。《南宮詞紀》同。
〔六〕汪本無「路」字，任本同。茲從刻本。
〔七〕「憂」，汪本作「生」，《南宮詞紀》同。
〔八〕《南宮詞紀》題作「椿林堂觀雨」。
〔九〕《南宮詞紀》作「恬退四首」，《南詞韻選》録第四首，無題。
〔一〇〕「趁」，汪本作「依」，《南宮詞紀》、《南詞韻選》同。
〔一一〕汪本作「恬退四首」。《北宮詞紀》録第一、四首作「恬退二首」，第二首屬下一題中。
〔一二〕汪本此首屬下一題中。
〔一三〕汪本作「悼世四首」。《北宮詞紀》録首二曲作「悼世二首」。
〔一四〕「跴」，抄本作「哂」，茲從刻本。
〔一五〕「音」，汪本作「時」。
〔一六〕「清」，汪本作「仙」。
〔一七〕「老兒當常相會」，汪本作「共野老成高會」。
〔一八〕「奚奴」，刻本、抄本作「奚囊」，茲從汪本。
〔一九〕「就裹」，汪本作「林下」。
〔二〇〕《南宮詞紀》僅收第二首，題目同。

〔二一〕「受用無邊」，汪本作「詩思千言」。
〔二二〕「熱酒三鍾」，汪本作「酒量千鍾」。
〔二三〕「止不過蝸角虚名」，汪本作「只今日遠離風塵」。
〔二四〕「又不是都督王侯」，汪本作「落得個高臥林丘」。
〔二五〕「探」，抄本作「將」，兹從刻本。
〔二六〕「忒」，抄本作「成」，兹從刻本。
〔二七〕「常」，抄本作「當」，兹從刻本。
〔二八〕「便」，抄本作「伊」，兹從刻本。
〔二九〕《南宫詞紀》題作「初秋此景亭小酌」。
〔三〇〕《南宫詞紀》題作「此景亭雨酌」。
〔三一〕《南宫詞紀》題作「世恩堂雨酌」。
〔三二〕《南宫詞紀》題作「李奇坡見招雨不果赴」。
〔三三〕「恰纔慶雨澤」，汪本作「顔纔得雨開」。
〔三四〕「豈料爲民害」，汪本作「心轉憂霖害」。
〔三五〕「哀哀告」，汪本作「將封姨告」。
〔三六〕「千勞萬勞」，汪本作「三農最勞」。
〔三七〕「誰承望一年勤苦總無聊」，汪本作「休只管飛沙走石恁呼號」。

〔三八〕「開」，抄本作「門」，兹從刻本。

〔三九〕汪本第三句以下作「翻街惟巨浪，沉竈盡狂瀾。漂來萍藻侵禾稼，隱見魚龍泛藥欄。鳩啼屋，民籲天，不知何計慰閭閻！」

〔四〇〕「雖然」，汪本作「莫愁」。

〔四一〕「忽見」，汪本作「且喜」。

〔四二〕汪本首四句用下文「對青山」一首之四句。

〔四三〕「趁我」，汪本作「趁着我」。

〔四四〕《北宫詞紀》題作「嘲缺唇兒」。

〔四五〕《北宫詞紀》題作「嘲點脚兒」。

〔四六〕「尖」，抄本作「失」，兹從刻本。

〔四七〕「放」，抄本作「故」，兹從刻本。

〔四八〕《北宫詞紀》題作「詠藥蟲」。

〔四九〕《北宫詞紀》題作「詠書蟲」。

〔五〇〕「魚」，汪本、《北宫詞紀》作「蟲」。

〔五一〕「鐃」，汪本、《北宫詞紀》作「逃」。

〔五二〕「相」，汪本作「交」。《南宫詞紀》同。

〔五三〕《南宫詞紀》此首題作「冶源別業」。

〔五四〕「事」，抄本作「爭」，茲從刻本。

〔五五〕「肉」，刻本、抄本作「四」，茲從任本。

〔五六〕《北宮詞紀》收第一、三首，題作「勸世」。

〔五七〕《北宮詞紀》收第一、二首，題目同。

〔五八〕「間」，汪本、《北宮詞紀》作「來」。

〔五九〕汪本「宗」作「宗候」。

〔六〇〕續刻四庫影印本作「世」，茲從刻本、抄本作「每」。

〔六一〕「合爻象」，汪本作「玄情鬯」。

〔六二〕「圍」，抄本作「闈」，茲從刻本。

〔六三〕《北宮詞紀》收第十、十五、十七、十八首。

〔六四〕「家私」，汪本作「生涯」。

〔六五〕《南宮詞紀》收以上五首，題作「漫興五首效李中麓體」。

〔六六〕「虛套」，刻本、抄本作「虛圈套」，衍「圈」字，茲從任本。

〔六七〕抄本此四首重見，題作「贈妓仙臺」，茲刪。首曲吳騷二集題「贈妓」，《彩筆情辭》亦收，題作「携妓春酌」。

〔六八〕「暖」，抄本作「轉」。

〔六九〕「待」字抄本缺。據刻本補。

〔七〇〕「香」，抄本作「紅」。

〔七一〕「滿」，抄本作「兩」。
〔七二〕「當」，抄本作「釀」。
〔七三〕「雲」，抄本作「烟」。
〔七四〕「情」，抄本作「愁」。
〔七五〕「胸」，抄本作「情」。
〔七六〕汪本首四句作「柳岸千鶯，終朝睍睆鳴。漁浦揚舲，通宵欸乃聲」。
〔七七〕「隨趁」，汪本作「呼應」。
〔七八〕「傳鑼的緊緊篩」，汪本作「雨珠兒緊緊傾」。
〔七九〕「喝號的哀哀叫」，汪本作「雁陣兒哀哀叫」。
〔八〇〕《北宫詞紀》收前六首，題作「感時」。
〔八一〕「踼」字抄本缺。據刻本補。
〔八二〕「闖」字抄本缺。據刻本補。
〔八三〕「得」，抄本作「待」，從刻本。
〔八四〕《北宫詞紀》收第一、四首，題作「嘲拔白」。
〔八五〕《北宫詞紀》題作「嘲烏鬚」。
〔八六〕《北宫詞紀》收前三首，題作「嘲友人下第乘獨輪車」。
〔八七〕《南宫詞紀》收第二、三、七、八首，題作「閑情」。

〔八八〕「勞碌了成何大用」，汪本作「勞碌了竟成何用」。《南宫詞紀》同。
〔八九〕抄本「西斜」作「西欹」。此處應叶韻，據汪本改。
〔九〇〕「嘆」，汪本作「生」。
〔九一〕《南詞韻選》録此曲，無題。
〔九二〕此首及下首《南宫詞紀》題作「閑情」。下首《彩筆情辭》亦收，題作「追歡」。
〔九三〕此首《南宫詞紀》題作「風月思」，下首同。
〔九四〕此首《南詞韻選》亦録，飄蕩作「亂飄」。
〔九五〕《南宫詞紀》收第四首，題同。
〔九六〕《南宫詞紀》題作「山居四時漫興」。
〔九七〕「幽」，汪本、《南宫詞紀》作「花」。
〔九八〕《南宫詞紀》題作「述隱」，《南詞韻選》無題，《太霞新奏》題爲「閑適」。
〔九九〕「與波下上」，汪本作「隨波來往」。《南宫詞紀》、《南詞韻選》、《太霞新奏》同。
〔一〇〇〕「蕩」，汪本作「溶」。《南宫詞紀》、《南詞韻選》、《太霞新奏》同。
〔一〇一〕「相」，《南宫詞紀》、《南詞韻選》、《太霞新奏》作「見」。
〔一〇二〕「嘆」，汪本作「欣」。《南宫詞紀》、《南詞韻選》、《太霞新奏》同。
〔一〇三〕「信」，汪本作「隨」。《南宫詞紀》、《南詞韻選》、《太霞新奏》同。
〔一〇四〕汪本「桂影」作「仙桂」。《南宫詞紀》、《南詞韻選》、《太霞新奏》同。

〔一〇五〕「斗」，汪本作「孤」。《南宫詞紀》、《南詞韻選》、《太霞新奏》同。

〔一〇六〕《南詞韻選》録首曲，無題。《南宫詞紀》收第二首，題作「秋興」。

〔一〇七〕「負」，《南宫詞紀》作「自」。

〔一〇八〕《南宫詞紀》收前二首，題作「閑情」。

〔一〇九〕《吴騷二集》、《南宫詞紀》録最後一首，題作「悼妓琴仙」。

〔一一〇〕「浪」，重出者作「網」。

〔一一一〕《吴騷合編》八首全録，題作「閨怨」。《南宫詞紀》録第一、三、五、八首；《吴騷二集》收第二、四、六、七首，題同合編。《南詞韻選》録第二、五、八首，無題。

〔一一二〕「惱」，《南宫詞紀》、《吴騷合編》作「恨」。

〔一一三〕「娜」，《南音三籟》作「裊」。

〔一一四〕「淺印」，《南詞韻選》、《吴歈萃雅》、《南音三籟》不疊。

〔一一五〕此首及第五首《吴歈萃雅》、《南音三籟》俱題「情思」，誤楊斗望作。

〔一一六〕「四」，《吴騷二集》作「思」。

〔一一七〕「更殘五夜永」，汪本作「香消漏聲永」，《南宫詞紀》、《南詞韻選》、《吴歈萃雅》、《吴騷合編》、《南音三籟》同。

〔一一八〕《南宫詞紀》「端相」作「覰」，《南詞韻選》、《吴歈萃雅》、《吴騷合編》、《南音三籟》同。

〔一一九〕「轉入」，《南詞韻選》、《吴歈萃雅》、《南音三籟》不疊。

〔一二〇〕「杳」,《南音三籟》同。
〔一二一〕《南宫詞紀》無「兒」字,《南詞韻選》、《吴歈萃雅》、《吴騷合編》、《南音三籟》同。
〔一二二〕「良」,《吴騷合編》作「那」。
〔一二三〕「流落」,《南音三籟》不叠。
〔一二四〕「提着」,《南音三籟》不叠。
〔一二五〕《吴騷合編》無「兒」字。
〔一二六〕此首及上一首《南音三籟》亦收,並題作「閨怨」。
〔一二七〕「不似」,《南詞韻選》不疊。
〔一二八〕「生跎查」,《南詞韻選》作「生擦擦」。
〔一二九〕「樣」,《南詞韻選》作「地」。
〔一三〇〕「雲」,汪本作「春」。
〔一三一〕《北宫詞紀》題作「詠四晳」。
〔一三二〕「抓」,刻本、《北宫詞紀》作「瓜」。兹從抄本。
〔一三三〕「划」,《彩筆情辭》作「剗」。
〔一三四〕「赤」,《彩筆情辭》作「吃」。
〔一三五〕「齊」,《北宫詞紀》作「同」。下句同。
〔一三六〕「撮」,《北宫詞紀》作「授」。

〔一三七〕此首《彩筆情辭》作「題青樓八美」。
〔一三八〕「孤軲轤」，《彩筆情辭》作「骨碌碌」。
〔一三九〕「素腕移」三字抄本誤作「青躭二」，據刻本改正。
〔一四〇〕「染」，汪本作「惹」。
〔一四一〕「斯」，《彩筆情辭》作「撒」。
〔一四二〕「如」，汪本作「比」。
〔一四三〕《南宮詞紀》收第一、二、四首，題目同。《南詞韻選》録第六首，無題。
〔一四四〕「好着人」，《南詞韻選》作「好教人」。
〔一四五〕「他那裏」，《南詞韻選》作「他那壁廂」。
〔一四六〕「全無遮當」，《南詞韻選》作「難遮怎擋」。
〔一四七〕「在上」，《南詞韻選》作「在頭上」。
〔一四八〕《太霞新奏》收第一、四首，題作「情鬧」。
〔一四九〕「意兒」，《太霞新奏》作「情意」。
〔一五〇〕「清」，汪本作「春」。
〔一五一〕《彩筆情辭》亦收，題目同。
〔一五二〕「風」，汪本作「衫」。
〔一五三〕「結」，汪本作「話」。

〔一五四〕《北宫詞紀》、《彩筆情辭》俱收首曲，題目同。
〔一五五〕汪本此句無「兒」字，下句同。
〔一五六〕《北宫詞紀》收第四首，題同。
〔一五七〕「聲」，汪本作「流」。
〔一五八〕《北宫詞紀》收第一、三首，題爲「風情省悟」。
〔一五九〕此首《南宫詞紀》題作「春怨」。
〔一六〇〕「耿」，汪本作「清」。《南宫詞紀》同。
〔一六一〕「嘆」，汪本及《南宫詞紀》作「嗟」。下句同。
〔一六二〕此首《南宫詞紀》題作「愁怨」。
〔一六三〕「繞」，《南宫詞紀》作「近」。
〔一六四〕此首《南宫詞紀》題作「春怨」。
〔一六五〕刻本此二首前有「贈妓仙臺四首」重見，今删。《彩筆情辭》收第二首，題作「贈妓曉霞」。
〔一六六〕汪本此曲第二句作「閃祥光映碧霄」。《彩筆情辭》同。
〔一六七〕汪本題作「葵仙解嘲」。
〔一六八〕汪本題作「蘭池解嘲」。
〔一六九〕《彩筆情辭》録第一首，題作「贈妓文卿」。
〔一七〇〕汪本「你」作「伊」。

〔一七一〕《彩筆情辭》題作「贈妓弱仙」。

〔一七二〕汪本「妙人兒」作「似難支」。《彩筆情辭》同。

〔一七三〕《彩筆情辭》題作「贈妓韶仙」。

〔一七四〕《彩筆情辭》録第一首，題「贈妓秋蘭」。

〔一七五〕「花神送異香」，汪本作「蘭開大國香」。《彩筆情辭》同。

〔一七六〕「飛到瑶堦上」，汪本作「曲奏瑶琴上」。《彩筆情辭》同。

〔一七七〕「喜秋蘭嫩蕊幽芳」，汪本作「與知音百代流芳」。《彩筆情辭》同。

〔一七八〕《彩筆情辭》録第二、六首；第六首另題作「懷田桂芳」。

〔一七九〕「輕捻」，《彩筆情辭》作「輕撚」。

〔一八〇〕「這」，汪本作「花」。

〔一八一〕「好」，汪本作「月」。

〔一八二〕「幸遇妙人兒」，汪本作「多在半酣時」。

〔一八三〕「真」，汪本作「精」。

〔一八四〕「富貴相」，汪本作「重寶難」。

〔一八五〕《南詞韻選》、《太霞新奏》題作「贈妓一兒」。《南宫詞紀》作「贈妓劉一兒」。彩筆情辭作「贈妓劉一」。

〔一八六〕《彩筆情辭》題作「贈孫曉臺」。

〔一八七〕「長養」，汪本作「生長」。《彩筆情辭》同。

〔一八八〕《南宮詞紀》此句首襯「他」字。汪本「寶鈔」作「珠翠」。《南宮詞紀》同。

〔一八九〕《南宮詞紀》「用不着」下有「你」字。

〔一九〇〕「每日空勞定計謀」，汪本作「百計空勞捉日烏」。《南宮詞紀》同。此首《南宮詞紀》題作「嘲子弟」。

〔一九一〕此首《太霞新奏》題作「閨怨」。

〔一九二〕「討」，汪本作「卜」。《南宮詞紀》、《南詞韻選》、《太霞新奏》同。

〔一九三〕「都是」，汪本作「無非」。《南宮詞紀》、《南詞韻選》、《太霞新奏》同。

〔一九四〕「手」，《南宮詞紀》、《南詞韻選》、《太霞新奏》作「纖」。

〔一九五〕此首《南宮詞紀》題作「怨别」，《太霞新奏》作「閨怨」。

〔一九六〕「逃」，抄本作「還」，兹從刻本。

〔一九七〕「十二」，汪本作「九曲」。

〔一九八〕以下二首據汪本補，亦見《南宮詞紀》。

〔一九九〕此曲《碧山續稿》題同，《吴騷二集》題作「春怨」，俱屬王渼陂。《南宮詞紀》題同碧山，注馮海浮撰。

〔二〇〇〕「眼」，《吴騷二集》作「地」。

〔二〇一〕「話」，「抄本作語」，兹從刻本。

〔二〇二〕《北宫詞紀》題作「謝司馬少溪歸田」。

〔二〇三〕「負」，汪本作「須」。

〔二〇四〕「俊」，抄本作「俊」。

〔二〇五〕「干係」，汪本作「枉繫」。

〔二〇六〕「瞎」，刻本、抄本作「沓」，兹從汪本。

〔二〇七〕《北宫詞紀》題作「淶邑初度自述」。

〔二〇八〕汪本無「小梁州」、「幺篇」、「上小樓」、「幺篇」四曲，《北宫詞紀》同。

〔二〇九〕「誰」，《北宫詞紀》作「難」。

〔二一〇〕《北宫詞紀》無「飛」字。

〔二一一〕「遇」，抄本作「過」，《北宫詞紀》同。兹從刻本。

〔二一二〕「不」，《北宫詞紀》作「誰」。

〔二一三〕「歇指煞」，原俱作「歇拍煞」，兹正。下同，不另注。

〔二一四〕「舟」，《北宫詞紀》作「臺」。

〔二一五〕《北宫詞紀》無「遊」字。

〔二一六〕「的」，汪本作「作」，《北宫詞紀》同。

〔二一七〕《北宫詞紀》無「更」字。

〔二一八〕「託」，刻本、抄本作「傳」，兹從汪本。《北宫詞紀》同。

〔二一九〕《北宫詞紀》題作「贈許奉常石城」。

〔二二〇〕「海」，汪本作「江」，《北宫詞紀》同。

〔二二一〕《北宫詞紀》題作「題姚秋澗市隱園時姚改南容臺」。

〔三二二〕「彩」，原缺，今據《北宫詞紀》補。
〔三二三〕「懶」，汪本作「慵」，《北宫詞紀》同。
〔三二四〕《北宫詞紀》題作「金陵留别邢雉山太史」。
〔三二五〕《北宫詞紀》題作「姚秋澗園讌集酬金白嶼」。
〔三二六〕汪本、《北宫詞紀》無「中」字。
〔三二七〕《北宫詞紀》題作「仰高亭自壽」，並注云：「亭在潤州學舍」。
〔三二八〕「説」，刻本作「該」，抄本同。兹從影印本。
〔三二九〕《北宫詞紀》題作「詠焦山郭次甫五嶽游囊六物」。
〔三三〇〕《北宫詞紀》題作「七夕壽馬令尹南江」。
〔三三一〕「羣仙隊隊」，汪本作「安期子晉」，《北宫詞紀》同。
〔三三二〕「登」字原缺，據《北宫詞紀》補。
〔三三三〕《北宫詞紀》題作「仰高亭自壽」。
〔三三四〕《北宫詞紀》題作「題丹元樓贈誠軒宗藩」。
〔三三五〕「捲」，《北宫詞紀》作「抱」。
〔三三六〕「勤」，刻本、抄本作「厪」，兹從《北宫詞紀》。
〔三三七〕《北宫詞紀》題作「送賈封君約菴來遊上谷南還」。
〔三三八〕「堂」，《北宫詞紀》作「亭」。

〔二三九〕《北宫詞紀》題作「六十新春述懷」。

〔二四〇〕「鋼」，汪本作「缸」，《北宫詞紀》作「鋼」。

〔二四一〕「無」，汪本、《北宫詞紀》作「不」。

〔二四二〕「蹊蹺」二字刻本、抄本漫漶不清。

〔二四三〕《北宫詞紀》題作「郡丞命署縣印病中戲辭」。

〔二四四〕「兒」字漫漶，據文義補。

〔二四五〕「搖」，抄本作「摇」，兹從刻本。

〔二四六〕汪本無「的」字。

〔二四七〕「搭」，刻本、抄本作「達」，兹從汪本。

〔二四八〕「分」，抄本作「外」，兹從刻本。

〔二四九〕《北宫詞紀》題作「六秩林山山人爲予寫真」。

〔二五〇〕「相」，汪本作「像」。

〔二五一〕《北宫詞紀》題作「喜弟少洲以江省左轄乞休」。

〔二五二〕「邁」，《北宫詞紀》作「返」。

〔二五三〕「弟兄」，汪本作「兄弟」，《北宫詞紀》同。

〔二五四〕「肥」，刻本、抄本作「把」，兹從《北宫詞紀》。

〔二五五〕「逃」，抄本作「還」，兹從刻本。

〔二五六〕《北宫詞紀》題作「送李閣老石鹿歸田」。
〔二五七〕「載」，刻本、抄本作「里」，兹從汪本。《北宫詞紀》同。
〔二五八〕「論相業」，《北宫詞紀》作「論宰相」。
〔二五九〕《北宫詞紀》題作「量移魯士師東歸述喜」。
〔二六〇〕《北宫詞紀》題作「送長沙守鳳渚公課最擢鎮易州」。
〔二六一〕「衡攔」，汪本作「横攔」。
〔二六二〕「訬訬」，汪本作「炒炒」。
〔二六三〕《北宫詞紀》題作「歸田生辰自述」，並注云：「是日席上報兒姪鄉薦」。
〔二六四〕「着」，汪本作「取」，《北宫詞紀》同。
〔二六五〕《北宫詞紀》無「閑」字。
〔二六六〕「成」，刻本誤作「希」。兹從抄本。
〔二六七〕「浥」，刻本誤作「挹」。
〔二六八〕「含無情」，刻本衍一「無」字。
〔二六九〕「冢」字模糊不清，據《北宫詞紀》補。
〔二七〇〕《北宫詞紀》「天風送」作「天風吹送」。
〔二七一〕「忙」，汪本作「難」。
〔二七二〕「將」，抄本作「見」，兹從刻本。

〔二七三〕《吴騷二集》、《南宫詞紀》、《吴騷合編》題作「旅思」。

〔二七四〕「記不的」，《吴騷合編》作「空記着」。

〔二七五〕「穿窗月，透隙風，一般清冷各西東」，《吴騷合編》作「穿簾夜月，敲窗曉風，可憐清冷各西東」。第二句《吴騷二集》作「敲透隙風」。

〔二七六〕「行」，《吴騷合編》作「芳」。

〔二七七〕「愁鎖」，《吴騷合編》作「愁鎖着」。

〔二七八〕「臥看巫山十二峯，望藍橋無路通」，《吴騷二集》作「巫山十二迷歸夢，路隔三千棹未通」。

〔二七九〕「錦衾誰共」，刻本、抄本不疊，兹從汪本作疊句。《吴騷二集》、《南宫詞紀》、《吴騷合編》同。

〔二八〇〕「聽不上」，汪本無此三字，《南宫詞紀》同。

〔二八一〕「非」，《吴騷二集》作「豈」。

〔二八二〕〔二犯傍粧臺〕套不是路、掉角兒、尾等四曲與《吴騷合編》異文頗多，兹録下：

〔不是路〕見面無從，廢寢忘餐百事慵。添悲痛，漫將心事問長空。怪飄蓬，巫山十二連雲湪，路隔三千棹未通。擔愁重，枕邊少個風流種，錦衾誰共！錦衾誰共！

〔掉角兒序〕淅零零堦前候蛩，嗚咽咽角聲三弄，嘹嚦嚦樓頭塞鴻，韻悠悠曉鐘聲動。好一似怨孤鸞、傷別鶴、叫哀猿、泣麟悲鳳。〔合〕凄涼萬種，雲山幾重？望鄉關，天涯咫尺，別恨無窮。

〔前腔〕想當初情投意濃，到如今一場春夢，甫能勾那步步追隨，只落得這心心珍重。多應是前生緣、今生債、命中該、將人磨弄。〔合前〕

〔尾聲〕望天公，憐哀控，願歸去滕王風送，看取春時挹翠紅。

〔二八三〕《吴騷二集》、《南宫詞紀》、《吴騷合編》題作「秋思」，俱注馮海浮撰。《昔昔鹽》題作「秋意」，不署作者。

〔二八四〕「重幃」，《昔昔鹽》作「香幃」。

〔二八五〕「嫦」，《吴騷二集》、《吴騷合編》作「姮」。

〔二八六〕「淒涼涼」，《吴騷二集》、《吴騷合編》作「慘淒淒」。

〔二八七〕「四時光景」，《吴騷合編》作「好時光」。

〔二八八〕《彩筆情辭》題作「嘲美被杖」。

〔二八九〕「葱」，汪本作「笋」。

〔二九〇〕「瞞」，汪本作「滿」。

〔二九一〕「備」，汪本作「防」。

〔二九二〕「繫」，《北宫詞紀》作「緊」。

〔二九三〕《北宫詞紀》題作「都下清明仕女郊遊嘲友人往看」。

〔二九四〕「攘」，《北宫詞紀》作「嚷」。

〔二九五〕「晚」，抄本作「脱」，玆從刻本。

〔二九六〕此套《北宫詞紀》題作「治邑考最忌者誣以賣酒調官因戲爲縣官賣酒」。

〔二九七〕「兒」，《北宫詞紀》作「二」。

〔二九八〕「可」,《北宫詞紀》作「不」。
〔二九九〕「人」,汪本作「士」。
〔三〇〇〕「逃」,抄本作「還」,兹從刻本。

文

敘上

送長史黄公致政南還敘

嘉靖庚子秋九月，屏山黄公致衡太傅政，將歸閩。先是公以省進士爲郡博，入分太學教武廟，時廉其才行。勅相衡國，終恭王朝，忠貞祇勤，三十年如一日。視政有體，不糾而肅，不煦而仁，國人服且德之，有司吏民是以不擾。王嘉其績，奏增禄秩，得四品階。往歲公自念衰晚，願上印綬去。恭王弗許，曰：惟予不穀，恭承帝命，王此大邦，任荷孔艱，幸兹不獲戾於一人，臣民用艾，時惟爾導，其毋吾遐遺，相厥始終。乃復剖内儲，增其禄餼。公弗獲已，辭禄而止。逮嗣王紹位，倚重耆夙，公愈勤飭，國内大事，悉其贊舉。時聖皇省方南服，公捧王書趨朝行在，奏王至意。天顔怡豫，寵諭温渥。歸，以復于王，可謂得使臣禮。居無何，再欲引去。王若曰：惟我先王，保輯邦家，以迓皇休，以克有終。惟我先王懿德，亦惟爾允賴，閔予在疚，自虞弗類。慎思厥濟，上怙聖皇之恩，先王之靈，亦惟耇老成人，爾毋往矣。公感王德意，然歸志迄不可奪，遂馳疏上懇，詔可，致仕。王乃嘆惜，優禮遣之。馮子曰：古之臣，年至則致仕，所以恭讓而不盡其力也。且出處之際，道之大閑存焉，是故用不儘其力，則朝非遺賢；審出處之際，則臣非忘國。上以閔勞獎退，下以引身善道。黄公一去國而上下各得其正，公往休哉。其在時俗論，則富貴且壽，亦云多福。然而失故鄉之樂，將不得爲完名，公往休哉。故公之歸，無貴賤，無賢不肖僉榮之。夫公信有德，顧幸其去乎？曰：公是行也，惜之則可，思之則可，不可以留矣。凡厥在位，法其行事，猶留公也。某某于公爲僚，惜其去而圖贈言於予。予知公且久，公雅善予，言得已乎哉！

賀景庵朱郡丞受薦敍

景庵公以大鴻臚左遷東郡，先是，通判登州，嘗聞賢聲；既而，稍移吾青，同知府事。政從簡厚，齊人安焉。於時中丞石塘曾公章特上薦之，不律於舉劾，有司疏明重且專也。夫遷寓之才，備嘗世味。志既堅貞，事亦諳貫。説命曰：人惟求舊，是之謂與。公在郡職司佐理，而以軍政爲專任。頃爲屬邑平役法，此二者平時號爲難理。今兹醜虜寇邊，戍卒凋鈌，推勘勾補日益急。而本境所以自固者，益徵鄉丁以充兵衛。力役之征，視常倍之。故清戎均役之法，惟此時爲難。上以嚴督我，下以厚望我，將安所從哉！法有所不免，則以法；情有所不忍，則以情。景庵用是以獲上治民而聞其治行於朝，豈偶然也？太守熙野邊公集郡僚飲公於二千石堂，屬予有言。予觀於是舉，有君子之道三焉：石塘得大臣體，熙野有長者風；若景庵者，可謂有純臣之操云。今制，鴻臚下九卿一等。恒人之情，官至融達方切患失之念，荏苒同流，畏譏如鑠。而公守正不阿，竟不安其位，是難能也。比至謫地，視公府如傳舍，部民如途人。坐彌歲時，以幸復舊。公則曰：秩有隆下，皆上命也。敢尸禄位以重吾過？故惟孳孳率職如素，是又難能也。夫人臣如是，是不以利鈍貳志矣，可不謂純乎！石塘公知其賢，安得不亟薦之！然而規規者黨同伐異，必資毀譽。公舉劾一，有失路者不復能汲引嫌故也。即舉之人將弗能平忌故也。夫石塘此疏，迥出常格，得薦賢爲國之體。熙野公聞之，猶已得舉也。既燕賀成禮且盡懽，又徵文以張其事。《傳》曰：與人爲善，熙野近之矣。君子曰：薦賢爲國，忠也；與人爲善，公也；利鈍不貳，貞也！忠不負君，公不負人，貞不負身，予觀於是舉，有君子之道三焉。

壽熙野邊太守敍

往歲，熙野邊公由省曹拜命，出守青州。惟吾青舊稱大國，今爲劇郡，故明聖咨牧，恒慎其選。邇者，民食無出，役務繁沓，簿領填擾，將迎未遑。今之作守，尤當其難者焉。公涖郡之初，力意惠養，務蘇民瘠。夙廢咸新，政體清謐，上下安之。邦人德公，而無所於稱願。是月九日，維公誕辰，郡之僚吏，鄉之大夫，士暨庶人之在官者，登拜二千石堂。景庵朱公偕郡僚率其屬挹爵進曰：福等恪承上命，來吏兹壤，不有仁明，於何法守，吾黨之遭，奇遭也。敢及是日爲公壽。鄉之大夫耆夙酌而揖曰：海濱之人，不復知天下事，吾願得良二千石，即東人之惠至渥也。遂以壽公而因以慰吾私。於是士庶數百輩羅拜階下，俯伏言曰：凡我有衆胥，惟怙冒無所效愚，惟壽之祝。既舉賀，公乃引觴酬賓吏，辭曰：肆我二三同服，尚其蚤夜翼予以克共濟，國老庶老示我得失，以無拂於群黎百姓時予之圖。遂交錯罄歡而退。於是景庵顧予，授簡請述焉。馮子曰：是可以有述矣。夫壽之者無矯辭，其願治之心乎！受之者無溢態，其圖治之忠乎！治之一道，上下蓋汲汲矣，齊，其庶幾乎！公内甸文族，世沐國恩，家聲休播。弱齡登第，志行卓然。自立朝以至外補，持守如一。仁足以附民，敏足以釐務，故當道推揚，吏民戴服。行將擢去，不久留東也，東人其何恃哉！由是言之，壽公者，齊人私願也，故恒恃其留而懼其去。予誠齊人，固願齊治，然公年未强仕，尊臨千里，清塗華轍可坐而進也。明良之會，追復古治，且將壽八荒，永國祚，而齊在其中矣。因併書此，以廣祝延之意。

賀梅林胡先生兩薦敍

是時游仕者，惟令爲難。或得劇邑，尤難也。劇而附郡治，殆又甚矣。自非沉毅之姿，贍給之才，退讓之節，貞白之守，未可與議於斯焉。必其靜足以謀，動足以濟，和足以處人，廉足以立己，令其庶幾爾。夫令，百慮交其内，百務交其外，勢奪之者衆，而利嘗之者多也。夫焉得不思所以待之。東方惟益邑爲劇，制地編民既倍他境，治在都會，督費不支。三二年來，蕃役沓至，天竭其食，人竭其力，道路睊睊，日就離竄。當此之時，爲此之邑，信難矣哉。梅林胡君，英年擢第，來長益都，性篤而敏，温而介，殆有所以待之矣。視事兩期，動靜不擾人，已不失得令長體，又何易易然也。惟今天子仁聖，注意親民之吏，撫按憲臣有所推薦，輒加召録。梅林之賢，薦者再矣，旦夕遷矣。於是郡邑師弟子員群賀於堂，屬予贈言。予惟齊民困久矣！而得寬大令，民命所司，豈偶然哉。方春穀没而盜不滋，役繁而怨不歸，民固非誠愚也。如使天弭其菑，上息其力，吏民相得，雖古治安何以過焉。或者乃謂政一以寬下，將無憚吏卒之利，細民之憂也。其然乎！其然乎！予則以爲猛利於姦，未聞寬之利之也。夫猛則民畏，乘其畏心而無所不至矣。寬則民狎，未有狎其上而下有所畏也。嘗覽古循吏傳，率長者也，不聞養姦焉。虎惟其猛，則有借之以爲威者矣。術可不慎乎！梅林於予有通家之誼，予嘉其美政而又懼其自信之不固也，因言及之。

沈南湖去思册序

吾青環帶山海，既賴險阻，亦稱饒沃。俗重本業，人樸易使，東方諸郡何以過焉。先朝經流賊大掠，生計蕭騷，歲復不登，俗亦日下。自時厥後，乃有因山聚盜，出没劫奪，甚者聲勢煽動，長驅渡河，禍延非細。故也，廷議以憲臣理兵，隆秩重柄，坐制郡邑，惟盜是去。既數歲，有例汰之，尋復設如故，此誠以衛吾民，亦足以考俗之不古焉耳。南湖沈公受命來兹，五越歲矣，英偉精練，臨事激發，庭無留訟。廉境内之盜，督屬收捕，日益急。既獲之，訊得其狀無不立斃者，殆以簿領繁委，傳詣勞費，萬一悚變，公私之憂也。渠魁黠黨，相望而盡，雖穿窬弗釋也。嘗曰：此等莫夜遇主，無不格殺者矣。即得黥配，何足以贖。引情而論，不如絶之。先是盜賊頗肆，官置不問。公之用法，人不謂過焉，所因之勢然也。邇者近盜既平，大虜内逼，公日夜爲備，悉其憂勞，驅役雲興，任怨不貳。嗟乎！吾城誠堅其如無兵，兵誠集其如無粟。征調旁午，主出爲客，吾誰與守？公處其間亦難矣。俄虜遥遁，民且休息，而公遂遷去國。諸王以及鄉大夫士，各有詩若文爲贈。幸齋王君與公越産也，彙次諸作授予曰：吾觀於是編，是足爲吾鄉慶焉，盍序諸以宣美也。予覽而言曰：公去矣，顧不足爲吾鄉惜哉。銀場既罷，今兹之民，得而息肩，寶玉竊發，古之人何罪矣。斯二者，非公禁屈之，其庸有悛乎！捍患之道，吾必以此爲功。弭盜，其次也。齊人之思，夫豈無因者哉。公之在留臺，按事江上，江人屏息。生雖南越，有燕趙慷慨風，是以再奉勑旨，咸樹威名，固知雍容文雅，不足以當此也。是編出於詞翰之手，若夫公之政迹，途之人能言之，庸距盡於筆硯間哉。

胡母輓册後序

右作凡若干首，沿材呈藻體，人人殊然。通乎性情，備其慘怛，以意逆志如一家言。繇是幸齋王君勒成編袠，俾予敘，意惟吾東土不以詩鳴，予亦無能知詩，顧予何言。抑予與胡君侯有兄弟誼，胡母猶予母也。言得已乎哉！惟此東人，德君侯甚深，予亦知君侯深。夫一德相信，休戚與同，至情所加，言不盡喻，迺知吾人所可録，不惟其辭，惟其情焉。嘗試觀於塗之人而悉其情矣。一聞長吏至，則相慶而怙冒焉。吾司命也，民固倚之，吏固拂之，日執敲撲以淫其威毒，使困窮以沽能名，而陰益私橐。民將無告，惟祝旦夕擢去。即有良令長，亹亹與民休息，不惜威名，圖惟民盈，而自處約素。如是，則民乃祝其恒留，而恐其擢去也。夫下疾其上則願其擢，安其上則願勿擢，此無他，遠暴附德，人情也。然而疾之顧利其遷，愛之顧樂其滯哉。此其致意於長吏者，厚也。苟有亂政，群讟而去之，非民也。故日幸其擢，不吾厲而足矣。苟有仁政，惟懼仁人之不留，其人之利鈍不卹也。然自非功名之士，庸能自希進取而輕釋相安之民邪？仁人之心無是忍也。嗟乎！仁人在位而一朝擢去，情且不堪脱；不幸罷去，民將憤扼不能平。今君侯乃以喪去，吾人又何如爲情哉！君侯治邑再期，上下安之，謳歌被野而譽言在朝，計不久擢去，東人安依矣。雖然，古之民猶得借留，即不得請，則在彼猶在此也，孰非民哉！乃今遘兹憫兇，義不可奪，民無遠近來哭於庭，道路流涕，嘗以法懲者亦向位哭盡哀，咸謂吾民無禄至是也。《傳》有之曰：憂民之憂者，民亦憂其憂。抑亦自有憂焉耳。又曰：哭死而哀，非爲生者。邑民之哭奚爲也哉？吾聞胡母賢而知學，君侯昔家食，受教爲多，至是筮仕，每手書諭以節己愛人之道，故君侯以廉愛著，前後莫及，雖其天性然，抑有所受之也。仁賢之生，已非偶致，而又能成之，雖古賢母何以加焉。頃，以異母弟夭絶，痛父不祀，飲泣成疾而終。嗚呼！胡母以父殞其身，君侯以母棄官去。齊邑之民由是而失其豈弟父母，天之厄人如是哉！是編多出於鄉士大夫，限之章句，不能盡其情。而民之拂鬱無聊者，又無能自見其情，故述之末篇，庶幾觀風者不獨於其辭云爾。

恭賀衡世子欽承册封敍

昔者有虞氏貴德而尚齒，周人貴親而尚齒。仁莫大於親親，義莫大於尊賢，禮莫大於親賢之等，凡皆出於所性，本乎天德，非徒爲粉飾維持之具已也。皇祖憲章隆古，監觀近代封建之制，環列宇内美意良法，則超軼往聖遠矣。聖皇龍飛江漢，垂拱底治，篤近舉遠，尚德旌賢，萬世太平之業也。於時衡藩建國海岱，世近寵光。褒封之典，無歲不下。是歲春，遴使授節册立東昌王爲世子，欽惟獻皇暨恭王同系憲廟，寔惟懿親，非他國儔。今王克承先王睿德，仁讓長厚，禮賢輯下，封内之民歌謳感悦，五十余年如一日。世子穎毅好學，蚤著賢聲，又非諸國所能及者。繇是吾皇親親之仁，賢賢之義，固必於册封之禮行之。《記》曰：行一物而三善皆得者，唯世子而已。謂齒於學而知父子之禮，君臣之義，長幼之節也。世子孝弟忠愛，天性固然，而又加之學問師資之力，祖宗訓典，聖賢方策，罔不祗服研究，樂於躬行，所以仰答聖眷而光紹先烈者，其自三善始乎！其自三善始乎！國人觀典禮而覿德容，僉舉手加額以賀。某以草莽荷知遇，迺執筆拜手以紀其盛云。

贈洋橋彭公進階敘

皇上繼天立極，峻德親族，以底時雍之治。惟是諸王罔不率章謹度，對揚休烈。衡先恭王系出憲考，分茅南岳，開國東方。于時列國之最親而且賢者莫與之埒。今王純誠樂善，世德滋厚，明哲保身之士，皆願立于其朝而爲之臣。吾鄉洋橋彭公嘗爲國子師，已而爲衡太傅，自以爲遭際伸志，雖三公不與易也，遂殫其股肱之力，以左右王。越五年，忠慤謹樸之行協於上下，王嘉乃績，表其事以聞，制曰可。進階中順大夫，服章俸給遞加一等，領事如故。今制：縉紳至四品則綰金曳緋，繖蓋改觀，絢爛人目，蓋將以此畫然異等。凡爲王官五品則不遷。進階一等，所以辨賢。領事如故，人惟求舊也。上雅重王，展懿親，念有德，故所請無不俞允。是舉也，上以答天子，中以順國君，下以寵厥躬，可不謂榮遇哉！先是爲王官者，例不考覈，無去留。其人往往優游縻禄，黜陟不聞。但恐天年之至，或憑借爲虐，橫斂讒利，以爲無如我何。故國有具臣，而官多秕政，凡以此也。邇者監司得以考覈，銓曹得以去留，在王所者，莫不砥礪自好，求不負於明時。洋橋之善於其職，固無待於此。然使其淆雜莫稽，則亦無以自見矣。是舉也，王請之朝廷，朝廷下銓部議，銓部稽之監司，而監司覈之輿論者有素也，是豈曏昔循例奏薦者可槩言乎？吾嘗慕三代之風，仕不越境，可以厲忠貞，可以興孝弟，可以崇廉讓，可以勸風俗，可以樂恬退。後世之領鄉郡，猶有古人遺意。今則無之，而近之者王臣也。洋橋之涖是任，君臣民社，父兄宗族咸在焉。是宜有以自試矣。金緋彩蓋，昔人所謂畫錦而夸里俗者，其余事耳。予與洋橋爲忘年交，服其長厚忠信，晚節不貳，事君耻逢迎，臨下務寬簡，與鄉人立，則談知足報稱之意。此其人足以副國恩，足以持官箴，足以美鄉評，是真能自效者。璽書既下，稽首拜命，邦人咸喜。益川劉子、海濱王子以親誼醵觴往賀之，同志樂與之俱。已而將命者需言於予，予亦願附其後，乃言曰：知洋橋者不惟今日之榮遇，而於前日之已試。不惟其所已試，而益思所以報稱者，殆將有勿替焉者乎。遂以復於將命者。

賀豸坡馬先生掌教清源便道覲省序

君子之樂有大於王天下者，蓋以其甚不易得，然後足以當之。俯仰無愧，尊德樂義也。英才教育，敬業樂群也。淑其身以淑人，是誠天下之至樂也。然而俯仰之樂，求在我者也。教育之樂，求在人者也。在我者可以自盡，在人者已不可以自必矣。乃若天倫之樂，則尤有不可以强而倖致焉者。幸而得之，顧不爲天下之極樂乎！凡天下古今聖狂貴賤，無不以此爲至願而槩不易得，則雖謂南面之樂不與存焉，非侈言矣。豸坡馬先生分教吾邑，屢易寒暄，持身以端，造士有矩，朐之士森然興，焕然化矣。乃庚申歲，天曹嘉其績，遷掌清源教事。檄方下，先生喜動於色，二三子趨而賀焉。先生曰：二三子瞷吾喜乎？曰：然。先生曰：吾非以吾遷也。吾親年且九十矣，迎養弗至，禄弗贍也。又羈於此，弗克歸覲，乃今維其時乎！吾烏得而勿喜也。吾親以吾弟貴，勑封文林郎官。吾弟之遷留臺也，既得覲吾親矣。吾兹承懽有日，而捧袂可期，吾烏得而勿喜也。二三子乃改容肅揖，而更賀焉，且圖一言以爲封君壽。余知先生久，是不忝師範者。歲丙辰，獲與先生弟計偕南官，偶同舍。未即席，畧覩風儀，聆緒論於華炬之下，至今傾慕其爲人，獨不獲。因先生瞻封君耆德，而仰羡霜髯紅頰如神仙中人也。先生行矣，過故里，登高堂，紫誥金函，銀章墨綬，食義方之報，而衣被曠蕩之恩，殆駸駸乎未艾也。至其稱兕觥，倚鳩杖，曾玄滿前，芝蘭兢秀，一堂之上，五世具慶，人世之絶無而僅覩者，其樂殆未可涯涘耳。古今父母兄弟子侄之樂，造物者之所靳嗇，而先生獨享其全。不是之賀而以其官，是二三子之未識其大也。雖然，古以禄仕爲孝，則清源之行，豈得已而不已者哉！慰親之心，成己之志，育士之才，兼得之矣。然則二三子之稱賀也，是又無乎不可也。

賀指揮王君輔受任敍

聖祖以神武受命，廓清九有。暨我文皇靖難之后，七葉偃兵，昇平未艾。祖宗設兵之制雖存，然官不過具員，卒不過具伍，城堡金革具形而已。蓋兵戢不試，所存者率故事耳。西北諸邊偪於夷虜，時有警備，效用中原，衛所附在州府，如棋布然。原建立意，上以屏翰京師，下以折衝所守，無徒設者。今也，近境有盜不與衛事，吏曰：此有司責也。卒曰：此民兵責也。監司者曰：郡邑盜發，奪其吏之禄，使戴罪從事，必獲盜，釋吏。爲有司者知不可免，驅不練之民以犯鋒鏑，甘受其禍。而軍吏一日俸餼鈌則群譟於有司之庭。嗟乎！此可以觀民瘼矣。今天下之爲軍者，皆民爲之也。一室有一焉，甚者有其二三宗戚之在伍者。歲供戎裝，不在公額，民所輸税挽粟以供。京邊存粟以供守土，朝廷公府之用什一二，而軍衛之用什八九，如是則一民而供軍數十輩，宜可恃以自蔽矣。然而邊鄙有急，内郡點兵；近境盜興，居民授甲，又自爲軍也。食粟之人寧弗思乎？間有受其職任乃釋素餉之軍，典民兵以視事，因循殘弱復不足恃，於是調集鄉丁各歸標目，舍其穡事，奔命不遑。富者屈其財，貧者屈其力，生民之戹至此極矣！吾鄉王子君輔，重厚温潤，無世冑氣。性喜耕讀，恒居民間，故於民事爲諳。今以好爵世，及將涖兵政。予知其能自振以脩職業，副祖宗建官之意，紓皇上東顧之憂，釋吾民倒懸之苦。且西北多虞，方資將領乘時策勳，以大世業，君輔任也。若曰：守成禄，保成位，不失尺寸，此豈足以盡丈夫事哉！

送淮川王尹入覲敍

聖皇御極余三十年，釀成熙洽之治，天下咸謳歌，自幸以符必世而仁之説。邇者天道丕變，民乃皇皇。歲方亢旱，而乘之以洪水。旱無稼，水無穡，甚者淪若居而汩若軀者滔滔也。國賦日急，庸調歲增，瘖痍流離之苦，無處無之。爲今之民而不得良有司以治之，不可以爲隆平之世。朐有加賦之檄，民膏竭矣。募兵之冗，帑藏空矣。銀場之擾，山陵之費，巨洋之坍没，空租併役之互累，受釁非一朝之故也。追呼麋沸，縲絏魚貫，譬之人內外交病而楚毒百出。爲今之民而不得良有司以拯濟之，吾不知其所終也。光山王公治邑凡幾年，而憂民之心如一日，民賴之以爲命，深相信也。扶憊補弊，休養培植之道，無所弗用其誠，民得弗涣，而四鄰之人多歸往焉。或者曰：夫令，治人而治於人者也。治人，蓋將有以行其志，而治於人，始不得以遂其初。官聯冗而法網密，動拂其情而行掣其肘，膏澤不下究而鞭撻不得停也，是豈令之心哉！而民於是乎始窮，若之何其濟之。應之曰：夫治人而治於人，求在人者也；其本也自治，求在我者也。自治嚴矣，於治人也何有，而亦且不治於人，蔑弗濟矣。淮川公性由世德，而學有師傳，守身如處女，而自奉猶韋布也。歲所省民貲殆不可以數計，其民且化於儉樸，以美其俗。上之人亦相信而不忍督擾之。古謂獲上治民而必係之誠，身有以哉。是歲天下臣工將入覲，率先期戒事，百姓敖敖奔走，無非爲束裝計。公視事如素，不露行色。屆期就道，若出不意，如是者再矣。或有私之者曰：今世以官爲市，已乃售其贏以自鬻也，謂之通人。智不出此，困且窒焉。猶之驅車而方其轂也，其能前乎？公笑而不應，退而扁其堂曰：從吾。而爲之辭。君子曰：是行也，可以述所職矣。精白勵翼以承天休。赤心之外他無所恃。或有問方物者，則慨然陳民瘼，圖流亡，條便宜，建安戢之策，端拜而獻之，顧不重於金玉貨幣哉！嘻，如公者可謂上不負天子，下不負斯民，無忝所生而不媿屋漏者，雖古稱良大夫，又何過焉。

賀堯岡馬君誕子敍

悠悠之人無不希富貴，絢軒冕，嗜玩好，以飫平生之願。然亦有浮雲富貴，泥塗軒冕，澹然無所玩好，而獨樂其道者，其大致固天淵殊也。乃至嗣續之重，迫切之情，則人皆有之，無弗同者。何也？父子之道，根天性，肇人倫，基萬化，綿統裔，上自王公，下至士庶，遠稽往古，近逮世俗，得之則萬事足，弗得則闕然於其心，殆無論賢愚上下，其大致則一而已矣。其有弗同，斯乃異端叛道之爲，不厚其本，不足以爲訓也。粤若大造之氣數不齊，吾人之禀遇或異，於焉有蚤暮修短之不盡如意者，不可以强爲倖致也。此蓋係之天而不係之人。或有濟生利物之德，則可以動天而昌其後，此又係之人而不專委之天矣。吾青舊族馬氏以醫世居青，而又有世德在人，其先以醫命官，而後人以文學舉於鄉者，踵而出。不惟有後而又賢且才也，是非濟生利物之明效大驗哉！今其家以醫學文學並顯於青，而精醫術者，堯岡其人也。堯岡之術，青之人皆重之，賴之。上自王宫，以下至於閭閻匹夫匹婦，一有疢疾，必求療焉。顧其心無分貴賤厚薄，雖甚冗倦，必躬親診切，投餌如法。貧無聊者，輒不受其直。遠邇之人，造其門者日衆，而感其誼者尤多。獨以鼎盛之年未嗣爲惜。乃今六月，堯岡舉男子，此其濟生利物之效又章章然也。吾嘗謂治醫之爲道，生人之司命也。精其術，怠其心，適足以毒人。恒其心，盲其術，亦足以毒人。然而庸工毒人者少，而名醫毒人者多，挾其術以濟其私，人莫知之避也。堯岡之術，足以名家，而其心又每存於濟物，則所以克昌履後者有余地矣。人固知其必有子也。堯崗之父兄以是術傳，而後人以文學顯，識者謂爲陰德之報及於其身，又以是術利人。則是子也，將必以文學世其家而弗墜厥緒者。向也，必其有子而驗矣，今而後，必其子之賢且才也，顧獨不可知哉？《小弁》之詩曰：教誨爾子，式穀似之。堯崗能無墜父兄之業，則亦能無忘父兄之教，以是而必其子之賢且才，無難也。吾鄉縉紳大夫逢掖之士，醵觴而往賀焉。或曰：《記》不云乎，生子不賀，余無以應也。然而客之揖而進者顧益衆，豈非人心之所同願者獨有在於是也乎哉。余乃命筆敍言，以見今之賀者有説也。

贈見川李別駕遷惠州貳守敍

惟今聖神御宇，皇極丕建，萬有熙熙，無所不足。所不足者，財用爾。薄海内外，率土作貢，財安所不足哉。内糜於共工，外糜於兵食，欲財之恒足不可得矣！夫兵食共工之費，黄帝堯舜之世莫之能廢也。涿鹿之役，九官之命，史經載焉。向使鄙貨財而弗談，則征伐失利而工罔底績，雖隆古垂衣之治，吾知其無能濟也。今也，工繁於繼興，而兵黷於南北，誠非得已而不已者，而財率由此詘。議者蓋隱憂之，民日益貧而國日不足，忠於爲國則拙於爲民，若夫足國足民兼善之術，雖有智慧，亡能籌也。説者謂：今之任事者各率其職，司國計則不憂民，親民事則不憂國，故勢常衡決而政無善經，其居使之然也。是大不然。爲國爲民其道無二，而忠愛之誠統於是心。若之何其岐之也。見川李公以甲第尹廬陵，既而前後判二郡。親民理財之司，莫要於是職矣。其間兩官繕部，復授本兵，即古共工司馬秩也。蓋其跡公之颺歷中外，區以別矣。然而在國則憂民，親民則憂國，其忠君愛民之心，未始以内外間也。蓋其典郡邑能弗私其民，籌國計能弗私其身，則安往而不宜哉。一邑二郡之民既蒙其德，而國家大政又籍其材，由此而次擢，而超拜，以紓其志而究厥施，其在兹乎！是行也，晉貳郡牧，意者朝議稍遷以觀其後。愚則以爲公之再涖廣南也，樹昌黎之事業而侈眉山之紀述者，必是行矣。兹公税駕於青，未及朞而青之人戴之不釋，何也？催科弗苛而公賦自辦也。公之言曰：催科莫先於平賦，平賦莫要於均田，富貧不分，肥磽弗辨，而槩以一切之法取之，則貧民弗堪而轉徙，磽田日廢而汙萃矣。古法三農九賦，畫然有等。今制因之，萬世無弊也。邇以有司私智易以一切之法，富者便之而貧者無告，流離不止，富者寧獨晏然而已乎？則不如遵國制，復古法，貧病以甦而財賦有出，雖有共工之費，無損於黄帝堯舜之治也。公之建白設施槩見於青者，財賦一端耳，故兹及之。若夫冰蘗之守，經世之志，由是以階大用，未艾也，則無庸於益言。

敍中

賀古岩傅令受獎敍

今天下郡縣率就弊，弗克振。歲丙辰，天子臨軒，肆覲百牧，敕天官覈黜陟之典，汰守臣之玩愒者凡若干員，而晉厥時髦以充任使。於是古岩傅侯以河中名士受朐大夫之命。侯家食時，業已覩天下郡縣弊矣。既聞命，詢之東人，則知朐邑弊顧甚。亟就駕，聞之道路，又益甚。既抵郡，聞之輿臺，則馴非前聞比矣。履境而四顧蕭然，下車而百度廢失。父老士庶奔走先後，不浹日，侯乃悉得其情，則喟然嘆曰：所見奚止倍蓰所聞哉！始信貴耳賤目者，殆不可與語經世之學。政將再朞，平役者一，催科者三，拊循招徠者蓋不知其幾也。則又喟然嘆曰：今之所見，又何啻倍蓰於昔也。乃知勉厥初而怠厥終者，尤不可與宦成之業。侯乃益奮發振激，毅然以政事自負荷。至是，剔五蠹，蠲六苛，杜七賄，而邑內大治。先是墨吏舞文而法律淆，於是乃有無罪而入，有罪而出者矣；弊胥詭賦而田制紊，於是乃有無田而賦，無賦而田者矣；虐卒入鄉而小民恐，於是乃有妻子不聚，鷄豚不育者矣。市豪持官，而德惠弗流於下；里役受訟，而號令不行於上。五蠹公行，而吏治於是乎大壞矣！邑民之憔悴於催科也，令釋之，丞執之，丞釋之，簿執之，簿釋之，尉執之，尉釋之，令又執之。甚者，羅坐一堂，各濡毫稽籍而決罰焉，無孑遺者。六苛肆毒而民命於是乎弗堪矣！里耆賄則督里正，里正賄則督各排，各排賄則督催甲，催甲賄則徧督編民，編民賄則督四鄰，四鄰賄則督解户報結，解户賄則無遺算矣，迺第賄之重輕而行事焉。舍其重而督其輕，七賄成而民財於是乎詘矣。侯乃蹙然長太息曰：吏治壞，不可以爲邑；民命損，不可以爲農；民財詘，不可以爲賦。縱下之玩不明，戕民之命不仁，侵上之賦不忠，目覩其病而弗爲之所，非令也。夫倉廩之設，古以貯粟也，今也，驅畊夫耘豎，充塞其中，摩肩累足，負墻而立，而曰：倉廩實矣。吾弗信也。淫威虐燄，剥膚鑠膏，錙銖之入，悉納私槖。而曰：府庫充矣。吾弗信也。乃下令吏民有干政擾法者，常刑弗宥。催科之權一以自歸。丞尉之厲民自殖者稍稍罷去。倉廩無告，悉放業農，以廣儲蓄之地。私室蕭然，簿書填委而已。太夫人就禄時，或甘旨弗贍，則自奉可知也。蓋至是而蠹政苛法一切革絶，黷賄之風爲之一清。邑民爲之歌曰：畊夫盈廩廩無粟，散之田野賦自足。畊夫盈野粟盈倉，定知公吏無私囊。嗟乎！昔之論財，不在官則在民，今之論財，不在官不在民，顧安從在哉？侯知其然，則囊空而國富，形瘠而民肥。信乎，物莫能兩大也！繇是廉慈之聲馳於遠近，中丞侍御交檄稱獎，下所司具禮幣嘉慰再三，邑之父老士庶咸從僚吏之後，稱觴再拜，成禮而退。或曰：是舉也，多儀及物，斯謂成享。然而物弗納也，儀何有焉。文以紀典謂之有儀，予於是司執簡之役。予于侯有舊誼，知侯非但今日，居常田間諗侯之惠政尤切，遂不辭而爲之言。若夫實勝於文，即所弗計，政不貴於徒文也。

再賀古岩受獎敘

昔者孔門之論政也，不獲乎上，民不可得而治矣。孟子蓋嘗述之而又爲之言曰：得乎丘民而爲天子，得乎天子而爲諸侯，得乎諸侯而爲大夫。是謂予奪繫乎上，去就由乎民，感召本諸身，此獲上治民之政，所以必求其端，於明善誠身而後已。由今天下之勢觀之，聖賢之言鑿鑿然尤信也。下獲乎上則安其位而宜其民，否則無能爲其身圖而遑卹其他。然聖賢之言不但曰獲乎上已耳，而又曰獲乎上有道者，何哉？如其道則身正而政平，非其道則狥人而失己。嘗泛觀於近世上下之間，上焉者以道合而民無弗寧，其次以勢合而民無弗擾，下焉者以利合而民無弗流，是何也？以道合者，以身爲民之司命而庇覆之者也。不卹其身，然后能庇其民。以勢合者，心非不愛其民，而怵於勢，以自便其身者也。以利合者，損下以益上者也，知有其身則不能以有其民矣。今之大夫士，人人自好，罔不欲以道合于時，以自副平日所學所志者。及其臨事近民，動則掣肘，奉上之令則民無休息，哀民之命則政益廢弛。二者錯迕於心胸之間，始而決，中而疑，終乃悍然不顧者多矣。嘗見流離載道，十村九虛，瘡痍械擊，魚貫相屬，始以爲有司者之忍若是也。逮至官舍，則羽檄交集，誅求百端，督郵睢盱，橫虐萬狀，頃刻而責之有司之一身者，無寧日也，雖慈父母且不能爲赤子庇矣。上之人亦人人自好，罔不欲以道行于時，以自副所學所志者。其家食時，亦嘗目睹民病而思出以拯之，其在下位亦嘗扼腕。志之弗伸，民之無告，而思異日得以自遂也。然而誚責之者踵至，而糾督之者無已，亦由有司之不能自白於民也。夫朝廷建官設屬，凡以爲民而已。縉紳之士，罔不以爲民作福爲念，而民迺不被其澤者，其大端有二，而指歸則一也。峻法以催科，深文以斷獄，二者皆能蕩民之産而戕民之命。其要則在於奉上之令而委之莫可執何，於是横斂之法行，而告訐之風熾。有能貧一邑而充歲額者爲循吏，鞫無辜而置大庇者爲能吏。無罪而罰，有罪而贖者爲廉吏。上以是責之下，下以是銜之上，若之，何民不貧且病也。古岩傅侯有事上之敬，而民不擾；有養民之惠，而事不廢。催科不藉鞭樸而歲辦不闕，勘獄多所平反而遠近歸心。平居恒有憂民之色，遇事則食息有所弗顧。周流郡邑閭閻之間殆遍，而德愛之在人者多矣。或諷其淫刑詘法以阿世，侯正色曰：吾豈以百里生靈易五斗米哉！由是吾民倚以爲命，而上之人無不知之者。侍御何君奉命督鹺政，將報成，乃馳使移檄旌侯之賢，且致辭曰：才識有爲，操守無玷。廢墜漸修，流移稍復。夫千里之遠而知之真切，程官之能而考之流移，此豈非以赤子爲念，而直以苛法詰責者比哉？是蓋以道相合而勢利不與焉者也。抑侯明善誠身之學得之平日者爲多，則其獲上治民，事業自非世俗所可例論云。侯之僚幕欲予有言以賀，予乃言曰：旌侯之賢，所以勵庶僚也。夫孰無有爲之才，而操守爲要；孰無修墜之績，而招徠爲本。失其守則無以立身，失其民則無以爲國。修其身而愛其民，濟濟皆賢侯也，是可以端拜而相賀矣。不然，則旌别之典交錯於兩楹之間，觀者將以爲彌文焉耳矣。是烏足以彰憲度而播令名乎哉！

賀粤南顔廣文受獎敍

蓋聞古之養士，德成而上，藝成而下。成周之制，以鄉三物教萬民，而賓興之德居其二，而藝居一焉。仲尼之門以四教造士，德居其三，而文居一焉。是以身通六藝者七十子，而首之以德行之科，鼂乎不可尚已。其所謂藝文者，豈即今之藝文乎？否邪！我高皇帝天造草昧，建學立師，内外備制，聘碩儒宋濂吴沉輩肇司風教。英宗初設憲臬提督之臣，憲廟始嚴三等覈實之籍，罔非振德育才，厚倫闡化，百九十年間養成昭代人文之盛，超軼前古矣。君子曰：德勝則休，文勝則浮。今日之文極矣。變極而弗返，不可以爲文。夫其剽掠以爲工，雷同以爲習，瑣瑣之言，靡靡之氣，進之不可以黼黻皇猷，退之不可以發揮奥義。質之於古而不可以明經，貽之於後而不可以爲訓。文乎！文乎！胡爲乎，至此極也！夫其求才行於文字之間，真才未必由之而得，而況其流之弊一至此乎！聖皇壽考，作人玄化，淑世勑取士者，先德器而後文藝，而於文體之正尤數數焉。崇雅黜浮，必歸實學。海内之士翕然興起。吾朐抱山川之秀，士生其間者率多穎質美才，可與語上。然而師資無傳，人喜自負，總角而得寸進，則凝然自居，以爲平生事業執此以往無難焉。輒去其師而爲人之師。師非其人而學非其道，才之難也，不亦有由然乎。粤南顔先生以乙榜進士署朐教事，朐之士於是乎得師矣。筮仕以來，再閲寒暑，士習爲之一變，駸駸乎尋向上，去日異而月不同。頃者憲使霽寰吴公悉試諸士，舉其篤行者優禮之，拔其文之雅粹者應省試，視舊額加過半焉。此豈非師資之明效大驗哉！吾朐科第，蓋不乏人，近雖少弗振，而復將揚眉於此時也。先生孝第謹厚，沉毅寡言，年方熙妙而器宇老成，允稱楷範。身先士行則優游道誼，文變士習則根據理要。陋染浮辭，犁然是正。退食過庭之暇，讀書一室，自課愈嚴，蓋持身如處子，而力學猶書生也。巡察何公廉知其賢，命有司具綵幣陳俎豆，嘉勞甚至。其自邑大夫以下至於諸文學僉奉觴以敍，稱慶禮也。大夫曰：教養相待，治化相成。先生之賢豈惟諸士子恃賴，惟吾寔切倚重焉。乃曁僚友再拜以賀，獻酧交錯，交相勗也。文學曰：二三子安於固陋，溺於所習之日久矣，乃今稍知服膺先王之行，而組織聖賢之言，非先生啓迪而振德之，吾黨小子將不知所趨矣。惟先生其終教之。海浮馮子時從執事者之後，歷階而進，語諸文學曰：先生行將獻讜議，對大廷，而游於清切之地，顧安能久居此乎？公議嘉奬有學不近俗，志不在小之語，固知朐士之不得卒受業也。雖然，文藝不足以盡學，功名不足以盡志。學顔子之所學，正學也；志伊尹之所志，大志也。諸士茫然自負，則親炙無功；率履不違，則私淑有得。信能學其學，志其志，以自麗於伊顔之徒，是先生之終教之也。文學唯唯而退，大夫僚友亦以其言爲然，遂命筆登之竹帛以示勸。

賀平瀾汪判簿受奬敍

唐虞三代之際，歲時有巡守之典。肆覲群后，大明黜陟，今制以御史代之。及春報成，方岳而下，皆有舉刺以聞，州縣佐秩，無舉刺法，悉下所司行勸戒之令。百職無不悚然，惟恐優禮之不及己。先儒嘗謂巡守之典，先王所以提攝人心，綱維治道。今雖古之遺意，猶足以懲貪立懦而振肅於遠邇也。巡醝侍御何公將代，既上舉刺之疏，疏之不盡録檄。各屬以禮行獎有差。平瀾汪君時判朐邑簿事，寔與其選。令長、僚幕、師儒畢集，燕會於牧愛之堂，顧予贈言。予惟平瀾君貳邑政職，賦税國計賴之而告充，積逋賴之而取足。盡法從事，民弗堪也，其若之何？議者曰：法之善者不可以不盡法，盡法而民便之，何不可也。法之弗善，雖欲盡法，民其去之矣，亟更之，猶恐後耳。我高皇帝倣禹貢周官之法，九等賦民，著之令甲，行之十世，誠盡善也。邇者虐吏亂政，黠胥舞文，九賦之法淆爲一等，乃使富室息肩，貧民銷骨，萬世不刊之典，不由上請而自更張之。當事者過聽文奸之言以爲便於催徵，富室利於減己之額以爲易於釐弊，而不恤催徵之愈艱，奸弊之益肆也。今夫巨萬之産，儋石之儲，三尺之童知其懸絶也。乃比而同之，豈情理哉！較之舊制，則富者倍減，固所以利民也。而貧者倍增，則一歲而輸二歲之賦矣。然猶未也，流亡之賦責之居民，强有力者巧於避射，而悉取辦於貧弱，亦倍增之，則一歲而輸四歲之賦矣。然猶未也，九等之賦各視版籍，折直之數各辨倉場，有田額則有税額，有税額則有折額。行之既久，雖婦人女子可指屈而口占也。一有隱弊則可以面詰，可以赴愬，無容奸矣。今也，不明定額，不辨倉場，官民莫能會計其數，而吏胥得以高下其手，在官者損上鄉之賦而與之下鄉，在鄉者移上農之額而與之下農，甚者顯然加賦至再至三，數既渺茫，莫能自白。鬻丁蕩産，亟救燃眉。長吏不之詰而反嚴刑以督之，則一歲又不啻輸數歲之賦矣。吾民安得不流且斃哉！奸弊愈肆則催徵愈難，官民交病莫此爲甚者也。或者乃謂復九等之法，則富民託之流亡以薄其賦，非積弊乎？議者曰：是誠弊也，然無害於貧民。如是之烈也，則亦弊民者爲之，而良民弗爲也，不猶愈於槩減富室而横斂貧困者乎？塞其弊端亦有説焉，懇治之田各視其民之等而税之，則其託之他人者無幾矣。或者又謂丁有富貧，地無美惡，税地而非税丁也，則不如畫一之法便。議者曰：禹貢成則壤之賦，孟子第上下之農，旅師等美惡之地，土宜異齊，人力殊致，地有肥磽，而人之貧富恒必由之，若之，何可以一律科也？詩不云乎：哿矣富人，哀此惸獨。吾晌皆彫瘵之民，無甚殷富者，但調停劑量之法，所不可誣。流離不止，則居民能獨晏然而已邪？汪君英練勤慎，遇事有爲，幽燕慷慨嗜義人也。令長雅重之，同寅協恭，力持復舊制以安反側，議上當道，報可。鄰邑多視效更正，遠近之民無不稱便。其有言不便者，弊民也。君嘗過山居，見閭閻之民、父老，蓋皇皇焉，憮然謂予曰：新穀既升，吾民其不可留矣。此其一念，憂民之心油然不能自已，則其受憲臺之褒奬而侈邑人之觀聽者，誠不可無一言以張之。

送郡伯曇山公入覲考績序

海岱惟青州，繇方輿形勢覩之，不其勝哉。睇而察之，海濱斥鹵不利東北，岱畎磽确不利西南。地利之所絀，民生將安從阜乎？官兹壤者，寔惟艱政，隆古以來有由然焉。太公之治齊，不若周公之治魯，仲尼亦曰：齊一變至于魯。夫太公周公者，其爲賢聖元輔均也，而治功迥不侔。仲尼，大聖人也，乃亦不能變齊而徑至於道，此豈民性故弗同，治功有差等哉？其地使之然耳。礨山公守青州三年，政成，適當述職之期，獻其績於天子，將奏最焉，何其治齊之易易也。今之從政者視古爲難，而太守又其尤也。上焉諸司牽之以文法，下焉諸屬疲之以簿領。獨太守介然其中，宗祿軍食嗷嗷於其前，狡胥囂卒盱盱於其側，財殫賦急，民乃瘡痍。今之齊又豈復古之齊哉。公之自河北移鎮吾青也，以爲古稱富强之國，今爲簡僻之邦，聞命而喜，得以與吾吏民休息也。既下車視郡事，不逮所聞，始喟然曰：郡既凋瘵，吾即不得與吏民休息矣。蚤夜以求之，非三年不可。迺大新其政，而遹觀厥成。持之以萬石君之篤厚，鎮之以尹翁歸之清靜，甦之以劉文饒之寬仁，繼之以黄次公之精力。豪右屏息，小民獲庇，威令飆行，惠利川流，於是境内大治。至其弘敷彝典，飭教崇化，禮師儒而譽髦勸，表節孝而庶民興，文明之風，廉讓之俗，蓋丕變焉。昔之所謂魯道，其庶幾乎。由此而述職，職斯稱；由此而考績，績斯成。古之太守上計者有爲十郡之最，三河之表非公其人邪？郡之文學諸生沐甄陶教養之化，獨深於其行，蓋依依弗忍釋也。相率而送之郊牧之外，顧僕以次宜一言。乃颺言曰：古稱漢世良吏爲盛，豈不信哉！其大要則在朝廷倚重守臣之職云。孝文語田叔曰：公知天下長者乎？謂太守孟舒也。孝宣下令曰：與我共理者，唯良二千石乎？兹其倚以爲重者，太守耳。而獨取夫天下長者，又獨取夫良二千石，則法家能吏弗與存焉。次公守潁川，治行爲天下第一。而稱其人則曰忠信之長，慈惠之師。即此而知漢世之盛，天下其有弗治哉！僕始覯公於京國，及今言動政事之間，真長者也！忠信慈惠，孚于上下。今之良二千石，爲當庭倚重者，非公其人邪？舊制太守課最，得入爲公卿。備九列，登三事，坐而論道，以躋斯世於唐虞三代之治，則何以區區齊魯爲哉！

賀中丞吉山泉公子雲溪先生擢第序

是歲三月之望，上臨軒策試子大夫。爾時四夷稍稍弗謐，厪于皇衷遹求厥寧，以覃神化。制若曰：三代莫盛於成周，周宣中興，召伯平淮夷，方叔征蠻荆，吉甫伐玁狁，分命得人是用，弗勞而治，朕甚嘉焉。兹欲疆圉之臣，殫力制寇，其道何居？爾多士其昌言之。時澶淵雲溪吉君以賢良入對，稱旨，遂擢上第。既四月，上命司馬方溪江公督軍雲中、上谷，少司馬霎石葛公經略金遼邊務，皆以本兵重任，有事四方。識者以爲昕庭策士之效，見諸施行如此。及讀遼東撫臺山泉吉公所上疏，極陳疆圉之弊，論列凡十有二事，上悉嘉納，勑大司馬一一議舉。乃知霎石公之行，繇兹疏請也。今二公相與周旋於三韓之間，次第舉十有二事，計日底吉甫之績，玁狁于襄，疆埸敉寧，我東人其永賴已。惟雲溪君受之於過庭之餘，而陳之於廟堂之上，承志以明孝，讜侃以樹忠，其克閑於子臣之道，誠一時賢良之選哉。雖然自其昕庭未對，撫臺之未疏，宸翰炳如日星，昭明天上，虚己聽納，安不忘危，有君有臣而益徵俊乂以隆至治，是豈惟東人永賴哉。東方薦紳文武士謂：當庭得撫臣，而又得其子爲明時用，既歷庸其言矣。四夷之謐可坐而策也，而東北爲要。則今兹諸薦紳徵言於余以爲雲溪君賀者，非直以一第已爾。竊謂神京猶之人焉，上谷項背也，雲中遼左肘腋也，項背肘腋有所扞禦，心膂可恬然亡患矣。皇上鳌本兵之任，納撫臺之疏，所以爲心膂萬年計者，誠深且遠哉。然則兩司馬之簡命，十二事之成功，謂非臨軒策士之效不可，是故賀一擢第爲内外大計也。某不揣蕪陋，濳書竹帛，以識一時，君臣父子相與之際，將茲宗社海宇無疆惟恤，亦無疆惟休。成周雍熙之治，其在是乎！其在是乎！

送草亭余尉致政歸養敘

聖明旌諫右賢，天下大悦。皇綱肅振，神化旁流，縉紳之士彈冠交慶。恭覩唐虞熙隆之治，無復趦趄觀望之心，殆千載一時云。迺草亭余君浩然致爲臣而歸，其僚友海浮馮子嘉其獨尚，而自失良助，於心不能亡無所感也。方且濡翰，欲有一言以爲别，適將命者揖客及階，爲之擱筆。客有疑焉，予告之故，客曰：夫草亭君之去也，以秩卑乎？予曰：樹德則崇，何卑之有！以邑弊乎？曰：立政則興，何弊之有。夫上嘉其政而下仰其德，甚相安也。繇此而遷焉，斯去已矣，而胡爲乎歸哉？予應之曰：客知上下之相安而不知予之甚相賴也。上下之相安者公也，而予之賴於君者，亦豈以一身之私爲哉？輕去於其所安而重失吾之所賴，豈不思獲上治民之休，同寅協恭之懿，而爲是孑然之行，顧意有重於此者，誠必有大權衡於其間也。吾聞太夫人春秋高，今且九十餘矣。夫九十之年古今人所甚難，不可倖而致者，而太夫人得之且未艾也。因是徵太夫人賢。初命草亭君業儒未偶，願家食侍養，弗許。曰：國家用人獨書生乎哉？盍圖其次。君乃以掾成名，既偉冠服，輒歸省。迄期願留養，又弗許。曰：讀書讀律何爲者也，吾教之而吾廢之，殆於不可。必效爾用，吾猶及觀厥成。遂謁天曹，授淶水尉。數遣狀問安否，南望瞻依，無頃刻釋。母還慰之曰：爾服爾勞，無以吾爲念，無煩使者，吾康如昔。君奉命勉共乃職者二年。至是以牒抵予，乞歸終養。予既憫予之莫助，而又慨予之禄不及親也。於君之行，乃有甚不能爲情者。然不得拂其至意，爲之轉聞臺省，無不嘉其志而惜其去，遂使吾之果於無助也。君冢子梅岡先生，弘文雅望，稱重一時。儒術之盛，自今以始，駸駸華要，莫之與京。此固君有餘不盡之緒，而太夫人之教有名徵矣。梅岡迎君於京師，君遂省母於梓里。天性之樂洩洩融融，生人之至願，名教之美談也。然則君之浩然歸也，厚彝倫，審去就，仰至德，沐玄化，而共樂隆熙之治者，其關係顧不重且大哉！吾安得無一言以爲别。客乃俯而咨，仰而言曰：吾知公之歸而不知公之有母，知公之母而不知公之有子。夫公之歸省，子之迎養，純孝也！《既醉》之詩曰：君子有孝子，孝子不匱，永錫爾類。其殆謂是也乎。馮子曰：善。廼復濡翰而述之，爲贈言。

送王華峰遷裕州守敘

古稱守令爲親民之官，内則京尹，外則二千石，皆守也。於民雖親，然猶爲疏越，勢故有以限之。有親民之實而居太守之尊者，其惟今之州牧乎。今之州牧，率屬而治，與京尹二千石均。至於受民社之寄，近閭閻之間，則視縣令等耳，故稱守令爲親民之官。州若縣也，民之稱之，必皆曰父母云者，亦親之也。等而上之，稱之益尊，則益弗可親矣。此豈遠於人情哉？諺有之曰：孫不如子，言益親也。今夫嬰孺離於父母之懷，雖使仁人提携，不能頃刻安也，而况於能得其中心哉？在昔聖明之世，重親民之官，急爲治之本，而民即安。譬之止嬰兒之啼者，亟還其母。而古之良吏，身任父母斯民之責，必其能自襁褓而不移於他人之手。今之守令，一有所制，則莫能自庇，而民乃不蒙其福。下令者曰：吾爲爾教，而民始擾。行部者曰：吾爲爾養，而民始離。而况於教養之外一切之政哉？故今之民已病而惠不流，親民之任未之或專也。然慈親之愛其子，無所不用其至，顛沛流離之頃，而不忍解於其懷。雖辛苦萬狀，不自憫恤，每覩其子，幸恬然無恙，則萬事足矣。然則民之彫瘵，固非自有司致之而曲爲之庇，私爲之憂者，要必藉良有司拊循之也。華峰王君，關中倜儻豈第之士，蚤擅科名，近占仕籍。尹東鹿逾三年，正己格物，道化大行。東鹿外稱繁庶，實則内耗。民多豪右，率健訟成風。君甫至之日，廉得其狀，因自思曰：繁庶之稱，耗之招也。豪右兼并，健訟敗類，小民其有寧日乎？於是試爲鋤彊培善之政，民始帖服。已乃敦厚本業，而生養遂，大興學校而禮教明。四境既治，臺章奏最者屢矣。至是乃有州牧之命。或者惜君之不陟華要，不列臺省諫垣，而有此行，猶爲未滿輿望。然而此邦之民，抑何幸也。君以慈惠之心，而舉修明之政，治官如其家而愛民如其子，自邑而郡，如周旋於堂奥之間，而藹然和氣無間然者，民情益親而秩位益尊。情益親則易孚其心，位益尊則易行其志。親民之寄，由此益重，父母之愛，易地皆然。然則邑民興去後之思，而州人遂來蘇之願，於此可以觀民情，察吏治，唐張曲江所謂六合宅生之任，由此其選也。向使者晉陟華要，列之臺省諫垣，端居養望，百姓不親，其何以塞父母斯民之責哉。余與君土壤山川相望，舊號東西秦。叩其科第，亦爲同年友，且齒相若也。余領邑後於公，初不諳邑政，君悉心開導，得寡𠍴尤。余蓋嘗師事之，因竊附於百僚師師之義。君今行矣，豈惟邑之民無聊，而於余心殆有甚焉者，安能竊君之儀刑而移之淶邑，布拊循之政，殫鞠子之心，以上副親民之寄，下慰懷保之願者哉。凡我諸邑令長，無不景君之行而重其別，僉命於余效古人贈言之義。顧余言安足爲君重，然不得辭不敏焉，則以君之交深而諸君之誼厚也。

送澤山馮憲使遷洮岷兵備序

粵若昭代，龍興八葉。神聖重熙累洽之後，欽惟吾皇格玄繩武，綏猷立極，端拱而治於萬斯年。比歲誅二凶，肅百辟，命官率職，僉咨六鄉，聖君賢相都俞喜起於虞廷之上。綱紀正而朝廷尊，庶績凝而四夷服。往者權黜之風，一朝而廓清，如垢得濯，時乃日新。是以在國則自獻自靖之臣，而在野皆不屑不潔之士。人人思奮，以圖報於明時，而不負所遭也。蒲坂馮公世沐有虞氏之化，是嘗有志於稷契之事業者。自舉進士歷今秩，皆以經世之責自任，而人亦以經世之才重之。邇，以良二千石授憲節，整飭江海兵防，未幾，而有洮岷邊備之命。余於是益信用人之審，畀託之專云。夫文臣而飭武備，大冢宰慎擇之，大司馬預議焉，視常職殆不侔矣，而况洮岷之任又甚重也。其任益重，其擇益慎。大冢宰之畀茲任也非公不可，而大司馬之獻議亦非公不可。奉之以六卿，衆之以輿論。天子曰都，相臣曰俞。江海既清，戎狄是膺。往哉汝諧！故四方安危所係，自南自北，籍公一人，不自知其驟遷數易也。公瀕行，邑侯陳君徵余爲贈，顧余何能以言詞爲公重哉。往，余弟承乏河中守，治舜都，見其人多儉讓嗜學，忠信執禮，氣節屹屹，知其必有經倫負荷之士出，而爲國家柱石。今公非其人邪？洮岷自漢以來，諸羌據之，不入版圖。今爲九邊重地，西控蕃戎，東接湟隴，蓋戎狄之交也。安攘之策，閫闢之權，公必預之悉矣。先是江海兵防，分爲二道，隸二郡，顧時時告棘無寧歲。今合而併之隸四郡，廼島奴不敢内犯，全吳以安，非公長才偉節詎能勝之？洮岷之地，漢蕃雜居，黠虜外伺，控馭撫綏之略，少有低昂不足集事，非但以明威制之已也。茶馬之政，籌邊大計，鎮服蕃情，充贏國課，必重望遠猷，素負大義者能當之。是以奪之東南，移之西北，拜命而行，不俟終日，蓋將擊楫於中流，而請纓於尚方矣。是行也，冢宰司馬之僉謀，聖君賢相之簡命，固亦四海元元之夙望也。不然，去畿輔而之要荒，人必駭之，而公亦有所不堪者矣。維今之時，則非昔之時，故曰：人人思奮圖報而不負所遭。余不肖，竊冒文學之役，猶能述聖主賢臣之頌，咏太平無疆之休，亦自慶其得所遭也。丹陽、金壇二令長，咸附陳侯之託，余不獲辭，遂書此以復將命者。

壽鄔南涯先生敍

古之人見於所尊敬，則再拜稱壽無恒期。後世祝之於懸弧之日而禮益專，頌之於耆耋之年而禮益隆。老子曰：禮以義起，此其善經歟。嘗汎觀於古今之爲壽矣，其託於類也，爲山阜，爲岡陵，爲日月之升，爲川之方至；其於卉木也，爲松，爲栢，爲靈芝，爲蟠桃；其於毛羽昆蟲也，爲鶴，爲鹿，爲蟾蜍；其於人也，爲耋，爲頤，爲神仙方外之士；其於文也，爲詩，爲頌，爲畫贊。凡有生之所名壽物者，或筆之簡章，或宣之聲音，或繪之彩色，或陳之拜禱致詞，或直以其物爲獻而侑觴以稱祝，是則壽之名義富矣哉。余則以爲凡此概不足以爲壽，是何也？外也而非内也，華也而非實也，人也而非我也。稽於其類則徵而無裨，敷於其辭則愛而莫助。非已有之之謂也。若我南涯翁之壽，其有得于己者抑何厚邪？翁天性恬曠，好古樂道，口無過言，身無惰行，動静食息，無細不謹。其處人也，謙和忠信，恥言過失。其爲政也，爲民作福，不事苛細。其濟物也，視之同體，如或不及，是其壽之本根乎！世之悠悠者，患得患失之心交戰于内，浮沉汩没，老而未已。翁以甲第膴仕，奏最三郡，秉憲一方，駸駸嚮用未艾也。一旦投疏乞休，拂衣而去，明哲保身，不其偉哉！然而希名譽於宦途者，迺或諭志節於梓里，在得不戒，處約思盈，殫其心於貨利，亡其精於聲色，此則斵性之斤，蠱命之毒也。翁則廉静寡欲，老而益慎，不問生業，不履公庭，著作自娱，以消歲月。近復閣筆以安天年。此衛武公之耆德，老聃之養生也。若夫繼述有託，家聲克振，縉紳章紱之儔，過庭戲綵之際，子女孫曾凡數十人，濟濟雍雍，和氣充閭。翁暨宜人偕壽於其上，此則古今希闊之盛，生人極樂之秋也。是豈一草一木長生後凋者可類稽乎？又豈恒人壽者若是班乎？夫恒人之壽有倖而得之者，不足貴已。亦有得之於天而非取之於己者，於是乃祝願之，頌禱之，而假之以山阜、岡陵、草木、昆蟲之似而附之以比興之辭，而非其天真也。祝之以耄耋，禱之以期頤，意則至矣，力弗與焉，而非其自得也。翁之壽本於自得，則夫爲翁壽者知其真矣。知其真而又以假借形似之說祝之乎？故凡有所祝者，必有所不足也。翁今壽躋八袠，方屆初度之辰，余與僚友諸君子僉圖所以爲壽而未知所從。翁之弟綗，子佐卿，孫悦方在諸生列，告余曰：翁將杜門謝客，慮弗可絶，今入山中避舍焉。子孫遮留不聽，敢爲翁辭。余喜而賀之曰：此而翁之所以壽也。余知所以爲壽矣。迺著此篇，而盡滌沿習聞見之說。

壽陳孺人文

殷箕垂範，列福惟五，壽寔先之，而歸其本，於攸好德。德以樹功，是稱不朽，壽之大者也。自昔燕山之秀毓，爲竇氏，猗歟盛矣！是其子姓之多賢，固亦立身之良而其義方之克訓。則夫家庭之間，貽穀之助，豈淺淺哉？由是以立朝則功在社稷，由是以臨民則惠孚元元。玆其爲臣之節，乃其爲子之克肖者爲之也。其爲民父母之道，豈非有得於保赤之心者哉！蓋敍名臣之功者，必本於所生，共天禄以爲養，分大國以爲封，凡以酬德勸善也。善積於身，貽於子孫，敷於家國，至足矣。由是心泰而體安，神愉而氣和，壽乃益固。豐功在國，蔭德及民，天降之福，壽乃益增。樹松栢者必期千齡，種藍田者必獲良玉。燕山義方之教，自昔蔚爲美談。矧今爲輦轂重地，聖人御極，壽考作人，賢才輩出。家稷契而人皐陶，舉於有位，厥有成僥，則貤封其親以示優遇。絲綸章服，罔有弗崇。人但知其子之能顯親而恩褒所加，寔以報其親之能教子也。懷山陳侯自涇邑移丹徒，奉太夫人于宦邸，今年壽登六袠，是月六日，寔惟誕辰。邑之僚寀士庶初弗與知，侯亦恐有知者。廼縉紳往來燕山京口間，或聞而知之，私相請而慶也。郡邑博士詢謀稱祝，余忝鄉曲之誼，僭爲祝詞。是月也，長至發祥，一陽來復。天開于子，運回太朴。其日則景霽氣澄，盎然如春，民物怡怡，喜色維新。其歲則甲子方周，曆元再啓，如循環然，無有終始。敢再拜爲太夫人壽。侯黽勉辭謝，至于再三，弗敢傳命。馮子曰：陳侯則誠賢侯矣。夫侯以至孝稱而弗能爲親受祝詞，是慎於臣職也，不既忠乎。當官之事，於此有二焉，勤其餘事耳。此無弗盡，固其親之孳孳以教而克副之者也。孝不益隆邪？臣節子道，通一無二，吾以是益信侯之賢矣。是歲有司報侯三年政成，其惠愛之在二邑者，皆太夫人之教育於平生，而觀厥成於今日者也。先是兩臺薦剡凡十上。是月也，將以特疏報成功焉。吾知我皇嘉其績，司勳考其成，司封等其階，代言之，司鴻筆之臣，承之宸衷，採之輿論，播之制誥，覃之恩命，有弗先於所自者哉。翟冠象服以華其躬；厚禄崇階以示其報。義方之效，玆其試矣。由是而加封益禄，未艾也。燕山之下，竇氏安得專美於前哉！若夫世德之族，民被其福，天必蔭隲而默佑之。太夫人之壽，覈之以人事，驗之以天道，有同符者，又焉用吾人之祝辭？

送鎮江秦守擢楚臬敘

高皇帝龍飛淮甸，虎賁渡江，時維兹郡，首麗版圖。天造草昧，建侯置守，遴諸臣中仁足以附衆者，俾之師帥之任。大統既集，表樹三輔，以翊金陵。故至今稱江南重地，莫之與埒。洪惟我皇神聖建極，嚮明而治，軫念根本之郡，國賦因循養蠹，困於有司，乃眷南顧，亟惟得人。大冢宰以明石秦公上請，制曰：可。遂以司空尚書郎中陟鎮江太守，蓋自留曹補云。公以醇正之學而恢之以淵洪之度，慈明之政而濟之以豈達之才，持身如貞女而自奉如寠儒，愛民如赤子而治郡如家事。羔羊素絲之風，格于上下；旱麓愷第之德，洽于遐邇。修己安人之道，公其有焉！至乃夙夜惟寅，不遑啓處。臨事剖决，勢如剖竹。庭無滯訟，途有頌聲。孤嫠貧病之民，匹夫匹婦之衆，罔不得其歡心，拯其疾苦，雖甚紛沓，不以爲煩。漢稱循良，不是過也。若夫世有顯儒，傳芳高第，闡弘彝訓，嘉惠來學；在泮雍雍，敷教亹亹，興賢拔秀，擅美當時；前此未有逮也。龔遂之政，文翁之教，又何加焉。臺使旌揚章數十上，勑下銓衡，登之天府，赫乎盛矣！兹者六事咸最，三年有成。今冢宰以除目奏聞，乃有楚臬之命。欽惟我皇龍興之地，江漢靈源，潤澤千里。南徐北固之間，仰承恩波億萬斯年。今以公往，申明德，據上游，尤爲根本重地計。畀以憲臣之秩，隆以撫民之權，威惠並施，兵農兼濟。激揚之下，江漢其永清乎。公之在郡，農商緇黄之流構宇繪像，設長生位，願久留祝壽考。公今行矣，其民乃扶老携幼，咨嗟垂泣，遮道不去；其士乃摛文賦詩，紀功頌德，累數千百言而不能表説其什一；其僚屬則皇皇然如失所恃，而不知所爲也。某自束髮，奉先人薄游四方，轍迹半天下。退而家食，尚論古人，而博觀今之良二千石，如公其儔，不亦難哉！古稱良吏，必曰忠信之長，慈惠之師，公之大體，蓋取諸此而介乎其不可拔凛乎，其不可易者卓立乎其間，可以質神明、貫金石，而絶非僻之干也。公之學本於立心，而才足以釐務；質出於純粹，而文足以名家。具體而適用，初不立講説之名。存之爲實學，達之爲實政，成之爲實效。由是以輔聖世之治，無所往而不宜，而况於吴楚之域哉！

送鎮江理刑馬公内召敘

粤若陶唐氏之王天下也，命官咨政而言不及刑，然而明刑之意，已默具於堯典之中。蓋靜言方命之臣，自不容於至治之世。繼以虞夏之際，皋陶爲理，而所措置者，即其人也，刑法何嘗弛於堯舜之時哉？然而明法之臣，必兼體不累者當之，而後德威並濟，寬嚴合宜，刑乃弗慝。皋陶之言九德，蓋身有之而無所不兼者也，然後能盡明刑弼教之職，而又不顓顓於刑法云者。其曰惇典庸禮，則司徒秩宗之職也。其曰庶明勵翼，則五官四岳之事也。其曰身修思永，則根極本原之旨也。三謨之中，皋陶之所陳説獨多，而五臣之能事其兼之矣，又奚止於明刑一端而已哉。先師之言曰：舜有天下，選於衆舉。皋陶而不及四臣者，蓋以虞廷之治，謨明弼諧之功爲多。可堂馬公舉壬戌進士，既廷試昌言於堯舜之前矣。迺觀政禮曹，秩宗是司，卿命疆場，四岳是職。筮仕郡理，寔柄皋陶之法，副十二牧之任。余不肖，曩嘗竊從公之後，而不與南宫之選。顧已躬逢唐虞之盛，而伏睹昌言之策矣。逮余服役於畿邑，公方奉使出入，而疆場弗擾，内外稱頌，真無負於四岳之託。所過州邑，接其儀刑言論，率以百僚師師之義，相與甚盛遇也。迺余不能仰承德意，不堪民牧；待罪郡校，又辱爲公屬吏；服役有日矣，則又覩公之祇敍象刑，恪盡專職，而佐郡攝邑之政，無所弗兼，豈非九德咸事其人哉。興學校以厚彝倫，勤勸課以重農事，明溝洫以正經界，奠山澤以盡地利，五臣之職備矣。今制，代巡守者柱史，隨巡者郡理也。唐虞時巡之典，惟公克贊襄焉。然則皋陶不得專其美於上世矣。三載陟明，揚于帝廷。爲諫議，爲柱史，是又納言之司，夔龍之選也。上有堯舜之君，下有皋夔之臣，千載一時，猗歟盛矣！公畿内俊乂，近聖人之居。沐風動之化，居常以立身醉國爲己任。惟今司理江郡，卓有成績。欽命自天，將畀股肱耳目之任，以達四聰，闢四門也。肅期入朝，余合郡邑校官弟子員趨而送之大江之上，乃拜手颺言曰：明良在位，吾黨小子慎無負於堯舜之世哉！

敘　下

送參戎莘野嚴公拜神樞營副將敘

皇上聖神文武，覆幬萬方，玄化霈流，丹烽絶警。宰臣殫廟謨之大計，本兵慎閫帥之重選。運熙而威不弛，道久而政維新。明良之會，千載一時。豐隆之治，日昇而月不同者矣。由是材勇嚮用，債帥削迹。折衝有人，武備亡闕。中外將佐赳赳桓桓，環衛禁垣，棋布要害。舉得其選而厝天下於磐石之安者，胥此焉賴。是歲夏六月，以分守紫荆關參戎嚴公爲署都督僉事，充神樞營副將。夫今之京營，漢之南北軍，唐之十六衛，宋之四廂也。天子六軍，必有材官佽飛超乘挽彊之士，緹騎蘭錡之兵，以夾峙宮省，拱護宸極。必有將軍之權，環尹之任，董之以威，待之以信。分八舍之衆寡，均二廣之逸勞，統勾陳之衛，居嚴邃之地。自非沉謀勇敢之將，莫稱兹選。嚴公之守紫荆也，尚謀習戰，謹牒蓄威，善拊循士卒，而得其歡心。三時耕稼，則襏襫耡耒散之田畝，徒御不驚，衆乃亡擾。一時治武則帶甲相望，騎劍兵矢鏦鏦若林，虜不敢近。雲中之魏尚，雁門之郅都，方之漢名將，此殆其流亞與。督撫巡察之臣，章後先上，奏稱邊最，廷議遂擢今秩。拜命而行，將渡易水而東。時寅所嚴公總釐關務，秉憲飭兵。後川傅公監督邊計，裕民籌國。雨樓陸公，奉冬官之政，董山澤之役，僉以上命有事兹土。於公之行不能已於情也，迺相聚而别，且屬余以贈言之義云者，願無忘已試而益圖所未副也。公必無以豐隆之治而忘其謀，無以磐石之安而忘其威，無以驕惰之士卒而忘拊揗之心。振揚之氣，由此而畀。專閫之寄，由此而無負本兵之選舉。以翊成聖君賢相之治化者，豈惟公之偉烈，寔惟同事於兹者有余輝焉。是以君子貴贈言也。

賀涞水少宰陸君受奬敍

士有懷才抱藝而弗獲嚮用於世，曰遺賢。蕩蕩聖朝，多士彙征，聯于有位，有遺賢乎哉？才試而藝見，究於實用，不負所以自待，而人莫之知，雜於庸衆人中，亡能旌别，曰蔽賢。今也紀綱載肅，清議有嚴，有蔽賢乎哉？少宰陸君者，今之多才多藝人也，感聖人之化，承奕世之光，年方弱冠，筮仕於涞，寔司牧事。故吏猾園，意君少不更事，貴家驕惰人也；而君遇事通練，待人以恭，而自檢以禮，公私凡百亡敢苟，群小乃懾伏。是時郡内革群長之役以甦民，而太僕使者舊所需費，郡亡能革也。數遣卒持檄入邑，陸粱弗可制，司牧者甚苦之。郡就余謀焉，余曰：盍謀諸鄰乎？曰：鄰有私復舊役者矣，有掊尅細民者矣，二者之外，抑何謀焉。吾請以身當之，何如？遂策馬從之去，久之乃歸。竟以私貸償所需而免，涞之民弗知也。其蔭庇乎民者如此！既而捧制亞卿至自京師，巡行郡縣，督徵累歲馬直如數，而涞邑首當其事。小民皇皇，莫知所之。君宣言曰：此國計軍需，動以萬計，吾不能以身當之矣。乃復就余問計焉。余曰：馬牧於地，地歸於豪强兼并之家。今徵若直，不先豪强，則民愈病，而直愈縮，非爲國爲民之善經也。君曰：諾。於是始畫三等，厲先聲，詰侵漁，謹會計，數日而報政，爲州縣最。小民得無流離者，豪强爲之先也。乃怨讟睚眦，則不得免焉。亦豈非以身當之者乎？先是太僕丞兩下嘉獎之典；至是而亞卿月川劉公，侍御亟野温公欽承上命，將告成事，獎檄交至，禮遇有加。余於是喜君之見知於當道，不混於流輩，而幸清議之在今日者，益以嚴也。有君之才美而弗遺於聖世，弗蔽於在位，君其能不益自勵以答清朝，報知己乎！君履任一歲之間，受獎者四，人皆榮之，而邑敝莫能舉也。近以當事之臣議罷司牧者，君將有改任之行，余乃始受臺寺諸公之命，合而一之，述以斯文以無廢愛禮之意云爾。

送淶司馬陸君改任懷遠敍

今天下郡縣，所至率彫瘵，日趨於弊，而圻内爲甚。淶水抵京師不三舍，聲教最先，暨而繇賦亦先之，弊滋劇也。余往歲罷試事，受是邑之命，顧未聞邑俗。都人士僉言是鷄犬之聲相聞，旦夕必有使者至。久之亡有，余無所問俗。一夕，少洲陸君過客邸詣余，通名曰淶司馬某。余喜曰：是知邑俗者來語新令尹乎？君逡巡曰：民獷嚚蔑法不入邑。凡洶洶狺狺在邑者，諸大吏遣捕卒也。卒今撞吾户，裂曳吾裾絶，民莫吾助也。吾聞道至此，謁太僕去矣。吾安知民俗哉？余曰：嘻，君姑止勿去，余將與君協恭和衷焉。庶少有濟乎。居有頃，廉君之政，勤而不擾，介而有容，民乃入邑，馬大蕃息，捕卒不至。而諸大吏者顧數數檄余旌禮之。余曰：君其可以留乎？復逡巡曰：夫執役於是邑者，猶樹於九衢之交也。嚮使十人植之，一人拔之，則亡有能生者，何也？地勢使之然也。植之誠茂，溉之誠勤，吾恐拔之者之繼至也。余解之曰：拔之者舍之，則亦已矣。焉知不移而植之崇岡之坳，清流之濱哉？無何而汰官之命下，君得移懷遠去。去之日，行色甚落莫，而邑之人從之者，薄暮悉亡歸。余以是益信風俗之壞，而幸君之成其去也。君平湖世家，縉紳華要，後先相望。君雖不以儒術進，而儒者之業無不習。余嘗得覽其家集，知其庭訓有自，而君之才又足以承之。喜談論，善吟咏，每有輕玩名利之心，蓋其平日襟期固如此，非但淶之人足以感動之也。余少從先君子游中都，尚憶懷遠舊俗，今能無變易乎？然固知必優於淶侈矣。君行矣，先其難而後其易，民俗相安，治效可坐而策也。書曰：思其難而圖其易，民乃寧。君雖去淶，固不可一日忘其難也。以居淶之心而圖懷遠之治，豈不恢恢乎有餘地哉！余愧未能變淶之俗，而慰君之近良民，懷遠之得良有司也。於君之去，迺以言贈而因以相勉云者，猶自不釋於協恭和衷之義。

贈鳳岡熊君之任南陽敍

吾青繇周殷而上爲大國，繇秦漢而下爲名郡，蓋古今文獻都會云，有熊氏之裔有居青之蒲姑者，方伯省齋翁舉七丈夫子，而亢厥宗，迺命克肖。二三子徙居勝地，相望南北，殆有憂深思遠之至謀焉。其在於今，則惟長洲、清源之族方茂，而蒲姑之子姓微矣。蒲東翁之卜居清源也，舉五丈夫子而家聲益振，鳳岡君其震器也。孝友謹厚，克承厥考，而世業日新。吾青之人俞高省齋翁之卓識，而清源薦紳先生顧益重鳳岡君，頃，鳳岡君之爲司城也，月俸不自給，悉需於家。清勤之譽播於上下，侍御之獎檄交至矣。方思砥礪自奮，以圖尺寸之效；而遽以外補，人咸惜之，君獨怡然就道無沮色。夫余於君姻黨也，於其行，迺執手與之别而語之曰：吾青故亡志，今志矣！於人物而家有省齋翁焉，於烈女而家有若姊焉。兹不有光於吾青文獻哉。君之爲司城也，以清勤獲知於上下。執此以往，毋替初心。爲幕府，爲有司，恢恢乎有餘地矣。又何内外，何遠近區别哉？君族世有顯人，取重鄉評久矣。迺今具載列傳，且將以風天下後世。况近在家庭之間，寧毋思承厥志，濟休美哉！君之善政繇是而再著，是南陽之人甚厚幸也。豈寧青郡之光，寔惟清郡之光，余固不可無一言以别。

賀張少渠敘

聖人在位，四海極治之世。百僚承庥，罔有弗底于貫勣。迺皇心亹亹不倦，益思樹人立賢之道，惟恐遺佚，不悉搜羅，以靳任使。於是嘉納言官，疏下冢宰議行之，乃有破格之政，不次之遷，以鼓沉抑之氣，而作激昂之心。廉得政行卓異者十人，畀之憲司牧令之任有差，非鄉里選即府吏胥也。繇此人人興起，思自效於清時，而不肖者益沮阨創艾，憒其不如卓異者之拔於疇人中也。我祖宗朝立賢無方之效，至是再見。千載曠典，著爲令甲，慎而舉之，不其韙歟。吾鄉張少渠有志行，能文詞。人與之交游，覩其容止，接其言論，郁郁乎儒生也。舊嘗爲府吏矣，太守以下顧獨器重之，不與他吏伍。而郡之縉紳士亦樂與之處。往往出所爲文詞，相與質訂。而其律法精諳，又迥出流輩。郡廷議獄得無失刑者，蓋其贊承之力爲多。后爲司徒掾，會計出納，不失毫釐。司徒大夫俞益重之，事無公私，率與計而始決，罔有過舉，繇是都人、縉紳士亦樂與之處云。余嘗愛少渠之質而奇其才，又惜其挾儒術而不以儒用也。既觀其效用之事，悉有條貫，審擇而不爲一切浮沉之計，即以儒用者殆不及此，則夫郡守、司徒之器之重之，而所至縉紳士之樂與之游者，不無以哉。如使少渠之受官，得布其才志而拘之以凡格，即爲上之人所器重，不能盡其才而畢其志，亦不免隱于下僚，弗克振起，吾尤惜之。今有卓異之選，破格之政，而待以不次之遷，吾知少渠之遘明時而幸自效也。雖不爲儒用，吾弗惜之矣。少渠別余三年而竣司徒之事，今春至自江南，將受官銓部，先期冠帶以示優典。鄉人之在都下及都人之與游者，皆願爲少渠舉賀，而問言於余。余曰：是余之嘗惜之者，而顧何賀歟？余既聞朝寧卓異之命，而出自府吏胥者半之，余則欣然曰：是可以爲少渠賀矣。時余方負笈出都城，解橐染翰爲著此篇。他日舉卓異有以儒術飭吏治者，非子也邪。

賀海雲王先生授紀善敘

敘曰：不仕無義不可與語忠，擇禄而仕不可與語孝，仕非其任不可與語明。三者不備，不可與語學。學也者，學爲忠孝人也。太僕既漓，人殊所染。厭世務者往而不知返，徼富貴者汩而不知止。繇不知君子之學而謬於出處之際也。君子之學，非以干禄也，而禄在其中。其存乎我者，則在於審出處之際，炳於幾先，不爲物化。《易》曰：知幾其神乎，此至明之訓也。仕有所利則亦有所弗利，亡有所利則亦亡有所弗利。明於此者，其知幾乎！吾鄉海雲王先生，世以經學顯齊魯間，及其身而行益修，名益振。每經品題，往往先諸生。然數薦東省不一第，而後先得第者，顧未嘗不嘆惜愛重之也。迺竟以里選揚於明廷，里之人知其必魁京闈，陟膴仕以副夙所學。居無何，而拜衡藩紀善之命。里之人則又爲賢王慶得人，爲鄉評幸有徵，爲先生期不負所學也。贊翊睿躬，仰成聖治，安享太平之休，可以語忠矣；晨昏過庭，春秋展祀，順適天倫之樂，可以語孝矣；見可而仕，知量而受，不犯難而行，可以語明矣。三者備矣，其斯遂於學乎。向使先有司習吏事，所用非所學而勉强以從政，則明法録罪不如申商；簿書刀筆不如蕭曹；用兵振武不如孫吳尉繚；經國理財不如桑羊劉晏。姑舍所學以阿世，庸非士君子之深耻哉！處高位者危之階，食厚禄者爭之的，利吾位者求代之，貪吾有者求奪之。制命於人，不謀其身，獵虚名而賈實患，明者志弗居也，又何如曳長裾於王門，紆緩珮於梓里，從容論道，不伍俗史。其視華要顯達，不知孰得志也已。昔者三代之臣，仕必宗國；近世儒碩，多領鄉郡。今獨不然，其猶不失古人美意者，王官耳。國有賢王，舉無過事，豈惟君幸得賢臣，臣固慶得賢君也。君臣相得，自今以始。而其相觀以善者，則非自今日矣。夫固知贊翊弼成之力，度越尋常十倍也。履任之初，進而朝國君，雍雍爾；退而揖僚寀，穆穆爾；既而接鄉士大夫，亹亹寒暄不忍釋，固其執友姻黨，相勗以善者舊也。凡此，豈偶然合并者所能得哉。諸大夫皆文雅卓識之士，欲有贈言而命之不肖。顧不肖非能言者，時方以解官息肩海上，慨然服先生之明，而信其能爲忠孝人，以成其學，於是乎述。

賀朐博士王先生受獎敍

昔在仲尼之門，游夏以文學並稱高第。及觀武城、莒父之治，乃其政事又足多焉。其從政也，顧又未嘗須臾輟學也。其曰：君子學道則愛人。曰：仕而優則學，是未嘗以文學政事各立科條，章章明矣。今之爲武城、莒父者代不乏人。其始也，固必以文學得之。既履其地，則簿書期會以爲政，俯仰將迎以爲悦。返觀所學，脱然去之，殆如隔世事矣。乃知聖賢合一之學，非後世所可及者，良有以也。古之仕以行其學，故其學益修；今之仕以拂其學，故其學益廢。由是文學、政事始判然二矣。江閣王先生以明經應歲薦，筮仕德平，教成而學益邃。乃晉秩朐庠，總司教約。捧檄初至邑，適遷代者檄未下，暫僑別館，而絃誦之聲中夜不絶也。巷之居人始甚異之，於是未涖任而執經質問者無虛日。已而得代，申明聖訓，斟酌科條，主敬立誠，身先士子。退而端坐一室，手不釋書，折節苦心與諸生無異。爲文淵粹雋永，非諸生所及也。諸生顧相觀而化者日益衆，向學亡敢懈，而文字益駸駸識理趣矣。吾得與先生游，尤重其爲人，不獨以其文已也。今之文學政事相爲用者，寔惟先生以之。且德平近武城，而吾朐鄰莒父，借使以絃歌爲治，而仕優能學如先生者其誰也。先生京口文獻之族，師事三泠楊先生，傳易學。江峰吕公，鹿塘沈公，同門友也。吕曩視學東省，至今以文學政事著聲海岱間。伯氏竹區領鄉薦，爲循良牧。固知先生家學師友之助居多，而其天資學力充然自足者，望而知爲有道之士也。先生家食時屢試京闈，在德平兩試東省，皆不偶於時，而愈自激昂無惰志。是歲之捷，其在吾朐乎！侍御鶴洲裴公按部既周，告成命于天子，乃下褒崇之典，先生與焉。有司將命奉行惟謹，先生之僚友率諸生薦幣滌爵，再拜以賀。余迺得以揚言先生之賢，而徵以言子游、卜子夏之學。

賀舊令尹褚鳳臺壽八袠敍

我鳳翁之令朐邑也，興賢愛士，袪弊利民，朐之四民至今頌其德不衰。乃其政令儀刑動遵古昔。嗣尹兹邑者循之則最，拂之則殿，三十年來未之或爽。中間颺歷中外以及歸田，朐之人未嘗不奔走問訊，願致區區，固無異於在朐之日也。翁今齒登八袠，德彌昭，學彌積，皤然卓然爲中都大老，望高海内。朐之人得於道路之言，又甚歡慰。乃相與謀寄繾綣，祝期頤也。時余以改官過里，幸預兹典。不揣有言，以爲遥祝紀事。曩余弱冠，不屑舉子業，願受一廛而爲翁氓。翁弗許，使游鄉校。督學使君閲卷置上等應試。翁固爲請廪，弗許。翁出，以膝示余曰：爲爾固請，此膝屈於人者久之。然爾必博科名，無庸此爲也。既而果如翁言。乃余至今不即爲翁氓者，誰之賜也？秋官亞卿遲公，中丞張公，余弟觀察使，皆翁門下士，是後科名不乏藉翁教育遺澤云。夫壽非無因而得者也，《傳》曰：必得其壽，歸其本於大德。翁有大德於朐，而朐人思之，固願其逾大耋而躋期頤，聚百福而迓休命。若夫德政有碑，去思有記，肖像有祠，綿百世之遺愛，樹不朽之芳猷，又非尋常壽考所可班者。而况翁之在司馬則功垂竹帛，在司徒則澤及要荒。先後勳名，傳之國史，又豈葆光頤嗇者可同日語哉！翁今目炯耳聰，能觀細書作小楷，朐之故人舊事歷歷記憶不遺，此固上壽之徵也。朐人之遥祝而余之紀言，要之不可以已。余嘗修朐志，載翁之政績頌記詳矣。頃訂郡乘，僭爲立傳，登之名宦，爲後來諸君子勸，又以備國史采焉。翁之垂不朽者未必不於此賴，因併述之以爲翁壽。

送靜山盧公擢山東運同敘

古今國計，未有不以兵食爲急者。天生五材，孰能去兵？兵食相需，缺一則殆。方今海内承平日久，意外不虞之備罔或不周。兵益設，食益侈，奔命之臣，趨事之民，睊睊而視，未知所止。十餘年來，島酋犯順，奸宄景附，民命弗堪。新募亡命，陰倚爲寇，陽肆其虐，殆又甚矣。驅之戰則涣而北。國家養兵二百年，不知所事，亦亡能詰。歲糜芻餉億萬計，固弗可省，且益增焉。常賦之外，則有鹽策助國餉兵，允爲大計。然鹽法之壞，亦非一朝一夕之故也。此有識之所動心而當事者蓋深圖之，亦惟任人而已。靜山公以邃學宏才來貳鎮江郡事，職專江防，正本肅法，治内申威，吏卒罔敢干令，郡民安堵，江防晏然，不罹荼毒者三年矣。侍御奏其績，太宰加其秩，晉貳山東鹺政，寔膺重寄。蓋以大司農經費、大司馬軍需，胥此焉賴。必卓犖兼濟之才，非公不可。迺今山東鹽法廢弛，膠萊尤甚。自青齊以東，略無官鹺，王公以下皆私鬻而食之。負販可以禁絶，而轉運竟不能行，則三郡之人不得而食矣。蘇長公有三月食無鹽之詩，蓋自宋已然。以公之才，治兵則精，理財則裕，施於有政無所不宜。私販可禁而公運不可不通，國課可贏而編户不可不恤。疏滯滌蠹，核實利商，此在公振作調停之間，直易易耳。管仲以此富强其國，一匡天下。而况不爲管仲比身稷契者哉。繇是以仰副當庭倚注之隆，而深爲國用詘縮之故。公兹之任，鹺政之修，可旦夕而樹功也。財用阜而軍需充，後先報政，適以相成。語不云乎：足食足兵，民信之矣。山東之民固甚厚幸，亦不得而久留公也。公湖南名儒，履道樂義，制行皭然，有廉士之操，而舉循良之政；有君子之德，而策防御之勳。尤重文教，嘉惠來學。郡縣縫掖之士郁郁彬彬，熏陶德風，日改而月化。儒紳官聯相觀而儀刑得，寡僭尤，殆不可謂不遭也。壬戌春，天下諸司入朝，大明黜陟，簡才畀郡，銓榜擢公第一。敏附領邑後，今得調下吏，公念舊誼不釋，而公且行矣。又幸公之蒞吾鄉也，故言及鄉郡之事，四學博士命諸生書之尺帛爲贈言。

贈白野陳公還常德郡丞敍

聖祖定鼎金陵，三吴之地環爲圻甸。尚方取給，財賦所鍾。皇帝龍飛興都全楚，郡國奠麗南紀，根本攸繫厥重。惟鈞職業之臣，恒謹其選，而尤於守令之司加意焉。慈溪白野陳公，舉壬戌進士，授金壇令。律己以廉，待人以誠，飭吏以法，煦民以仁。而搏其强悍不道者，俾之革心。三年政成民乂，擢常德貳守。於是小民無不惶惶然，如失所怙，而君子又惜其不酧輿望也。以公之望，置之臺諫，誰曰不可。而又煩以郡事，失内外重輕意矣。是殆不然，湖湘江漢之間，九五本源之地，仰答淵衷，宅生千里，非守臣之良者不能副其任也。況漢水汎濫，屢歲阻饑。乳哺襁褓之是望，如赤子之呼慈母，亦既悲矣。有惻隱之心者，忍不亟爲之所乎？故煩公以郡事者，予民以司命也。重民之命，所以重本源之地也。金壇之民休養生息，懼公之去；常德之民計日而望，傒公之來。苟有宜於吾民，抑何詘於官守。有道者必能致辯於此矣。如其瘝官以充位，而養望以序遷，雖臺諫奚取焉？抑公充養邃學，本於家世。而其清白之守，循良之政，得之趨庭之訓爲多。故其始終不貳，上下相安，蓋公家已試之成效也。世德在民，承家報國，由此而歷華階，躋樞輔，溥惠海内之民，益伸肯構之志，是可以答輿望而行所學矣，又何屑屑於臺諫之秩，又何規規於吴楚之民？

送玉山樊先生之任神木敘

往，余罷縣吏，移京口博士。既陛謝，退而請益於大人先生。先生與之坐而語之曰：子以學古知文而不良於有司，必其能荷博士職矣。是以有今命也，而何請益爲哉？然嘗讀書而得教法焉。舜之命契曰：敬敷五教在寬，成王之命君陳曰：寬而有制，從容以和。是故教之爲道，寬而止矣。然而聖帝明王之命，不直曰寬而止也。或先之以敬敷，或繼之以有制，如使寬而止也，則將舍敬而怠，無制而踰閑焉，可乎？夫子之言曰：寬柔以教，君子居之。而又曰：君子和而不流。固亦虞周命官之微意也。又嘗讀禮而得師道焉。學記曰：師嚴然後道尊。太學之禮，雖詔於天子，無北面，所以尊師也。師道之弗立教法，其有能行者乎？雖然，嚴師之道，所以自嚴也。一毫之或苟怠，斯乘之矣，其嚴乎！其嚴乎！余既受大人先生之教，將以私淑諸士，既即齋舍，時則有若先達僚長，濟濟彬彬，罔不自治以嚴而淑士以寬，道化方興未艾也。則又欣然慰曰：吾知所以求益矣。師師之道其在是乎。方將相與切劘砥礪，覬仰副虞廷之命，而樂有英才之交，以翊成聖人之化。居無何，而玉山有遷擢之行，則又憮然曰：賢哲解攜，交修扞格，如吾道何？諸僚長迺亦悵悵如失羽翼，而多士依依不忍遠模範隔音徽也。因相率乞言爲贈。余聞玉山先生雲中仕族也。先代以來世受國恩，爲千户侯。逮玉山諸昆加秩萬户，武功偉矣。乃考以儒紳賜冠服，及玉山之身，三仕爲博士，文德昭矣。余聞玉山爲諸生時，軍城孤懸朔漠間，虜圍幾一年。城中食盡，無二志。卒以完璧成功者，固其素負忠義之鄉，然而玉山倡激畫策之力有焉。及島夷犯京口，博士皆登城分堞以守，獨以謹嚴布置，閑暇無懼，且能論説制勝之宜，顧武弁弗及也。今稍遷神木，遠在西北陲，人或以邊壤弗堪。玉山獨喜桑梓伊邇，便於分俸迎養也。母夫人年七十餘，事之備極孝敬。待人教士以禮，尤重信義，故諸士服其化。每諸生敬業樂群而來者，屬之玉山齋舍獨多。先後憲臺屢以禮幣嘉奬其賢，余及見之者三焉。神木俗樸境僻，尤重文教，所謂事則半古之人而功必倍之者，風氣相宜，人情不相遠。嚴以立其體，寬以達其用，師道教法兩得之矣。乃若平生兼濟之才，施於一時。應變之頃，猶足以排難解紛，而樹奇績於專城也。方今用人之法，不循一轍，鳌爲卓異之選。玉山神木之任，所謂盤根錯節，於是乎別利器者。他日卓異之績，不循資之擢，固必於此行得之。

送贈湖南陳子之任銅鼓衛學敍

湖南子敷教於吳郡，既底厥績，既遷秩矣，於是有湖北之行。海浮子以校藝之役，方歸自滇。繇湖北而來也，亦嘗考風問俗，而概有聞於塗之人。既釋負擔，既即次矣。於是湖南子就余慰勞。余揖而賀焉。湖南子曰：不知其地何以處也？不知其人何以與也？勿往可乎？海浮子曰：子以吳侈于楚乎？今侈于古乎？芬華之極，人心之酖毒也。樸野之習，醇釃之未汩也。以今觀俗，則楚之視吳，華不足矣；楚之遠徼，抑又甚焉。以古觀俗，則所甚不足者，乃其有餘不盡者也。子知夫繪乎？五色雜施，不中繩墨，付之良工，俾之潤色，則閣筆而太息，何也？無受采之地也。子知夫味乎？五味雜投，不適于口，使庖人調之，則棄而不復薦，何也？無受和之地也。夫樸野之習，淳龐之風，則五色之白，五味之甘也。此心未漓，受教有其地矣，顧不可知其人乎？今夫水得其源而導之，則澄泓之體，靈長之德，江海之大，萬類之潤，於是乎出。不導其源而障其末流，則將至於横奔上溢而不可制，泥沙垢壤之不可汰也。抑何樂於侈而病於約乎？昔者先師興於衰周之末，而皇皇於魯衛之墟。孟子生於七雄之際，而僕僕於齊梁之路。然卒無皇王神聖之效者，末流之弊滋也。文翁之于蜀，退之之于潮，當時佩其化，至今承其休，百世不能尚已。二子雖賢，固亦誦法先師者耳，而功足稱焉，所乘之勢易也。夫一先師之道也，豈固行於遠而格於近哉？質直者感而興，自足者玩而懈，難易之辯不在遠近，而在吾心也。湖南子教成於吴，先其難矣，而何有於楚，何有於易者哉。有受教之地，地之良也；有受教之人，人之良也。地靈人傑，吾將於此求之而謂不知其地，不知其人，可乎？於是仰泉朱子、龍岡孔子、野舫金子、道川褚子、裕川劉子、見田劉子咸揖而賀曰：海浮子之言誠是也。信斯言也，文命覃敷，吾道南矣。湖南子往哉！

送邑博士劉誼庵遷曲江尹敍

自唐虞三代封建之制變，而生民之命繫於邑令。今之邑令，唐虞之牧伯，三代之諸侯也。今之設官，奚啻千萬，而司民之命者，令而已。爲民上者，上至於天子，下至於邑令，天下之事統此矣。而其他所建置尊矣、庶矣，而非其要職也矣。誼庵劉君以乙進士署教事於楚，既而遷於吳，道積於躬，教成於國，士林倚重，朝宁明揚。至是迺綰符拜命，方將從政於越。夫吳、楚、越，江南三大國也。公之發軔，周游其墟，而流行其化。古昔聖賢未有能先之者，而公寔兼之，不亦偉然著事業哉！道足以淑人，政足以安民。古之聖賢所以爲成己成物者，如斯而已。夫吳、楚、越之國，仲尼之所未遇，而外於春秋者也。使其得行其道於其地，而相囿於大化之中，則亦何有於内外之分。故治有古不及今者，吳、楚、越是也。聖賢之所不能變而今爲文明之邦，且甲天下，何也？風氣既開，人文斯煥，是以論其世也。然，韶之所由得名者，舜時巡之邦也。三苗既北，聲教南暨，神化溥矣。而復外於聖人者，豈非三代之季哉？方今聖神御宇，俊傑登用，薄海内外，咸底唐虞之治，稷契之教，岳牧之政，相因奏厥績。如誼庵君其儔者，祇敬六德，亮采有邦。其人也，教有成功，施於有政，易易耳。世之論教者純任道，論政者純任法，要之法不離道，乃稱善政。而廢法以求麗於道者，謂之徒善，不足以爲政也。天德王道翕受，敷施體用則二，流通則一，可偏廢乎哉？誼庵君大節不貳，細行必矜。循循雅飭，口無擇言。以之從政，無往而弗達。以之涖民，有生之願遂。小試於曲江，而大受於將來者，駸駸乎未已也。敏無似，竊叨官聯之後，同游於吳，恒受教於君，而又覩君之所以教人者，自勗也。今茲別矣，則以一言繫余之情。

賀郡博仰泉朱先生膺獎敘

今皇帝繼成御極，承重熙之運，渙維新之令，醇洪鬯之德，彰文明之化。進賢黜幽，顯忠却佞，朝宁之上，肅肅雍雍。天下群工，罔不益自砥礪，思奮圖效，以求無負於聖明之世。而縫掖之士，章句之儒，亦相與彈冠於草莽之間，而相慶以抃者，無紀極也。三吳自昔固多賢之地，今沐聖人之化，濯舊染之俗，而又得楚侗夫子爲之依歸，大闡聖學，卓然以成己成物爲心，而身任天下之重，多士亹亹嚮道矣。仰泉先生楚産也，分典郡校，祗承憲矩，而克翊吾道以造就二三子者，上下蓋同心焉。南畿稱文獻之盛，必首三吳。三吳之間，必以京口諸生爲可與進，以其質勝有受教地也。先生以誠敬自持，而以忠信與人，二三子所得於師授而切劘以相觀者，不但以其文藝已耳。巡察侍御劉君美其淑士之功，移下有司褒嘉寵異之，而余亦厠名其後。夫造士者誰之功也，而余與有榮焉，是先生與人爲善者也。二三子侈其事，登拜堂上以賀，余謝不敏而語之曰：二三子之受教於而師者有年矣，所謂實勝善者也。而余之至也晚，又無能相長也，乃茲冒焉，非名勝乎？無徇厥名，無没厥實，二三子必能以審此已。皆應曰：諾！然而不可無一言以紀實也，敢以是請可乎？余即不得以不文辭。如以文而已矣，必爲實勝者累也。於是進諸生而申命之，曰：夫誠敬忠信，謂之實德；成己成物，謂之實學；見此者，謂之實際；存此者，謂之實心；行此者，謂之實用。紀實以言，猶懼近名，而余敢以名侈乎？夫所謂受教有地者，亦實勝也。二三子審乎此而有得焉，則夫可以受賀而無媿者，端有在矣。余乃合郡邑僚長若而人稱觴堂上，以爲諸生先。而諸生之從之者若而人，俯伏堂下再拜致賀焉，禮也。夫禮，緣人情，立大經者也。同情而合經，謂之有禮。是舉也，承作新之化，服君師之訓，樂造就之功。雖以慶先生，亦自相慶也。賢才輩出，多士彙征，共臻至治，顧不足爲斯道斯世慶哉！乃諸僚長然余之言，而二三子僉曰：敬受教矣。遂命李生耕書以紀之。

相繼望雲圖敘

望雲者何？永言孝思也。相繼望雲者何？孝子不匱也。仰泉子者何？楚之良也。筮仕京口，寔司風教。惟人倫之叙，莫先於孝。教以孝，而百行之源統此矣。教不於其身而於其言，不有以先之，孰從而則之？初，時泉翁之來游南雍也，母夫人蕭在堂，年逾八十矣。思之而莫能致，作望雲圖。及仰泉子之仕，而時泉翁往矣。終天之恨，罔極之思，其何能爲情哉！乃作相繼望雲圖。夫時泉翁之望雲也，親在。其下望焉，而可至也，至則可承顔而怡志也。仰泉子之望雲也，望焉，而弗可至也，至則弗可見也。仰泉子之心殆尤有遺憾而不可已者乎？且翁未登仕，則去就之義在我，而合并之期可圖。未食其禄，則菽水足以承歡，而貧賤可以無恨。仰泉子夙夜在公，瞻雲徒切。仕非爲養，禄不逮親，孝子之心，於是乎真有不能勝情者矣！余故於此重有感焉。俛仰徘徊之際，余獨無望雲之思耶？可望而不可攀，遊子之情，未有不同於仰泉子者也。雖然，食君之禄，而能盡人臣以人事君之義，則亦可以逭素餐之羞。雖禄不逮親，固亦成吾親未究之志耳。孝不在是耶？由此而繼述，由此而顯親，内外無二道也。仰泉子舊嘗以梟汀爲别號矣，邇迺更之，然後知望雲之懷彌切。大舜五十而慕其心，亦不過此。二三子服仰泉子之訓，由由然未已也。邇以孝行旌表於聖朝，及以德誼奬異於勑使者，皆其門下士也。夫時泉翁能孝而有孝子繼之，仰泉子能孝而二三子者化之，則夫觀於斯圖，有不惕然思愴然感也！則異夫吾人之心者也，寧復有是理哉？因題其圖而歸之。

送仰泉遷金堂掌教敘

余解簿領之職且一年，而有郡博士之命。又一年而適郡齋，則有仰泉諸君僚友，彬彬相與以善，或以藝文聲詩游心焉，自慶稍脱塵俗也。齋閣與日精山並峙，宫墻之内豐林蒼蒨，不邇市廛。亦或登臨其間，俯仰共適。而二三子者於此問道談藝，執經析疑，各出所見，以示酬酢，亦云良遇。迺二三年間，遷轉殆盡，聚散信有時也。仰泉之遷金堂也，其地獨勝，地靈人傑之所鍾也。其與神木銅鼓大不侔矣。此銓司用人之微權也。吾與仰泉居，知其孝弟出於天性。動必以禮，而好學不倦。人有片長，必手録之。尤孳孳訓迪多士，不顓以文詞，故士多成就，視他學恒倍焉。郡大夫每出往，必以筦鑰付之然復行。而凡學政之損益，禮節之繁殺，恒其所贊决也。司銓衡者廉其學行，程其材榦，而畀之名邑，總其教事。夫固與循資易地者不同也。命下之日，諸生皇皇如失所怙恃，奔走伏謁臺郡間，乞留勿遷，願終受教。弗獲請。以六月買舟南上。余與僚友送之西津，悵然而别。二三子依依不忍違，有泣下者。夫今之師儒，視學宫爲傳舍，弟子視師長爲旅人者，比比然也。其能以道義相傳，恩意相感如仰泉其人者，幾希矣！蜀士能文章，多氣節，而又得師以振起之，則其所成功，與其所感化，宜必有大過於此者。

海岳吟社詩敍

余客潤州二年，又南浮洞庭，汎沅湘，涉昆明。而還也，迺陟峿崍，下三峽，尋大江之源，覽萬川之會，放舟上游，復歸於潤。則浩然嘆曰：夫人物之英，文獻之興，豈偶然哉！始余之來也，慕其山川之美。既至而覩其人文之富，蓋彬彬然也。其得於江山之靈，信矣。既嘗結詩社，時燕遊往復於金焦北固之間，更倡叠和，殆無虚日，是真無忝於名勝之區而得其助。顧余譾陋，亦或從而即席辱授簡焉，則得以探諸子之蘊而悉。諷所爲詩，貴格而尚調，情致有餘，而藻繪又足以發之。得詩人之旨，江山之助，何可誣也。不然，長江西來，上下萬里，盤薄所至，爲蜀，爲楚，爲建康，鬱爲人文，稱大都會者，豈少哉！乃江山之秀，至建康而大，京口而極。元化所萃，風氣攸歸，吟社得而當之矣。勝事宜紀，而詩有可傳，故序而刻之。

碑誌　行狀　祭文

忠節傳代關院郝侍御作

孫昇，山東兖州鉅野人。曾大父寒住，起行伍間。洪武己酉，從高皇帝龍興，征討四方。前後十九戰，所向輒有功，累秩副千户。歲壬午，大戰於小河之濆，死之，事在革除末年。祖讓，以寒住死事，進秩金吾左衛指揮僉事。永樂中屢建軍功。宣德初，調真定衛。正統己巳夏五月，昇繼祖秩於京師，閱月迺之任。先是，是歲春北虜酋長遣使來朝，修貢馬之好。譯報三千人，至則二千人。廷臣怒其給我，短其直而遣之。虜酋也先因藉口叛，率大衆寇我西鄙，前鋒鋭不可攖。雲中失利，邊帥率棄城走，且有降者。警報日夕至，中外大震。權倖中貴人請乘輿自將親征，百官上表遮道懇留，弗聽，六師遂發。次雲中，見賊勢熾，有征無戰，下詔班師，中道遂遘土木之變，時八月既望也。自是賊遂縱衡如踐亡人境。九月，昇持檄經略邊關。無何，賊破倒馬關而入，既肆侵掠，欲向龍泉關西去。時昇將兵擊之，踰舊路嶺，卒遇賊。左右皇恐亡據，僉議衆寡不敵，不如退自保而尾其後，不則喪師且無尺寸益。昇叱曰：前！前！大駕蒙塵閱月矣，昇等荷國世恩，即死不報萬一，安在無尺寸益哉！乃奮臂衝鋒，身先士卒。會矢盡勢窮，挺刃格戰而死，時九月幾望也。子洪方在襁褓，後繼昇秩，歷今五世。孫鎮卿，秩悉如故。

柱史氏曰：予生長雲中，蓋聞古今要害詳矣。頃嘗按治關戍，北登居庸，東瞰山海，俯臨絶漠，躡紫荆而西也。曰：嗟乎！此非所謂天險者哉！一夫畢力，可以亡患。如使守臣悉昇等，醜虜安從至哉！乃己巳之變，虜自内逸，幾不可爲。死事之臣，蓋昇一人止耳。百日之禄，一朝而裂其軀。悲夫！悲夫！龍泉舊建祠宇，既而荒頹，廟貌與土梗雜。予既命官完葺之。已乃伐石於山，樹之祠側，至是始勒忠節傳，永示昭代名臣之軌，以承璽書激揚之命。

明封君世山洪翁墓碑

是爲洪氏世山翁墓。翁諱某，字某，世山别號也。先祖著里翁舊爲草河人，性淳樸長厚，雖居外疆，傾慕中夏。乘兵革離散，因挈家至遼陽卜居焉。其後子姓繁息，鬱爲巨宗。有諱伯吉翁者，天資敦慤，克肖前人，益堅内附之心，遂占籍東寧衛，編伍左所，時洪武壬辰歲也。子諱清，亦不失端謹，寔生世山翁。繇先祖及翁蓋四世云。翁夙稟温恂，操履剛直，寡言篤行，爲鄉曲所推許。善教子，且耕且讀，罔使驕惰，必克承家。里閈鄰伍，處以婣睦，無有弗歡。嘗富積粟，值歲大祲，遠邇洶洶，踴價求糴者門如市。翁憮然曰：人皆阻饑，吾獨得免，亦既足矣。而又厚殖以罔利，非仁人也，不如出粟賑之。遂計其口數而上下其食，民得無殍，而變不作。雖婦人稚子皆感翁之德，至今不衰。偶在道拾遺得五十金，欲以歸之，顧不得遺金者。乃召集途之人，遍物色之。而遺金者涕而至，歷詰其狀，廉得其真，舉以畀之，無德色。即翁之所爲制行，蓋施仁好義人也。年登七十有五，有詔賜冠帶榮其身。配楊氏，生男二：長恩，累官千户侯；次惠，鴻臚寺序班。孫男二：良佐，實授百户，恩出；良輔，指揮僉事，惠出。外史氏曰：凡先世樸厚敦龎而力足以及物者，其後必遠且昌。世山翁紹前業，啓後昆，繼繼繩繩，豈不偉哉！奕葉彬彬，乃武乃文，上下五世之間，有紆紫拖金者出，謂非厚德之報不可。乃若伐石勒文，以彰不朽，則鴻臚君之志也。鴻臚君正笏朝列，游縉紳間，鉅儒宗工弗可勝紀，而且以命外史氏。外史氏亦嘗以先人之故干鴻臚君，猶之弗可辭，迺譔次梗概，勉成其志云爾。

河南開封府陳州從事朐陽李公生墓碑

公名竑，字微之，朐陽其别號也。幼聰穎秀異，鄉人目爲神童子。弘治丙辰爲邑博士弟子員。監司陳公獨器重之。嘉靖壬午領歲薦，游成均，進友天下士，學益充博。章縫濟濟，多願與之定交者。既歸省，讀書一室，甘貧樂道，澹如也。歲癸巳，以親老謁選天曹，授河南陳州吏目。至任，以誠信事僚長，以惠愛臨其民。郡守敬禮之，以爲古君子人也。居七年，上下相安，賢名甚著。叙當遷擢，而公又念母夫人春秋高，乃白守，達于上，致其事而歸。守慰止之，不可奪，遂嘆息而成其志。移牒鄉邑，至今加優禮焉。公世居九山里，布衣時每道過海浮山，流連冶水上，喜其幽勝冠絶海岱間，嘗私念曰，吾他日得寸禄後必卜居于此，吾志畢矣。既歸，出其俸餘，得圃若田凡若干區。汲水沃蔬，課農觀稼，優游林下二十餘年。非嘉會不至城邑，非讀法不履公庭。天性孝友，事親善愉婉色，養雖清貧，必竭力營甘旨，務得其歡心。居喪哀毁，治具如禮。族姓不能自給者，恒贍卹之。鄉人招之飲，輒往。語及不義事，則愀然不答。以是人多樂與之游，而亦無拂公之善意者。是歲，公年且八袠矣，鄉人僉謀爲之營壽藏焉。公聞而止之者再，然衆志迄不可已，乃即冶水之右、盤龍山之陰，而卜宅兆云。野史氏曰：古謂齊俗急功利，喜夸詐，余則以爲儒先之言有不足盡信者，凡此是也。乃若朐陽公樸厚誠愨，與物無忤，居官薄禄之外一無所需。其所喜而急者竟如何也？即以儒先之言爲信，則公乃拔乎其俗者耶。余嘗覩其和同流俗，而涇渭了然無雜。與庸衆語，不出目前。及其談義理，析訓詁，叶聲律，經師文友更相辯難，必求有得，又非碌碌淺儒比也。古又有德厚流光之言，即公之一子業儒不終，餘子若孫無能世其業者，僅無廢農而已。然公以大耋之年，彊健未已，由是而濟期頤上壽，忠厚之報不在兹乎！

錦衣衛千户槩軒吕公墓誌銘

公諱鉞，字廷威，别號槩軒，世爲邑之長壽鄉人。高祖十公逸其諱，以行傳。曾祖弘德，祖思英，父邕，世業畊桑，潛德可知。前妣史氏生兄謙，妣宋氏生兄憲，掄入内廷，官至某監太監，號怡齋。每憂宋無嗣，既而生公。幼穎拔，游鄉塾，頓悟魯論大義。角丱，器識弘邁。長而魁偉，騎射絶人。嘗覽孫吴之説，嘆曰：是仁人弗爲也。出之以王道，其庶矣。正德中，巨盜劉六等攻剽郡邑，中丞甯公杲辟，公總中軍捕之。將校俛聽號令，倉卒應變，動合機宜。每臨陣揮戈先諸軍，矢刃蝟集，略不經意，所向無前。甯喜曰：是真將才。乃獨令將一軍，分道翼擊。至趙州橋大破之，縛其渠魁白六以歸。授錦衣右所百户。西南苗叛，朝命總管李公瑾征之，携公俱往。賊據香爐山，山峰鼎峙，上有田池，一逕如綫，崎險莫比，孝廟時遣伐無功。李問計，公徐曰：恃險難拔，足食不可困，不如示拙襲取之。因命諸部采竹木，環山爲樓，期與山埒，將飛矢石攻之。衆讙然，訾其迂，賊皆笑駡。乃密就營廬爲竹梯，以伺其便。忽雷雨夜作，下令人携一梯，繫之灌木，數路啣竹哨而登。中夜及巔，鼓譟炮發，賊皇懼裸出，自相踐踣。諸軍鳴哨嘖嘖爲識别，雨中掩殺無筭，我軍無一傷者。比曉盡平之，土人弗覺也。捷聞，遷副千户。奉朝命參謀怡齋公於湖湘鎮署。時宸濠遣使餽金數千，弗納。已而濠反就擒，詔捕謀主樂景隆，不獲。怡齋曰：武當幽隱，無走是乎？果搜得之，檻詣京師。江彬攘爲己功，讒詬于上，將不測。公適奏事行在，謇辯侃侃明兄之忠，竟收回成命。今上踐阼，汰冗員，槩得冠帶閑住。後有辯乞復職者，公曰：朝廷遇我不薄矣。竟歸田，督畊課子，無復榮寵之念。公性度闊達，不與人校是非。然方正不阿，非禮弗履。事親孝謹備至，持家儉素，不事贏餘。至拯貧扶困，則如不及，嘗自置壽藏以與其亡友毛某。人有稱貸，不取質驗，雖積逋弗問也。兄謙先逝幾三十年，爲撫諸孤，婚嫁服食無殊己出。怡齋嘗與公言及身后事，輒泣下。公以愛子麾屬之曰：以此承兄祀，可乎？怡齋喜，即卜日告廟，從繼焉。配劉氏有懿行，凡有義舉，必共圖之。意見或先，公訢然從之。生子麐，舉進士，工部主事。麾，國子生，承怡齋後。副室朱氏生子庸。以是年月日葬城南四里許。銘曰：太樸未析，寔生賢哲。豈弟毅發，繄公之德。中夏殛賊，南夷翦逆。昭哉竹帛，繄公之績。甲第孔碩，人文有奕。保兹無斁，繄公之澤。於戲！今之稱不朽者，如斯而已。吾以銘公之室。

國學生合川馬君行狀

嗚呼！吾友逝矣！篤行卓識之士，吾不得而見之矣。胡天不福善邪！抑仁不必壽邪！將救療弗至邪！殆修短有數邪！吾則安忍狀吾友之行於今日也。吾友諱珩，字雅衡，先世扶風人。趙宋末十世祖諱近者，教授青州，因籍於臨朐。曾祖澹軒公愉，先朝狀元及第。父栢庵公諱某，母某氏生四子，君其稚也。方幼質弱，出語驚人。七齡讀書，不煩約束。勤劬不輟，父异之。年十五六，躬自畊稼，不能仰給，慨然爲負笈之游。至濟寧，館於大姓張，公始得悉力問學。逾年，張之鄰嫗物故，偶同母齒，蹙然興曰：吾親幸無恙，而吾且客此，非人子也。遂歸侍。貧顧益甚，且畊且讀，農隙則入邑，從兄講解，徒步負擔，往來自如，時人以爲難。嘉靖辛卯，年垂三十矣，舉鄉試不偶，始入學受廩以佐養。乙未遇選貢，例游國學，見知於司成高陵吕公，引接優厚。四方文士重其家學，訪叩無虛日。自媿以爲虛名使然，遂杜口不復言先世事。戊戌歲歸田，藏修益密。日書所爲於歷以自課，久而不懈。既而，部檄取選過期，了無仕進意。嘗曰：禄不逮養，甘自奉乎？居父母喪，哀毁骨立。廬於中門外三年，舉遵禮制。服除，朝夕展拜，饋獻如生。治家嚴肅而無怨言，事長合宗，情愛藹至。自期服以及鄉鄰會食，疏數有差。與人無侮言褻行，親仁嫉惡，涇渭判然，人以是服其斷，而得其交者寡矣。邑侯光山王公傾蓋禮之，訪問民便，多所施行。戊申，鄉長以孝行薦，力辭其舉。侯方議旌典，適遘疾，數月而卒，時己酉四月六日，距其生弘治癸亥，得年四十有七。君天性方毅，資穎形樸，退然如不勝衣，而見義必爲，聞過即改。事□雅俗，無不諳曉。爲文簡遠奇古，務以意勝，然而五舉不第。作詩適興而止，不屑格律。好切問，得一言欣然從之。下至樹藝獵較之事，人不堪爲者，自爲之，且善其技。每天雪，則持挺而出，必獲禽歸。具甘旨祭物，歲以爲常。言吶吶若不出諸口，叩之則論議確然，蓋充實人也。於虖！予頃與君歷雪送友，君與之訣曰：吾行就木矣！時固未病也，其殆先知乎？歸逆北風寒劇，體僵，余解衣假之，弗受，其介可想已。所居門外二水合一，因以爲號。伏枕之日，夢兹絶流。人傑地靈，不其信然。至其彌留之際，深念不能紹揚先德，曾不爲兒女子語，可謂得正者與。君之從子詣詣予乞狀，知予不文，然實君知己，遂嗚咽流涕而爲之狀。

南京禮部司務一川宋君行狀

余同年友一川宋君，諱延年，字仁夫。先世青州昌樂人。高祖君用以兵變遷於益都之西□里，迄今爲益都人。曾祖剛、祖瑜俱有隱德，不仕。父臣，以宿儒歲薦國學生，授將士郎、棗强縣主簿。母徐氏，繼謝氏、楊氏。君，楊出也。君生而聰敏，童時習句讀，即日記數百言。稍長，從將仕公宦游，讀書易水之上。舊制，郡縣佐吏司山場者，分署易州。四方之士聚於其地，相與切劘向學。其父若兄職事弗竣，輒不得代，又弗與禄。歲久而窶，課子弟誦讀而已。其子弟亦復奮發激昂，思自振拔，耻爲人下。而易州爲故燕都，多慷慨偉烈之士。群居相尚，是以文有氣而行兼人。君之學行，蓋已成於居易之時矣。將仕公既得代，而春秋已高，志不復謁銓部。君奉雙親歸青州，而文名遽出章縫之上。時余弱冠，方從先大夫薄游南粤，聞君名於萬里外，心竊慕之。已而命婚北還，未謁故舊，獨先訪君於委巷間，丐同筆研，君不余薄，辱爲心交。自是及君没齒，氣味蓋相同也。恒念將仕公衰貧，無以爲養，蚤夜問學益力，至廢食息。歲丁酉，晉江王遵巖公以文望視學山東，奇君之才，而廉得其行誼，大器重之。嘗語諸生云：自吾東巡，得儁二人，謂君與余也。是歲省闈，以春秋魁七十子。大方伯楊方城公由狀元及第，提調試事，既燕鹿鳴矣，語七十子云：今吾所舉，皆海岱知名之士。蓋以自多，意寔在君也。秦安胡可泉公撫循山東，雅崇儒術，遍詢齊魯六郡才行者，聘爲西席。既乃得君訓其子。君以禮度督，率而程課經藝，不假辭色，若不知爲中丞子者。乃胡彼亦以春秋魁關中，不忘教誼，稱名士云。君甫領鄉薦，未及計偕，而將仕公捐賓客。公痛念先人栖遲薄宦，勞勩刻苦，未究所用；晚年方希禄養，又復見背；哀毁骨立，勺水不入於口者數日，遂成五内之疾。喘息襄事，一遵儀禮，鄉黨稱孝焉。辛丑服除，上南宫不第，略無愠容。歸隱西田，教授生徒。士有貧不能來學者，君招納之，時復周其不足，以是四方之士，遠近負笈從之，而科名自是盛矣。歲時伏臘，率宗族祭掃先隴，已乃移幕次爲讌，循昭穆長少爲序，而勸之孝弟禮儀之節。故族人皆明齒讓，移易蠢樸之風。自是屢爲有司勸駕應試，竟不第。乃構小舍於西田之西，手植卉木，俯濯清流，甘貧樂道，逌然自適。左圖右史，析經辯藝，尚友古人，略無幾微外慕之想。值歲大風，鄰閭屋飛瓦墮，而西舍儼不爲動，疑有鬼神爲之呵護者。性尤卓犖，喜施與。家故貧，嘗貸富室，以賑鄉鄰之急。於姻戚孤嫠，尤加意撫卹。故自奉甚約而利賴者多。捐割恒產爲義冢，聽貧者掩骼。里人存歿，感其德不忘也。郡中有馬母某氏者，故憲僉馬公配也，年八十餘，貧丐於市。公一見憐之，迎之別室，輟己衣食事之，數載如一日。嘗貸白金與其庶子，預厥後事，其子私費焉。公知之，自謀曰：吾與治櫬以俟，宜無他矣。其子又鬻以費。及病卒，公再爲營喪具，遍邀郡縉紳，執其紼合葬於僉憲公。郡人無不服其義者。歲己未，公七上春官，僅得疏名乙榜，署魏博教事。命下之日，欣然就道，曰：吾志也。然實不能忘情於甲第間。履任後，晨起謁先師祠下，寒暑風雨無間。退視事，進諸生陳說道義，日以爲常。諸生自束修以上，一切力拒。是後即無以束修至者。其有婚喪不能舉，悉捐俸周之。立學約六章，大率以孝弟忠信爲本，而以黜浮辭、正文體爲尚。其諸冠禮射義，時一舉習。魏之耆幼咸扶携聚觀，謂爲百年曠典，蓋渢渢乎三代儀刑矣。辛酉，典陝西文衡，所取皆關輔名士。注榜之夕，勘簾內外所舉皆脗合，無一爽者，當事者服其藻鑑。舊制公私饋贐，咸辭勿受。既歸魏，中丞侍御交疏褒薦，尋擢南京禮部司務。行之日，魏諸生爭泣送之，歸而刻其文，爲去思、録。君赴任留曹，明習禮制，益堅所守。事上接下，不諂不驕，動循矩度，深爲宗伯尹洞山公所知。故事留都仕禮曹者，供億服役一以責之教坊，故樂官不勝陪償之苦，而應役者輒坐貧。自君至，悉與蠲革，事無大小，咸自措置。諸役皆鼓舞稱便。吏部五載考覈京官，黜而不陟，時多左遷罷去者，獨註君爲留都諸臣之最。今歲乙丑，適三載考績之期。二月入朝，輿望當有不次簡擢以階大用，乃中道病疽，逾月而卒。嗟乎！悲夫！天道安在哉？君賦性醇古，儀度雅飭，家食二十年，未嘗以私謁至公府。平居手不釋卷，然耻記誦趨時之學。諸所論議，多獨詣之見，出人意表。發爲文辭，博大雄健而理趣悠然，時出奇思，可謂高視一世而獨步藝苑者。詩格簡遠俊逸，亦自不凡。少嘗讀毛詩，已而師事安丘黄海野公，授春秋，遂以掇科名世。所著有《春秋筆記》、《一川文稿》藏於家。公生於正德壬申八月初六日，卒於嘉靖乙丑三月二十一日，享年五十有四。配陳氏。男一，伯華，戊午舉人，娶廣宗縣知縣鍾公秀女。女三，長許聘衡府儀賓夏公汝恭男某，早卒。次適余亡兄行人司行人諱惟重男生員子履。次適太僕寺少卿李公舜臣男國子生某。孫男一，幼，聘余弟山西布政司絫政惟訥孫女。將以是歲某月某日即窆於西田之新阡。伯華以余與君同志，又同年，又世姻也，匍匐泣血乞余爲之狀。余不忍辭，然無能發明君之休美，以備大雅君子採擇焉。適郡志將成，而公論僉謂公無愧於古哲人君子也。郡守四明杜公詢之，僉謀夷考，其平生無容議，乃立傳而載之人物志。

祭衡恭王文

稟靈昭哲，分氣氤氳。辰昂降秀，山瀆呈芬。道亞生知，神幾殆庶。慈明外朗，淑德中裕。於惟帝緒，擅美前王。緑圖丹紀，金簡玉筐。苴茅衡岳，奠都齊疆。二南闡化，兩東振芳。允矣維城，作此蕃弼。撫綏海邦，承翼京室。對揚休嘉，光昭其則。温恭朝夕，民以寧壹。忘言道奥，得意琴書。築宫碣石，開第康衢。醇醴成虔，曲觀通娱，鴻賓飛袖。皤臣曳裾，懿迹方崇，急景俄竭。半岳隤峰，中河墜月。蘭坂秋沉，桂山芳歇。沛易何傳，楚詩靡説。上廛宸悼，國隕明賢。追眷有加，詔使聯翩。共工開隧，大農授泉。殊禮雖殷，幽駕莫援。珠襦潛輝，玉匣掩素。葆吹徘徊，鯨驂惋慕。草色摇風，松光靄露，身沉名飛，永垂昌緒。某等久挹仁風，謳歌草萊。伊胡不愸，景命雲摧。微品昭忠，短楮告哀。尚其鑒哉，尚其饗哉！

祭王裕齋貳守文

嘉靖辛丑秋八月，郡大夫裕齋王公卒于官。郡人某等致束帛之奠，而哀之以文曰：惟公卓矣雄姿，才美焕發。蚤掇巋科，芳聲迅越。小試鷄割，高奮鸞栖。尊臨千里，坐制三齊。政務森明，法惟信必。蠹吏銷踪，豪甿屏息。兩守吾土，勞資既深。方期顯禄，詎意幽沉。公之始至，慈闈遘殃。號擗西奔，道阻且長。公之再來，嚴親在堂。父子偕逝，誰奔父喪。嗚呼哀哉！人孰無仕，禄以逮親。人孰無死，繼有後人。嗟嗟王公，遭此毒辛。萬事已矣，此恨何伸。某等感公禮遇，痛兹淪夷，篚帛儲虔，卮酒薦悲。英魂偉氣，死當不衰。薀藻非馨，魂其在斯。

祭内伯西澗翁文

海山英氣，薦紳清流。植性毅方，刻志前修。行不群俗，亦不苟難。發言如素，確中機緘。直道自堅，冲易近人。遠之如憚，即之者親。勤苦功名，逮親在堂。晚博一第，志故不揚。再令邑封，一念貞忠。不事要津，不畏强宗。惟兹忤物，浩歌歸來。濯纓石澗，抱膝山齋。引杯自酌，且以永年。慰此幽獨，諸孫滿前。年踰古希，厭薄世情。翩然遐舉，神游泰清。澗石粼粼，雲門峨峨。公雖死矣，生氣不磨。某弱植附喬，傷哉後彫，清酤酹地，用伸鬱陶。

祭胡夫人文

嘉靖壬寅夏五月，邑大夫胡君聞太孺人訃，爲位哭奠如禮。某等致牲帛之祭而爲之辭曰：麒麟産於樂郊，芝蘭植於瑞地。覩希世之奇，因可以識其所自矣。孺人幽貞之德，遠在南國，閫譽休芳，俄聞海曲。凡以顯親有子而澤流霈渥也。惟孺人之賢，乃於子驗之。則子之賢，一義方之爲也。施於有政，家法之餘也。惠在齊民，撫字之慈也。嗟乎賢哉！母克昌後矣。則夫坐食其報，受禄無疆者，非此其時也耶。夫天與之子，與之賢，而又與之官，蓋以報賢母也。然而遠地薄禄，甘旨莫致，奚須於官！

攸名之故，將母不遑，奚庸於賢。仕不得盡養，賫不得□□，抑亦奚賴於子焉。雖然，少年遠游，□□未□，今未得養，猶待來兹。禄豈常薄，迅奮有時。尊養無方，逸豫何期。詔下九天，鳳煒龍輝。恩波曠蕩，綏爾期頤。嗟乎！嗟乎！志未少紓，天不假年。方聞遘病，遽得哀音。踽踽羈棲，惟子一人。病不侍藥，歿不掩衾。生離未返，死别何申。拊臆中裂，跣踵南奔。攀號靡及，飲恨終天。嗚呼傷哉！薦紳痛心，道路興哀。哀賢母之永違，嘆循良之不來。何民命之多艱，倏仁風之已摧，山龍嵸而慘色，白日鬉而沉霾。嗟乎！嗟乎！訃至之日，邑民走哭，豈無從之涕哉。某等深悲碩媛，惜此幽沉。篚帛承虔，巵酒薦忱。江月流輝，天風自南。魂兮悠悠，千里來臨。

祭劉范泉先生文

惟公海岳菁華，東陽望族。學飽談天，行不偶俗。早膺鶚薦，未屑鸞棲。砥礪壯心，刻意雲霓。晚結詩盟，徜徉林石。泉送羲觴，堦鳴謝屐。有志未究，詎意陸沈。清揚輟采，笑傲息音。某久挹芬芳，近附松栢。趨步方前，泉臺遽隔。含悲捧奠，簞食壺漿。布此微虔。靈其洋洋。

祭竹澳冷先生文

世固有苦學而不究厥施厚德，不食其報，終其身泯然漠然，齎其志以歿者，何多也！亦有苦學而志以伸，厚德而福斯應，輝然赫然而翱翔于軒冕之列者，抑何多也！又有學未充而身名顯，德未優而百祿臻，炫耀於縉紳而俯仰以無作者，又豈少少乎哉？乃若竹澳翁之少也，齒未齓而就外傅，髮未髫而游鄉校。刻意殫思，日惟佔畢，勉勉循循，四三十年。逮至于仕，且老而不倦者也，翁之於學可謂苦心矣。醇篤無僞，凝靜寡言。孝友慈祥，得之天性。自甘淡泊而瞻睦懿親，平生殆無失容過行者也，翁之德顧非長厚君子哉！至其成名以歲薦，而拜秩以師儒，誰不謂名不副其學，位不酬其德而重爲之惜也。若夫楷範後進，優游道化，士類帖然向風，去之日至於流涕遮道，戀戀而不忍釋手，以其緒餘猶足以攝官策名，而他有所建立也。故中州西秦之士若民，至今稱遺愛云。嗚呼！翁已矣。而鄉人之述其學、服其德者不衰，間嘗惜其報之不厚，固不逮於輝赫軒冕者流，而亦僅免於泯然漠然焉耳矣。不義而富且貴，知翁不屑也。抑翁有令子舉甲第，官卿寺，殆將紹恢先志而光大世業。朝廷倚重，輿望攸歸。季子若孫皆以舉子業敬承翁有餘不盡之意，則翁之所以獲其報者，誠未爲不厚矣。敏以蔓延弱植，附於喬松，深惟私幸。時當翁之襄事，則怛然興哀，蘋蘩藴藻，來自山澗。雖無明信，唯以告潔而已。嗚呼！翁其監兹。

祭胡孺人文

渤海之濱，寔生孺人。毓柔嘉以作則，故能敬不違于夫子。聚百順以爲度，故能孝不衰於其親。卑巽以承嫡，是用偕老，以安其室。義方以教子，蓋已成名而顯其身。嗚呼！能育令子而未能少霑其禄養，能教子成名而未能究竟其所臻。杳千里而相望，阻九河之遥津。子奉使於邊圉，母憂思而毒辛。奄一疾而不可作，何沉抑而弗伸。嗚呼！渤海蒼茫，岱岳嶙峋，滌觴望奠，有淚盈紳。靈其不昧，鑒此精禋。

祭周孺人文

柔懿體於性成，儉慎合乎令則。幼服姆訓，蚤諧英匹。敬承宗祀，孝事姑嫜。相夫子以篤學，乃夙夜而皇皇。麗澤樂群，維余兄弟。晝飽脱粟，夜燃膏燧。勝洛騰蛟，天衢展驥。先後成名，伊誰之惠。夫子之學，獨冠吾人。蜚聲桂殿，振策楓宸。威揚繡斧，寵軼朱輪。鷄鳴思儆，伊誰之勤。嗣子克家，新婦胥績。壽母樂其天年，老圃忘其帝力。歲月優游，饔飧自給。坤厚成能，伊誰之德。嗚呼！甲子方周，期頤不待。豈君子之莫偕，宛音容之何在。逝旌之縹緲，杳獨鶴之高搴。亮貞魂之不没，羌何日而來旋。芬一酹之清酤，魂仿佛而格思。孰富貴之可忘，惟貧賤之故時。

祭楊孺人文 石淙宗婦

系出右閥，曰嬪相門。富貴承家，甲於江甸。固大邦之望，莫之與京者矣。相夫以居正，教子以官常。敬祀宗祊，孝光錫類，斯則閫儀之賢，不可及已。若夫蚤歲孀閨，晚節弗貳。內言不出，外言不入。凜凜志操，迨七十年。壽登九袠，蓋棺考終。稽之人事，驗之天道，此豈古今所恒有哉！某等職司道化，志切移俗。欽夫人之完節，而風吾人之興行也。迺薦之以蘋藻，而侑之以哀辭，非直以故相世家而已。

祭張母韓氏文

瀛海毓秀，燕山啟賢。相夫亢宗，冠裳偉然。教子昌後，福祉綿綿。方食厥報，頤爾天年。禄養未終，哀音遽傳。某忝與令子薄游一方，倉卒聞變，靡不盡傷。虛帷縹杳，酹此壺漿。靈乎遠而來格洋洋。

祭新樂王太妃文

嗚呼太妃！毓于名族，密處幽闈。曰嬪王家，上入深宮。前後垂五十年間，内言不出，外言不入。芳聞懿行，國人蓋不克與知焉。追惟端惠王之賢，可以觀有相之道。暨今嗣王賢聲益彰而文采焕發，可以觀燕翼之功。誕子若女凡十有五，厥惟盛矣。然不皆己出也，可以觀樛木螽斯之澤。則此國人以其所知揆其所弗知也。及得嗣王所爲狀，捧讀之，乃知孝事恭廟，敬承閫儀。勤以處貴，儉以馭富。宫府内政，纖悉有度。嘉言令德，歷歷可舉。即往古之稱賢妃，奚多讓焉。乃向之以意揆之云云者，有明徵矣。嗚呼！太妃之薨也，喪葬之禮欽遵國制。舉無踰越，而亦無弗自盡者。至其顔色之戚，哭泣之哀，尤非世禄之家所常見。聞此，則嗣王之孝根於天性，得於問學而講求於師友者，素也。有司之臣且將表聞於上，以光前憲後，益勵初心。則太妃之生也，育成其德；其薨也，終成其名。此邦之人，哀之榮之。於其葬也，遠邇畢至，觀感遺風，想象令則，無弗相顧嘆息。道路語曰：太妃則誠賢妃也。嗚呼哀哉！某等列名籍於士林，荷嗣王之禮遇。孝慈美誼，固所願見而樂道之者，乃合敬以爲奠而同文以致辭。洋洋在上，庶其降兹。

祭高唐王妃文

惟靈毓秀於詩禮之家，締姻於帝王之系。容儀靜一，動符懿則。德性貞醇，慈祥藹然。幼入宮闈，即閑閫政。迹其蚤夜靡寧，祗承舅姑。和敬匪昵，克諧伉儷。婦道也，妻道也，天之經也，地之義也。純孝柔順之德大矣哉！乃其媚睦娣姒而庭無閑言，惠愛媵侍而下皆感悦。教王子以義方，訓女主以内則。憂勤以趨事，而儉素以持身。是以宮閫内外無不向化，而驕侈逸豫之習弗萌。回視古人之鷄鳴賢妃，其猶有姜齊氏之遺風者哉。嗚呼！妃之懿德，此邦之人弗能詳也。間嘗聞於岱翁之言，翁以賢王好士，無問窮達。延之宴閑，假聽緒論，聞義見善，欣然從之。觀其衣有再澣，羞無兼味，而奉親享賓，情文懇至。宫宇肅清，市井弗擾。里閈居民咸承庥庇，其恭儉仁厚之助，非妃其誰能然哉？是以上焉者膺聖皇之眷，衍恭王之慶，慰今王之心；下焉者淑宮闈之化，延縉紳之譽，服臣民之望。其所繫豈淺淺也。今也，抱疢數年，竟至不禄。至使賢王失此良助，深切哀痌。元嗣方在冲年，煢然靡怙。朝野共悼，遠邇同悲。而况二三子敬承河間東平之休光者哉。嗚呼！瞻龍旌之摇摇，望名山而厝止。道路之人往來指顧，而懿德之在念者，無窮極也！敏等積虔合奠，絜酒蘭香，睠彼佳城，鬱乎蒼蒼。尚饗！

祭石富亭内兄文

嗟乎！士君少負才名而彊，弗獲試，迺竟齎志以殁。世之識之者，無不扼腕太息，以爲天能生其才而不究其用，則何以生才爲也？公天性凝重，雅望素顯。爲文簡飭，遇事果確。方其蜚聲鄉校，上下遠近皆器重之。凡履吾青之境者，無不知公姓名而期以遠大。逮其七舉不第，親疏每每惜之。晚領歲薦，曾不足以酧其所志之什一，猶思以一官自效於時，少抒夙學，而復爲造物小兒苦之以疾，荏苒數年。疇昔志願，無尺寸之施，乃今已矣。嗟呼！痛哉！然而古之聖賢能無憂者，父作子述，而其身優游於其間，亦不恒見。公之先大夫則古二千石，子則方憲使命之臣。金紫輝煌，炳耀先後，猶且未艾也。群季彬彬，青瑣郡縣之職。公居其家，上有所承，下有所傳，而紳笏濟濟，相與友愛於一堂之上。顧不尤爲至樂爲無憂哉！今之未遇者無貴，而既貴者隱憂；公以紫誥貤封，躋卿清署，徜徉容與，終其天年。有仕者之貴，而無貴者之憂，則公之所得於天者，未爲弗厚，而亦不可謂不遇矣。□□姻眷，義均休戚。時因即窆，寄此哀怛。臨文欷歔，辭不逮意，靈乎不昧，尚其歆之。

又祭富亭兄文會友公舉

惟公三齊著姓，五葉薦紳。甲第擅芳，莫之與鄰。公之大父，詩魁東省。家學繩繩，貽厥有永。公先大夫，瀏郡循良。蚤娱泉石，誨子義方。暨公英賢，篤棐世業。枕籍遺經，沉酣往牒。蜚聲藝苑，滯迹文林。七舉弗第，孰識苦心。諸弟簪纓，生徒紆紱。絳帳高張，甄陶人物。家器登庸，餘子決科。計公所得，孰寡孰多。怡怡自如，悠悠終老。豈曰陸沉，明哲是保。厭世溷濁，觀化鴻茫。飄然高舉，無何之鄉。敏等或忝姻好，或游門墻。或交令子，或淑清光。義切通家，情同哀盡。儀型匪遥，公不可即。何以薦之，澗溪之毛。臨文太息，筆不可操。尚饗。

祭齊東王沂翁文

惟王憲宗之孫，恭王之子，肇封名郡。禮所謂别子爲祖者，言其尊且親也。事王考若妣，左右就養服勤。至死，寢苫三年。友愛兄弟，情禮尤篤。國人爲之繪事聲詩，以紀曠見，言其孝且弟也。夙興夜寐，孳孳問學。道崇孔顔，書法古籀。百家六藝，涉獵梗槩，如老儒然。傳稱好善而忘勢者，言其貴而賢也。今天下分封郡國，如棋布星列，不可勝紀。棼乎盛矣！如王之儔，殆不可槩見。以是先王鍾愛，同位推讓，百姓仰德，守臣薦賢，而聖主嘉焉。由是有璽書之褒，金幣之犒。東方諸國欽承恩命自此始，可不謂首善大賢哉。嗚呼！有王之賢，乃不使之享壽考，樂太平，錫几杖，式儀型，而顧荏苒以疾，中道殂薨。與其才而縮其筭，竊爲造物者深憾也。訃奏之日，上爲之輟朝損膳，群臣易服，遠邇哀慕，而況敏等承休光而覿德容者哉？緊昔王之下交也，無獻子之家；而凡上承於優遇者，亦無獻子之家。今也，清酒載尊，藴藻是薦。王其來格，幽明無斁於斯文。

祭觀所周中丞文

道存中正，學貫天人。蚤騰桂苑，茂對楓宸。敭歷臺端，鐵冠繡斧。三錫倫音，惠此南土。公之始至，時巡代天。植善鋤兇，佑我元元。於時海夷，狺狺弗輯。綏安瘡痍，躋之袵席。仁風浩蕩，憲度肅清。吴民攀轅，借冠三齡。陳辭懇惻，達於明廷。至今四郡，允矣維寧。公之繼至，吾道攸主。化成人文，身先章甫。風教沛興，德輝載溥。皡皡唐虞，彬彬鄒魯。晉秩廷平，公歸無所。士民皇皇，誰其予撫。帝曰：欽哉，往惟汝諧。保釐圻輔，薙夷草萊。三沙底績，萬姓允懷。謳歌乃作，瑞協泰階。簡命益隆，授節江右。貞操彌堅，芳獻逾茂。政洽朞月，聲蜚宇宙。蓄滅巨蓄，滅迹窮寇。上臺虚位，輿望有歸。天奪時賢，曾不憖遺。保章告變，執法沉輝。仰厪宸悼，俯切民悲。筮仕自始，考終在斯。嗚呼哀哉！今茲之春，公以鎮遷。維此玄冬，公以柩還。寒空沆漻，逝水潺湲。吏民瞻望，有淚盈川。某等頊忝屬郡，儀型在目。曾幾何時，變生倉卒。令子奔喪，仁兄引紼。世業有興，永綏後禄。嗚呼哀哉！何以酹公，玄酒在卮。何以薦公，薜芷江蘺。江水悠悠，距有反期。英氣獨存，肹蠁是依。

祭孫孺人文

銀海鍾祥，玉臺韞美。濰淄並潔，暘谷啓彩。淑慎緹身，婉娩含章。飭儀鞶帶，制節珩璜。肅雍内則，式和閫政。蕙問淵流，金相璧映。永諧鳳卜，儷弼鴻儒。朝經暮史，左圖右書。遠紹宗祧，近開哲嗣。甲第光前，箕裘承志。靈寶發軔，惟清慎勤。克遵慈誨，漸民以仁。正笏臺端，章明憲軌。受命中朝，澄清外海。乘驄南下，刑牲誓江。炎炎烈日，凛凛秋霜。萬姓嚮風，百僚奉職。跋扈震驚，彊梁辟易。攬轡貞度，陟屺懸情。忠以孝移，夙夜靡寧。曾幾何時，竟罹哀苦。嗷嗷吳民，曷其有所。嗚呼孺人，教子策名。既食其報，乃返玄冥。寵渥自天，褒贈方始。揚名行道，寔維令子。母也即遠，瞻望弗及。哀辭載緘，寄此胸臆。

祭徐宜人文

坤軸懿靈，圻輔右閾。婉婉淑慎，含章貞吉。屢省鞶帶，式和内則。蕙問淵流，芳徽允穆。爰定厥祥，嬪於世卿。赫哉華胄，卓矣賢聲。宗祧遠紹，中饋是承。慎終如始，蹈和履貞。舅翁元老，齊家治國。建植綱常，贊翊皇極。於惟宜人，家婦是職。出懋蘋蘩，處麗絺綌。修詩賁道，稱圖昭德。率禮無違，徽音靡輟。樂享太平，儆監驕泆。婦順時賢，母儀來哲。發祥有永，郁郁者蘭。舒爲國華，及此芳年。芬靄襲人，盈江海間。雲翔鶚薦，水擊鵬摶。宜人篤訓，裕後光前。紫誥貤封，翟服魚軒。恩崇梓里，禄以世延。積善餘慶，神理固然。宜永斯祜，蒙祉自天。何圖兇咎，不免斯年。豈命有終，神食其言。遺孤在疚，煢煢哀虔。擗踊郊畛，灑淚川原。空閨寥廓，棟宇霏烟。巡省堦塗，髣髴翟軒。仰瞻素幄，俯察几筵。物不毁故，而人不存。遂臻舊都，游魂海邑。大隧開塗，靈將斯戢。嘆息露興，揮淚雨集。徘徊輀柩，號籲弗及。滅采清都，收華玄室。眇眇游靈，將安所極。容光幽邁，豈有反迹。節移虚饋，氣變空衣。中庭草曖，階上螢飛。傷縈里第，痛溢朝闈。霜侵燭昧，風慄帷凄。驚葭夕轉，悲驂夜嘶。素紼歛維，華輧解馭。山隧恒陰，松阿靡曙。離天渥兮就銷沉，委白日兮即冥暮。菊有秀兮蘭有芬，德方遠兮聲彌樹。某通家世誼，無忘厥初。薄游江甸，密邇仙閭。聞訃盡傷，遺奠欷歔。芳藻告潔，清酤載觚。遡彼惠風，瞻望丹旟。

雜著

原恒

夫聖無恒師，則學無恒地，由是而之焉，吾見其進矣。安而不遷，止吾止也。雖然，變通不息，大賢之上，聖之事也，其次莫如恒。夫有恒之道，孔子再致意焉。故嘗爲之説曰：一言而可以終身行之者，其恒乎？或曰：信如是，恕可後乎？曰：恒，翕也。恕，闢也。恒以立己，恕以達人。恒其忠乎？盡己之義，通一無二，匪忠則曷恕焉。是故一言終身，吾於恒亦云爾。今之學者，矢一而鵠二，而曰：吾能射乎？十步而九息，而曰：吾能至乎？不恒其師，淆亂而無從。不恒其地，放逸而無功。先王建學立師，良有以哉！我皇祖草昧之初，惟兹首務，效在得人。百餘年來，師儒充位，宫舍具觀。作新之者，更擇師與地而育之，因有書院之制。古今海内四大書院，傳美載籍，餘不可勝計。然皆以崇信大儒，講明性學。而立其多者，元公、文公，不啻五六處也。誠以繼千聖之絶學，集諸儒之大成，二公之事功，則有以異於諸子者矣。惟吾鄉聖賢之墟，書院舊有閔子、伏生、太山、東萊之名，今無聞焉。湖南之勝，創自近歲。齊魯雖大且號多賢，然而地靈人傑，悉於是乎會矣。朐岡遲子德徵，力學好古，潛心道奥，觀書務求聖賢指趣。臨文雖千萬言，必以理勝。摹擬想像，希悦一時，以爲深耻。予與之游十年，未聞其擇言過行也。督學遵巖王公、江峰吕公徵書踵至，乃爲湖南之游。予於是信二公知人，湖南得人矣。朐岡之學，窮居而不輟，獨立而不墜，而况於得所因乎。同游之士皆若人也，其亦何負於湖南。如其不然，千里來學，廣奔謁之路，虚譽日興，開徼幸之門。樂群聚謔浪之媒，静修耽宴安之毒。注目一試，自分得舉矣。而主司亦惟恐不得此以厭人望也。嗟乎！舉法之壞其自此始乎！今之庠序有恒地，司教有恒職，又更而之他，如其弗率，又何之矣。上無恒教，下無恒習，吾不知其所終也。或曰：書院之設，所以育真才也。而他不與焉。夫真才者，朐岡其人與！吾觀於朐岡，少而窶，學猶是也。長而頒給，學猶是也。既而術成名立，俟時而已，學固益力。此無他，恒性存也。又何待於外哉！然則古人之制非與？曰：不然也。紫陽之在白鹿也，人之從之如七十子之服孔子也，故莫不樂得其道。今也不然，上以近名，下以干禄也。故莫不樂得其□□，固不可同年而語者。使朐岡得紫陽爲之師□必更有得。即章句之學，已落第二義矣。□□□者哉。是行也，友人張福，門人孫紹先輩，□俎豆郊餞之，屬予贈言。予惟湖南之游不足爲朐岡重。朐岡之往也，湖南於是乎增價也矣。作原恒。

三慶篇贈龍溪子

龍溪子，今之純人也。少游鄉校，兹三十年餘，未霑一第，同志惜焉。歲己亥，有司奉天子命，寵之冠裳，如百官制，必諸生屢試不第，年踰五十不樂仕進者聽。愚於是有以仰窺聖人之至心矣。揚側陋，至公也；逸高年，至仁也；獎恬退，至義也。龍溪子未舉於所司，而上承天子德意，若此其渥，於是乎鄉人胥慶焉，沐殊恩也。既而屏志章句，咏歌聖明，逸行淑身，高風振俗。邑大夫聞而賢之，遂賓於鄉飲酒禮，遵高皇帝制也。斯禮也，創在中古，隆於昭代，豈寧燕毛，惟德是考。對揚聖謨，恒懼隕越，儼然皇祖照臨在天而臣民應德也，可以觀化。雍容巽順，不愆於序溫，然古君子相與周還於樽俎間也，可以觀禮。龍溪子與在其位，允矣嘉賓。於是乎鄉人胥慶焉，躋盛典也。是歲龍溪子生男子，先此未有也。以先人之緒，恒以爲念。人曰：焉有善士不嗣續乎？至是嫡長子生，生而歧嶷，於是鄉人胥慶龍溪子之有後也。馮子曰：爵在君，名在人，嗣續繫於親之三者不可以强爲也。然而舉世貴之、慕之，而不可必，矧曰兼之。龍溪子於其所不可必者兼之矣，抑胡爲其然哉？吾嘗爲之説曰：德不出於堂堂之士，而太樸之人恒得之。龍溪子性恥芬華，居遠廛市，蓋未嘗剖其真而歧於習也。是其淳厚質直，無媿古道，其先世可以推知其人，則夫余慶之衍，蓋在是云。僕與龍溪子爲同門友三年，僕素所欽也。既而各辭去，不恒值，每懷耿耿。適同志述鄉人意，圖贈言于僕，以爲龍溪子慶。遂欣然命筆，作三慶篇。

壽卦壽康東汾 時以憲僉鎮青州。

壽，康侯永錫繁祜。日方至，利振民。彖曰：壽，外柔而内剛，上静而下止，止而順。壽，壽考之寧，人道乃亨。含弘篤實，悠久無疆。潛根襲固，終乃不崩。康侯受祜，與日偕昌。振民之利，萬夫之慶。象曰：山奠於地中，壽。君子以頤神育德，對揚休命。初六，盤根勿伐，無咎。象曰：盤根之閟，天機深也。君子不伐，以養心也。六二，毖之翹翹，或益之齒，吉。象曰：翹翹之慎，厚自燓也。或益之齒，天道察也。九三，壽，於金石終始。乾乾，無不利。象曰：金石之壽，德剛也。終以如一，自彊也。六四，尚父涖海邦，先義後仁，三年有成，大耋，貞。象曰：先義後仁，小人長也。三年有成，老益壯也。六五，般如耽如，飲食衎如。象曰：六五之衎，壽徵也。上六，期頤元吉。象曰：期頤元吉，今厥終也。

城隍祠祈雪告文

國家設邑分理，必祠明神，蓋主於察吏之治而拯民之災。縣令涖任之初，先禮於神而謝恩次之。以神之所主司者甚重且大也。淶水負山作邑，土瘠民貧，連歲大祲，殍亡過半。今茲薄收，而併輸四年之賦，地利竭矣，民命弗堪。所賴以興嗣歲者，宿麥之在地也。乃者，隆冬不寒，爽閉藏之義。雨雪不降，抱暵乾之憂。麥已稿枯，萌孳殆盡。小民觖望，上下皇皇，至此而神弗之救，非所以關於幽明之際矣。若縣令有虐民之念，殃民之政，罔民之利，貽民之害，宜干神譴。則孤身寄千里之外，故鄉有八口之家，悉聽於神，自甘冥罰，用彰厥報。苟徒以暵乾示變，是益重民禍也。縣令與神皆以民爲依，至乃交禍其民，是大不可。惟明神其亟圖之，以慰宇内同雲之望。

報謝告文

敏等既瀝誠致禱，辛壬癸甲駿奔在廟，既而得請於神，雪三日矣。邑父老願以少牢祀謝，敏未以爲足也。乙亥又雪，民心始定。厥明，從父老之請，陳牲載酤而報於神曰：淶邑之民，男不商賈，女不織紝，衣食之需，資生之策，悉仰給於畎畝之中。臘不雪則三春無以成其始，九秋無以成其終。陰陽氣機之感，神實尸之。民之終窮，神亦何利之有？今者，應禱而雪，貽我來牟，土膏在下，農人無恐。獻歲發春，繼受明賜。答吏民之懇望，示昭假之不遲。報祀之典，安可以已。然神以令長失職之故，菑其民以警吏。迨夫警而禱，禱而應，亦既後焉。則不如親于其身而示之罰，無波及其民也。嗟乎！吾民之憔悴既太甚矣，極力庇育猶慮弗起，而況以菑示乎。自今與神期，一德庇民，無爲民菑，以佑成于吏治。

祀竈告文

舊俗，歲杪祀竈有恒期。今歲之期，口在甲戌。主人方以禳旱致齋於外，禱於上下神祇，不遑内顧。曠而弗祀，蓋闕如也。後甲三日，始有事於司竈之神，而告之以文曰：夫時祀之修，不迎，神則不降；不送，神則不升。俗傳神今上升有日矣，乃主人未交於神，得無勞相待乎？有司蚤夜惶懼，請禱弗懈，爲烝民粒食計耳。粒食不繼，神將無所憑依，固亦神之憂也。然則雨雪在地，而神乃升於天，抑且無内顧憂。是主人之送神未爲晚也。又傳神既上升，必摭主人一歲所爲善惡事陳之上帝。懼有譴罰，則祭必以飴，計以膠神之口，而餌之以甘。膠之固不可，餌之亦非是。自吾之祀神，每去飴而薦茗，將以爽神之口而苦其心，冀神奉盡言之職，而吾遠媚神之嫌。自吾之吏於兹邑也，苞苴入門，神必知之。其燕安在室，神必臨之。禄不逮親而先妻孥，神必察之。鷄鳴而起，惟日孳孳。善歟惡歟，神必别之。其有虐民之心，殃民之政，罔民之利，貽民之害，神必悉之。願以是夕聽命於神而轉聞於帝，毋吾隱也。若乃膏粱不御而飯脱粟，園葵不拔而甘蔬食。近於饜君之禄，奪民之利，涉於晏子之陋，公孫弘之詐。然主人生於吴松，長於建業，游於楚粤燕趙之區，而歸耕於海岱之隩，殆非誠齊人也。緣夙負野人之性，非脱粟不飽，非蔬食弗甘，酒盈爵則醉，肉勝食則逆，恒以此爲恨。生來非食肉相，自謂薄命人。然神寔號司命，吾固不敢怨神處吾於薄。神亦勿以吾之無醇醲之味，適烹飪之宜，謂敢薄於神之執事者。繇前之事，吾吏事也，神必訴之。繇後之事，吾自奉也，神當弗吾較矣。嗚呼！吾既不敢以貽糊神之口，又不敢以嘉粟旨酒奠，慮既醉也，乃撤所薦之茗而酹之者三，神其升哉。毋諱主人，使失神職。

謝雨告文

維今四方之俗，有司之事，水旱之災，祈而得請，則報謝於神，不祈則不謝也。縣官無格神保民之德，恒以雨暘不時爲憂。每遇旱乾，非大吏移檄至邑，則不敢私禱。心竊自咎不釋，旦夕望檄下，冀得伸其虔，懇以乞于神。無何，檄未下而雨輒至，若此者屢矣，神蓋未嘗忘吾民也。由春而夏，時雨如望而注。以理推之，乃亦有秩，宜舉祀典以答靈貺。貺而不報，非事神保民之心矣，可不待令而行者也。敬陳牲俎，用伸報謝，神其溥惠，以永康年。

與薛文學論郡志

竊惟太守肇千載之曠典，足下炳三齊之偉牒。繡被文梓，昭並列星。功成不刊，餘復何憾！然而高明遠覽，顧猶屑屑孜孜附耳寡昧者，何哉？或者元稿未及裁定，便不得成一家言。各帙出於衆手，豈容無牴牾繁覆者錯雜其中，非仗足下點鐵成金手段，將難以示久久矣。即如宦蹟，則詳於古而曠於今，人物則慎於前而備於後。古今一理，遠近一道，宜無太相懸也。郡屬凡十有四，而二邑闕宦蹟，蒙蔭小邑，宜不盡無可稱。益都倚廓都會之下者，昭代豈無循吏可録者哉？甚至堂堂名郡，寥寥二百年間，良二千石蓋不乏人，録一李守附之，荒政太希闊矣。人物小傳尤可商榷，前哲無容議也。近所收録，不失之濫則失之驟，必也，與論允愜，無嫌於濫；蓋棺事定，無嫌於驟。以今之民，果迄無公論乎？其猶生活者將竟免於蓋棺乎？信斯言也。則濫可汰也，驟可待也。有所汰以存實録，有所待以全晚節，斯不亦光明俊偉事業哉？孝子慈孫不能晦公道而顯其親，端人慤士不能遠私嫌而昵其黨，而况於足下以高雅之才，卓犖之識，察之精而審之當。於此而任之不力，執之不固，汰之不盡。擬議却顧而不自安，則此書之成，將如精金雜銕，美玉韞石，識者遺憾，有不可勝情者矣。必有斬釘截鐵心腸，然後可施點鐵成金手段，足下又將何諉耶？僕原作者之意，非有心詳略去取於其間，直以舊志所闕則不得不略，新聞所得則不得不詳。創以未定之草，以俟總裁之筆。完璞未斲，呈之玉人。瑚璉精工，在此舉矣。郡縣無志者，必有德政、去思等碑。名宦祠典，何處無之，此可覈宦蹟者。郡守之下必有可考而録也，人物中未亡者悉待事定，而近世者更加核實。一稽公論，略無異議，方得收録其小傳。原文槩以采輯行略而已，亦非一家手筆，蕪詞稚語，附會凑合者多。删繁就簡，易俗以雅，撰次成一家言，可以傳遠。取舍無憾，不顧避忌，可以傳信。實以傳信，文以傳遠，文實兼備，斯其志矣！斯其志矣！寡昧之見，狂僭之言，惟高明不以罪我。

益都耆民留鞾記

安肅肖岩王公舉壬戌進士，奉上命來尹益都。甫三載，政成民乂，臺章屢上。最績登聞，上甚嘉焉。至是復奉命徵詣闕下，將畀清近之秩，以階臺鼎之任。奉檄之日，明發戒行。是行也，賢王郊宴，大僚勸駕，縉紳出祖，而士庶攀轅卧轍之輩，殆不可以數計。匹夫匹婦，襁負其子，聚觀道旁，咨嗟竊嘆，如失如慕，有泣下者。前蔽後擁，公車爲之不馳。迺再三慰勞，宣諭遣歸，無妨穡事，民不爲動。俄有父老搴帷裳，持公足，頓首跽曰：願得公鞾以塞衆望。公笑曰：是安用敝屣爲哉？吾今以召去，不能爲若主，吾誠無所貽於吾民則已耳，無庸此貽也。父老曰：我公爲邑三年，秋毫無所取於民，而其所貽者則侈矣。屣雖敝而有芳躅存焉，願留其敝以貽芳也。公再三辭謝，不從，竟爲鄉民脱其鞾而去。觀者歡呼。稍稍辟易，車始得前，時七月念四日也。是行也，宗藩以睿藻臨，大僚以獎檄至，縉紳以贈言進。寵數交錯，禮文隆縟，近所未聞。而民庶以留鞾遮道，戀戀不忍舍去，是豈可以强爲者哉！然余嘗薄游四方，往往見留鞾故事，至有連牆累櫝者，反不爲異。益都建邑以來，僅見此舉，蓋異數云。三代直道，乃在斯民。先聖之言，於是尤信。余嘗覽舊制，闕名宦，未嘗不掩卷而嘆。豈以益都名邑，聖朝宣化二百年來，獨無循吏可稱述者？然而詢之父老，益以耳目之所睹記，如公之儔，蓋難其人。欲擬循吏傳而未之能定也。嗟乎！前乎公者，不尤其政而尤其民，至以益都爲忌而不樂於其位，率以自敝亦以多矣。後乎公者，循公之政而休養其民，與邑相安於無事，則其政成民乂，有成憲焉。令長宦成而民受其福，是公之遺愛於不窮也。公之政績具公牒，德教具贈言，綜核之司，能言之士數之悉矣。異日必有撰勒去思碑著循吏傳者，垂之金石，傳之竹帛，以昭信史。余所爲記留鞾事也，固不得詳於叙述之大，直以細民之情言之。舉公之政有十善焉：愛民如赤子，節費如家貲，省刑而法不廢，簡訟而民不爭，祛蠹而積害頓除，平役而調停允當，窮鄉無追攝之擾，流移有招撫之仁，馭吏以法而邑事修，道民以善而民俗厚。凡此十者，公之貽於民不其侈哉！至其自守之嚴，事上之慎，交際之有道，教育之有章，上下四旁無弗齊，縉紳縫掖之士無弗洽也。政是以成，民乃不忒。則夫不尤其政而尤其民者，覩公遺迹可以省矣。韡藏於櫝而懸於邑門之上，緣民之情則以識公遺愛。初無意於風勸之道，然而今之同升與後之嗣至者，必有省焉。是愛之遺於無窮也。

復友人書

不肖夙負不才之資，久便疏放之性。坐荒筆研之伎，已絶仕進之心。九躓賢科，不一作色。介念者自揣頗明前途匪測也。弱齡從先君子守石阡，備嘗夷方艱苦。既遷貴臬，分鎮威清，不離夜郎之域，前後五年，間關萬狀。父子衣疏布，食粗糲，冲毒瘴，冒絶巘，人所弗堪，居之不變。雖囊無一鏹，而舉室幸獲安全。定播凱百年讐殺之難，銷龍氏一旦激變之釁，此其功之表表彰著者。已奉明旨，不次遷擢，而竟以不能俯仰於人論調，乃遂浩然以歸。私竊自念，先君以三十年科名，一生苦節，萬里功勳，而竟以廢罷。某獨何人，敢於仕途周旋奔走也？斂迹山林，晚領是邑，既違本志，事多齟齬。不幸而值國計積逋之後，又不幸而值勑使叠出之時。一秋而舉四歲常賦，一月而完四季料銀，民力竭矣！而太僕行部則徵連年馬價，屯院巡歷則起連年粒銀。舉皆惟正之供，類非不急之務。於勉强支持之際，爲調停緩急之權，率先豪貴，寬假惸獨。欲使小民少延須臾勿死耳。而邑人稍殷實者，皆爲將軍，爲校尉，爲力士。其大姓巨宗爲執金吾，爲中貴人。計兼併之地獨多，視升合之税爲虐。少拂其心，皆能滕口於都城大内之間，而取重於明公上卿之列。不肖誠愚且闇，顧不知自恤者，安能恤此輩也。槩五日會計按籍比録，不罪里甲，不詰小民，獨摘大姓多負者懲之，不少假借。凡不肖之所懲督，皆都城杯酒請託之家也。此法一行而積逋得强半矣。由是數日之内，幸完本年之額。適郡使者督税出，欲收此爲功，乃束馬箠百枝，間道至縣，徧笞完糧者，而大姓之奴與焉。使者怒其出不遜語，囚之，使加五木，且將死。不肖密爲之請釋，使者不可，曰：爾可謂罷軟官矣。翌日，使者去，竟自出之，不以爲德，反詈縣官。乃令加五木如故。此鄉官之釁，馬箠之謗，所由起也。既而防秋之役興，使者旁午，供億告乏。而旦夕所至，時刻不可稽。十室之邑，三家之市，倉卒亡所措也。既蒙關院按臨，先降憲票，限以品物分數，極爲簡薄。過則罪之，甚便於民。自此之外，務以豐潔相尚，雖不盡納，不敢缺也。是時往來車馬闐駢，冠蓋相望。有隨檄即至者，有無檄而至者，各因察院輻輳於此，似不宜以相妨爲嫌矣。然而一飯必報，乾餱以愆，不肖切身之患乃在於此。雖有備物，弗躬弗親，猶曰不享而媒蘖百出，此公使之謗所由起也。都下相識，時有傳示，大約所聞皆不肖之所痛懲而亟罷之者。往時縣官菜蔬，皆出市課，接遞隸役，悉使屠儈。不肖禁市課之供，而同僚懷怨；更屠儈之役，而里巷少寧。煩里甲者，一切廢罷。出門則以壺漿簞食自隨，延客則以或菜或魚自辦。本分之外，毫末不敢苟。自惟不能仰繼先人之志，而以頓隳家聲爲深耻。兄弟相勉，無忝所生而已，浮名之升沉不計也。饘粥豆羹無異石阡。妻子聞之，安心家食。乃不意人心之危，逾於巒山之嶮巇。讒口之毒，慘於炎荒之瘴癘。九夷之陋，固有安於邦域之中者矣。初聞流言，即圖退棄，而勢有牽掣，非若古人直任自如之世。甘心茹恨，亦不求雪。公是公非，非辯説所明也。言及於此，又涉文過辯説之詞，惟高明洞識之餘，間遣密察豪貴側陋之間。言或不倫，則可以參伍是非之實矣。猥辱受知門墻之下，深懼有乖曲成之心。冒昧瀆陳，無任悚息。

樂府南吕引

淶邑蕞爾山谿之内，田野瘠阨，近山多石，瀕水則沙。民率惰業，五穀不蓄。然故爲偏安易治之地，以山有茂林，園有嘉實，采而售之，寔佐地利。邇以庚辛之間，三歲大侵，五穀幾絶，民乃樵山伐園，負薪燔炭致之京師，且有茹葉糗皮以救死者。然而徙者過半，死者半矣。山童地赭，民物蕭索之餘，余受命至邑，蓋爲之憮然者凡數月也。招徠休息，既浹一年，方春發生，始勸民樹藝。墻下道左無有棄壤，民油然從之，其弗化者弗詰。城門之外，官路達於四境。剷塹叠障，高深廣二，袤如干數。塹以内樹以楊柳，相距尋有尺；障之巔種以條枚，相距尺有咫。舊制：拒馬河，每歲繕橋梁以通貢薪運道，届夏防漲，則撤而頒焉，供官吏私爨矣。余不可，曰：盍儲之以預秋乎？僉曰：無能蓄也。浥腐之患，守舍之費，不如用之。乃令程材陶甓，完城堞，修學舍，治廳行署，以次一新。蓋自數十年頽敝者得全焉。然而執役力作皆胥徒之在官者，民無一錢一力之擾。以土木之材，工作之費，胥營之官，民弗與知也。然猶能餘故木以儲秋役，乃新橋輸材者纔及半而止。余因召民至前諭之曰：材僅贍橋足矣。餘無庸爲也。即止之，則即輸者弗能平，其未至者姑令勿亟。及春，各輸一栽以樹官路。再秋則統繳，木之半自足也。衆欣欣退，趍其穡事。春乃肩其栽而至，則令狥道路者樹如法，儼行列矣。父老語曰：前二十年，邑有路宰者，仁人也。種樹近郊，鬱鬱成蔭。頃爲吾民茹其葉，糗其皮，薪蒸其條幹，無遺株。殆樹之菑，民之賴也。余獨自憾不能慎修，以樹謗，繼之者將以樹懲也。長養之難，翦伐者至矣，安能爲路公二十年遺惠哉？雖然，翦伐之餘，萌孽之滋，苟有存者，安知千載後不喬木哉？使余信如謗者語，則吾民之子若孫必相傳而指之曰：是先人之以一錢得於劉侯者，吾黨其世世守之。余名不彰且久哉。故不薄其名，不耻鄙事，又從而爲之詞（詞見别稿）。

賀王指揮君輔平盜帳詞并引

伏以素商戒節，上帝所以宣威；黄鉞麾師，明王因之耀武。攘削奸宄，補雍熙之未融；保乂生靈，佐聲教之弗暨。由兹戡亂，孰能去兵。我國家大啓洪基，仰稽玄象，諸邊巨鎮，所以外禦不廷；列郡戎藩，所以内威不軌。顧惟昇平日久，寇竊時滋。屬者，小醜肆罪於潢池，有同豺虎；窮民罹毒於塗炭，無計桑麻。阨險負山，方尸居而作固；阻兵拒命，敢臂奮以憑陵。不有勇謀，曷勝匡濟；恭惟具官，家聲著代，世德在人。拜命中宸，職司外警。才猷傑特，允爲將士之先。韜略縱横，寔副維藩之重。銅符寵授，玉帳雄開。撫長劍而白日寒，抗危旌而黄雲捲。我師奮發，勢無駐於建瓴；醜類摧崩，功有輕於拉朽。殆無遺孽，直殄兇渠。羽檄星馳，曾不留乎信宿；烏臺霜凛，迺亟意以褒揚。凡在邦人，舉稱快念；况兹寮屬，尤切懽悰。是用作此凱歌，宣之部曲，聊伸燕喜，略叙鴻勳。（注：以下詞一首（滿江紅)已移入本書「詞」類之中。)

鎮江府西津渡口玉山報恩寺重修募緣文疏

寺爲浮玉亭故址，亭迺宋郡守程邁立、都統制劉元鼎重建，郡守史彌堅易名：東南形勝亭。元至大中，改建玉山報恩寺。皇朝弘治中，太守王公重建，增置觀瀾亭，尋廢。兹惟太守秦公作新勝迹，聽募法財，共結良緣，預陳短疏：

維摩千百萬億身，不生不滅；江南四百八十寺，或廢或興。迹有可沿，往無不復。况兹西津古渡，寔惟北固上游。萬舸鼓檝於朱方，千艘揚帆於白下。天都地限，扼爲海内襟紟；楚尾吴頭，控作浙西門户。宜存名刹，以奠雄圖。即浮玉之故基，前元創始；侈觀瀾之崇構，昭代更新。閱塵劫之推遷，積風霖之剥蝕。回廊寂寂，卸入頹波。古木悠悠，流爲斷梗。更無殘碣，從何磨洗認前朝；剩有荒苔，徒使登臨留勝迹。羈人估客，頻仰止而興嗟；逸侶高賢，願皈依而息念。空瞻道岸，莫濟慈航。無那浮雲變古今，惟見大江流日夜。兹蓋伏遇仁賢太守，明哲鉅公，涖郡政而百廢俱興，觀民風而九流咸輯。睠惟福地，惜此禪林。聽募化於緇流，恐重勞其赤子。所幸上方寶殿太半猶存；中極璇題，平分無恙。但即此間仍舊貫，賢於他處作新宫。八觚柱石，無斧鑿痕，有如斯清淨；七寶法身，具慈悲相，是何等莊嚴。方圖下手速修，便道發心喜捨。伏願貴官名宦，分有餘之俸資；善士信人，作無量之功德。齎糧何嫌升合，捐貲不較分釐。竹木參差，截長補短。釘灰瑣細，積少成多。朝朝暮暮，渡頭人煩運陶公之百甓；去去來來，京口客請留劉寵之一錢。當知衆人爲聖人，蓋因小取是大取。民財從兹節省，法藏於焉鼎新。玉山、金山、銀山，證明三寶；善果、因果、功果，普賴十方。心誓完修，口占半偈：法輪重轉玉山頭，鎮靜東南第一州。月印江心觀色相，清光漾漾水悠悠。

山堂詞稿引

山人與老農語，或共野客遊，不復及文字，亦不説詩，乃間以近調自寓，取足目前意興而止。而好事者喜聞之，傳至名流鉅工，亦未始不粲然擊節云。壬戌春，余策款段出山中，遂浪迹風塵雲水間。每有知遇，尚論古文辭，亦或及此，輒徵稿不止。然稿不恒留。余弟往在秦州刻《詩紀》，以其羨刻《石門樂府》。余今刻《山堂緝稿》於潤州，既迄工，乃别輯此卷刻之，亦惜其羨耳。第不欲以序辱作者，漫筆是語於簡端。丙寅閏月，海浮山人題。

重修三義祠碑記

北地多建三義祠，祀漢先主暨關、張也。先主系出中山王，厥祖封涿縣陸城亭侯，坐酎金失侯，因家焉。關雲長本字長生，河東解人，奔於涿。張翼德，范陽人。先主於鄉里合徒衆，而雲長、翼德爲之禦侮，史稱其恩若兄弟，寢則同床，此三義之名所由傳也。而繼之曰：稠人廣坐，侍立終日，則君臣之大分，固已嚴矣。今之廟貌，有並列而無郤坐，在在皆然。吾知雲長、翼德之靈弗妥也。淶之舊祠建兩翼室，左雲長，右翼德，東西相向，吾知爲神寧宇矣。往，予在縣瞻拜廟貌，以建翼室爲知禮。竊謂偶坐者非是，士民始悟予言爲然。因請於予，撤偶坐而繕翼室，併祠宇一新之。予許諾，而未敢輒舉也。於是十年饑饉，百廢相仍，有其舉之寧無序乎？居閱歲，首學宮，次臺署，次治廳，次城池，次郵舍村渠，因陋改飭，凡稍集事。適余以論調當行，廢未舉者如故。顧予已許士民爲妥靈計，又非淫祠等，不可棄信於神人以去。而城無東門，非制也。候代之暇，作東城樓櫓如制。以其羨材，命近祠居民修祠，而正位焉。示以程度，予遂歸山中。後五年，復來視縣事，行縣謁祠，瞻仰一新，而偶坐未變也。翼室亦整煥矣！予曰：雲長、翼德之神，其在是乎？君臣之義如之何？其廢之。乃降阼階瞻拜焉。史又稱先主知人待士，有高祖之風，英雄之器。而雲長、翼德皆稱萬人敵，爲世虎臣；其報効曹氏，義釋嚴顔，並有國士風。若夫先主之教後主讀漢書、禮記，閒暇歷觀諸子。雲長之好左氏春秋。翼德之作刁斗銘，筆法文字甚妙奇，此學士大夫之事，又非專尚於威武者。至其正大之氣，光明之業，照耀於天地之間。而維持綱常，扶植世道，萬古如一日，固宜廟貌血食於無窮也。雲長封漢壽亭侯。翼德封西鄉侯。漢壽隸荆州武陵郡，今人不知漢壽爲封邑，亭侯爲列爵，而稱壽亭侯者，失之矣。西鄉隸涿郡，蓋荆州以分地，涿郡以故土，並得封建云。修祠於嘉靖甲子，立石於隆慶庚午。至是始刻修學碑，以其副材刻此記。

（直隸易州志）

嵩山銀洞議

山澤之利，從古有之。然而銀洞爲朐劇害，何也？民採之，率棄本業，嘯聚山谷，分落樹敵，殺傷無算，必捐軀覆族而後已。官採之，則大吏畢至，有司奔命，供帳輿馬之費，騷動數佰里，而朐爲甚。工役傭作之直，殆又過之，且虞不逞之徒，群起而爲亂也。兵防饋餉，用出無經，瘝官秕政，耗財蠹民，至是極矣！乃復有官民同利之議者，官監民採，貸以公帑，已乃償之，僅無少餘。是三者，朐皆行之而一無所利，顧蒙其害至今未甦也。夫礦亦石耳，一掘不復生息。古今掘之不遺餘力矣。其不可復得，理有固然，無足辨者。（嘉靖臨朐縣志）

修志自敍

郡故上谷、范陽、中山地。今人知上谷爲宣德，范陽爲涿，中山爲定，而不知上谷本易，范陽本定興，中山本唐也。余于新志既辨正之，益考諸《水經》云。酈道元者，郡人也，其注《水經》，天下古今宗之，而況于本郡乎。今郡治介于古三郡之中，而古三郡者，實今郡屬州邑耳。上谷在易之西，中山在唐城北，范水出淶境，故淶有小范陽城。而酈亭在新城，爲道元故里，彼豈無稽而著書者哉？若不考所統而但以今郡治言之，則周爲樂鄉一鄉鄙耳。漢爲新城，南境猶未建邑。隋爲清苑，宋初爲堡塞，始邑之矣。后升爲州，至金元爲路，始兼統三郡之地。踵宋之名，爲今郡。先師有言：「必也正名乎！」余則以爲不獨人道，爲政然耳。志地道者，要必以正名爲本。名正則事核，事核則論定。而凡天之懸象，地之麗形，山川所在，人物所鍾，截然不紊，斯實余矣。志之大義，蓋取諸此。其分門類例，又其小者也。然視舊志有變例焉，此余之僭歟。爰始天文以先地理，二儀上下，缺一不可。山川古迹，系之地理之次，本相因也，是爲覆載之大者，故先焉；人事由是而起者也，故次之。以四表十八志，而人事其庶乎備矣。總爲志二十有二，而圖表附麗其中。損益可知，次序不紊，未必無補于舊志云。《索引》曰：「燕無系本，故四十三傳而祖孫同謚者凡幾也。」雖馬遷亦不得而考正之，而况千年之下者哉！周末文盛之時，猶且脱略如此，則後世不重記載，無能發明，固其然矣。加以余之固陋，而奔走不遑，欲無缺誤，不可得也。作志始于己巳之秋，告成于今，近三年矣。而吏事間之者三之二，録刻不給者亦如之，是以久而後成。逮余改官，膏車之日，始稍稍印布焉。嗚呼！亦艱矣哉！雖然，張才之志，三十年而後付梓人。若非其子都憲公琳復鎮此地，則無能梓者。非劉少師吉藏之于家，稿固不存矣，其能傳乎！余薄游兹郡，始終一官。獲完帙而刻傳之，不可謂無幸也。若夫拾遺而正譌，以補余缺，則有賴于後之君子者。（保定府志）

後記

右余所輯郡志，二圖四表二十志，總四十卷。往余爲潤州博士，將赴調兹郡，道過海上，棲息故居，有戀戀不行意。前太守賈大夫數移文促之，至則今中丞蕭山何公以臬臺按治，檄下修郡志，始知太守以志事促余行。然自揣不能也，力辭而止。居無何，河中本庵楊公督學中州，經郡詢志，知余之辭而免，則謂守曰：「不作志，使攝有司之缺。」守以縣官缺對，蓋苦以所難云，余懼而勉承焉。乃遴校官弟子員若干人，開局執事。再閲月而罷，囑余裁訂。余適以趨走將迎觸霧露之疾，而直指使者四面至，旦夕劬勷，訖事，歲已改矣。病益甚，乃移牒乞去，凡三上，率以志未輯，不許，且聽療理。三月，出治事，方近筆研而攝滿城檄下，故辭弗獲，因擱筆者又逾年。檄云不妨志事，代理邑務，夫豈余所能哉？頃解邑綬，始克成編。缺漏抵牾之失，知所不免，然去住自如矣。（保定府志）

高陽縣度田記

唐太宗有志于古井田之制，蓋有感于王通氏中説云。是時開國大臣房杜王魏輩，通之門人，得君專而且久，不能持守其師説，將順其君心而見諸行事，使隆古劃一之制，一旦而復之，雖至今存矣。夫通，儒者也，能言之；太宗，英主也，能行之。然使英主亦爲空言無施，則諸臣之過也。余于諸臣蓋嘗深惜之！議者謂井田可行于今者十，而不可行于今者二。以二而奪十，未見其當也。若推其次，莫如均田。男□□分，各有所授，無兼并失業之患，無甚貧甚富之民。北魏能一行之而後世以爲難者，通之天下故難也。又其次莫如度田。度田者，不能損兼并，益失業，然其有益于小民而無缺于國計，則以正税平役而已矣。由洪武聖政以來，亦直度之而弗能均也。蓋兼并者，地廣而賦隱；失業者，産盡而租存。沃鹵之不辯，高下之不分，冲□崩圻，沉溺之患相繼也。昔有而今亡，歲異而月不同，而税之者如故。不惟税也，役亦由地而得。而兼并者據膏腴，匿租税，蠲力役，賦不足，役不給；則蠹胥之所移射，悍卒之所追呼者，小民耳。民不堪命則徙而之他，而賦日益蹙不給也。度田之舉，庸可緩乎？高陽之地，五帝之所興，北方名勝之區也。然高陽之得名在高河之陽。河以高名，則地必有下者矣。兼并據其高而糞壤歲增，小民承其下而水潦日積。比而同之且大不可，而况賦税之詭虚者哉？富有詭脱之計而貧有虚承之患，邑之秕政，莫甚于此。嘉靖七年，縣令張經綸奉例度田，得三之二矣。其龍化一里，當縣三之一，而不能度也。又二十年，谷令中虚至，始畢度之，民大稱便，而賦始均，甡甡乎樂業頌德矣。又二十年，而水沴薦臻，九河來匯，而地益墊，賦益困。龍化民杜璠輩始乞分等度地，撫按兩臺允而行之，郡檄今任鄭令元復領其事。令乃條列方略，度井爲經，計畝爲緯，以定界田，分三等糧。核詭匿以定賦，而兼并猾蠹者無所容奸，小民其少蘇乎！始于隆慶三年三月，迄于六月。度地四千三百七十二頃三十三畝有奇，分等定則，折算額地二千九百八十四頃六十九畝有奇。税正役平，行之二年，民又大稱便。于是邑民李愼等請于郡，許立碑于邑，以志永久，以杜後奸。邑之師儒乞記于余，余職田賦者也，方承新命度郡田，固喜其成事之有藉。而今復遷官以行，則余爲之記，無嫌矣。頃見憂國大臣奏復井田，遺意防水患，止虜馬馳驅。□下郡縣，鄭令嘗留意奉行，悉爲區畫。一旦遷去，誰復謹求者乎？始知井田之法，庶幾可行于今者，存乎其人。（保定府志）

雜劇

不伏老〔一〕

正目 王從善自負青春小，劉賢良開尊延舊好。
賈希德下第送長亭，梁狀元一世不伏老。

第一折

（末扮梁顥上）天上碧桃和露種，日邊紅杏倚雲栽。芙蓉生在秋江上，莫向東風怨未開。老夫姓梁名顥字太素，本貫東平郡人也。自幼讀了萬卷詩書，頗有奇志。早領本省鄉薦，屢試春闈不第。不覺雙鬢皤然，年華高邁。妻子朋友們常勸我選了官罷。我想讀一場書，怎肯做那半截的前程，却不負了平生之志。方今大宋皇帝即位，改元太平興國，五年偃武修文，廣開賢路。況當大比之期〔二〕，天下英才輻輳，響應而來。念我老夫這一點未了的心事，丢他不下，不免上京取應一遭。前到長安街旅館安下。今昔在念，好傷感人也！

【仙呂賞花時】五十年前此舊遊，碧樹依然遶御溝。繫馬攬征裘，英雄未偶，又上翠微樓。

【幺】太液清波日夜流，照見書生兩鬢秋。無計占龍頭，且尋春沽酒，半醉看吴鈎。既然將琴劍書箱安下了。不免到文場前面〔三〕，探消息，看條約，走一遭去。早來到場門前了也。呀！看這規模，修理的比往年增了多少氣象。那壁廂掛着的是告示也。（看介）看這條約，開寫得比往年又加十分詳細。是好整齊嚴肅也呵！只見規模宏大，法度森嚴〔四〕。明遠樓高出廣寒宫〔五〕；至公堂壓倒森羅殿。天字號，地字號，密匝匝擺列着數千百號；東文場，西文場，齊截截分定了一二三場。南卷、中卷、北卷，都則是策論經書；易經、書經、詩經，更兼那春秋、禮記〔六〕。知貢舉乃本部尚書；都總裁是當朝宰相。考試官，監試官，提調官，印卷官，也有那巡綽監門官，多官守法；彌封所，對讀所，謄録所〔七〕，又有那收掌試卷所，各所奉公〔八〕。四邊廂往來擊柝，一周遭晝夜提鈴。往來擊柝，只見那窮光棍閉着眼敲木皮，一下下道，怕怕他！怕怕他！晝夜提鈴，只見他磣油花背着手摇鐵片，一聲聲道，定定鐸！定定鐸！高挑着竿上燈，裡千盞，外千盞，明晃晃，紅蕩蕩，都做了火天火地；緊挨着天下士，前一層，後一層，喘吁吁，鬧炒炒，都做了人海人山。進了門，耳邊廂，喝一聲：「仔細搜！」則被他揑揑挪挪，搜檢那袖兒裡排筵；過了晌頭直上喊幾陣：「上緊寫！」則被他擊擊聒聒，比併得眼兒中灼火。鷄鳴照號，張的張，李的李，恰叙了三言兩語，都道長兄見教見教！日出散題，你是你，我是我，纔問了一字半句，只說小弟不知不知！英雄入彀，蝦腰曲脊，緊靠着四扇板兒；衛士傳餐，側耳聽聲，單等那三通梆子。半生不熟乾飯團，這的是太倉多年老米；連泥帶土托腮骨，元來是天津道地乾魚。

放下的，你一雙我一雙隔年陳，那討一個兒可口饅頭；端着的，東半碗西半碗腥泔水，却有幾點兒連毛湯料。一個家喪氣消魂，不是病，不是痛，可又早皮裡抽肉；一個家搜腸刮肚，不知飢，不知渴，只覺得口內生煙。有一般光紗帽無展翅，掙眉瞪眼，打扮的似抹額鍾馗；有一般破頭巾油手帕，連耳帶腮，包裹的似纏頭回子。有一般亭亭亭呀呀呀，扭不來揑不出，撇弄的魂靈兒虛飄飄在九霄雲外；有一般雙雙雙察察察，寫不停煞不住，丢答的筆尖兒滴溜溜在八面風中。有一般光輝明潤，一字字猶如老蚌生珠；有一般巧思精工，一篇篇恰似春蠶作繭。有一般速才的，心應手，手應心，霎時間只待爭先賭快；有一般熬場的，夜到明，明到夜，一心裡都要取勝奪魁。只聽得畫鼓連聲發罷擂，乍乍乍，鼕鼕鼕，一更打作二更，二更打作三更；又聽的雲牌亂響撞了鐘，丁丁丁，當當當，三點打作〔九〕四點，四點打作五點。都只是虛張聲勢，止不過故意窮忙。虛張聲勢，把俺平生學問，逼勒在風簷寸晷之前；故意窮忙，把俺蓋世功名，出脱在片紙隻字之上。神人共助，大道爲公。子俺這一張字紙，斯琅琅擲地金聲；單聽那三級〔一〇〕龍門，刮剌剌震天雷響。誰知〔一一〕文章由乎己，窮達在天。取舍存乎人，遲速有命。馬前看錦，非關他眼底成名；蘿裡揀瓜，單看你祖先積德。喫了封門宴，上馬宴，另有三日一小宴，五日一大宴；費了禮部錢，京縣錢，還有東城也使錢，西城也使錢。金華罈，麻姑罈，淮安罈，只要雙料大罈；醥兒酒，腦兒酒，珠兒酒，都是加味細酒。油鹽醬醋，流水而來；鵝鴨雞猪，貫魚而進。招賢之禮甚厚〔一二〕，恩典有加；取士之門大開，奔趨恐後。道猶未了，那壁廂小朋友到來！（小生扮王從善上)天地平如水,龍門日日開。家無讀書子,官從何處來?小生新科舉人王從善是也。初來會試,準擬連登。料應不落他人之後。正是:二三千客裏成事,七十四人中少年。(末)小朋友且謾説話!老夫數十年前到此,也曾決意連登來。連了又連,登了又登,只到今年。準程等的連登也,恰好等你來做同年者。(小生相見科笑云)好老先生!這話差了。曾聞俗語道來,我便是一氣饅頭,你便是生饅頭,難入籠了。(末)一氣饅頭也要兩三次接酵。若是遍數少了,酵水大些,發破了頭皮。酵水小些,又無生發,都做了死疙疸也,怎得好饅頭來!(生)且不説這話。自古道科發少年,又不曾説科發老年。(末)聞説大器晚成,不聞大器早成。(生)嫦娥愛少年乎?愛老年乎?(末)龍頭屬老成乎?屬後生乎?豈不聞人有三不幸:少年登高科,一不幸(一三)。襲父兄之勢爲美官,二不幸。高才能文章,三不幸。天下有達尊三:爵一、齒一、德一。惡得以一不幸而慢二達遵哉!(生)不敢不敢!知罪知罪!(末唱)

【仙呂點絳唇】文運天開,奎光呈彩。英風邁,學貫三才,姓字香千載。

四下裏衆朋友來也!(衆相見科)(末)見了這海内無數的豪傑,一時畢聚於此,是好人才之盛也呵!(唱)

【混江龍】峨冠博帶,巍巍楚楚棟梁材。一個個氣沖牛斗,一個個胸捲江淮。(白)老夫功名未遂,遨遊四方。然而進取之志未已,不免今日又到此間。列位少笑!(唱)往常時書劍飄零遊五嶽,到如今文章光燄透三台。只圖個長朝玉殿,平步金堦。手扶社稷,袖拂塵埃。投至得丹墀獨對天人策，香飄飄煙含禁柳，影遲遲日轉宮槐。

（生）古人有云：「少壯不努力，老大徒傷悲！」丈夫功業當及時建立，以垂不朽。若只蹉跎歲月，流連光景，難免後時之悲！失時之悔！（末笑）你說的是那裏話，你試看麽。（末吐氣科）（生）這口氣兒是也難捨！（末唱）

【油葫蘆】則俺這萬丈虹蜺吐壯懷，包藏着七步才。你道你日邊紅杏倚雲栽，俺道俺芙蓉高出秋江外。打熬得千紅萬紫無顏色，終有個頭角改，精神快，都一般走馬看花來。

（生）請問老先生鄉舉高科，今來南宮應試第幾遭了？（末笑）這小夥子動問之意，不過倚恃他少年英鋭之氣，笑俺衰老無能爲耳！是何等樣輕薄。（唱）

【天下樂】休笑俺久困文場老秀才，從來志不衰！你休得逞聰明賣弄乖！子你那喫米糧，少似俺喫的鹽。子俺這點燈草，多似你燒的柴。你休將井底蛙窺大海！（白）

我待不說與你，你便看我做個天生下的老子一般。老夫是後晉高祖天福二年丁酉科，山東發解。如今是大宋太平興國五年庚辰科了。我也曾年少登科。那時節，比你如今年貌還小些兒，比你如今志氣還大些兒。只是一生蹭蹬，到如今未遇耳！（唱）

【那吒令】俺也曾小來，到如今髮白〔一四〕；俺也曾早來，到如今不諧；俺也曾好來，到如今命乖。福不齊，難强求；時不至，權躭待。端的是天欲老其才！

（生）老先生飽嘗世味，閲人多矣；小生安敢賣弄輕薄。但以心下有疑，不敢不問。倘然累舉不

第，不爲一官半職，終身之計，爲之奈何？（末）豈不聞有志者事竟成。使吾此志不堅，也等不到如今了也！（唱）

【鵲踏枝】早共晚有安排，遲和疾且寬懷。終有個運轉時通，苦盡甘來。有一日步青雲摇摇擺擺，位列在九棘三槐。

（生）老先生見的真，守的定，説的有道理，不覺心服！如今文場門開了，我們進場去來〔一五〕。（末唱）

【後庭花】這些時喜龍門日日開，覷真儒早動色。憑着俺瑚璉深藏器，經綸抱滿懷。（白）題紙散下來了！俺子索磨的墨濃，膏的筆飽。也不交頭接耳，也不口誦心維〔一六〕。文不加點，落筆成章。且看這一段是如何！（唱）擅天才，剛道個唐虞唐虞三代。累千言，不索猜。筆縱横，頭不抬。墨淋漓，口不開。五車書，滿腹揣。八斗文，隨手來。一字字龍虎挨，一行行錦繡排。

（白）〔一七〕真草俱完，文卷已畢。俺試通篇展開看一遍咱！（唱）

【青歌兒】呀！滿紙上風雲風雲變態，盡都是英雄英雄氣概。恰便似百萬精兵大會垓。劍戟相挨，金鼓齊篩，决戰明白，勝負分開。子俺這筆尖兒奪得錦標來，真堪愛！

（白）我將這一通文卷，交在至公堂上。領了籤票，出場去來！（遇生相見科）（生）老先生恭喜得意！（末）彼此喜也！（生）佳作請教！（末云）你先念！（生云）你先念！（末略念科）（生歎息）誠然老作家〔一八〕！誠然老作家！好筆仗！大學問，深意味。是也不肯干休，是也不肯賤賣了。頭場如此，二三場但如破竹之勢耳！由此而狀元及第，又何難哉！正是清夜夢中迷眼處，朱衣暗裡點頭時。（末）多承嘉獎！亦不免有過望僥倖之意。若到那得手之時呵！（唱）

【寄生草】斗來大黃金印，天般高白玉堦。那其間兩班文武齊陪待，博得的五花誥勑褒先代，不枉了一生勤苦多寧耐。常言道科發少年郎，俺如今酧志了春秋邁！

【賺煞】贏得片時功，償却平生債。管取俺名揚四海。捱過了雪案螢窗氣運乖，也有個出處興衰。（生）今日纔了得一場。且回旅館休息，以待後日鏖戰幾時，等得三場俱畢放榜也呵！（末笑）小夥子沒熬〔一九〕頭，却早慌了！你忙他怎的？（唱）念吾儕，磊落胸懷。歎身在長安都是客，乞求的曲江宴早排，上林花早開，眼見的九重春色自天來！（下）

第二折

（末上）一顧成周力有餘，白雲閒釣五溪魚。中原莫道無麟鳳，自是皇家結網疎。老夫進罷三場，頗覺得意。儘有幾分妄想，不期又是下第！免不得仍作歸計，以圖後舉。書童何在，急收拾行李者！（俫扮書童上）此去好憑三寸舌，再來不值一文錢。相公〔二〇〕又不曾中得會試，又不選官。喚我收拾行李，我也不答應他。（末叫科尋見罵打介）（俫）我從光着頭兒跟隨會試，如今作了老蒼頭，不曾掙得一些甚的。望相公〔二一〕做了一官半職，我掙些打狗的錢兒，尋一房家小，做幾件衣服，打扮的齊齊整整，再來跟隨會試却不是好？（末）既做了官怎得又來會試？休得胡說！〔二二〕快收拾行李，我饒你一頓打。（俫）你收拾，我不收拾！這頂老頭巾我收拾得不耐煩了。他也怕了我，我也怕了他。（末怒打科）（俫）我也不怕打，只怕一件事。（末云）你怕甚麼？（俫云）只怕你中了進士做官之時，我也老的掙不得錢，娶不得家小了也！（末云）胡說！〔二三〕今科且回家去，來科中不中，選了官罷。（俫）你哄的人也多遭了。我不信！我不信！〔二四〕（末喝）胡說！（唱）

【雙調新水令】又東風一夜滿皇都。（俫）這風刮了到有十來場了。每年向家來，就是頂頭風，一世改不了。造物低也！（末唱）喚千門曉鶯低度。（俫）不虧他喚醒來呵！偺和相公還作夢裏。〔二五〕（末唱）禁煙蒸御柳，花氣煖屠蘇。春色平鋪，認不定看花處。（俫）春也一般春，花也一般花；只是老人家無分福了！且是眼花花的怎生去看的真實。（末唱

【駐馬聽】行李蕭疎，腰佩着三尺青萍玉轆轤；英雄濟楚，手揮着五花彤管錦糢糊。（俫）雖然是錦片的文章，只是糢糊了些兒。試官却怎生看的明白？（末唱）大家依樣畫葫蘆，幾回就裏嘗甘苦。（俫）罷了！罷了！你畫的走了樣子了。（末唱）挨不上青雲路，升沉一任天分付！

【鴈兒落】我則待銷繳了丹泥北闕書，發遣了紫玉中山兔。〔二六〕（俫）正該！正該！（末唱）辭離了黃金郭隗臺，改抹了錦繡相如賦。

（俫）正好！正好！改抹了也是件事，〔二七〕只是如今遲了幾年了。我前日尋思這事，如同望梅止渴，必然難成。不如早行幾程路兒，却還與人喫酒遊湖，濟得甚事。如今又少不得走也！（末唱）

【得勝令】呀！這幾日呼友換春服，常則是沽酒醉春湖。想像着曲水承恩宴，翻騰做陽關悵別圖。

登途！打疊起青雲步。（白）書童，將馬過來！（倈）馬在此。（末唱）歸歟！摩挲着款段駒。

（白）書童尋宿去處，認着那舊主人家。晚問好與他閑叙話兒，解我悶懷。（倈）走的遍數多了！歲月既久，物是人非，那得舊主人來？（末唱）

【沉醉東風】嘆經行多非舊主。（倈）走了這幾日，還看不見家。南山在那裏，幾時方得到家也！

（末）遠遠的望見東北上，霧騰騰的下面就是南山頂兒。（唱）望煙霞笑指吾廬。一遭兒水遶合，四下裏山圍住。緊拴裝畫裏樵漁，爛煑黄精旋打魚，到大來身安意足。

（倈喜介）到山中煑着黄精，打着魚兒，受用過日月罷。永也是不來這路兒上走了！（末唱）

【折桂令】俺是個海邊頭識字田夫，家住康衢，世際唐虞。民樂時雍，犬無迎吠，吏不追呼。遇幾個太平年儘强如應舉。（倈）你家裏過年便了，誰請你來？（末唱）唱幾曲太平歌也當了傳臚。（倈）略差些兒！每常唱歌，又只是當不的甚麽。（末唱）烏弄笙竽。（倈）有了吹笙的，却也風流。（末唱）泉噴瓊珠。（倈）有了珍珠，倒也富貴。且拏幾個來换酒喫。（末唱）這的是富貴風流，傲盡了方丈蓬壺。

【離亭宴歇指煞】當時不合無憑據，癡心也向長安去。（倈）今後要學些精細，再記着不來就是了。（末唱）空勞病軀，輕撇下懶雲窩，冷丢了青竹杖。（倈）不丢了他呵，拄着入場也不好看相。席舍裏面，也無着落他處。（末唱）生趕上紅塵路。山林氣不群，今古時難遇。何須嘆吁！身不到鳳凰池，名不登龍虎榜，誓不改驊騮步。（倈）恰才道改了正好，又是不改，却是怎麽？看來每年不得手，正坐此病。朝廷放的扣兒大大的，也難着網。却被這頂老頭巾，悮了一世也。（末唱）非干皇網疎，不是儒冠悮。打

不過時乖運阻，攧斷着百巧百窮身，整受了三日三夜苦。（倈）若是算個明帳，前後也勾三個月了。（仝下）

第三折

（末上）無媒徑路草蕭蕭，自古雲林遠市朝。公道世間惟白髮，貴人頭上不曾饒。老夫自上年下第回來，不覺又是一年。青春易邁，白首無成。獨坐無聊，老懷難遣。友人劉孟節，〔二八〕與我爲忘年之交。數年前曾因秋風涼月，相訪此人於西田別業，儘有高雅風致。我想來今日這般孤悶，還去再訪〔二九〕一遭，共話此懷，却不是好！（副末扮劉孟節上）芳草和煙煖更青，閒門要路一時生。年年檢點人間事，惟有春風不世情。小生劉槩是也。家世耕讀爲業，昔年曾以春秋魁東省。至今八上春官不第，未肯廢學。同時之人，升沈異趣，大半凋落。止有老友梁太素，〔三〇〕隱居南山之麓，不屑小就，正與小生氣味相投。許時未曾面晤，彼此神交，今夕形諸夢寐，想有書柬來也！（末上敲門科）（副末開門相見拍手歡笑云）剛纔一句話說未了，老先生恰好來也！（末）同到田野中遊玩一遭，是好春氣也呵！（唱）

【商調集賢賓】二十年斷金同志友，今日裏共追遊。正東皇三春晴晝，望西田萬頃平疇。剛道個惜芳菲落盡還開，却怎生歎韶華去也難留。動不動忽地春來忽地秋，是不是白了人頭。折倒的馮唐容易老，宋玉許多愁。

（副末）小莊荒僻，焉敢遠勞杖履。不勝欣幸！（末唱）

【逍遥樂】融和時候，燕整新巢，鶯呼舊友，因此上對景尋幽。向春山無伴相求，大地平鋪草色柔。踏遍了莊前疃後，見了些白雲舒卷，紅雨繽紛，碧水交流。

【金菊香】一行飛鷺野塘幽，三月啼鵑遠樹稠，幾家牧犢荒山瘦，望斷滄洲。開口笑，豁吟眸。

【醋葫蘆】戀則戀富春澤七里灘，喜則喜柴桑村五株柳。（副末）老先生下顧，有何見教？（末唱）爲則爲陳雷膠漆意綢繆。（副末）老先生素稱有修五鳳樓手段，今其時矣，何故高蹈遠引？（末唱）説則説老手能修五鳳樓，怕則怕遭逢不偶。（白）〔三〕衛青不敗由天幸，李廣無功緣數奇。如今也論不得好手段了！（末唱）恨則恨飛將軍白首未封侯。（副末）久聞寶莊山明水秀，遠勝此地。今日之遊，殊無足觀。請回茅舍休息如何？（末）彼此俱有好處。（唱）

【幺】您這裏傍疎籬列衆芳，俺那裏繞清泉栽萬竹。您這裏白雲流水兩悠悠，俺那裏摩天峻嶺當窗牖。您這裏野花如繡，俺那裏緑陰中藏着個釣漁舟。（副末）平田曠野，有何勝槩，且回去罷！（末）儘有可樂處，我説與你聽！（唱）

【幺】一會家訪幽人琴一囊，一會家寫閒情詩數首。一會家傷今弔古過荒丘，一會家浩浩歌仰天齊拍手。一會家酒瓶兒隨後，一會家扯衣衫滿勸了兩三甌。

（副末）前歲重陽，曾蒙過訪。今日上巳，又是佳節。高興所至，必及美景良辰。但媿地主不才，恐孤賞心樂事耳！别業清溪環遶，可以流觴。芳草匀鋪，權爲席地。到此再飲幾杯，以償今日

高興。（末）好景致！好景致！是亦小蘭亭也。將酒來！將酒來！（唱）

【幺】則今日宴蘭亭三月三，憶昔年插黃花九月九。這的是無情歲月不相投，恰才個翠甸芳郊欣聚首。霎時間風僝雨僽，把俺這遊春杜甫打了個倒回頭。

（副末）風雨來了，快回去罷！（末醉科副末扶科背嘆息云）可惜老了英雄也！往日此老有百觚之量，今纔十餘杯，却便醉也！（末喝云）你鬼念文章說些甚的！我喫你多少酒，便要發話。你說我老呵，我與你較力；說我醉呵，我與你較量。（副末）此老倔强猶昔！我何曾說你，但說小弟〔三二〕陪不得了，須索勉强奉陪。是這般話，老先生錯聽了！（末怒）你又說我耳聾！我分明聽的那話，明明白白的，又把這話來支吾我。可見不以至誠相待！（抱副末跌打科笑云）你說我老了英雄，却怎麼勝過了你。喚左右，將大杯來，與東家較量！（副末丢眼色換杯科）（末又怒云）呀！你又說我眼花。你那眼睫毛略動些兒，我就看見了。（副末）適間野外用的，就是此杯。（末大怒云）你好十分小看我！又言我忘事。方纔野外用的，是那大口兒直筩兒平底兒半斤酒的杯兒。我喫十五杯俱是十分。你喫了三杯俱是七分兒，四杯是五分兒。你說我不記的麼？（扯住不放科大呼云）拏那大杯兒來！我與你〔三三〕喫到三更。（副末拱手云）小弟真是敬服敬服！高年耳聰目明，又有記性不忘，筋力不衰，還把酒量來發莽的降我也。罷罷罷！我及不的了。告饒罷！告饒罷！〔三四〕（末）既然告饒，我且放你。去那十步之外，把左眼睄幾睄，右眼睄幾睄，再把兩眼齊睄幾晰，略略丟幾個眼色兒，試我一試。再把我二人遠年幹的梯希事，説的知心話，悄悄説上幾件事兒，幾句話兒，試我聽的記的麽？（副末走十步試科）（末答應科）（副末）真是難得。若是命運好呵！誠然中個狀元不難。但不知福分如何？（末笑云）孟節賢弟！還是不曾改口。又待説我無福呵，我怎生抱負這般天才，長亨這般壽考？賢弟！我與你説，你也休怪，休怪！我自來是這等性氣，受不的一點屈，藏不住一句話，説盡了纔是自在。（唱）

【後庭花】不是俺醉醺醺閑鬬口，生子怕走張張乾罷手。不能彀撲刺刺龍躍三門浪，也圖箇戰騰騰鵬摶萬里秋。（白）你是也陪不得我了。將大杯來我自飲自釃，還喫上幾杯。（副末）酒在此！（末）這杯方才無有，却又出世了也。（唱）志難酧，只落的酒淹衫袖。眼見的紫金魚〔三五〕不上鈎，小朱衣不點頭，妙文章一筆勾，好才華一鼓休，響名聲耳後丟，老道學眼不瞅，美前程水上漚，熱心腸火上油。破頭巾賊不偷，窮酸丁鬼見愁！

（副末）既然此志不遂，改絃易轍，别圖進取之計如何？（末唱）

【青歌兒】呀！俺也曾思前、思前盼後。又何必迎新、迎新棄舊。還做個嘯傲乾坤第一流。且向這學海書樓，筆陣詩疇，錦帶牙軸，鐵畫銀鈎。苦志藏修，刻意冥搜。袖手埋頭，側耳凝眸。進則伊周，退則巢由。聖世歌謳，樂土嬉遊。含哺無求，鼓腹何憂。紫府丹丘，白鹿蒼虬，三島十洲，萬載千秋。這其間無老也無愁，便是咱功名就！

（副末）小莊荒陋，雖無欵待，但望流連數日，傾倒懷抱，小生之願足矣！（末）乘興而來，興盡

而返，不勞苦留。（副末扯科）（末唱）

【浪裏來煞】東君呵！抵死留。山人呵！乘興走。悞了我採芝深入海東頭。假若你酧志了功名得自由，將俺那小桃源遥受，把你這牙籤三萬一齊丢！（仝下）

第四折

（外扮監試官上）玉帛徵賢下紫宸，魚龍吹浪躍雲津。休言柏府霜威重，桃李門墻都是春。下官姓滕名中正，見任監察御史。方今太平興國八年，例該會試天下舉人。欽奉聖旨下官監試〔三六〕。今日第一場，這般時節，士子每等候多時了。喚監門官開了門放進來！（淨扮監門官上）領鈞旨。（開門科）（正末副末正生進科）（淨驚駭介）且住，且住！今年科場有些異事。（外）有甚事？（淨云）怪呀！怪呀！你看那三清下界來了。（外）休得胡説！（淨）兀的不是太上老君到也。我再看真着，呀！那西王母瑤池會來了。兀的不是老壽星到也！若不是呵，必定是本處土地爺爺，來此監察。你我大家，都要秉公守法哩！〔三七〕（末）休得胡説！我是舉人。（淨扯住大叫云）我拏住一個詐僞。（末）我怎麽是詐僞？（淨）你假充舉人，怎麽不是詐僞。（末）怎見得我是假充？（淨）我也每場監舉，不曾見這樣個舉人。（末）你這廝既然積年包攬監舉，我每科來會試，你却不認得。（淨）我説你是詐僞，你便挾我是積年。你若真個是正身，也是久慣積年了。請問高壽？〔三八〕（末）虛度七十有九。（淨笑）正是一捏青春也。你且去，改日來！（末）今日進頭場，怎道改日來？（淨云）這三場是進士科，改日另有神童科。那是你的舉場，今日錯閬〔三九〕了場也！（末進科）（淨推出介）且去，且去！明年來罷。（末）着我改日來，尚然等不得，怎麽説明年來？〔四〇〕（淨云）今年才七十九〔四一〕明年這場屋中空閒，好擺大筵席慶八十也。（末闖進科）（淨跪）你將就我罷！今年御史甚是作威福，除打了我扶同作弊不打緊，連你也不乾淨。（末）我有甚事？（淨）你若是假舉人，他便問你詐僞之罪。（末）若是真的，你却怎了？（淨）你若是真的，他見你這模樣，先考試你。對答不來呵，追你白麵一百斤，豆五斗，送供給所公用，才又出你去。（末）但放我進去，也没有他考試我的道理。又那有追白麵菉豆之説？（淨）你但説你會試幾十遭了？（末）你無意思，查我脚色怎的？我來了十五六次了。（淨）算來你進了五十場，那一場不誆一斤麵的饅頭，半斤豆的粉湯。（末）就隨你説，那討白麵一百斤，菉豆五斗。〔四二〕（淨云）你也是老的胡突了！〔四三〕我不和你算了。你是久慣誆騙無利息的帳的。〔四四〕（末笑云）我不知算做本利停也。（淨云）似你這般久戀文場，還該追你連本三哩。快出去！快出去！悮了别人進場。（末又闖科）（外）放他進來者。（相見科）（外）看他舉動，豈有假充之説。只是老了！（末）你便是老了！（外）我的年紀，比你小兩三倍，怎道我老了。（末）雖然年小，却被老皮裹殺你了。我雖年長〔四五〕便强過你也。語云：「苟有良田，何憂晚歲。」小生積學有待，壯志未酧。如不見信，請老先生面試經史，過目成誦。

口占詞賦，叉手成章。頃刻命題，援筆立就。（淨）你這般年紀，自稱小生。他那樣英妙，到是老先生。真是錯亂，錯亂！醜看，醜看！〔四六〕（外）胡説！〔四七〕看來此老言談，一定是個大抱負的。但此非面試之時，準你進號房聽題去罷！（末云）肉眼不知天下士，至今猶作等閒看。（下）（正生扮賈同上）遠客悠悠任病身，誰家池上又逢春。明朝各自東西去，此地看花是別人。小生姓賈名同，字希德，齊郡臨淄人也。今歲來京會試，與老友梁太素、劉孟節常同出入，不料三人俱不遂意。兩兄留京，欲要選官出身，也了一場事罷了。奈吾心事不定，況是身體欠安，不免支持回家，再作計較。遠遠看見梁老兄來了！（正末上）天涯方歎異鄉身，又向天涯別故人。明日五更孤店月，醉醒何處各沾巾。老夫又來場中，枉走一遭。欲再回家，有何面目見山東父老。罷罷罷！只得在京守選了。縱然選官不成，也決不肯回去。就在京邸温習經史，過此三年，却也免得家累人事之擾。今日契友希德，亦失意東歸。曾與孟節相期，來送於南郊之外十里長亭。敢待來也！（副末上）君去春山誰共遊，鳥啼花落水空流。如今送別臨溪水，他日相思來水頭。小生劉槩是也，欲與梁老先生同送希德出京相别。呀！却都先到了。（相見科）（副末）恕遲，恕遲！（生）承愛，承愛！（正末）今日客中無物可以送別，惟願長途自愛而已。正是：貧交此別無他贈，惟有青山遠送君。

（唱）

【正宫端正好】短征衫，長亭道，紅塵染兩鬢蕭騷。一肩行李斜陽照，幾度傷懷抱！

（白）念吾三人數十年間，常同筆硯，到今老大，無一能伸志者。是好歎人也呵！（唱）

【滚繡毬】數十年貧賤交，兩三個湖海豪。但相逢仰天長嘯，乍離別撫景無聊。飄蓬匝地飛，飛花逐水飄。亂紛紛眼前零落，急穰穰心下煎熬。再來不上三都賦，此去休過萬里橋，堪嘆吾曹！

【叨叨令】見不上山遥水遥，走了些奔奔波波的道。捱不過緣薄命薄，攧了些凄凄凉凉的窖。賭不得才高道高，惹了些嘻嘻哈哈的笑。免不得魂勞夢勞，睡了些昏昏沉沉的覺。兀的不悶殺人也麽歌！兀的不惱煞人也麽歌！總不如胡學亂學，儹了些堆堆積積的鈔。

（副末）既然長行，不必遲疑，悮了路兒。（末唱）

【脱布衫】意沉吟悵望南郊，步遲疑轉過東皐。感明時君恩未報，念高堂幾時榮耀。

【小梁州】到如今百事無成兩淚抛，壯志頻銷。功名久矣困時髦，空焦燥，仰負聖明朝。

（生）不因病軀，小生也索選了官罷。看來青雲路上，到底無分也！（末）也不消如此説話！（唱）

【幺】儘教霧隱南山豹，任泥蟠東海潛蛟。有時節出深林，離幽窖。風雲會了，聳頭角，顯皮毛。

【小上樓】你如今〔四八〕英雄未老，行藏難料。實指望千載奇逢，萬里封侯，一品隨朝。銅柱標，金甌罩，姓揚名耀。不枉了苦心人，竭忠盡孝。

（副末）常言送君千里，終須一別。少得留戀！（末）再少叙片時者。（唱）

【幺】訴交情分手難，望家鄉去路遥。只落得離思綿綿，舉目凄凄，回首迢迢。枉徒勞！這幾遭全無消耗。又不知甚時節龍門一躍。

【滿庭芳】芊芊芳草，王孫歸去，綠映征袍。錦城不似家鄉樂，且遠塵囂。喜飛騰時不湊巧，怕藏修數豈能逃。常言道：(四九)高官大爵，無福也難消！

(副末)小生有貂裘雖敝，猶可行邊換酒，聊解悶懷，敬以此爲贈。(生不受科)(正末)老夫所佩刀，古之吳鈎也，解以贈君。此去雖非壯遊，且以爲館伴之助，願勿却耳！(生辭謝科)(末唱)

【朝天子】紫貂，寶刀，提起來都不要。腰纏一股皂絲縧，頭頂多情帽。駟馬香車，花藤彩轎，畏途中難自保。寂寥，苦熬，終有個時來到。

(白)俺二人已是在此，也省得家中激惱生氣。希德賢弟，比及到家，怎生喫受也呵！(唱)

【耍孩兒】草堂前猛聽的靈禽噪，不移時先生到了。佳人忙整翠雲翹，肯分的對臉兒迎着。莫不是看花到處誇三日，莫不是衣錦還鄉騙一遭。低低語罷微微笑，誰想他語中帶刺，笑裏藏刀。

(白)此時他那裏做了酒兒，設下香案，深深祝願。仰着面兒，專候捷音。敢待來也！(唱)

【七煞】甕頭新酒熟，爐中香篆飄，一家兒單等來人報。遥瞻玉殿傳金榜，淨掃蓬門插錦標。不隄防咫尺親身到。安排下杯盤酒果，擺列着歌舞笙簫。

(白)你若進門之時，單看你頭角崢嶸，衣冠濟楚，要慶賀你，却將甚麼打發他？(唱)

【六煞】露春葱接玉鞭，轉秋波覷紫袍，擡頭不見烏紗帽。多情却被無情惱，好氣權將惡氣包。賽瓊林倒做了村田樂，怎禁他虛心兒賀喜，假意兒酧勞。

（白）他的閑氣，你已受之不盡。你也躊躕幾句話，抵當他罷！（唱）

【五煞】休把小眼兒看，莫將閑話兒嘲，聰明人聽我低聲告。春風桃李姿容媚，秋水芙蓉氣韻高。早共晚天之道，這其間難移時刻，不錯分毫。

（白）你若應答不過，却將古人比方如何？（唱）

【四煞】太公曾鼓刀，甘羅相本朝，論誰年老誰年少？休將此恨悲前事，自分吾生有下梢。胸中改不了元龍傲，但得個身心安樂，長則是脚手堅牢。

（白）希德此去，但打得過這番惱聒呵！也就有自在處了。（唱）

【三煞】包藏了八面鋒，收拾了五彩毫，水邊林下閑垂釣。旋收落葉供茶竈，自汲清泉養藥苗。時不遇從吾好，飯蔬飲水，陋巷簞瓢。

（白）再來功名路上，只是聽天命了。若以時事言之，便難説話。（唱）

【二煞】談天口閉的嚴，拏雲手袖的牢，取功名使不得虛圈套。閑看世態眉常鎖，但説時人手便搖。誰不愛鴉青鈔？一處處人離財散，一時時水長船高。

【一煞】逃名遠市朝，潛身向草茅，權時用拙存吾道。無求到處人情好，不飲從他酒價高。非是俺寬懷抱，包藏着三千禮樂，埋伏着九萬扶摇。

【尾聲】愁嫌日月長，醉看天地小。謾歌流水高山調，似你這知己知音天下少！（全下）

第五折

(末上)褒衣博帶滿塵埃，獨上都堂納卷回。蓬巷幾時聞好信，棘闈何日免重來。三條燭盡鐘初動，九轉丹成鼎未開。殘月漸低人擾擾，不知誰是謫仙才。老夫京師住了三年，頗有些靜養功夫。今歲丙戌科，就便會試，三場已畢也。說不得七篇文章精妙，單看八個字扶持。聞知明早揭曉，今夜必定先有消息。書童，你好生聽信者！(倈上)相公〔五〇〕息氣罷！我待睡覺哩！這十六七遭永没聽見這麽樣信兒。(末)你但聽着！也没折了甚麽本錢。(倈)且莫説前後十七科會試盤費，只這三年也費許多錢。那一文是轉的利錢，不是折的本錢，都是甚的？(末)前年那門官，和我算官錢本利，算了個没意思。今年這禽獸，又和我算私帳〔五一〕的本利，這一遭又没大來頭了。也罷！放你睡去罷！(丑急叫門科)(末)報信的人來了，書童快開門去！(倈鼾睡不應，丑又打門，末又叫科)(倈半醒介)不要開門！他是索酒錢的。(末)不是！(倈)是要水錢的！(末)不是！(倈)任他要甚麽錢的，我只是不開門。此時正没半個低錢哩！(丑打門開入報云)老爺恭喜高中了！(倈)好靈夢！我方才睡着，夢見俺爺高中，自己先報了。那裏希罕你來報喜！正無一個喜錢哩。今後得了官兒，却有本有利了。等討了利錢來，多多賞些罷！(丑)無錢！賞一紙執照去罷，還要報别處去。(末)老夫這事方才銷繳，不知我幾個朋友如何？(丑)山東中了許多人，不記得。只記的劉槩、賈同二名。(末)孟節、希德，都中了也。可喜，可喜！正是：報道是龍人不信，果然奪得錦標來。（下）（副末正生小生上）殿上衮衣明日月，硯中旗影動龍蛇。縱横禮樂三千字，獨對丹墀日未斜。小生劉槩賈同王從善是也。幸與梁老先生同登會試，前日已廷試了。今日五鼓朝房中聽候傳臚，已報梁先生擢首吾榜，大魁天下，果然不負此老平生大志。那壁來的敢怕是也！（正末上）天福三年來應舉，雍熙二載始成名。饒他白髮巾中滿，且喜青雲足下生。觀榜更無朋輩在，到家惟有子孫迎。也知年少登科好，[五二]爭奈龍頭屬老成。老夫虚度八十二歲，奔走五十餘年，今日方纔了得功名二字。傳聞叨居首列，且未可信，須待唱名之後，方見端的。且喜忘年之友，劉賈二人同登此榜，老懷又更慶幸也呵！（副末正末小生相見科同云）恭喜，恭喜！（正末）彼此，彼此！同志之友，今爲同年，何樂如之！（小生）老先生認識小弟麽？（末）怎不認得，看你面貌也老辣了。庚辰到今，便是六七年矣。當時出於戲言，今日果然作同年也。何幸，何幸！（副末）長安門開了，進去伺候唱名者！（下）（外扮吕丞相上）握髪招賢集鳳池，銅龍猶自漏聲遲。這回夢見周公處，不是當年渴睡時。下官吕蒙正是也，備位當朝宰輔之職。今早聖上親御正殿，傳臚唱名。下官忝居首相，先來伺候，侍班讀卷，稱賀致辭。[五三]這時分天色尚早，俺且在這金門下待漏者。（正末副末正生小生淨上）（點朝鼓鳴鞭了）（鴻臚寺官唱）第一甲第一名梁顥！（正末出班跪）第一甲第二名劉槩！（副末跪）第一甲第三名賈同！（正生跪）第二甲第一名王從善！（小生跪）第三甲第一名胡旦！（淨跪）（鴻臚寺官贊叩頭舞蹈山呼訖）（贊）禮畢。傳奉聖旨，着開封府官，備傘蓋頭搭，送狀元歸第！（正末唱）

【南吕一枝花】龍頭屬老成，虎榜標名字。衣冠唐制度，車馬漢威儀。拜舞丹墀，瞻曉日天顔霽，簇春雲御仗齊。昨日個玉樓前策士無雙，今日個金殿上傳臚第一。

【梁州】我只見那壁廂鋪張了法駕，這壁廂擺列了朝儀，只聽的鈞天樂奏香風細。明良聚會，文武班齊。狀元及第，宸翰親題。插宫花烏帽簷低，飲玉酒滿奉金杯，賜袍笏可體春衣。從今後一步步不離了鵷班豹尾，一時時不離了鳳闕龍墀。〔五四〕這的是文齊，福齊，三簷傘罩王門内。借頭搭顯榮貴，兩朵銀瓜壯等威，歸去如飛。

【尾聲】誰不羨天街走馬黄金轡，上苑看花碧草堤，雁塔題名玉碑記。占瓊林首席，受皇恩一世，穩步了雲路鵬程九萬里。（下）

（黄門官上）（正末捧表同副末正生小生淨上跪開讀云）雍熙二年三月二十日，臣梁顥等伏蒙聖恩賜臣等狀元及第進士出身有差。謹上表稱謝者！伏以黄屋臨軒，肆頒清問。丹墀唱第，首擢殊科。浩乎恩典之自天，凛然報稱之無地。色隨喜變，寵與媿並。臣顥誠惶誠恐，稽首，頓首！伏念臣卷曲散材，苦窳賤質。少嘗艱阻，但爲裘氏之吟；晚更耄衰，豈免輪人之議。逐癸庚於飢渴，混甲子於泥塗。妄意揀金，漫來市璞。青天萬里，堪嗟蜀道之難，白雪一聲，誰和郢中之曲。笙竽異好，水石難投。曝腮屢殿於龍門，鼓翼浪隨於鷃鷰。曾謂洟涊之迹，尚有飛鳴之期。兹蓋伏遇皇帝陛下，文明啓運，壽考作人。明詔賓興，豈漫修夫故事。昕庭親策，冀有得於真才。大開公正之門，廣聞直切之論。雲龍風虎，不約而從；秋蜩夏蟬，亦知所感。真千載太平之運，起四海狀元之心。遂使衰微，獲伸沉抑。桃花浪暖，化龍高躍於三層；楊葉技精，中鵠兼收於百步。策方塵於乙夜，名已玷於甲科。踞足鰲頭，依光鳳表。陛嚴法駕，仰瞻鹵簿之具陳；聲徹清班，俯聽鴻臚之傳唱。楓宸賜第，既冒優恩。藻宴均慈，載叨盛禮。習聞弦誦，詎聆雅樂之音；久困虀鹽，烏覩大官之膳。在公載燕，繼事瓊林。剪絲爲花，降來金闕。蓋自廊廟而下，覩以爲榮；自有科目以來，謂斯獨盛。但念臣壯心雖在，來日無多。白首窮經，少伏生之八歲；青雲得路，多太公之二年。敢不益勵丹心，愈堅素履。寒松不改於晚節，老馬或辨於長途。伏願德乃日新，由是與天地合德；人惟求舊，無忘乎耇老成人。钁鑠是翁，使得畢餘生而報國；倔强此老，憫其秉直道而輸忠。臣無任屏營激切之至。謹奉表稱謝以聞！〔五五〕

生長梁唐晉漢周，晚成宋代老龍頭。
奔馳客路三千里，鏖戰文場五十秋。
事業巍巍掀宇宙，子孫世世紹箕裘。
當時若更登科早，那得芳名萬古留。

註：

〔一〕不伏老以《盛明雜劇二集》爲底本，與《海浮山堂詞稿》（簡稱詞稿）、《酹江集》相互參校，顯明訛誤，則徑予改正，不出校語。《酹江集》題作「一世不伏老」，詞稿作「梁狀元不伏老玉殿傳臚記」。

〔二〕「況當大比之期」詞稿、《酹江集》作「喚當今春二月大比之期」。

〔三〕「不免到文場前面」，詞稿、《酹江集》作「喚書童跟我去文場前面」。

〔四〕「森嚴」，詞稿、《酹江集》作「嚴明」。以下尚有「規模宏大」四字。

〔五〕「廣寒宮」下面詞稿、《酹江集》尚有「法度嚴明」四字。

〔六〕此句以下詞稿、《酹江集》尚有「欽奉聖旨，廣闢賢門。」八字。

〔七〕「對讀所」三句，詞稿、《酹江集》作「謄録所，對讀所，供給所。」三句。

〔八〕此句以下詞稿、《酹江集》尚有「誓心事，如青天白日，禱祝焚香；嚴界限如高山大川，巡邏鎖院」。四句。

〔九〕「打作」，詞稿、《酹江集》作「敲作」，下同。

〔十〕「三級」，詞稿同。《酹江集》作「三汲」。

〔一一〕「誰知」，詞稿作「切以」，《酹江集》作「竊以」。

〔一二〕「甚厚」，詞稿、《酹江集》作「甚盛」。

〔一三〕「幸」，詞稿、《酹江集》作「幸也」。以下二句同。

〔一四〕以下九句詞稿、《酹江集》作「數也曾偶來，到如今命乖；人也曾羡來，到如今衆猜。福不齊，難强求；時不利，權躭待。端的是天老其才！」

〔一五〕以下詞稿、《酹江集》尚有「〔末云〕書童！將過文房四寶來。你回去好生伺候，晚間迎接我。」〔唱〕。

〔一六〕以下詞稿、《酹江集》尚有「非堯舜之道不陳，非先王之法不述。」二句。

〔一七〕開頭詞稿、《酹江集》尚有「這早晚」三字。

〔一八〕「誠然老作家」，不疊。詞稿、《酹江集》作「還是老手舊胳膊。」

〔一九〕「熬」，詞稿、底本作「鏊」，兹從《酹江集》。

〔二〇〕「相公」，詞稿、《酹江集》作「老爺」。

〔二一〕「望相公」，詞稿、《酹江集》作「望老爺如今做了」。

〔二二〕「休得胡説」，詞稿、《酹江集》作「小禽獸休得胡云。」

〔二三〕「胡説」，詞稿、《酹江集》作「這禽獸好生奈何，我既然如此。」

〔二四〕「我不信」下面，詞稿、《酹江集》作「〔末〕不信却待怎麼？〔倈〕你這兩日水米不曾打牙，餤餤的説個牙疼呪誓，我方收拾跟你回去。〔末喝介〕這禽獸討死。」

〔二五〕「偺和相公還作夢裡」，《酹江集》作「喒爺兒們還做夢哩」。

〔二六〕「中山兔」，底本作「山中兔」，兹從詞稿、《酹江集》。

〔二七〕此句下面詞稿、《酹江集》尚有「當初蚤改抹到好來，」一句。

〔二八〕此句詞稿、《酹江集》作「念吾有一友人劉孟節」。

〔二九〕「再訪」，詞稿作「敬訪」，《酹江集》作「覓訪」。

〔三〇〕「梁太素」，詞稿、《酹江集》作「梁太素先生」。

〔三一〕以下，詞稿、《酹江集》多「古詩有云」四字。

〔三二〕「小弟」，《酹江集》作「小的」。從詞稿。

〔三三〕「與你」，詞稿、《酹江集》作「與他」。

〔三四〕《酹江集》此句不疊。從詞稿，疊。
〔三五〕「紫金魚」，詞稿、《酹江集》作「紫金鱗」。
〔三六〕「欽奉聖旨下官監試」，詞稿、《酹江集》作「先期禮部具奏題請各執事官，欽奉聖旨，點差下官爲監試之職。」
〔三七〕末句詞稿、《酹江集》作「都要秉公守法，毋得徇私，必遭神譴」三句。
〔三八〕「請問高壽」，詞稿、《酹江集》作「且問老爺高壽」。
〔三九〕底本作「錯問」，兹從詞稿、《酹江集》作「錯闖」。
〔四〇〕末句詞稿、《酹江集》作「又着我明年來，那裏有這樣好遠限兒」二句。
〔四一〕「今年才七十九」，詞稿、《酹江集》作「老爺今年才七十九」。
〔四二〕「那討」二句，詞稿、《酹江集》作「那討許多白麵菉豆」一句。以下尚有「（淨）拿筭盤過來，我用乘除歸法筭與你聽。（末）這裏那得筭盤，有甚大帳用乘除歸法？（淨）也罷！我口報着，你手掐着小九九數兒筭開帳罷，每場麵一斤，豆半升，五十場却不是麵五十斤，豆二斗半。（末）可蚤筭了個混帳！你怎生説白麵一百斤，菉豆五斗？」
〔四三〕以下詞稿、《酹江集》尚有「怎生進場？快去！快去！」三句。
〔四四〕以下詞稿、《酹江集》尚有「你看我這魯夫眼中，不識一個丁字，肚内無有一個之字，我也會每年誆的饅頭粉湯喫了。任是多少年頭有本無利，且圖時下肚兒裏飽呵！」
〔四五〕「我雖年長」，詞稿、《酹江集》作「我雖年長，只是箇月其程。」
〔四六〕以下詞稿、《酹江集》尚有「出去罷，出去罷！」二句。
〔四七〕「胡説」，詞稿、《酹江集》作「門官下去」。

〔四八〕底本作「有如今」，詞稿、《酹江集》作「你如今」。

〔四九〕《酹江集》無「常言道」三字，兹從詞稿。

〔五〇〕「相公」，詞稿、《酹江集》作「老爺」。

〔五一〕「算私帳」，詞稿、《酹江集》作「算帳」。

〔五二〕詞稿作「登科好」，《酹江集》作「登科早」。

〔五三〕以下詞稿、《酹江集》尚有：「竊念進士一科，起于隋制，盛于唐朝。恩榮次第，代有成規。曾考前朝，止有臨軒策士之典；今奉聖旨，添設傳臚唱名之儀。鹵簿預設于丹墀，文武朝賀于玉陛。金榜由王門而出，綸音自天上而來。恩始當今，榮超往古。下官及第之時亦無此事，今科士子是好榮幸也呵！」

〔五四〕「插宮花」五句，詞稿同底本，《酹江集》作「插宮花可體朱衣，啓黃封滿飲金杯。貌軒昂端稱着象簡烏紗，位清高蚤列在鵷班豹尾，步舒遲不離了鳳闕龍墀。」

〔五五〕《酹江集》無下面一首下場詩。

僧尼共犯〔一〕

第一折

（淨扮僧上開）少年難戒色，君子不出家。聖人有倫理，佛祖行的差。小僧法名明進，自幼投禮龍興寺長老，披剃出家。每日起五更，睡半夜，看經念佛，磕頭禮拜，不知圖些甚的？想起古先聖賢有云：「有天地，然後有夫婦；有夫婦，然後有父子。男女居室，人之大倫。」古先聖人，制爲婚姻之禮。傳流後代，繁衍至今。自有佛法以來，把俺無知衆生，度脱出家，削髮爲僧。永不婚配，絶其後嗣。想俺佛祖脩行住世，身體髮膚，不敢毁傷。留頭垂髻，并不落髮。哄俺弟子剃做光頭，不好看相。佛公佛母，輩輩相傳，生長佛子。哄俺弟子，都做光棍，一世没箇老婆，怎生度日？尋思起來，是好不平的事也呵！（唱）

【仙吕點絳唇】苦海無涯，業根難化。空悲咤！無室無家，一點心牽掛。

（云）俺莫非不是人也！尋思起來，俺也是人生父母養下來的。（唱）

【混江龍】都一般成人長大，俺也是爺生娘養好根芽。又不是不通人性，止不過自幼出家。一會價把不住春心垂玉筯，一會價盼不成配偶咬銀牙。正諷經數聲嘆息，剛頂禮幾度嗟呀！（云）俺和尚家要向俗家抄化布施呵！遇着不老實的婦人，和他擠眉溜眼，調順私情。俺也會跳墻，他也會串寺。這箇也是常事！則怕一時間被人拏犯了，布瓦擦頭，卻難禁受哩！（唱）要求箇善男信女擔驚怕，總不如空門淨土，當夥兒戀酒貪花。

（云）往古來今，天下庵觀，有僧人便有尼姑，有道士便有道姑，這都是先代祖師遺留下的。俺想起來，這便是爲俺出家人放一條生路。若無這條路兒，那一箇獃狗骨頭肯出家也！（唱）

【油葫蘆】自古道僧尼是一家，暢好是低答，每日價撞頭磕額有根查。一箇遮陽局斜倚回廊下，一箇挑春情偷將禪杖打。一箇手兒招，一箇眼兒瞅。背地裏聽不上腌臢話，誰道俺兒弟（二）不光滑？

（云）俺這一座禪寺古蹟，建在城外，并無尼姑庵兒。城裏碧雲庵，有一女僧，法名惠朗，頗有姿色。小僧與他相識，他也有顧戀小僧之意。以此認親爲由，往還甚密，人都不知。俺今晚無事，正好到他庵内走一遭者。行行去去！轉彎抹角，早來庵兒門下。俺索低聲叫他，開門！開門！（旦扮尼僧上）（云）福地閑無事，空門亦有春。此心元不死，飛逐落花塵。自家尼僧惠朗的是也，自幼捨身在庵内修行。俺心中正迷留没亂的，恰纔天色已晚，是誰在外叫門？（淨云）是我來也！（唱）

【天下樂】口念着救苦救難善菩薩，寃家可喜殺！發慈悲單等您和咱，開禪堂燒一炷香，入禪房換一盞茶，上禪床結一段好緣法。

（云）和尚到了庵裏，也不認的誰是和尚，誰是尼姑。則俺自家認的真實。他見了我，便道明禪師兄問訊了。我見了他，便道惠禪師弟問訊了。（唱）

【那吒令】俺到了您家，人則説是他；您到了俺家，人則説是咱。混做了一家，半星兒不差。頂老兒一樣光，刀麻兒一般大，胡厮混一迷裏虚花！

【鵲踏枝】認不的我和他，辨不出真共假。恰便似兩箇尿胞，一對西瓜。蘑菇頭一弄兒齊磕打，精秃驢〔三〕越顯的圓滑。

（云）到這其間，俺出家人，也只是口兒念佛，手裏敲着木魚兒也！（唱）

【寄生草】呀！一箇念波羅蜜，一箇念摩訶薩。鼓槌兒敲打的鼕鼕乍，鐃鈸兒拍打的光光乍，木魚兒瓜打的膨膨乍。昏沉了半晌出陽神，這其間色膽天來大。

（旦云）明禪，明禪！罷了我也。（淨云）惠禪，惠禪！死了我也。（唱）

【么】他他他纏着俺，俺俺俺纏着他。瓢頭兒比着葫蘆畫，光頭兒帶着個葫蘆擺，枕頭兒做了個葫蘆架。拜佛席權當了象牙床，偏衫袖也做的鮫綃帕。

（云）諸佛菩薩，大小神將，看見俺這般喬樣呵！

（唱）

【六么序】呀！釋迦佛鋪苫着眼，當陽佛手指着咱。把一尊彌勒佛笑倒在他家。四天王火性齊發！八金剛怒髮渣沙！搊起金甲，按住琵琶，捻轉鋼叉，切齒磨牙。挪着柄降魔杵神通大。則待把秃驢頭攤了還攤。羞的箇達磨面壁東廊下，惱犯了伽藍護法，赤煦煦紅了腮頰。

（云）諕殺我也！那裏發付小僧者。（旦云）怕他怎的？（淨云）那釋迦爺把眼兒鋪苫着，是見不上俺也！（旦云）不是！他是那垂簾打坐的象兒。（淨云）那當陽爺把手兒指着俺這等胡行哩！

(旦云)不是！他那裏揑着訣哩。不曾指着甚麽。(淨云)那彌勒佛爺嘻嘻大笑，欹倒在地。却是笑咱們這般樣兒！(旦云)也不是！他笑那釋迦爺出世，衆生不肯學好，没有好世界也！(淨云)兀那神將們，睜眉瞪眼，惡惡扎扎的都發作了。敢待下手俺也！(旦云)他是風調雨順的法象，降伏邪魔的意思而已。(淨云)那扭回頭的羅漢，甚是害羞。(旦云)這便是達磨爺東來九年面壁。(淨云)那紅了臉的伽藍十分發急。(旦云)這便是赤面閻王，自來如此。(淨云)南無菩薩，人説除了當行都是難，你我真是一對行家。若是俗人，那裏知道其中這些道理。(唱)

【幺】哎！你箇行家，不要瞅他！銅鑄的菩薩，泥塑的那吒。鬼話的僧迦，瞎帳的佛法。並無爭差，儘着撑達，也當了春風一刮，兀的不受用殺！(云)這是洞天福地，十分幽靜。是好自在也！(唱)月浸曇花，燈照禪榻，不近諠譁，不受波查，儘通宵喜笑歡洽。不枉了閑過竹院逢僧話，索强如路柳牆花。(云)俺僧家勸世之法，都説堠業受罪之人，入地獄，墮輪迴，碓搗磨研。俺這其間顧不得了也！(唱)説來的磨研碓搗都不怕，見放着輪迴千轉，也則索捨死捱他。

【賺尾】想人生夢一場，且不上西天罷。鎖不住心猿意馬，便做到見性成佛待怎麽！念甚的妙法蓮華。(旦云)不上西天不成佛，也非小可。咱們焉敢指望。若是不念經，不應付，那裏有盤繳來也？(淨唱)當袈裟告了消乏，到頭來蹋弄的風聲大。(外丑扮街坊人叫門科)(淨云)甚麽人叫門？俺這裏做好事未畢，正忙着哩！(又打門不開跳牆打諢科)(淨云)俺行常想着跳人家牆頭。您這起光棍，倒來跳俺的牆。挐住，挐住！(旦云)這都是俺街坊家。俺平日與他相處，也好來，也歹來。他每又是官差，不要和他歹鬬。量俺們也不是强奸，又不該死。和他見官去罷！（淨云）却纔是了手也！（唱）衆街坊識暏，扣膊兒一掐。呀！法門中拴出一對耍娃娃。

（淨吊場云）街坊隣里得知聞，權在當官不在君。四隻匾脚踏地穩，三箇光頭那怕人。（衆云）還有一箇和尚在那裡？（淨摸腹云）在這裡藏着哩！惹事的全然是他，一向被他連累了我。他倒是正犯，你們兩手緊緊拏住拴了去！（下）

第二折

（冲末扮巡捕官上）（云）夤夜入人家，非奸做賊拏。鈍刀磨的快，雙手砍西瓜。下官姓吳，雙名守常。本貫耀州人也。見任鈐轄司之職。今有夜巡的捉送一起犯人。原來是僧尼犯奸的。真是一場醜事！喚張千李萬，帶他上來審問者！（淨上）（合掌云）老爹！小僧問訊了。（末云）我是甚麼衙門，你還打問訊哩！喚張千，與他一把挵指帶着！（旦上）（合掌云）老爹！僧尼問訊了。（末云）李萬，也與他一把挵指帶着！着他常常的心問口，口問心。你這等衆生，怎麼長着心哩？好幹這等歪事。我看你這夥秃賊呵！

【南吕一枝花】雖分男女身，不上姻緣簿。只宜山寺隱，難並市廛居。全不想寂滅空虛，折挫了菩提樹，拋撒了舍利珠。再休提度迷途身上天堂，免不得墮阿鼻魂遊地府。

【梁州】看了您男不男女不女，真乃是僧不僧俗不俗，這的是西方留下淫邪路。並不曾憑媒作伐，則待要相女配夫。又何曾行財下禮，也不索寄柬傳書。覷不的溺窩裏並帶葫蘆，糞堆上連理蘑菇。喜的他兩意兒奚丟胡突，慌的他兩頭兒低羞篤速，諕的他兩眼兒提溜禿盧。每日價指佛，賴佛。只要你穿衣喫飯隨緣度，千自由，百不做。看了你細眼單眉肚兒粗，也不是清淨的姑姑！

（云）那尼姑不做良人，却怎生出家，又要出醜！不如明白爲娼，也强似這等做作！（唱）

【駡玉郎】把似您肯留頭嫁做箇良人婦，不枉了髮似漆，體如酥。更不然早上妝臺路，妝一幅美人圖，蓋一所藏春塢，開一座招商鋪。

（云）仔細看了你這模樣兒，倒也去得！（唱）

【感皇恩】呀！見放着俊生生美豔嬌姝，你則待冷清清鰥寡孤獨。（云）你那出家人的勾當，我也知道了。也會敲鼓兒，也會撞鑼兒，也會擦土塊。（唱）止不過法眷每蜜調油，師傅每猫瞧鼠，徒弟每柳穿魚。當家兒一族，勝强如五奴。犯清規，傷王化，壞風俗。

（云）那禿厮們既不肯守戒，也會喫酒麽？（淨云）小僧一點酒珠兒也不喫。（末云）也慣喫肉麽？（淨云）小僧一點肉星兒也不喫。（旦云）俺自幼天戒。從做女孩兒，葷酒不曾嘗着。但聞着〔四〕葷酒氣兒，就頭疼惡心，恰似害孩子的一般，成月家不好。（末云）你們説來的都是老實話〔五〕。只是俺這樣胡突官兒，不十二分信你。（唱）。

【採茶歌】透瓶香滿街沽，爛猪頭滿鍋熓〔六〕，山門外索帳的老王屠，他則道酒肉齊行曾得道，烟花大鬧好成佛。

【煞尾】則爲你半輩不素低答物，勾引的惹草沾風潑賴徒。辱没殺受戒傳燈好宗祖。（云）喚張千李萬取刑具來，拷打這秃囚！（衆應下）（末唱）生銅的手梏，熟鐵的腦箍，準備着官法如爐齊受苦！

（云）喚供狀的上來！我與你商議停當。也不要虧了法，也不要枉了人。至公至明，方可服其心也！這僧尼所犯該問甚罪？（應云）僧道犯奸，律有明條。（末云）他供稱是一家兒，該準自首。（應云）地方拏獲，又係奸情，難準自首。若作一家處斷，當依親屬相奸律。（末云）太重了！（應云）若從輕減，只擬家人共犯，免科罷！（末云）正是！正是！輕輕的問他罪名，他好重重承謝我。咱再與你商議的明白。他的謝禮，咱兩人如何分收？（應云）以三分爲率。老爹收一分，小的收二分。（末云）如何俺倒少，你倒多？（應云）一官二吏，舊規如此。（末云）我待多要些，爭奈舊規已定。也罷，也罷！喚張千李萬上來！你兩人押這起奸情，掙有錢鈔，都將來孝順我！（丑云）不瞞老爹説，俺若掙出錢來呵，也有常例。以十分爲率，三分孝順老爹，七分俺買酒喫。（末怒云）如何你又多要？（丑云）官三民七。天下常例，都是一般。（末嘆息云）天！天！那書手既有舊規，這軍伴又有常例。自古道三不拗六，他每都是城狐社鼠，俺也革不了他的積弊。早是俺君子不羞當面，一一的與他每講箇明白，永爲遵守。若是多收了分文禮物，却不壞了我清名，玷了我官箴也！看來俺做官的，只是便宜下人而已。（末吊場云）一日爲官一日憂，幾番折獄幾番愁。奉公守法當如此，爭奈清官不到頭。（同下）

第　三　折

（末上）（張千李萬帶淨旦聽審恐懼科）（末云）且開了他的刑具，我審問他。誰着你犯奸來？你今到此，悔之晚矣！（唱）

【越調鬭鵪鶉】把似你戰戰兢兢，早當初思思省省。每日價躲躲藏藏，到晚來潛潛等等。（云）你那其間，大家喫了兩壺，憑着酒蓋着臉兒，好行事也！（唱）一箇價樂樂醄醄，一箇價酩酩酊酊。一箇價躡足行，一箇價側耳聽。要成就對對雙雙，生怕了淒淒冷冷。

【紫花兒序】則見他窗兒外超超影影，簾兒前杳杳冥冥，門兒傍老老成成。誰想他磨磨擦擦，掐掐擰擰，隘隘亨亨。猛聽的隣舍家咳嗽了一聲，諕的我真魂不定。但能穀安安穩穩，又何必款款輕輕？（云）那禿厮實説！你怎麽到尼姑庵内？（淨云）小僧進城應付回來，天色已晚，閉了城門。恐怕犯夜，不得已探親尋宿，並不曾敢有分外閑事。（唱）

【調笑令】施主家虔請，念一卷受生經，及至歸來已二更。怕的是嚴城夜禁天街淨，響噹噹喝號提鈴。諕的我裩前擦後不敢行，因此上探望俺骨肉親情。

（云）那尼姑實招承了罷！那和尚與你有甚親故？你半夜留他，所幹何事？（旦唱）

【小桃紅】他是俺一林宗祖小師兄，怎敢胡行逕。若向俗門問名姓，自古有家聲，他是俺兩姨姑表同修行。又不是張王李趙，止不過一時半刻，隔牆兒打坐到天明。

（末云）這禿囚們都是遮飾之辭。你敢道俺是胡突官兒麽？俺自家説是清如水明如鏡的，天下第一員好官。俺自小在寺院讀書之時，不知見了多多少少的事。怎生瞞的我！況有神明照鑒於上，自是難隱真情也！（唱）

【耍孩兒】佛前燈明如懸鏡，一樁樁照出真形。假若是瞞神謊鬼鬼靈精，跳不出審刑廳，死也相應！

【聖藥王】把似他有情，你有情，眼睜睜闖入陷人坑。神有靈，佛有靈，活剌剌齊下滾油鐺。也省了出乖弄醜受官刑！

（云）罷，罷！看來他這樣事，也不該死。你兩人凑些錢鈔，打點了事。我做官的，也不希罕禮物。只是該房先生，捨命要錢，就是他親爺親娘，也饒不的，何況僧尼乎？若是打點停當呵，便依律杖斷〔七〕，着你兩人明白成就了罷。杖斷還俗，是法當如此。成就兩人，是情有可矜。情法兩盡，便是俺爲官的大陰隲也！（唱）

【煞尾】不爭俺敲斷您下截闢人命，謊的他尋墳跳井。且放你還俗潑衆生，則索把老官人頭兒上頂。

（淨旦謝云）老爹！小的二人叩頭，拜謝成全之恩。惟願老爹輩輩做官者！（淨云）先生作揖了！（旦云）先生拜了！惟願先生輩輩作吏者！（吏云）老爹在上，休要拜我！（淨云）你要東西，還多似老爹的哩！（末笑云）他兩人再不打問訊了也！（末吊場云）從來食色性皆同，到底難明色是

空。念佛偏能行鬼路，爲官何不積陰功。（下）

（淨旦上）（大笑科）（云）昨日這場出磣的事，只怕送了殘生。誰想巡捕老爹大開方便之門，放俺還俗，便成配偶。是好快樂也呵！（淨唱）

第四折

【雙調新水令】從今日一齊蓄髮脱禪衣，兩團圓歡天喜地。再不上講堂中擔寂寞，也不向法座上受驅馳。這的是超度群迷，俺則待舞一會，歌一會。

（云）往常時和你喫鍾酒兒，也是偷嘴。配箇對兒，也是偷情。今日要辦大筵席，明白成親。請媒證人，叫吹鼓手，準備着行禮者！（旦云）咱們也會吹打一弄兒。（淨唱）

【駐馬聽】早辦筵席，擔酒牽羊行聘禮。真成匹配，三媒六證説因依。自家打鼓自吹笛，料應俺勝似華嚴會。（云）若不是做出這場磣事，怎得成就這段姻緣也呵！（唱）這姻緣真箇美，方顯俺調虎〔八〕離山計。

（云）俺們這佛像法器都無用了，留與徒弟們罷！（旦云）説那裏話！留與你那秃神賽，他也不幹好事。留與俺那秃娼妓，也只會貼和尚。咱們自有變轉處。（淨云）我心裏也是如此。（唱）

【沉醉東風】新偏衫瞞成鞋底，舊袈裟改做中衣。鐵香爐鑄了鍋，銅法磬傾成器，破鐃鈸換了糖喫。塑像和成一塊泥，哄殺俺全然是你！

（云）俺看那不還俗的僧尼們，幾時能毂出水呵！（唱）

【鴈兒落】則俺這急回頭的早見機，覷了他不出水的難存濟。一答兒熱突突煖被窩，兩口兒喜孜孜成家計。

（云）你怎麽打扮出來，我試看者！〔九〕（旦云）此時正是暮春天道，我做了一套羅裙衫兒穿着，你看如何？（淨云）正好可體，又合時樣，不强似白布直裰，老鼠皮中袖也！再看你那頭腦如何梳妝？（旦云）我買了三件兒：一頂醬蓋似大鬏髻戴着，一綹黑鬒鬒長珊珊的頭髮，挽着一方金花大手帕，連耳帶腮緊緊的勒着。你與我剃兩道曲彎彎柳葉眉兒，方纔相稱〔一〇〕者！（淨云）又好，又好！再看你那刀麻兒如何扎作？（旦伸足云）你看！（淨云）滿面繡花鞋，比常時添上了箇蹻生生尖頭兒。若不是這花樣呵，還像僧鞋差不多兒。（旦云）要也不難，只是還欠工夫。（淨云）天下無難事，只怕慢慢來。人都道蘇州頭，杭州脚。似這等人物，蘇杭也去得了。（唱）

【得勝令】呀！穿一套彩羅衣，畫兩道遠山眉。打疊起降龍法，丢剥了遮虎皮。再不受孤悽，一弄兒油調蜜。也不怕別離，一團兒膠共漆。

（淨云）擡下香案，拜謝了天地者！（合唱）

【折桂令】俺這裏向中宫香爇金猊，拜謝了神祇，辭別了沙彌。從今後夜夜元宵，朝朝十五，日日寒食。歎浮世人生有幾，到頭來悔後無及。怎如俺對對相依，步步相隨。再不去賣狗懸羊，情受着舉案齊眉。

(淨云)拜謝了天地，再拜謝恩府老爹者！(合唱)

【沽美酒】俺如今拆不散，捨不的，打不開，斷不離。不强如一不成，兩不就，三不歸。我這裏謝恩官周全美意，勝强似結良媒！

【太平令】但能彀婚姻匹配，不枉了苦拷臨逼。成就了家緣家計，也是俺前生前世。(淨云)再過幾年，不出寺門。俺做了老法師，你做了老姑子，再有甚麽出産也！(唱)俺呵！險做了法師老尼，跳不出火池。呀！怎能彀繡幃中偎紅倚翠。

(云)起初時節，俺也拚着街坊拿奸，出一場醜。今反成就了好事也呵！(唱)

【川撥棹】早是俺會尋思，若不是倩人拏難到此。雖不是結髮夫妻，也是俺自小兒相識。挽上綹頭髮，戴上頂鬏髻。好一箇東西，改樣的標致。落的俺如魚似水，長相守，緊相偎。

(云)那秃厮每不曾犯奸的，却怎有這等好處！(唱)

【七弟兄】猛想起彼時〔一一〕，那厮，不三思。單打單一世無婚配，精打精到老受孤悽，光打光長夜難支對。

(云)俺如今一百樣兒不怕人了。又喫酒，又喫肉，再不喫齋了！(唱)

【梅花酒】俺如今改換了不似昔，百無箇差池。也不索央及，也不做張致〔一二〕，不隄防人笑嗤。大打弄飲巨盃，對人前喫狗脂。早離了素茶飯淡黄虀。再休提！再休提！並不喫，並不喫，冷鹹食。

(云)喒兩箇頭髮查兒齊長起來，安排着生男長女，真是一對好夫妻也！(合唱)

【收江南】呀！一天好事忒希奇，子孫後代有根基，這的是頭髮查兒裏好夫妻。惟願取普天下庵裏寺裏，都似俺成雙作對〔一三〕是便宜。

(淨吊場云)平生不悔住空門，只悔從前錯認真。若是早年孥犯了，我今生子子生孫。

題目　潑僧尼知而故犯

正名　喬打斷情法昭然

註：

〔一〕「僧尼共犯」以孤本《元明雜劇》作底本，與《海浮山堂詞稿》(簡稱詞稿)、脈望館鈔本互校。明顯舛誤，則徑行改正，不出校記。詞稿、脈望館鈔本俱題作「僧尼共犯傳奇」。

〔二〕「兄弟」，詞稿、鈔本、作「兄弟每」。

〔三〕「禿驢」，詞稿、鈔本作「禿盧」。

〔四〕「但聞着」，鈔本作「但問着」，兹從詞稿。

〔五〕「老實話」，鈔本作「大實話」，兹從詞稿。

〔六〕「滿鍋熓」，鈔本作「滿鍋烀」，兹從詞稿。

〔七〕「杖斷」，鈔本作「杖斷還俗」，兹從詞稿。

〔八〕「調虎」，鈔本作「吊虎」，兹從詞稿。

〔九〕「我試看者」，詞稿、鈔本作「我是看咱」。
〔一〇〕「相稱」，詞稿、鈔本作「相趁」。
〔一一〕「彼時」，詞稿、鈔本作「比時」，茲從底本。
〔一二〕「張致」，詞稿、鈔本作「獐致」，茲從底本。
〔一三〕「作對」，詞稿、鈔本作「捉對」，茲從底本。

附録

山堂緝稿序

許　穀

余弱冠與鄉中諸子會文于青溪之上，適冶泉、芹泉二君自臨朐來，從其先大夫宦游留曹，知諸子可與并來溪上會焉，于是始識冶泉、芹泉二君。暨余謬列春曹，少洲君初授邑令，邂逅京邸，議論頗合，則又識少洲君。今余挂冠山中，海浮君由淶水令改教京口，言念通家，停車見訪，則又識海浮君。四君者，東方豪儁之士，皆翱翔藝林，有盛名當世者也。連枝競爽，三張見而减價；共被厚倫，即伯淮輩不足多矣。乃余謭陋，顧得周旋于四君之側，先後無忤，其麗澤之益可勝道哉！既而海浮別去，俄王、孟二文學持所刻《山堂緝稿》問序。余昔蓋嘗窺見一斑，而今何幸得盡睹其全也。則嘆曰：「美哉！先生之撰，旨深而詞爽，體峻而氣和，是可以傳矣。余將何言！」

竊嘗觀操觚之士，海内蓋彬彬然，動則凌駕漢魏，自唐以下不道，乃模擬形象而不求諸性情，步趨節奏而不貫于理道。甚至事不稽于典章，語無關于政俗，即燦如霞綺，美若貫珠，識者嗤之，謂其雕刻無補甚矣。著作之庭未可頓造，而名言之士宜不恒遘矣。先生少秉奇姿，早窮群籍，所得既邃，加之切劘于伯仲之深，諳練于咨詢之久，於以充拓而增益之，厥覿益遠。以故宣之聲律，情致婉曲，節奏疏暢，庶幾風雅之音，布之文章，條理分明，幅尺宏闊，出入董、遷之矩；取材于古人而標格甚正，證體于作者而蹊徑全消，其妙若此！若乃談說時政如在掌上，區畫張弛，信可施行，絶無溢辭，允稱確論。此尤墨士騷人所短，而今皆兼之，然則先生蓋適用之全才，又不獨擅文林之長技而已。使其得位行志，其設施不大有可述者哉？余不工于鉛槧，乃于兹集竊有契焉。意大雅君子知言之奥，必有同余斯論者矣。乃余則又嘆長公有才無位，獨《陂門集》今且盛傳。次公大行早逝，有作未梓。觀察公柄用方顯，今文翰流布海内甚熾。至如先生，位雖不稱，而文益有名。此則天運難同，人情多忌，良有然者。顧今海内識與不識，皆知有馮氏四賢，得其文而頌之，且爭相傳羡不已。造化得厚之意，生人極盛之業，夫孰有加于是乎！余因文學之請，既叙其雅制足傳，而且感于一門多賢，擅名天壤，因併及之以寓景行之思云。先生樂府諸調别有刻，兹不序。

嘉靖丙寅秋八月朔旦，賜進士出身中順大夫、南京太常寺少卿致仕、前吏部文選郎中、江西按察僉事奉敕提督學校石城許穀著。

序傳

俞憲

青州之臨朐有四馮君：長冶泉惟健，次芹泉惟重，次海浮惟敏，次少洲惟訥，皆憲副公裕之子。予同榜者，重與訥也。訥與予尤善，嘗語諸兄學行，多推海浮。予參東藩，海浮忽爲一巡院所虐，逮繫省城，因得縱觀其詩文，然未有集也。故嘗刻少洲詩而不及海浮。比得其集并南游詩數十篇，其所指巡院，即七歌行自註：「墨吏煽禍，齊魯間六郡甚苦之。予亦致至歷下，良久乃解者也。」蓋嘉靖丁戊間，段侍御顧言云云。海浮字汝行，嘗由鄉貢士令淶水，改教潤州。隆慶戊辰長夏錫山俞憲識。

馮氏家傳

李維禎

惟敏，字汝行，總角時父官石阡，力不能携家，惟敏曰：「萬里荒徼，奈何令大人獨往！」從之行。暇則讀六經、諸子史。含咀英華，爲文閎肆，萬言可立就。晉陵王慎中督學山東，自謂於書無不讀，猶遜其才也。尋舉于鄉。既屢上南宫不第，結茅冶水之上，居焉。放舟上下，浩歌自適，望之如神仙中人。久之謁選，授知淶水縣事。縣所食用取諸俸，稍不以煩里甲。出則簞食壺漿自隨。繕學宫，浚城隍，樹以榆柳，行道之人歌詠之。縣民富者爲將軍，爲校尉，爲力士，爲執金吾，爲中貴人，兼併地無算，而逋租挐。惟敏摘其最負者，懲之。貧民以爲德，而豪右謗四起矣。坐謫鎮江教授。聘典雲南試，録文多出其手。稍遷，判保定府，奉檄修府志，爲集楊忠愍遺文行於世。陳郡利害十六事，皆中窾綮。尋左遷王官，遂歸。搆亭冶原之上，命之曰「即江南」。日與朋輩觴詠。無何，遘疾卒。卒之日，侍者以朱衣進，摇首曰：「不當服此。」時有朞喪云。其文不爲刻削，語情事若指掌上。填詞尤號當家，西北人往往被之絃索。孫瑗，亦成進士。（大泌山房集）

志傳

馮惟敏，字汝行。裕三子。總角時父之官石阡，力不能攜家，以惟敏行。課以六經、諸子史。性聰穎，學日益進，爲文閎肆，萬言立就。歸自石阡，聲譽噪一時。晉陵王慎中督學山東，自謂無書不讀，少所推許。及見惟敏文，乃大賞異，以爲其才不能逮也。嘉靖十六年舉於鄉。謁選，授直隸淶水知縣。清静不擾，每出行，縣以壺飡自隨，民無絲粟之費。繕學宫，浚城隍，樹以榆柳，行旅歌頌之。邑去京師近，豪右雜處，中貴人勢尤赫灼，兼并地無算，多逋租。惟敏請託不行，摘其最負者，痛懲以法。貧民德之，而勢族羣不便，謗訢騰起。坐謫鎮江教授，聘典雲南試，録文多出其手，一時傳誦。稍遷，判保定府，奉檄修府志，爲集楊忠愍遺文行於世。陳郡利害十六事，皆中窾綮。久之，自免歸，結茅熏冶水上，自名其亭曰「即江南」。日與朋輩觴詠其中，自號海浮山人。每當天日清澄，風雪暝靄，時棹煙艇上下，自歌所爲北調新聲，見者以爲神仙中人。時知縣王家士，創修縣志，延惟敏主纂，爲詳著三大害，語在名宦傳。舊志謂爲鑿鑿遠猷，惜王志今不存〔二〕，無從甄録。惟敏少承家學，詩文雅麗，不喜爲刻削，語情事若指掌上。尤善樂府，以俊語度新聲，流傳遠邇，西北人往往被之絃索，聞者解頤。弇州王世貞，稱其北調獨爲傑出。著有山堂詞稿四卷，擊築餘音四卷，舊志作擊節，今從省府志。石門集行於世。世稱海浮先生。惟敏官雖不顯，自放山水，不與世接，類任達曠隳者流。然家居獨閑禮法，每歲首與子姪家讌，爲詩歌道天倫樂事，必加勉勗。卒之日，侍者以朱衣進，摇首曰：「不當服此。」時蓋有期喪云。齊魯閒言家法者，稱馮氏。子子升，孫瑗。瑗自有傳。采省志、府志舊志，山堂詞稿修。（光緒臨朐縣志）

〔一〕按：「王志」今存，有明嘉靖三十一年刊本。

詩話

海浮詞雖逸而氣弱，律雖協而調卑。（朱觀熩《海嶽靈秀集》）

詞雖逸而氣未雄，律雖協而調少遜。（王兆雲《皇明詞林人物考》）

馮汝行詩如幽州馬客，雖見伉俍，殊乏都雅。（王世貞《藝苑巵言》）

惟敏詩雖未工，亦齊魯間一才人也。（錢謙益《列朝詩集小傳》）

臨朐四馮，朱中立首推汝强詩；王秋史謂汝威爲四集之冠；朱竹垞謂汝言詩華整可觀，其賈氏之偉節乎。余謂終不若汝行之才氣縱横也。（陳田《明詩紀事》）

曲話

近時馮通判惟敏，獨爲傑出，其板眼、務頭、攛搶、緊緩，無不曲盡，而才氣亦足發之；止用本色過多，北音太繁，爲白璧微纇耳。（王世貞《曲藻》）（按此話亦爲李調元《雨村曲話》轉引）

填詞尤號當家，西北人往往被之絃索。（李維禎《大泌山房集》）

王渼陂、馮海浮咏鞋杯諸曲，亦多巧句。海浮「月兒芽彎環在腮上，筍兒尖穿破了鼻梁」，及「環兒脚一彎，花兒瓣兩邊」，又「心坎兒裏踢蹬，肚囊兒裏款行，腸禮兒裏穿芳徑」等，尤稱妙絶；亦未免間以粗豪語，不無遺恨耳。（王驥德《曲律》）

近之爲詞者，北詞則……馮（海浮）才氣勃勃，時見紕纇。……諸君子間作南調，則皆非當家也。（同前）

康對山、王渼陂、常樓居、馮海浮直是粗豪，原非本色。（同前）

元人俱嫻北調，而不及南音。……康對山、王渼陂二太史，俱以北擅場，並不染指於南。……章邱李中麓太常，亦以填詞名，與康、王俱□友，而不嫻度曲。……且不知南曲之有入聲，自以中原音韻叶之，以致吴儂見誚。同時惟臨朐馮海浮差爲當行，亦以不作南詞耳。（沈德符《顧曲雜言》）（按此話亦被徐又陵《蝸亭雜訂》轉引、爲焦循《劇説》所節録。）

馮(海浮)侍御綺筆鮮妍。(吕天成《曲品》)

曲始於胡元,大略貴當行不貴藻麗。其當行者曰「本色」。……國朝如湯菊莊、馮海浮、陳秋碧輩,直闖其籓,雖無耑本戲曲,而製作亦富,元派不絶也。(凌濛初《譚曲雜劄》)(按此話亦被李調元《雨村曲話》轉引)

海浮山東人,故所作粗豪之氣,咄咄逼人,是大宜於北曲者,以之爲南曲,乃嫌叫囂矣。……海浮曲全是一團拴縛不住的豪氣。然排奡而能妥帖,詞中之辛稼軒、陳迦陵也。(任中敏《曲諧》)

海浮曲於放浪中寓滑稽。……此公下筆,無論爲丹丘體豪放不羈,爲淮南體趣高氣勁,爲草堂體山林泉石,爲香奩體脂粉釵裾,都異樣寫得出,説得透,不僅此「騷人」一體,嘲譏戲謔者,顛狂欲絶也。(同前)

海浮曲有硬語盤空,呼叱而出者,如〔醉太平〕「遂閑」。然尚嫌曠達之中,多憤激之氣,文字亦覺過於急迫,乏安雅之致。如〔塞鴻秋〕「乞休」,則較爲閑静,不病乖張,且結語緊得剛好,有風起雲從,水流花逐之概也。(同前)

以曲爲家訓,海浮之創作也;論其詞,尚警切清新,不同腐俗。(同前)

論才情横溢,氣象萬千,明曲中真罕有敵海浮者。〔鴻門奏凱歌〕「謝諸公枉駕」,前調「謝會友枉顧」,高趣涵空,英姿颯爽,又純以跌宕風流,淵雅沉穆勝。而本來踔厲蹈揚之面目,則收拾淨盡,一毫不露,才人之筆,直無往而不可也。(同前)

海浮情詞，具本來面目者，如〔玉抱肚〕（寃家心變）；其較爲蘊藉者，如〔侍馬待風雲〕「悼琴仙」前半花開三句，悽婉無限，在南詞柔蒨一派中，的是當行。……余獨以爲海浮〔月兒高〕「閨情」（月缺重門靜），雖是南詞，而確傳元人敷粉作色，鈎勒點染之秘，斯不可多得也。（同前）

以逮於明對山、海浮，希孟之遺也。青門、伯良，子野、夢符之變也。寧庵、伯龍則又祖小山，而未能出之。以俊爽惟康、馮之於張，始有青出於藍之概。（盧前《飲虹曲話》）

中敏論馮惟敏曲猶詞中之辛棄疾、陳維崧，與其擬以稼軒，無寧況諸迦陵。稼軒重，迦陵輕；稼軒深，迦陵大；稼軒麤中細，迦陵麤中麤。海浮直是曲中迦陵耳。（同前）

汝行善度近體樂府，盛傳於東郡。……余所見《梁狀元不伏老》雜劇，當在王渼陂《杜甫遊春》之上。（錢謙益《列朝詩集小傳》）

偶閱俗演《梁太素》曲，神爲之昏。得此劇，大爲擊節。近有《題塔記》，能暢寫其坎坷之狀，而曲之精工，遠不及此。（祁彪佳《遠山堂劇品》）

本俗境而以雅調寫之，字句皆獨創者，故刻畫之極，漸近自然。此與《風情》二劇，並可作詞人譜謔之資。（祁彪佳《遠山堂劇品》、《僧尼共犯》）

《蝸亭雜訂》云：「或謂馮汝行《梁狀元不服老》雜劇，當在王渼陂《杜甫遊春》之上。《四友齋叢說》云：『渼陂《杜甫遊春》雜劇，雖金、元人猶當北面，何况近代』。」（焦循《劇説》）

沈景倩云：「本朝能雜劇者不數人，自周憲王以至關中康、王諸公，稍稱當行；其後則山東馮、李亦近之，然如《小尼下山》（即北海《僧尼共犯》）、《園林午夢》、《皮匠參禪》等劇，俱太單薄，僅可供笑，亦教坊耍樂院本之類耳。」（姚燮《今樂考證》）

馮汝行《不伏老》一劇，騷隱生改爲《題塔記》院本，以北易南，較李日華之改《西厢》，且勝十倍也……可見《不伏老》原本至佳，正不必騷隱爲之改易也。且海浮所長，豈獨北詞而已哉。其〔月兒高犯〕八支，遠勝李中麓〔傍粧臺〕十倍……其詞深得南人三昧，顧世皆以北調相推重，亦傳之有幸不幸焉。（吳梅《顧曲塵談》）

馮惟敏編年録附同時代散曲作者紀事

謝伯陽

馮惟敏，字汝行，號海浮，别署海浮山人。祖籍山東臨朐。占籍益都。（《大泌山房集》卷六五《馮氏家傳》、《光緒臨朐縣志》卷一四上《馮裕傳》、《光緒山東通志》卷九二《學校志》）

父裕，字伯順，號閭山，正德三年（一五〇八）進士，四年授華亭知縣。官至貴州按察副使。家居講學，復好吟咏，工詩，有《方伯集》及與海岱耆宿唱和之《海岱會集》，俱傳於世。（《馮裕傳》、《康熙益都縣志》卷七、《本朝分省人物考》卷九七、《佳山堂詩集》王士禛序、《四庫全書總目》卷一八九）

有兄二人，長惟健字汝强，次惟重字汝威；弟一人，名惟訥字汝言。俱能詩，知名當世，稱「臨朐四馮」。（《馮氏家傳》、《臨朐志傳》、《益都志傳》、《本朝分省人物考》）

有子四五人，可考者二：子復、子升。（《石門集》七歌行、《海浮山堂詞稿》卷二）

孫瑗，萬曆二十三年（一五九五）進士，官至山西參政，補開原道，有聲於時。（《光緒益都縣圖志》卷四九《馮瑗傳》、《臨朐志傳》、《益都志傳》）

明武宗（朱厚照）正德六年辛未（公曆一五一一年）　一歲

九月初一日，馮惟敏生於南直隸松江府華亭縣（今上海松江）解舍。

《崇禎松江府志·縣令》：「馮裕，字伯順，臨朐人。進士。正德四年任，七年調肅縣。」又《國朝名臣宦績》：「馮裕，號閭山，山東臨朐人。正德戊辰進士。令華亭。」

《海浮山堂詞稿》卷四〔雙調新水令〕《庚午春試筆》套序：「余生於正德辛未，今六十年矣。」又〔黄鐘醉花陰〕《仰高亭自壽》套〔喜遷鶯〕：「正值著清秋天道，數重陽屈指非遥。」〔商調集賢賓〕《歸田自壽》套首曲：「交九月入三秋，準備下山翁稱壽。」

《海浮山堂文稿·祀竈告文》：「主人生于吳松，長于建業，……殆非誠齊人也。」

上元史忠（廷直）已七十四歲。（《列朝詩集》丙、《金陵瑣事》）

崑山虞臣（元凱）已七十歲。（《吳郡文編》二〇四）

茶陵李東陽（賓之）已六十五歲。（《明史》一八一）

餘姚謝遷（于喬）已六十三歲。（《狀元圖考》二）

吳縣王鏊（濟之）已六十二歲。（《甫田集》二八）

侯官林廷玉（粹夫）已五十八歲。（《涇野先生文集》三二）

安寧楊一清（應寧）已五十八歲。（《嘉靖以來内閣首輔傳》一）

吳縣楊循吉（君謙）已五十四歲。（《松籌堂集》一二）

新都楊廷和(介夫)已五十三歲。(《嘉靖以來内閣首輔傳》一)
無錫邵寶(國賢)已五十二歲。(《邵文莊公年譜》)
長洲祝允明(希哲)已五十二歲。(《陸子餘集》三)
華亭錢福(與謙)已五十二歲。(《松風餘韻》一七)
華亭徐霖(子仁)已五十歲。(《帝里明代人文略》)
汝水徐文昭(雲崖)時年四十八歲左右。(《全明散曲》)
泰和羅欽順(允升)已四十七歲。(《明儒學案》四七)
增城湛若水(元明)已四十六歲。(《明儒學案》三七)
鄠縣王九思(敬夫)已四十四歲。(《閒居集》)
上元陳沂(宗魯)已四十三歲。(《顧華玉集》)
吴縣唐寅(伯虎)已四十二歲。(《懷星堂全集》一七)
長洲文徵明(徵仲)已四十二歲。(《甫田集》三六)
餘姚王守仁(伯安)已四十歲。(《弇州山人四部續稿》八六)
崑山顧鼎臣(九和)已三十九歲。(《狀元圖考》二)
武陟何瑭(粹夫)已三十八歲。(《何文定公文集》)

儀封王廷相（子衡）已三十八歲。（《明儒學案》五〇）
武功康海（德涵）已三十七歲。（《對山文集》）
上元顧璘（華玉）已三十六歲。（《甫田集》三二）
寶應朱應登（升之）已三十五歲。（《盛明百家詩》）
高陵吕柟（大棟）已三十三歲。（《狀元圖考》二）
永昌張含（愈光）已三十三歲。（《歷代人物年里碑傳綜表》）
朝邑韓邦奇（汝節）已三十三歲。（《馮少墟集》二二）
貴溪夏言（公謹）已三十歲。（《皇明世説新語》一）
芮城劉良臣（堯卿）已三十歲。（《劉鳳川遺書》）
長興顧應祥（惟賢）已二十九歲。（《弇州山人四部稿》八六）
婺源江一桂（伯馨）已二十八歲。（《安南輯略》）
崑山張寰（允清）已二十六歲。（《震川先生集》二三）
歷城劉天明（希尹）已二十六歲。（《全明散曲》）
朝邑韓邦靖（汝度）已二十四歲。（《渼陂集》一三）
常熟楊儀（夢羽）已二十四歲。（《海虞文苑》）
仁和沈仕（懋學）已二十四歲。（《全明散曲》）

新都楊慎（用修）已二十四歲。（《楊文憲公年譜》）

新都楊惇（用敍）已二十三歲。（《全明散曲》）

崑山鄭若庸（中伯）已二十二歲。（《王奉常集》九）

武功康河（德清）已二十二歲。（《渼陂續集》）

沁水常倫（明卿）十九歲。（《常評事集》）

隴西金鑾（在衡）十八歲。（《歐虞部集》六）

長洲王寵（履吉）十八歲。（《雅宜山人集》一〇）

太和李元陽（仁甫）十六歲。（《國朝獻徵録》八九）

吳縣陸治（叔平）十六歲。（《姑蘇名賢小紀》下）

無錫王問（子裕）十五歲。（《明史》二八二）

長洲文彭（壽承）十五歲。（《文壽承先生年譜》）

遂寧黄峨（秀眉）十四歲。（《道光新都縣志》）

溧陽馬一龍（負圖）十三歲。（《國朝獻徵録》六九）

崑山顧夢圭（武祥）十二歲。（《震川先生集》二二）

寶應朱曰藩（子价）十一歲。（《道光寶應縣志》）

章丘李開先（伯華）十歲。（《國朝獻徵録》七〇）

華亭徐階（子升）九歲。（《明儒學案》二七）

吉水羅洪先（達夫）八歲。（《明儒學案》一八）

武進唐順之（應德）五歲。（《趙浚谷文集》一〇）

江寧邢一鳳（伯羽）三歲。（《金陵詩徵》二一）

興化李春芳（子實）二歲。（《許文穆公集》五）

王九思因言官鈎劉瑾餘黨，勒致仕。（《閒居集》）

康海客揚州，研究音律。（《悔齋集》）

楊慎舉進士第一，授翰林修撰。（《明史》一九二）

常倫登進士。（《常評事集》）

正德七年壬甲（一五一二）三歲

馮惟敏父裕調知徐州蕭縣。

李東陽致仕。（《明史》一六）

楊廷和晉少師兼太子太師華蓋殿大學士。（《明史》一〇九）

蘭州彭澤（濟物）以都御史總制四川軍務。（《明史》一六）

羅欽順爲南京太常寺少卿。（《整庵履歷記》）

唐寅客無錫華雲劍光閣。（《古緣萃録》四）

上虞謝讜（獻忠）生。（《萬曆上虞縣志》）

正德八年癸酉（一五一三）　三歲

馮惟敏居蕭縣官舍。

夏，弟惟訥生。

《海浮山堂詩稿》：「舍弟留滯隴西屢歲不遷，山居馳念，悵然有作詩云：『弟乃齊余肩，少余一歲强。』」

父裕擢陞晉州知州。《民國晉縣志·官僚志·知州》：馮裕，正德八年任，有傳。

山東劉六、劉七起義震動江南，官紳築城墻自保，王鏊作《吴江城記》敍其事。（《吴郡文編》）

康海散曲集《沜東樂府》成。（《沜東樂府序》）

顧璘以得罪中官被逮問，謫官廣西全州，過金陵與徐霖、陳沂、文徵明等相會。（《金陵通傳》一五、《顧華玉集》、《藤花亭書畫跋》）

朱應登官陝西學使，到武功與康海會。（《對山文集》）

太倉周天球（公瑕）生。（《弇州山人四部續稿》三九）

正德九年甲戌（一五一四）　四歲

馮惟敏在晉州。

徐霖繪《初日蟠桃圖》。(《石渠寶笈》)

彭澤總督甘肅軍務，經理哈密。(《明史》一六)

唐寅從南昌寧王朱宸濠處脱歸。(《堯山堂外紀》)

朱應登移官雲南，康海送行序。(《對山文集》)

韓邦奇遷浙江按察僉事。(《明儒學案》九)

劉天明成進士。(《閒居集》)

王寵作《聽松賦》。(《王雅宜年譜》)

丹陽姜寶(廷善)生。(《眭東蓀集》一一)

瓊山海瑞(剛峰)生。(《三續疑年録》七)

正德十年乙亥(一五一五)　五歲

父裕擢南京户部福建清吏司員外郎，督儲中都(鳳陽)。全家居鳳陽。歐陽德《副使馮公墓碑》、《詞稿》卷一〔雙調新水令〕《留別邢雉山》套序：「僕垂髫隨宦，皓首重來。」曲文：「憶金陵佳麗帝王州，四十年感時懷舊。」

王鏊刻《大唐六典》三十卷。(《郘園讀書志》四)

楊廷和丁憂歸。(《明史》一〇九)

祝允明知廣東興寧縣，治民酷辣。（《列朝詩集》丙）

羅欽順擢南吏部右侍郎。（《整庵履歷記》）

陳沂將宋陳東舊集增輯爲《宋陳少陽先生盡忠録》八卷。（《善本書室藏書志》二九）

正德十一年丙子（一五一六）　六歲

馮惟敏在鳳陽。

李東陽卒，年七十。（《明史》一八一）

王鏊輯刻《春秋詞命》三卷。（《春秋詞命序》）

祝允明纂修《興寧縣志》四卷。（《興寧縣志》）

彭澤帥京營兵防邊。（《明史》一六）

陳沂編刊《金陵古今圖考》。（《四庫全書總目》七三）

常熟孫樓（子虚）生。（《百川先生集》）

山陰陳鶴（鳴野）生。（《國朝獻徵録》一一五）

正德十二年丁丑（一五一七）　七歲

馮惟敏在鳳陽，開始讀六經諸子史。

《海浮山堂詩稿》：《舍弟留滯隴西屢歲不還，山居馳念，悵然有作三首》詩云：「七歲嫺禮儀，灑掃闢中堂。八歲問奇字，十歲諳宫商。十二受遺經，十五氣飛揚。」

楊廷和被召復入閣。（《明史》一六）

邵寶所著《容春堂前後集》成。（《抱經樓藏書志》六一）

祝允明解興寧知縣職，歸客王鏊家，書《太真外傳》。（《古緣萃録》五、《紅豆樹館書畫記》二）

陳沂舉進士，改翰林院庶吉士，除編修，與修《毅皇帝實録》。（《憑几集》二）

文徵明作《湘君圖》，書《九歌》。（《江村消夏録》二）

唐寅避暑石湖，繪《飲仙圖》，並書題《飲中八仙歌》。（《石渠寶笈》一六）

顧鼎臣作《憫雨》詩，反映北地水患。（《明詩綜》二八）

顧璘自金陵赴台州知府任。（《金陵梵刹志》九）

臧賢輯刻《盛世新聲》十二卷。（《盛世新聲》）

夏言登進士。（《列朝詩集》丁）

武宗微行，始出居庸關，楊慎抗疏切諫。（《明史》一九二）

太和吳懋（德懋）生。（《滇南碑傳集》三二）

武進吳嶔（崑麓）生。（《華陽洞稿》八）

正德十三年戊寅（一五一八）　八歲

馮惟敏在鳳陽。

文徵明、王寵等同遊無錫惠山，文繪《惠山茶會圖》。（《過雲樓書畫記》

唐寅、崑山鄭若庸（中伯）等同客丹陽，與孫育（七峰）共修禊。（《潤州事蹟詩鈔》）

王寵作《南都》詩，諷刺朝政。（《明人詩鈔續集》五）

正德十四年己卯（一五一九）　九歲

馮惟敏讀書鳳陽。

祝允明辭應天府通判職歸里。（《吳都文粹續集》）

羅欽順改吏部右侍郎。（《整庵履歷記》）

朱厚照南巡尋樂，徵召徐霖至山東臨清爲製樂曲。（《東林雜俎聖集》）

唐寅繪五十自壽圖，並題長律。（《松壺畫憶》下）

寧王宸濠反，攻下南康、九江等地，南贛汀漳軍務副都御史王守仁討之，宸濠兵敗被擒。（《明史》一六）

劉天明因諫武宗南巡，被廷杖。（《閒居集》七）

王問成舉人。（《無聲詩史》）

崑山梁辰魚（伯龍）生。（《鹿城集》卷二十一詩《丁卯冬日過周蕩村別業與玉堂弟夜坐作》）

正德十五年庚辰（一五二〇）　十歲

馮惟敏讀書鳳陽。

虞臣卒，年七十九。（《國朝獻徵録》九八）
楊循吉在金陵得《董解元西廂記》，校訂一過。（《古本董西廂後跋》）
邵寶作《天馬來》、《三千牘》等詩刺時事。（《列朝詩集》丙）
朱厚照在南京迎春，演劇娱樂，楊循吉、徐霖被命爲製樂曲。（《列朝詩集》丙）
楊一清在鎮江私宅上演王实甫《西廂記》以娱朱厚照，王鏊作詩刺之。（《夷白齋詩話》）
顧璘作《庚辰元日》詩，諷朱厚照南遊不歸。（《明詩紀事》丁五）
王寵與文彭讀書治平寺，集包山遊詩成《包山集》。（《壯陶閣書畫録》一一）
朱宸濠伏誅，懲治交通宸濠者罪。（《明史》一六）

正德十六年辛巳（一五二一）　十一歲

馮惟敏隨父居南京。
徐霖從北京南還，陳沂作送行序。（《帝里明代人文略》）
文徵明以歲貢生詣吏部試，授翰林院待詔。（《明史》二八七）
唐寅與江陰朱承爵（子儋）共校《嘯旨》。（《六如居士全集》五）
何瑭解東昌府同知職，還居如皋南村。（《州乘一覽》）
張寰登進士。（《震川先生集》二三）

鄭若庸以粗俠被黜學籍，客河南彰德趙康王處，爲朱厚煜辑類書《類雋》。（《萬曆野獲編》二五）

王寵作《辛巳書事》詩刺時事。（《盛明百家詩》）

餘姚史立模（季弘）登進士。（《掖垣人鑑》一三）

無爲吴廷翰登進士。（《吴廷翰集》）

山陰徐渭（文長）生。（《徐渭集》）

金壇曹大章（一呈）生。（《華陽洞稿》七）

是年三月，朱厚照死於豹房，無子，遺詔召興獻王長子嗣位。四月，朱厚熜至京即位，改明年爲嘉靖元年。詔議皇帝本生父興獻王祐杬尊崇典禮，於是大禮議起。（《明史》一六）

明世宗（朱厚熜）嘉靖元年壬午（一五二二）　十二歲

馮惟敏在南京。

彭澤起爲兵部尚書、太子太保。（《明史》一九八）

羅欽順遷南京吏部尚書。（《整庵履歷記》）

文徵明預修《武宗實録》，侍經筵。（《明史》二八七）

何瑭任職南京太常寺。（《國榷》）

寶應朱應辰（拱之）作《青龍港記》。（《道光寶應縣志》）

楊慎起充經筵講經。(《明史》一九二)

韓邦靖起爲山西左參議，分守大同。(《明史》二〇一)

王寵作《風災紀變》詩，並在唐寅桃花庵中書《五柳先生傳》於趙孟頫所畫陶潛像上。(《列朝詩集》丙、《虚齋名畫録》七)

濱州劉效祖(仲修)生。(《國朝獻徵録》九四)

歷城殷士儋(正甫)生。(《明史》一九三)

嘉靖二年癸未(一五二三) 十三歲

馮惟敏在南京。

唐寅卒，年五十四。(《吳都文粹續集》四三)

王廷相以治行卓異，遷山東右布政使。(《明史》一九四)

韓邦靖卒，年三十六。(《明史》二〇一)

楊惇舉進士。(《大泌山房集》二二)

康河舉進士。(《渼陂續集》)

王寵以吳中饑饉，民採食野菜充饑，繪《野菜譜》。(《香蘇山館古體詩鈔》)

顧夢圭舉進士。(《列朝詩集》丁)

徐階舉進士。（《明儒學案》二七）

嘉靖三年甲申（一五二四）　十四歲

馮惟敏在南京。父擢爲平凉（今甘肅）知府。（陳鳳《明孝廉陂門馮公文集序》）

王鏊卒，年七十五。（《明史》一八一）

楊一清起爲兵部尚書，總制陝西三邊軍務。（《明史》一六）

楊廷和致仕。（《明史》一六）

高郵王磐（鴻漸）撰《野菜譜》一卷。（《善本書室藏書志》一六）

康海撰《沜東樂府》二卷刊行。（《沜東樂府》）

吕柟以修省自劾，語涉大禮，下詔獄。（《明儒學案》八）

楊慎遷翰林學士，以争大禮，偕衆上疏伏左順門哭諫，下詔獄廷杖，謫戍雲南永昌衛。（《明史》一九二）

興國吳國倫（明卿）生。（《快雪堂集》九）

嘉靖四年乙酉（一五二五）　十五歲

馮惟敏隨母青州讀書。

陳沂、文徵明等在北京遊西苑，合撰《西苑詩》一卷。（《甫田集》一〇）

吳江張禄（天爵）刻所輯《詞林摘艷》十卷刊行。（《北京圖書館善本書目》）

朱曰藩在金陵與王寵訂交。（《山帶閣集》）

興化宗臣（子相）生。（《疑年録彙編》七）

歙縣汪道昆（伯玉）生。（《弇州山人四部續稿》三九）

嘉靖五年丙戌（一五二六）　十六歲

馮惟敏就讀青州。

楊一清復入閣。（《國榷》）

祝允明卒，年六十七。（《明史》二八六）

陳沂官江西參議。（《萬曆上元縣志》一〇）

朱應登自雲南罷官歸，旋卒，年五十。（《廣陵十先生傳》）

常倫卒，年三十四。（《常評事集》）

李元陽登進士。（《國朝獻徵録》八九）

楊儀登進士。（《常熟先賢事略》一三）

晉江王慎中（道思）登進士。（《明史》二八七）

太倉王世貞（元美）生。（《弇州山人年譜》）

嘉靖六年丁亥（一五二七） 十七歲

父裕改知石阡。冬，惟敏隨父南行。

《家傳》：「（裕）遷南京户部員外郎，督儲中都（鳳陽），稍遷郎中，久之，遷知平凉府，以後期改知石阡。」

謝遷復入閣。（《明史》一八一）

邵寶卒，年六十八。（《邵文莊公年譜》）

羅欽順調吏部尚書。（《佩文齋書畫譜》）

文徵明卸職南還，過金陵訪嘉善寺。（《列朝詩集》丁）

王守仁以南京兵部尚書兼左都御史，總制兩廣、江西、湖廣軍務，討田州反叛。（《明史》一七）

王寵於仇英所繪《瑶臺清舞圖》上書張衡《舞賦》。（《寓意録》四）

晉江李贄（卓吾）生。（《李贄年譜》）

長洲張鳳翼（伯起）生。（《穰梨館過眼録》八）

銅梁張佳胤（肖甫）生。（《弇州山人四部續稿》一二三）

嘉靖七年戊子（一五二八） 十八歲

馮惟敏父子到達石阡。

《石門集》《宦適軒賦序》云：「嘉靖戊子春，余方束髮，從家君薄遊南中，蓋自司徒大夫出守平涼，尋調石阡。」

長兄惟健舉於鄉。（《光緒山東通志》卷九二《舉人表》）

謝遷致仕。（《明史》一七）

因定議禮諸臣罪，追削楊廷和等籍。（《明史》一七）

王守仁卒，年五十七。（《明儒學案》一〇）

何瑭自南工部北調，去金陵。（《國榷》）

韓邦奇起四川提學副使，改右春坊右庶子，兼翰林修撰。（《明儒學案》九）

李開先戊子舉人，己丑連捷進士。（《李開先全集》）

嘉靖八年己丑（一五二九）　十九歲

馮惟敏讀書於石阡。

楊一清被劾與陸粲言事案有連，復解職還京口。（《蒹葭堂雜著摘鈔》）

楊循吉所纂《吳邑志》十六卷刊行。（《中國地方志綜録》）

楊廷和卒，年七十一。（《明史》一九〇）

何瑭再調南都察院，尋罷。（《國榷》）

江一桂謁選，授福建建寧知縣。（《安南輯略》）

淮安吴承恩(汝忠)作《海鶴蟠桃篇》,爲漕督唐龍母壽。(《射陽先生存稿》一)

李開先舉進士。(《國朝獻徵録》七〇)

羅洪先舉進士第一。(《明史》二八三)

唐順之舉進士。(《明清進士題名碑録索引》)

周天球此年起僑寓蘇州。(《吴郡名賢圖傳贊》八)

華容孫斯億(兆孺)生。(《陸學士先生遺稿》一二)

嘉靖九年庚寅(一五三〇)　二十歲

馮惟敏奉命北歸完婚。

《南京禮部司務一川宋君行狀》:「時余弱冠,方從先大夫薄遊南粤,……已而命婚北還,未謁故舊,獨先訪君于委巷間。」(《海浮山堂文稿》)

楊一清被揭曾爲太監張永作墓誌得金,削一切官階。(《國榷》)

楊一清卒,年七十七。(《歷代名人生卒年表補》)

王磐卒,年六十左右。(《中國大百科全書》文學二)

顧璘官杭州,作《萬松山始開石路作三亭記》。(《顧華玉集》三三)

劉天明官河南按察司副使。(《閒居集》)

顧夢圭在金陵，作《柏鹿記》。（《疣贅録》五）

徐階官翰林院，以疏争更易孔子塑像事忤朱厚熜，謫任福建延平府推官。（《萬曆野獲編》一四）

嘉靖十年辛卯（一五三一）二十一歲

馮惟敏入籍臨朐。

郭勛輯《雍熙樂府》二十卷王言序刻本刊行。（《雍熙樂府》）

謝遷卒，年八十三。（《明史》一八一）

徐霖年七十，開壽宴於快園麗藻堂，妓女百人稱觴上壽。（《帝里明代人文略》）

寶應朱應辰（拱之）充貢生。（《道光寶應縣志》）

益都楊應奎致仕歸里。（《陶情令識》）

王寵八應鄉試皆挫，此年書自撰草堂雜詩帖。（《墨緣彙觀》）

李開先餉軍西夏。（《臥病江皋序》）

徐階編所著爲《少湖集》七卷。（《光緒重修華亭縣志》）

會稽史槃（叔考）生。（《全明散曲》）

嘉定殷都（無美）生。（《三易集》一七）

嘉靖十一年壬辰（一五三二）二十二歲

馮惟敏讀書臨朐。

父裕擢貴州按察副使，整飭威清，戎政。（王崇慶《明貴州按察司副使聞山馮公配宜人伏氏合葬墓志銘》）

林廷玉卒，年七十九。（《涇野先生文集》三二）

文徵明爲無錫華夏跋考所藏五字損本《蘭亭序》。（《式古堂書畫彙考》書五）

太倉陸之裘（象孫）函慰王寵鄉試受挫，寵答書以忘悵得失作辨。（《松陵文集三編》）

楊儀著《高坡異纂》三卷。（《高坡異纂自序》）

李開先至武功、鄠杜，訪康海、王九思。（《閒居集》）

福清薛廷寵（汝承）登進士。（《國朝獻徵録》八二）

嘉靖十二年癸巳（一五三三）　二十三歲

馮惟敏讀書臨朐。父陞貴州按察司副使。隨往貴筑。

馮惟健《陂門集》《南征賦》敍石阡父老歌其父之功德云：「太守之來也，六載於兹矣。……今持憲臺，省覈廉墨。」據此可知，裕守石阡六年而調任按察司副使。

陳沂時官山東參政，有膠東之行，作《遊勞山記》。（《古今圖書集成》山川典二九）

文徵明作《拙政園記》，敍述園歸屬王氏經過。（《珊瑚網》畫録）

王寵卒，年四十。（《甫田集》三二）

顧夢圭有事京師，作《移鼠記》刺時事。（《疣贅録》五）

唐順之入翰林院，與王慎中等結交。（《唐荆川年譜》）

陳鶴以例襲其祖軍功，官百户。（《國朝獻徵録》一一五）

嘉靖十三年甲午（一五三四）二十四歲

馮裕以石阡刻碑事被論致仕。惟敏隨歸故里。（《康熙益都縣志》卷七）

《馮裕傳》：「出守貴州，遷按察司副使，後先七年。」

《馮氏家傳》：「自貴州致仕歸。」證以去年所引，歸里當在本年。

次兄惟重，弟惟訥並舉於鄉。（《光緒山東通志·舉人表》）

陳沂與人合纂《南畿志》六十四卷成。（《北京大學圖書館善本書目》）

吴縣袁袠（永之）輯唐寅詩文爲《六如居士全集》。（《吴郡文編》）

王慎中自北京謫任常州通判。（《遵巖先生文集》九）

唐順之自黜京職，取道河南歸里。（《唐荆州文集》一）

孫斯億補博士弟子。（《陸學士先生遺稿》一二）

太倉王錫爵（元馭）生。（《王文肅公年譜》）

長洲張獻翼（幼于）生。（《弇州山人四部續稿》一八）按：馮惟敏《石門集》有《答贈張幼于文學》七言古詩一首。

嘉靖十四年乙未(一五三五) 二十五歲

馮惟敏讀書冶源。

何瑭爲康海六十初度,作〔中吕粉蝶兒〕《寄壽康對山太史》套曲。(《柏齋何先生樂府》)

康海爲江寧余光所著《古峰子集》作序。(《帝里明代人文略》)

顧璘邀徐霖、陳沂等人作菊宴。(《開有益齋讀書志》六)

王慎中改官南户部員外郎,至金陵與顧璘會。(《杭雙溪詩集序》)

陳鶴成舉人。(《國朝獻徵録》一一五)

長洲王穉登(伯穀)生。(《石語齋集》二〇)

仁和沈袾宏(蓮池)生。(《補續高僧傳》五)

嘉靖十五年丙申(一五三六) 二十六歲

馮惟敏讀書冶源。

顧璘以所撰《國寶新編》寄贈袁褧。(《金聲玉振集》)

夏言以禮部尚書兼武英殿大學士,預機務。(《明史》一七)

朱厚熜賜敕嘉獎蜀成王朱讓栩賢明,署坊表「忠孝賢良」。(《明史》一一七)

朱曰藩客金陵,得見元人小説《大聖降水母》,並書跋文。(《山帶閣集》三三)

徐階輯刊岳飛詩文爲《岳集》五卷。(《北京圖書館善本書目》)

唐順之移居宜興，自號荊川。（《唐荊川年譜》）

鳳陽朱載堉（伯勤）生。（《明史》一一九）

嘉靖十六年丁酉（一五三七） 二十七歲

秋，馮惟敏舉於鄉。其文爲提學僉事王慎中所推許，自以爲遜其才。（《光緒山東通志·舉人表》、《光緒臨朐志傳》）

《海浮山堂詞稿》卷四〔正宮端正好〕《呂純陽三界一覽》套序：「嘉靖丁酉……是歲秋，余果領鄉薦。」

顧璘官湖廣，途中作《六憶》詩寄徐霖、陳沂等人。（《顧華玉集》）

張含輯自滇入京詩成《艱征集》一卷，楊慎爲撰序。（《帝里明代人文略》）

楊儀輯成《七檜山人古虞文録》二卷、《文章表録》二卷。（《南宮集》）

華亭莫是龍（雲卿）生。（《景船齋雜記》上）

婺源潘士藻（去華）生。（《珂雪齋前集》一六）

通州顧養謙（益卿）生。（《賜閒堂集》二七）

嘉靖十七年戊戌（一五三八） 二十八歲

馮惟敏與兄惟重、弟惟訥同赴北京會試。重、訥登進士，惟敏不第。（《光緒山東通志·進士表》、《陂門集》）

惟敏至遼之廣寧祭祖、省親、探友。

《海浮山堂詞稿》卷二〔鴻門奏凱歌〕《復兒度遼省墓》注云：「余戊戌東歸一展墓。」

惟訥官宜興令，上元許穀以詩送之。（《列朝詩集》丁、《盛明百家詩後編》）

徐霖卒，年七十七。（《寓意録》四）

陳沂卒，年七十。（《顧華玉集》）

顧鼎臣以禮部尚書掌詹事府事兼文淵閣大學士，預機務。（《明史》一七）

康海爲江寧沈越（韓峰）官陝西作《瞻雲樓記》，述先世僑寓金陵，本人對江東士夫之情愫。（《帝里明代人文略》）

王問舉進士。（《明史》二八二）

顧夢圭此際官廣東參議，疏請停止採珠，朱厚熜不納，作長詩《採珠嘆》誌慨。（《明詩紀事》戊一五）

陳鶴輯成《越望亭詩集》二卷。（《四庫全書總目》一九二）

嘉靖十八年己亥（一五三九）二十九歲

馮惟敏居冶源。

次兄惟重卒於廬江，年三十六。

《馮氏家傳》：「惟重舉進士，授行人。肅皇帝南狩，奉命告湖湘，走烈暑中，及廬江而疽發於背，遂卒。」《光緒益都縣圖志》卷十《惟重傳》：「年僅三十六。」

朱厚熜南巡，謁顯陵，遊大峪山。（《明史》一七）

王問居無錫五里湖讀書，作《寶界山別業記》。（《梁溪文鈔》九）

羅洪先官春坊左贊善。（《明史》二八三）

吳嶔入學籍，師事唐順之。（《華陽洞稿》八）

嘉靖十九年庚子（一五四〇）　三十歲

馮惟敏在臨朐。十一月，赴廣寧奔外祖母喪。

顧鼎臣卒，年六十八。（《明史》一九三）

顧璘編次所著，成《浮湘集》四卷、《山中集》四卷、《憑几集》五卷、續集二卷、《息園存稿》二十三卷、《緩慟集》一卷、《近言》一卷。（《顧華玉集》）

張含作《寶石謠》，述皇差在雲南採寶石的酷虐。（《帝里明代人文略》）

陸之裘作《庚子紀事》詩，指斥官兵禦倭不力，上下蒙騙並虛報戰績；此際又作《白茅夫歌》，曲述夫役被杖逼之慘狀。（《列朝詩集》丁、《海虞文徵》三〇）

顧夢圭改官福建按察，在福州與錢塘田汝成（叔禾）會。（《田叔禾集》一）

吳承恩以文誅同里蔡昂（衡仲）。（《射陽先生存稿》三）

唐順之復官北京，再以言事除籍。（《唐荊川年譜》）

吳懋成舉人，授順慶府通判。（《滇南碑傳集》三二）

吳江顧大典（道行）生。（《松陵文獻》九）

郭勛輯《雍熙樂府》二十卷楚藩刻本刊行。（《雍熙樂府》）

嘉靖二十年辛丑（一五四一）　三十一歲

馮惟敏與兄惟健赴京會試，雙雙落榜。

文徵明書《正氣歌》，泐石嵌壁於蘇州新建文天祥祠内。（《鄭桐庵文集》）

康海卒，年六十七。（《全明散曲》）

金鑾僑寓金陵，作懷顧璘督工荆楚詩。（《金在衡詩輯》）

邢一鳳舉進士。（《金陵詩徵》二二）

秀水黄洪憲（葵陽）生。（《賜閒堂集》二四）

嘉靖二十一年壬寅（一五四二）　三十二歲

馮惟敏在臨朐。秋，赴章丘晤李開先，歸作〔仙吕點絳唇〕《李中麓歸田》散套。

文徵明爲仇英所繪長卷《蘇州圖》書《吳都賦》。（《壯陶閣書畫録》一〇）

吕柟卒，年六十四。（《明儒學案》八）

夏言革職閒住；嚴嵩以禮部尚書兼武英殿大學士入閣，預機務。（《明史》一一〇）

李開先因抨擊當政窳敗，被罷歸。（《道光章丘縣志》）

郭勛以亂政十二罪死獄中。(《明史》一三〇)

秀水周履靖(逸之)生。(《味水軒日記》三)

鄞縣屠隆(赤水)生。(《光緒鄞縣志》)

會稽王驥德(伯良)生。(《曲律》四)

嘉靖二十二年癸卯(一五四三) 三十三歲

馮惟敏在冶源。

何瑭卒,年七十。(《明儒學案》四九)

楊慎撰《升庵長短句》三卷,此際重刻刊行。(《升庵長短句》)

陸之裘輯成《太倉文略》四卷。(《太倉文略序》)

楊儀跋所得趙孟頫繪陶潛像。(《珊瑚網畫録》八)

徐階官國子監祭酒,容城楊繼盛(椒山)在監受學。(《潛研堂全集》三二)

唐順之作《鎮江丹徒縣洲田碑記》,述勢豪强占洲田事。(《唐荆川文集》一三)

長洲彭年(孔嘉)書散曲於仇英所作十幀着色仕女圖上。(《虚齋名畫録》一一)

嘉靖二十三年甲辰(一五四四) 三十四歲

馮惟敏與兄惟健赴京會試,又雙雙落第。是年秋,李開先《中麓小令百咏》問世,即刻轟動天下,傳抄傳刻者、作序題跋者不計其數。惟敏作〔傍粧臺〕《效中麓體》六首。(《海浮山堂詞稿》)

楊循吉卒，年八十九。（《疑年録》三）

文徵明、仇英合作《寒林鍾馗圖》，文題詩諷時。（《寓意録》三）

王廷相卒，年七十一。（《明儒學案》五〇）

康河卒，年五十五。（《渼陂續集》下）

金鑾旅北京。（《金在衡詩輯》）

武功張鍊（伯純）登進士。（《掖垣人鑑》一四）

吴承恩充貢生。（《光緒淮安府志》）

朱曰藩登進士。（《道光寶應縣志》）

謝讜登進士，授泰興令。（《萬曆上虞縣志》）

海寧陳與郊（玉陽）生。（《大泌山房集》七八）

嘉靖二十四年乙巳（一五四五）　三十五歲

馮惟敏居冶源。

是年六月，父裕歿於青州府城家中。卒年六十七。（《馮氏家傳》）。

顧璘卒，年七十。（《甫田集》三三）

夏言復入閣。（《明史》一八）

江一桂卒，年六十二。（《安南輯略》）

張寰解通政司參議職歸里。(《震川先生集》一〇)
楊儀著《金姬傳》二卷。(《海虞文苑》)
李開先自序《中麓畫品》成書。(《書畫書録解題》)
宗臣在里與陸西星(長庚)共治學。(《咸豐興化縣志》)

嘉靖二十五年丙午(一五四六)三十六歲

馮惟敏居冶源。
楊循吉卒,年八十九。(《松籌堂集序》)
夏言撰《鷗園新曲》,與所著《桂翁詞》合刻刊行。(《鷗園新曲》)
張寰與龍霓(致仁)、俞允文(仲蔚)等在吴興結崇雅社。(《山帶閣集》二八)
唐順之作《救荒渰記》,敍蘇南饑饉,溧陽百姓開荒造圩自救事。(《明文在》六七)
孫樓成舉人,尋官湖州府推官。(《國朝獻徵録》八五)
吴嶔舉鄉試。(《康熙武進縣志》)
曹大章卒業於南京國子監,是年鄉試中舉。(《華陽洞稿》七、《光緒金壇縣志》)
王世貞補注《世説新語》。(《蘇州圖書館善本書目》)
上元陳所聞(藎卿)成舉人。(《全明散曲》)

高濂（深甫）獲交汪道昆。（《太函集》四七）

上元盛敏耕（伯年）生。（《澹園集》三一）

秀水馮夢禎（具區）生。（《牧齋初學集》五一）

嘉靖二十六年丁未（一五四七）　三十七歲

馮惟敏在臨朐。

是年，惟敏與兄惟健赴京會試，又雙雙落榜。參與由訓導嚴怡主筆纂修《臨朐縣志》。

羅欽順卒，年八十三。（《明史》二八二）

韓邦奇陞南京兵部尚書，參贊機務。（《明儒學案》九）

朱讓栩卒。（《明史》一一七）

馬一龍登進士。（《國朝獻徵録》七四）

李春芳舉進士第一，入翰林院，以撰青詞得朱厚熜寵幸，超擢翰林學士。（《明史一九三）

吳嶔得魏良輔（尚泉）所著《南詞引正》二十則，爲校定成帙；曹大章作敍，文徵明書寫一過。（《南詞引正敍》）

殷士儋登進士。（《明史》一九三）

汪道昆登進士。（《明史》二八七）

王世貞登進士。(《明史》二八七)

光山王家士(汝希)官臨朐縣令。(《嘉靖臨朐縣志》)

楊繼盛登進士。(《歷代名人年譜》)

京山李維禎(本寧)生。(《明史》二八八)

嘉靖二十七年戊申(一五四八) 三十八歲

馮惟敏居冶源。

文徵明作《醉翁亭圖》,書《醉翁亭記》。(《歷代名人年譜》)

張含成所著《張愈光詩文選》八卷。(《松軒書録》)

夏言以議復河套事,被嚴嵩讒殺,死年六十七。(《明史》一九六)

王問辭不赴廣東按察任,還居五里湖。(《常郡八邑藝文志》)

陸之裘、陸之箕與修《太倉州志》一卷成。(《民國太倉州志》)

唐順之撰《河壖掩骨記》,敍數年大旱道殍者之慘狀。(《唐荆川年譜》)

汪道昆官義烏知縣。(《嘉慶義烏縣志》九)

金陵馬守真(湘蘭)生。(《亘史外紀》一八)

嘉靖二十八年己酉(一五四九) 三十九歲

馮惟敏在臨朐續修縣志。

弟惟訥再旅宜興。（《盛明百家詩》）

王九思爲李開先作《寶劍記後序》。（《閒居集》）

鄭若庸作《衡岳頌》，爲文徵明八十壽。（《蛣蜣集》一）

錢塘許次紓（然明）生。（《快雪堂集》一三）

宣城梅鼎祚（禹金）生。（《光緒宣城縣志》）

嘉靖二十九年庚戌（一五五〇）　四十歲

馮惟敏在臨朐。春，與兄惟健赴試又雙落榜。

惟敏與長兄惟健屢試南宫不第，乃營别墅於城南海浮山下之勝地冶源，遊釣其間，浩歌自適，忘懷息機，有終焉之志，疑即此時之事，姑繫於是年。

鄭王朱厚烷以上四箴、三戒，被廢爲庶人。（《明史》一一八）

顧應祥陞刑部尚書。（《明儒學案》一四）

吴承恩赴北京，過楊柳青，以詩寫景述懷。（《射陽先生存稿》一）

無爲吴國寶（萬湖）舉進士。（《吴廷翰集》）

徐渭作《今日歌》，記俺答寇古北口、薄京郊事。（《徐渭集》）

劉效祖舉進士。（《國朝獻徵録》九四）

吴國倫舉進士。（《快雪堂集》九）

宗臣舉進士。(《弇州山人四部稿》八六)
張佳胤舉進士。(《明史》二二二)
吴江俞安期(羨長)生。(《松陵文獻》九)
臨川湯顯祖(義仍)生。(《湯顯祖年譜》)
高邑趙南星(夢白)生。(《棘門集》)
無錫顧憲成(叔時)生。(《顧端文年譜》)

嘉靖三十年辛亥(一五五一) 四十一歲

馮惟敏居冶源。
王九思卒,年八十四。(《國朝獻徵録》)
王磐撰《西樓樂府》一卷,張守中刻本刊行。(《王西樓先生樂府》)
劉良臣卒,年七十。(《乾隆芮城縣志》)
文彭作《仇實父(英)模本清明上河圖記》。(《歷代名人年譜》)
孫樓自序博雅堂所藏典籍目。(《百川先生集》)
徐渭讀書杭州瑪瑙山寺,作《四書繪》。(《徐渭集》二〇)
汪道昆官户部江西司主事。(《汪南明先生年譜》)

宗臣官吏部考功司主事。（《列朝詩集》丁）

嘉靖三十一年壬子（一五五二）　四十二歲

馮惟敏居冶源。

冬，《臨朐縣志》刻成。知縣王家士撰序敍云：「爰議於邑博豫川祝子（教諭祝文）、草堂夏子（訓導夏雲鵬）、石溪嚴子（訓導嚴怡）。豫川、草堂皆嘗考索往事，嚴子嘗草創之，會其遷去，遂托海浮馮子終厥事焉。……是志也。邑之大夫士皆有商定，不克悉録。如少洲馮子嘗之南都，過朐一閱，雅有是正。而石溪、海浮先後實專其任，可謂有功於朐矣。」（《嘉靖臨朐縣志》）

鄭若庸延聘入鄴，爲趙康王朱厚煜門客。（《王奉常集》九）

文彭作《寇至》詩。（《文氏五家集》五）

楊儀作《劍南神曲》。（《海虞文苑》）

徐階以禮部尚書兼東閣大學士，預機務。（《明史》一八）

楊繼盛在京口會唐順之，同遊焦山。（《犂經室三集》四）

陳鶴題名閱定《十二家唐詩》。（《善本書室藏書志》三九）

王世貞、宗臣、李攀龍、謝榛、徐中行等聚集北京，結成復古文學流派。（《四溟詩話》）

朱厚熜追究仇鸞通虜案，戮鸞屍，王世貞作《將軍行》。（《明詩紀事》己）

宗臣解考功職還。（《廣陵十先生傳》）

張佳胤爲滑縣縣令。(《乾隆滑縣志》)

李贄成舉人。(《李贄年譜》)

沈袾宏爲諸生。(《補續高僧傳》五)

嘉靖三十二年癸丑(一五五三)　四十三歲

馮惟敏第六次赴京會試,又落第。

汝水徐文昭(雲崖)所輯《風月錦囊全集》四十一卷,書林詹氏進賢堂重刻刊行。(《風月錦囊》)

文徵明作《任公海上之捷》詩,顧夢圭作《平倭頌德詩序》,唐順之作《任公平倭》詩,頌山西任環(復庵)率太倉軍民痛擊來犯倭寇。(《山海漫談附録》、《疣贅録》四)

張寰作《海寇行》、《癸丑紀事》詩,書抗倭戰績。(《盛明百家詩後集》)

張寰作散曲〔南吕七犯玲瓏〕小令四首,奉和楊慎。(《玲瓏倡和》)

王問作《官兵來》、《團兵來》、《築城謡》詩,記倭寇侵犯蘇境,地方官吏張皇失措。(《列朝詩集》丁)

姜寶登進士。(《明史》二三〇)

孫樓作《城成謡》,記常熟人築城備倭。(《百川先生集》)

梁辰魚客永嘉,作詩自慨。(《盛明百家詩》)

梁辰魚阻兵杭州,作詩記任環抗倭勝績。(《山海漫談附録》)

楊繼盛因劾嚴嵩十大罪、五奸，被捕下獄。（《歷代名人年譜》）

曹大章登廷試第一甲第二名，官翰林院編修。（《華陽洞稿》七）

上元胡汝嘉（懋禮）登進士。（《同治上江兩縣志》）

吴縣燕仲義登進士。（《明清進士題名碑録索引》）

吴江沈璟（伯英）生。（《乾隆吴江縣志》）

嘉靖三十三年甲寅（一五五四）　四十四歲

馮惟敏居冶源。

文徵明跋所藏鈔本《大唐西域記》，並題唐寅舊作《伏生授經圖》。（《文禄堂訪書記》二、《歷代名人年譜》）

張寰、華雲、彭年、張鳳翼、袁尊尼、周天球等遊石湖。（《珊瑚網書録》一七）

鄭若庸入京，因拒絶嚴嵩父子之請，尋即返鄴。（《蛩玉樓稿》）

臨清謝榛（茂秦）到彰德會鄭若庸，見趙康王朱厚煜。（《列朝詩集》丁）

陸治繪《潯陽秋色圖》，文彭爲書白居易《琵琶行》。（《虚齋名畫録》四）

王問、顧可久、華雲、張選、施漸、華察等，復舉碧山社。（《南禪寺志》四）

顧夢圭作《甲寅時事詩》，敘崑山抗倭始末，責總兵梁鳳畏葸。（《疣贅録》五）

朱曰藩作《松陵楊明府殲倭卷》，述吴江抗倭事蹟。（《山帶閣集》二一）

唐順之撰《詠俞虚江參將》詩，頌俞大猷吳淞抗倭勝績。（《唐荆川文集》三）

吳嶔授詩平陵。（《華陽洞稿》八）

梁辰魚作「晉世銅駝荆棘滿」詩，感喟時事。（《梅花草堂筆談》五）

汪道昆陞兵部武庫司員外郎。（《汪南明先生年譜》）

宗臣還京職。（《廣陵十先生傳》）

武進王穉登（伯穀）作《海夷》詩，述大江南北倭患。（《列朝詩集》丁）

嘉靖三十四年乙卯（一五五五）　四十五歲

馮惟敏居冶源。

王九思撰《碧山樂府》二卷，張書紳刻本刊行。（《碧山樂府》）

文徵明書《後赤壁賦》於仇英所繪《後赤壁圖》上。（《寓意録》四）

韓邦奇死於陝西大地震，年七十七。（《明儒學案》九）

金鑾、張之象、陳芹等在上元姚淛（元白）中林堂作秋會。（《金陵瑣事續集》）

陸治繪《麓山弔屈圖》於長洲王穀祥（禄之）所書《九歌卷》上。（《虚齋名畫録》四）

吳承恩助潘塤（伯和），編成《淮郡文獻志》二十六卷。（《淮安藝文志》三）

吳承恩旅南京，與朱曰藩、張之象、黄姬水等會朱大韶南監官舍；並與何良俊、張之象、文嘉、盛時泰等聽樂工李節彈箏。（《盛明百家詩》、《何翰林集》七）

朱曰藩編次所撰《山帶閣集》，陸續得三十三卷。（《山帶閣集序》）

朱曰藩跋張寰所藏宋畫《香山九老圖》。（《石渠寶笈》六）

梁辰魚遊楚，作《過嘉魚縣赤壁山》、《舟過湘江弔屈大夫》詩。（《盛明百家詩》）

楊繼盛被殺，宗臣等解衣爲殮；吴國倫倡衆賻送，忤嚴嵩，謫南康推官。（《嘉慶重修揚州府志》、《明史》二八七）

華亭董其昌（玄宰）生。（《頻羅庵書畫跋》）

嘉靖三十五年丙辰（一五五六） 四十六歲

馮惟敏赴京會試，又受挫而歸。是年王世貞貶官青州，惟敏始與之訂交，有《冬日鳳洲西堂命酌觀金虎集》、《有懷鳳洲使君兼呈仲氏麟洲先生》、《婁江訪王鳳洲麟洲不遇因同郭五遊返棹》等詩。（《海浮山堂詩稿》）

文徵明以喜江南倭氛暫熄，復書《赤壁賦》。（《嶽雪樓書畫録》四）

楊慎爲上元盛時泰（仲交）作《蒼潤軒記》。（《玄牘記》）

吴承恩作《圍棋歌》，贈浙江名棋手鮑景遠。（《射陽先生存稿》一）

唐順之居宜興，纂《文編》六十四卷。（《測海樓舊本書目》四）

邢一鳳改官南太常寺少卿，還金陵。（《國榷》）

王世貞因以棺復殮楊繼盛，嵩大恨，出爲青州兵備副使。（《明史》二八七、《康熙青州府志》）

王穉登作《觀潮歌》，述江南潮患。（《列朝詩集》丁）

嘉靖三十六年丁巳（一五五七）四十七歲

馮惟敏居冶源。作散套〔雙調新水令〕《十美人被杖》、〔黄鐘醉花陰〕《剪髮嘲羅山甫》。其《海浮山堂詞稿》亦載有同一事之〔雙調〕小令《憐羅山甫》，所謂"羅山甫"，乃時任北京巡按的羅山甫。

李開先《詞謔》："段古松巡按山東，訪拿甚嚴。一儀賓犯事，牽連群妓，各受痛責，馮海浮以〔雙調〕慰之。"云云。

《十美人被杖》自注："十年前暴虐扇禍……十美人一時受杖而出……走筆貽羅山甫，憐其剪髮者與焉。"等語，疑爲是年所作。

文徵明以小楷書《西廂記》成册。（《古緣萃録》三）

張寰以所著《蓬窗稿》示常熟鄧韍（文度）。（《吳郡文編》）

楊惇卒，年六十九。（《大泌山房集》一二）

金鑾作《聞倭夷復寇揚州，烽戍接境，憶昔嬉遊樂土半成丘墟，歌酒故人悉罹喪亂，望風增愴揮淚寄言》詩。（《金在衡詩輯》）

文彭官嘉興訓導。（《甫田集》一五）

朱曰藩避倭寇至淮。（《山帶閣集》）

陳鶴徙居南京，與姚淛、陳芹、何良俊、王寅等在永寧寺會。（《列朝詩集》丁）

徐渭入胡宗憲杭州軍幕。（《徐渭集》）

汪道昆陞襄陽知府。(《汪南明先生年譜》)

宗臣被排出官福建，過金陵，作《遊燕子磯記》。(《天下名山記》)

王世貞作《尚書樂》詩，斥嚴嵩黨羽趙文華。(《明詩綜》四六)

鳳陽朱厚炫(一齋)進封益恭王。(《明史》一〇四)

張鳳翼書所撰《清舞賦》於仇英作《瑶臺清舞圖》上。(《寓意録》四)

嘉靖三十七年戊午(一五五八)　四十八歲

馮惟敏居冶源。因故爲山東巡按段顧言所懲，逮繫濟南，久之乃解，憤作《七歌行》及散套《吕純陽三界一覽》、《骷髏訴冤》、《財神訴冤》三篇。此際俞憲官山東左參政，得以縱覽惟敏詩文。

《海浮山堂詩稿·七歌行》自注：「時有墨吏扇禍齊魯間，六郡甚苦之。予亦致至歷下，久之乃解。」《海浮山堂詞稿》卷四〔般涉調耍孩兒〕《財神訴冤》套注：「嘉靖丁巳、戊午間，有墨吏某……獨留二年，六郡之財悉歸私室而後去。」又有〔正宮端正好〕《吕純陽三界一覽》、〔般涉調耍孩兒〕《骷髏訴冤》，及《詞稿》歸田小令〔醉太平〕《李中麓醉歸堂夜話戊午感事》末二首，皆指斥段某而作也。

《馮海浮集·序傳》：「予(俞憲)參東藩，海浮忽爲一巡院所虐，逮繫省城，因得縱觀其詩文。」

萬曆增刻《嘉靖山東通志·職官》：「巡按監察御史段顧言，字汝行，遵化人，進士。嘉靖三十六年任。」

是年冬，馮惟敏造訪章丘李開先，遇王世貞於李氏近遊園，詩酒曲歌，二人盡歡而别。

又，〔傍妝臺〕《效中麓體》六首疑亦作於此時。

文徵明書自作雜花詩卷，並爲梁辰魚《鹿城集》作序。（《墨緣彙觀》、《鹿城集》）

顧夢圭卒，年五十九。（《震川先生集》二二）

唐順之以兵部郎中參與江浙禦倭軍事，到杭州訪胡宗憲，於胡幕中識徐渭。（《唐荆川年譜》）

唐順之自乍浦下海至舟山，月夜渡蛟門，作紀事詩。（《唐荆川文集》四）

汪道昆官襄陽，以祀事至武當山。（《太函集》七三）

倭寇掠福州，軍民奮起抵抗，宗臣率衆堅守西門，擊走來寇，作《西門記》紀其事。（《明文奇賞》二八）

宗臣行軍過汀州，作《滴水巖記》。（《天下名山記》）

宗臣作《七月西征記》，述拒倭戰後客兵在汀州擾民事。（《山曉閣明文選》一三）

王世貞撰次朝廷典故爲《丁戊小識》。（《歷代名人年譜》）

王驥德游於徐渭之門。（《曲律》四）

吳江沈璟（子勺）生。（《吳江沈氏家譜》）

華亭陳繼儒（仲醇）生。（《陳眉公先生全集》）

嘉靖三十八年己未（一五五九） 四十九歲

馮惟敏會試京都，又落第。

文徵明卒，年九十。（《明史》二八七）

楊慎卒，年七十二。（《明史》一九二）

崑山周復俊（子籲）刻楊慎遺著《七十行戍稿》。（《六梅舘集》五）

馬一龍任南國子監司業。（《南雍志》）

朱曰藩、何良俊、金大輿、盛時泰、顧應祥、黄姬水、文伯仁、郭第等楊慎崇拜者，在南京聚會，合作《人日草堂詩》一卷寄慎滇中，慎已先死。（《列朝詩集》丁）

吴承恩與新任淮安推官河南陳耀文（晦伯）訂交，陳以承恩所編《花草新編》爲底本，開始别纂《花草粹編》。（《花草粹編自序》）

唐順之在崇明、通州等地禦倭軍中，疏薦戚繼光。（《唐荆川年譜》）

唐順之交結嚴嵩，序胡宗憲所刻嵩《鈐山堂集》。（《唐荆川集》二）

徐渭著《南詞叙録》。（《南詞敍録小序》）

曹大章附嚴嵩，作詩壽嵩八十。（《曹太史文集》）

鄞縣吕時臣（中父）客青州，以詩送王世貞解官北行。（《盛明百家詩後集》）

王世貞撰次詩文爲《海岱集》十二卷、《少陽叢談》二十卷。（《歷代名人年譜》）

嘉靖三十九年庚申（一五六〇）　五十歲

馮惟敏居冶源。

秋，作〔雙調新水令〕《憶弟（惟訥）時在秦州》散套，自跋云：「此詞作於嘉靖庚申之秋，筆未竟，不覺淚下。」（《詞稿》卷一）

又作《有懷鳳洲使君兼呈仲氏麟洲先生二首》詩（《海浮山堂詩稿》），疑作於是時，蓋世貞去後之思也。

馮惟訥所編《詩紀》總一百九十二卷刊行。（《北京圖書館善本書目》）

湛若水卒，年九十五。（《明史》二八三）

鄭若庸移居山西清源，中復還居河南彰德，此際輯《北遊漫稿》。（《四庫全書總目》一七八）

王問携王鑑居寶界山，作散曲「新水（莫笑）魚兒不上鈎」自表。（《吳越所見書畫録》二）

馬一龍自南監司業予告。（《國榷》）

唐順之卒，年五十四。（《明史》二〇五）

周天球於玄泊齋校《陶隱居集》。（《文禄堂訪書記》四）

陳鶴卒，年四十五。（《列朝詩集》丁）

曹大章與嚴世藩交惡，被黜職。（《明詩紀事》己二）

汪道昆編次所著《高唐記》、《洛神記》、《五湖記》、《京兆記》四雜劇爲《大雅堂雜劇》四種。（《大雅堂雜劇自序》）

宗臣卒，年三十六。（《疑年録彙編》七）

李贄任南國子監學正。(《李贄年譜》)

新河宋登春(應元)、蘇州顧聖少等集江陵,依遼王朱憲㸅。(《遼邸紀聞》)

公安袁宗道(伯修)生。(《珂雪齋前集》一六)

長洲徐媛(小淑)生。(《白石樵真稿》上)

武陵龍膺(君御)生。(《太函集》二六)

嘉靖四十年辛酉(一五六一) 五十一歲

馮惟敏居冶源。

馮惟訥遷河南參議。

《詞稿》卷一〔雙調新水令〕《憶弟時在秦州》跋云:「明年,弟稍遷河南參議。」

張寰卒,年七十六。(《震川先生集》二三)

文彭爲申江顧從義(汝和)作《上海顧氏園林册》。(《玉雨堂書畫記》二)

朱曰藩卒,年六十一。(《道光寶應縣志》)

秦時雍所著《秦詞正訛》二卷刊行。(《秦詞正訛》)

汪道昆陞福建按察副使。(《汪南明先生年譜》)

王穉登遊茅山,成此行所作《采真篇》一卷。(《王百穀集》)

嘉靖四十一年壬戌(一五六二) 五十二歲

春，馮惟敏第九次入京會試，又名落孫山。旋即參與吏部謁選，被授爲淶水知縣。途經歷城，遇沈仕（懋學）。杪秋，作套曲〔正宫端正好〕《邑齋初度自述》。

《山堂詞稿引》：「壬戌春，余策欵段出山中，遂浪迹風塵雲水間。」《詞稿》卷二〔雙調新水令〕《訪沈青門乞畫》套序：「青門之名，余耳之舊矣。壬戌早春，歷城邂逅，西館燕嬉，時余猶書生也。」《光禄集》《發淶水後寄别家兄》詩序：「壬戌仲夏，家兄解褐補淶水令。」《馮氏家傳》：「謁選，授知淶水縣事。」《詞稿》卷二〔仙吕點絳唇〕《郡廳自壽》套序：「自筮仕壬戌歲，初度皆有述。」《詞稿》卷一〔正宫端正好〕《邑齋初度自述》序云：「余始試邑於淶，重以禄不逮親爲永憾。不携家累，袛一童自隨。杪秋初度，壺漿莫獻之餘，舉觴致語，自祝心切；感慕不釋，命筆填詞，至三煞，潸然淚下不可止。童竊覘之，後傳於山中，只謂思鄉然耳。外人每歲物色余初度日，竟不能得；詞亦不以示人。」

與弟惟訥相見於京邸。

《詞稿》卷二〔雙調新水令〕《憶弟時在秦州》跋：「此詞作於嘉靖庚申之秋，……又明年，相見於京邸，余亦授官矣。」

徐階以閣臣被命主持《永樂大典》録副事宜。（《韻石齋筆談》上）

倭寇陷福建莆田，汪道昆在閩任兵備道，走浙乞師，戚繼光將兵八千赴援，擊退倭寇。（《嘉慶重修揚州府志》）

王錫爵舉廷試第二，授編修。（《明史》二一八）

王穉登以詩送梁辰魚赴杭州入胡宗憲幕，並自定《金閶集》。（《盛明百家詩》、《列朝詩集》丁）

張守中登進士，授工部主事。（《乾隆高郵州志》）

嚴嵩及其子嚴世藩之奸暴露，嵩罷官，世藩下獄。（《明史》一八）

嘉靖四十二年癸亥（一五六三）　五十三歲

馮惟敏在淶水任，居官廉静不擾，有惠政。秋，解官歸里，途次憤作〔雙調新水令〕《縣官賣酒》、〔南吕一枝花〕《縣官賣柳》二曲。小令〔仙子步蟾宫〕《解任後聞變有感》、〔朝天子〕《解官至舍》亦作於此時。

《詞稿》卷二小令〔朝天子〕《解官至舍》二十首，注云：「余以癸亥秋解官，自分優遊山水，無意世事。」《詞稿》卷四〔雙調新水令〕《縣官賣酒》序云：「余治邑核最，忌之者因而媒蘖必無之事，竟解官。」

陸治客嘉興，作《金明寺圖》。（《聽颿樓書畫記》二）

徐階官内閣首輔，松江地方官吏奪濟農倉原址，爲其擴建居宅。（《雲間據目鈔》五）

徐渭因胡宗憲案牽連，憂憤致狂。（《徐渭集》）

汪道昆以軍功陞福建按察司按察使。（《汪南明先生年譜》）順德歐大任（楨伯）在京，與李攀龍、王世貞、徐中行等通聲氣。（《歐虞部集附録》）

王穉登著《吳郡丹青志》。（《書畫書録解題》）

嘉靖四十三年甲子（一五六四） 五十四歲

馮惟敏被聘與修《青州府志》。夏，作散套〔正宫端正好〕《徐我亭歸田》。

文彭在北京，以文徵明舊作章草貽歐大任。（《歐虞部集》一九）

羅洪先卒，年六十一。（《明儒學案》一八）

吳懋卒，年四十八。（《滇南碑傳集》三二）

謝讜贈詩徐渭。（《徐文長三集》一一）

梁辰魚集杜詩，爲嘉定張情（約之）題《不負雲山巢》畫。（《清河書畫舫》一二）

汪道昆陞福建巡撫。（《實録》）

汪道昆以歙縣王寅（淮孺）介，爲南京棲霞山僧作《般若堂記》。（《太函集》七二）

張鳳翼舉鄉試第一。（《乾隆江南通志》一六五）

王穉登在北京，任袁煒家記室，輯此際詩爲《燕市集》。（《列朝詩集》丁）

倭寇犯仙遊，總兵官戚繼光大敗之，福建倭平。（《明史》一八）

嘉靖四十四年乙丑（一五六五） 五十五歲

馮惟敏改官鎮江府學教授。春，自臨朐入京陛謝。在京訪沈仕乞畫，並約遊金山。秋，作《乙丑中秋，李陽坡太守雲坡給舍席上玩月，賦謝十二韻兼呈張竹亭吏部、陳芝巘憲使、劉海山京兆三君子》詩（《海浮山堂詩稿》）。冬杪，至鎮江，作《改官謝恩》、《訪沈青門乞畫》散套。《詞稿》卷一〔仙吕點絳唇〕《改官謝恩》套序：「初解邑綬，臺章論以量才改邑。章下，天曹覆奏，謹按臣敏『疎簡不堪臨民，文雅猶足訓士。』制曰可。遂攝鎮江教事。昧爽陛謝，喜而製此。」又〔雙調新水令〕《訪沈青門乞畫》套序：「余今以曠官赴調，復得周旋談笑京邸間，因乞作畫。有感昔遊，情不能默。青門藝苑博雅，兼善北譜，故以投之。」同卷〔雙調新水令〕《又仰高亭自壽》套注：「余以乙丑冬客潤州。」

《海浮山堂文稿》《送仰泉遷金堂掌教敍》：「余解簿領之職且一年，而有郡博士之命。又一年而適郡齋。」《海浮山堂詩稿》《至崑山柬俞仲蔚、梁伯龍》：「獨有崑山秀，應多種玉人。望閭尋大隱，鼓棹度重闉。疇昔披文藻，于今識性真。幽期如不負，高話五湖濱。」當爲此時之事而作。

張含卒，年八十七。（《歷代人物年里碑傳綜表》）

顧應祥卒，年八十三。（《明儒學案》一四）

沈仕卒，年七十八。（《全明散曲》）

崑山歸有光（震川）爲王問、王鑑父子作《寶界山居記》。（《常郡八邑藝文志》一二）

吳承恩補貢生。（《射陽先生曲存》）

李春芳以禮部尚書兼武英殿大學士，預機務。（《明史》一八）

徐渭發狂疾，自刺未死。（《徐渭集》）

嚴世蕃伏誅，黜嚴嵩及諸孫皆爲民。（《明史》三〇八）

顧養謙舉進士。（《大泌山房集》六五）

上元李登（如真）充貢生。（《金陵詩徵》二三）

吳江沈珂（祥止）生。（《吳江沈氏家譜》）

江寧顧起元（太初）生。（《疑年録彙編》七）

嘉靖四十五年丙寅（一五六六）　五十六歲

馮惟敏官鎮江。赴南京參謁留臺，與許石城、邢雉山諸人話舊；識金鑾於友人席上，各贈以套曲。爲上元姚淛（秋澗）作〔雙調新水令〕《題市隱園十八景》。秋，築仰高亭於府學，作〔黄鐘醉花陰〕《仰高亭中自壽》；登焦山，作〔中吕粉蝶兒〕《五嶽遊囊雜詠》散套和郭山人次甫。中秋之夜，宴客於聚星堂，作《醉月賦》（《石門集》）。八月，《山堂緝稿》刻成。閏十月，《海浮山堂詞稿》工訖。《詞稿》卷二〔南吕一枝花〕《贈許石城》套序：「丙寅春，余以移官京口，參謁留臺，過訪奉常許石翁。」同卷〔雙調新水令〕《留别邢雉山》套序：「僕垂髫隨宦，皓首重來，慨舊識之無多，樂新知之畢聚。」又〔黄鐘醉花陰〕《酬金白嶼》套注：「秋澗雅招，春園好會，得白嶼之老友，聆黄鐘之希聲。賓主罄歡，溪山改色；恨相知之既晚，訃信宿之無繇。」同卷〔雙調新水令〕《題市隱園十八景》套序：「余始客上京，得内交市隱主人。……乃余以謫至南徐，乘興詣白門，輒馳入園中，歷撫十八景，從而賦詠，用賞夙託。」又〔雙調新水令〕《又仰高亭自壽》套跋：「丙寅，作仰高亭於尊經閣之北，舊膳堂遺址也。」

《山堂詞稿引》：「余今刻《山堂緝稿》於潤州，既迄工，乃別輯此卷刻之。……丙寅閏月，海浮山人題。」

許穀《山堂緝稿序》：「今余掛冠山中，海浮君由淶水令改教京口，言念通家，停車見訪，則又識海浮君。」

文彭以隸書《十八拍》，題於仇英舊作《胡笳十八拍圖》上。（《寓意録》四）

吴承恩任長興縣丞，作《長興》詩六章；客杭州，撰《醉仙詞》一篇。（《射陽先生存稿》）

汪道昆以所屬衛卒打死鄉紳，被劾免閩撫職，尋赴太倉。（《國榷》、《太函集》七六）

王穉登作《宗將軍戰場歌》，記陝西宗禮於抗倭軍中力戰陣没事蹟。（《盛明百家詩後編》）

王穉登訪慈谿、寧波，見浙江曲家屠本畯，歸著《客越志》二卷。（《王百穀集》）

郭勛所輯《雍熙樂府》二十卷荆聚刻本行世。（《雍熙樂府》）

海瑞上疏忤朱厚熜，被逮下詔獄，論死。（《明史》二二六）

張獻翼刻所著《紈綺集》。（《紈綺集序》）

十二月朱厚熜死，第三子載垕嗣位，改明年爲隆慶元年。（《明史》一八）

穆宗（朱載垕）隆慶元年丁卯（一五六七）　五十七歲

春，馮惟敏聘典雲南鄉試謄録。

《馮氏家傳》：「聘典雲南試，録文多出其手。」

《詞稿》卷一〔雙調新水令〕《又仰高亭自壽》套跋：「丁卯應滇闈之聘。」

姪子履舉於鄉。（《光緒山東通志·舉人表》）

金鑾、梁辰魚等集張士瀹（心父）清懶窩。（《張心父集》）

吴承恩爲歸有光書《蓼鼎堂記》。（《吴承恩年譜》）

徐階、李春芳、嚴訥等以先後爲《永樂大典》録副出力，各增俸、加銜、進職。（《永樂大典考》、《國榷》）

周天球爲王世貞摹趙書《枯樹賦》，與舊摹褚書原蹟合刻。（《珊瑚網書録》）

吴嶔、梁辰魚、莫是龍、孫七政等在金陵舉鷲峰詩社。（《石秀齋集》三）

梁辰魚、殷都、莫是龍、沈倬（道章）社集雨花臺，作紀事詩。（《吴江詩粹》六）

徐渭以殺妻案下獄。（《徐渭集》）

謝讜探徐渭於獄。（《徐文長逸稿》三）

殷士儋擢侍讀學士，掌翰林院事。（《明史》一九三）

汪道昆遊蘇州洞庭諸勝，作《遊洞庭山記》。（《太函集》七一）

王世貞、王世懋入京訟父冤。（《國榷》）

王穉登再至北京，輯此期詩爲《燕市後集》。（《列朝詩集》丁）

沈袾宏辭家祝髮。（《補續高僧傳》五）

復鄭王朱厚烷爵。（《明史》一一九）

海瑞得釋，赴金陵任南通政司。（《海瑞集》）

隆慶二年戊辰（一五六八）　五十八歲

馮惟敏在鎮江任，兼攝丹徒縣。秋，作〔雙調新水令〕《壽馬南江》、《又仰高亭自壽》套曲。遇惟訥於丹徒旅舍。

《詞稿》卷一〔中呂粉蝶兒〕《辭署縣印》套之〔耍孩兒〕：「没來由帶管丹徒縣。」同卷《壽馬南江》雖無紀年，然《詞稿》依年分類，編次井然，疑於自壽散套同時而作也。又《又仰高亭自壽》跋云：「余以乙丑冬客潤州……丙寅之秋，自壽于亭中。丁卯應滇闈之聘……余未之有述也。今秋初度，復坐此亭。」同卷〔雙調新水令〕《憶弟時在秦州》套跋：「此詞作於嘉靖庚申之秋，……明年，弟稍遷河南參議；又明年，相見於京邸，余亦授官矣。自是南北分携，往復相左者七年，始遇於郯，旅舍不寐，戀別無計，復分袂去。」

姪子履登進士。（《明清進士題名碑録索引》）

俞憲編刻《馮海浮集》一卷刊行；集前俞撰《序傳》，署題隆慶戊辰夏。（《盛明百家詩》）

金鑾、邢一鳳、倪民悦、許穀等會與修實録之歐大任於金陵姚淛市隱園。（《歐虞部集》九）

文彭任南國子監博士，作《金陵雜歌》。（《南雍志》）

吴承恩罷長興縣丞。（《射陽先生存稿》）

李開先卒，年六十七。（《國朝獻徵録》七。）

徐階解閣臣職，歸里，輯《二鑑鈔》。（《國榷》、《光緒青浦縣志》二七）

姜寶任南國子監祭酒。（《南雍志》）

殷士儋官禮部尚書，掌詹事府事。（《明史》一九三）

汪道昆旅焦山。（《歐虞部集》輯中一）

汪道昆、戚繼光訪王世貞於小祇園。（《弇州山人四部續稿》三八）

王世貞爲張鳳翼作《求志園記》。（《過雲樓書畫記》畫五）

嚴嵩流竄死，王世貞作《哀江流》詩痛斥嵩。（《明詩綜》四六）

王穉登著《青雀集》二卷。（《列朝詩集》丁）

李維楨舉進士，由庶吉士授編修。（《牧齋初學集》五一、《明史》二八七）

顧大典舉進士，任紹興府學教授。（《松陵文獻》九）

沈璟入學籍，並與沈瓚從沈侃作西湖遊。（《吴江詩粹》八）

丹徒茅溱（平仲）等導游途經鎮江歸揚州之歐大任，登金、焦、北固三山。（《歐虞部集》九）

隆慶三年己巳（一五六九） 五十九歲

春，馮惟敏自鎮江調任保定通判。秋，患腦疾。散套《送賈封君約翁南還》、《郡廳自壽》、《月食救護》皆作於是秋。

《馮氏家傳》：「自鎮江教授，稍遷判保定府。」《詞稿》卷一「仙吕點絳唇」《郡廳自壽》自序：「己巳菊月，余至保郡，越半年矣。」同卷「雙調新水令」《庚午春試筆》套序：「自去秋出城，毒霧淫於五内，醫慎宣洩，遂嬰腦疾。雖勉慕微禄，時時强起，然風寒易薄，勤力不任從此矣。」同卷「南吕一枝花」《月食救護》：「己巳秋，七月之望，月食不見。」

陸治繪《三峰春色圖》，寫支硎山風景並繫以詩。（《歐陂漁話》六）

黄峨卒，年七十二。（《道光新都縣志》）

王世貞自浙江參政調山西按察；是年所著《鳳洲筆記》三十二卷刊行。（《國榷》、《四庫全書總目》一七七）

上元胡汝嘉（懋禮）訪文彭金陵寓齋，爲題唐人臨本《樂毅論》。（《珊瑚網書録》）

王錫爵任南國子監司業；是年爲鄭若庸序《北游漫稿》。（《國榷》）

湯顯祖爲撫州府同知張振之（起潛）識拔，顯祖師事張振之。（《吳郡文編》一六四）

茅溱至揚州，與歐大任等會禪智寺。（《歐虞部集》）

海瑞以右僉都御史巡撫應天十府。（《明史》二二六）

隆慶四年庚午（一五七〇）　六十歲

馮惟敏在保定任，此際嘗修府志，集楊繼盛遺文行世，奏《陳郡利害十六事》。署滿城縣事，旋辭。作《庚午郡廳自壽》曲八首，及《庚午春試筆》、《辭署縣印》、《日食救護》、《對驢彈琴》散套。石臻爲其寫真，並作《海浮山村圖》。

《馮氏家傳》：「稍遷保定府通判；奉檄修府志，集楊忠愍繼盛遺文行於世。陳郡利害十六事，皆中窾綮。」《詞稿》卷二小令〔醉太平〕《庚午郡廳自壽》第六首：「正管着府廳，又署着滿城。」另可參閲《辭署縣印》〔粉蝶兒〕曲文。《詞稿》卷一〔正宮端正好〕《六秩寫真》套序：「林山山人數年前以繪事謁余於淶水，今年至保州見余，謂余貌猶昔也。……因問之曰：『若能爲海翁畫像乎？』山人笑而諾焉。乃幀綃勻采，作畫二幅，其一則海浮山村圖云。山人石臻，行唐人。」

吳承恩與淮安知府，沔陽陳文燭(玉叔)訂交。(《山陽志遺》四)

應天巡撫海瑞勒江南豪官退所占民田；徐階被迫退部分民田，瑞發書勸補退。(《海瑞集》)

姜寶因案解南監職聽勘。(《國榷》)

殷士儋以俺答封事成，晉少保，改武英殿大學士。(《明史》一一〇)

汪道昆官鄖陽巡撫，再到武當山，作《太和山後記》。(《太函集》七三)

李贄官南京刑部員外郎，焦竑等從論學。(《李贄年譜》)

湯顯祖舉於鄉。(《湯顯祖年譜》)

馮夢禎成舉人。(《萬曆野獲編》二八)

隆慶五年辛未(一五七一)六十一歲

馮惟敏在保定任。府志刻成。奉量移東歸之命。

春，弟惟訥自江西左布政使入覲，尋以光禄卿致仕還鄉；惟敏送之雄州，約同歸隱。散套《聽鐘有感》、《舍弟乞休》、《送李閣老南歸》、《量移東歸述喜》及小令《辛未量移東歸》、《乞休》皆作於是年。《詞稿》卷二〔商調集賢賓〕《舍弟乞休》套序：「舍弟少洲子，辛未自江省左轄入覲，尋朝萬壽節。既竣事……乃請老。余聞之，忻然曰：『是可以老矣。吾與爾同歸乎！』蓋平日夙約如此云。」同卷〔仙吕點絳唇〕《量移東歸述喜》套序：「是年春，余弟得旨東歸，余是以有雄州之會，相將同隱南山中。」

〔胡十八〕《辛未量移東歸》四首，據知惟敏兄弟歸田，均在是年。但同卷〔朝天子〕《將歸得舍弟書》二首有云：「去春呵你回，今春呵俺歸。」、「你去年入山，俺今年棄官。」及卷一〔商調集賢賓〕《歸田自壽》套序云：「壬申歸田。」蓋惟敏奉量移之命，在辛未歲杪，而離保東行，則已在壬申早春矣。《馮氏家傳》云：「左遷王官，遂歸。」可見馮惟敏未赴魯王府，即歸臨朐縣。

作「雙調新水令」《送李閣老南歸》散套。石鹿翁，蓋指春芳也。李春芳致仕在辛未五月。（《明史》一一〇）又作〔雙調新水令〕《賀鳳渚公鎮易州》套曲，自序云：「辛未春，上臨軒賜宴，寵數殊典，聖朝僅再見焉。既而來鎮易州，公舊遊也。」

按：量移，指被貶謫遠方的人臣，遇赦酌情移近安置，而經量移不願之任，得還本籍。下文「左遷王官」乃《馮氏家傳》筆者曲筆周全之詞。所謂左遷，降職也。最有可能的職位是由正六品的通判降爲從九品的教授（魯士師），而不可能是魯王府審理所的正六品審理正之職。

金鑾、王寅、梅鼎祚、張獻翼等在南京，參與青溪社。（《玉笥詩談》）

馬一龍卒，年七十三。（《歷代名人生卒年表》）

姜寶削籍。（《國榷》）

孫樓從吳興罷職歸，作《紀黜》。（《百川先生集》）

吳嶔赴長垣教諭職，張祥鳶（道卿）以文送之。（《華陽洞稿》三）

劉效祖以詞訊馮惟敏。（《海浮山堂詞稿》一）

殷士儋致仕。（《明史》一一〇）

汪道昆薦起徐學謨（叔明）。（《國榷》）

無錫俞憲（汝成）輯成《盛明百家詩》前編一百五十三卷、後編一百五十卷。（《涵芬樓燼餘書録》）

張佳胤擢右僉都御史，巡撫應天十府。（《明史》二二二）

顧養謙任福建僉事，入閩，道京口，會茅溱等人於招隱寺。（《列朝詩集》丁、《盛明百家詩後編》）

嘉興黄洪憲（懋中）登進士。（《賜閒堂集》二四）

涇陽王徵（良甫）生。（《啓禎野乘》一一）

隆慶六年壬申（一五七二）　六十二歲

春，馮惟敏自保定歸故里。築「即江南」亭於冶源别業。作〔滿庭芳〕《天官賜福》四首、《將歸得舍弟書》、《歸興》小令。〔桂枝香〕《冶源大十景》十首，或亦作於是年。

《馮氏家傳》：「構亭冶源别墅，命之曰即江南，日與朋輩，觴詠歡燕。」

弟惟訥卒，年六十歲。

《詞稿》卷二〔商調集賢賓〕《歸田自壽癸酉》套序：「壬申歸田，方幸親姻弟姪，相與稱壽，而是歲吾弟不禄。」

文彭卒，年七十六。（《文壽承先生年譜》）

王寅（仲房）初訪陳所聞於南京孫楚酒樓。（《北宮詞紀》一）

邢一鳳爲地方官撰寫裁制蠹役碑文。（《金陵詩徵》二一）

汪道昆以湖廣巡撫入爲兵部侍郎分閲邊防。（《明史》二〇）

王世貞重訂所著《藝苑卮言》，增爲八卷，附録四卷。（《歷代名人年譜》）

王世貞、王世懋與陸治、周天球共訪洞庭二山，世貞作長記貽陸治。（《書畫跋跋》三）

秀水卜世臣（大匡）生。（《秀水卜氏家乘》）

六月朱載垕死，第三子翊鈞嗣位，改明年爲萬曆元年。（《明史》二〇）

神宗（朱翊鈞）萬曆元年癸酉（一五七三） 六十三歲

馮惟敏居治源。是年山東大旱，麥黍無收。作小令〔河西六娘子〕《癸酉新春試筆》、〔玉芙蓉〕《益姪家宴》、〔桂枝香〕《臨姪家宴》、〔朝元歌〕《蒙姪家宴》、〔折桂令〕《咸姪家宴》、〔清江引〕《東村作》、〔胡十八〕《刈麥有感》、〔折桂令〕《刈穀有感》及套數〔商調集賢賓〕《題長春園》和《歸田自壽》。姪子咸舉於鄉。（《光緒山東通志·舉人表》）

謝榛旅彰德，晤鄭若庸，同客趙穆王朱長清處，爲製樂曲。（《列朝詩集》丁）

金鑾作〔仙吕點絳唇〕《八十自壽》散套。（《蕭爽齋樂府》）

陸治爲王世貞作《洞庭詩畫》十六幀。（《列朝詩集》丁）

吴承恩與陳文燭、徐中行（子與）於淮安韓侯祠共論古詩文。（《射陽先生存稿》）

徐渭從杭州獄中釋出。（《徐渭集》）

王世貞官湖廣按察，入楚遊赤壁，冬復以改京職還家。（《潛研堂文集》三二）

上元倪民悦（公甫）以宋繡佛像送棲霞山寺。（《棲霞小志》）

益都薛崗（岐峰）以壁經魁本省。（《金山雅調南北小令》）

莫是龍被召至南京校書，與陳芹、魏學禮等再結青溪社。（《玉笥詩談》）

沈璟成舉人。（《沈璟年譜》）

黄文華輯《詞林一枝》四卷刊行。（《詞林一枝》）

萬曆二年甲戌（一五七四）六十四歲

馮惟敏居治源。作小令〔仙桂引〕《甲戌新春試筆》和《燈夕》、〔一江風〕《益姪家宴》、〔玉抱肚〕《臨姪家宴》、〔朝元歌〕《蒙姪家宴》、〔折桂朝天令〕《咸姪會試》。

陸治爲王世貞臨摹王履《華山圖》。（《珊瑚網畫録》二二）

王世貞以右副都御史撫治鄖陽，提督軍務。是年爲鄭若庸序《類雋》。（《明史》二八七、《弇州山人四部

稿》六十八)

太倉唐儀鳳譜楊繼盛事爲《鳴鳳記》傳奇，以白米四十石售與王世貞。(《太倉州志》)

張鳳翼、沈懋學赴試北行，過濟陰訪太白樓。(《郊居遺稿》七)

胡汝嘉官河南沁陽，作《沁橋行》、《王屋山歌》。(《沁南稿》)

倪民悦客北京，與汪道昆會。(《遊燕雜記》)

顧大典改官南京刑部主事。(《鹿城集》卷十二、《松陵文獻》九)

陳與郊登進士。除河間府推官。(《康熙浙江通志》、《海寧渤海陳氏宗譜》二四)

趙南星登進士，授汝寧府推官。(《康熙高邑縣志》)

沈璟登進士，授兵部職方司主事。(《沈璟年譜》)

長洲馮夢龍(猶龍)生。(《牧齋初學集》二〇)

萬曆三年乙亥(一五七五) 六十五歲

馮惟敏居冶源，被吏部除名。

《詞稿》卷二〔折桂令〕《閱報除名》曲文：「苦奔波三萬里迢迢遠征，花打算四十年小小前程。」惟敏於嘉靖十六年中舉至今，恰約四十年，除名之事姑繫此；歸田小令《閱報除名》四首，抑或作於是年。

周天球自京南還，歐大任作詩送之。(《歐虞部集》北轅一)

孫樓以十餘家刊本，重行校註《琵琶記》成。（《百川先生未刻稿》）
徐渭客金陵，縱觀四郊名勝，作《雨花臺》、《靈谷寺》、《燕子磯觀音閣》諸詩。（《徐渭集》）
曹大章卒，年五十五。（《華陽洞稿》七）
汪道昆因與張居正意見不合，乞歸。（《太函副墨》）
胡汝嘉在汴以詩壽明宗室朱睦㮮六十，是年刻所著《沁南稿》二卷。（《沁南稿》）
史槃作《破瑟賦》，受知于徐渭。（《陳眉公集》六）
顧養謙自嶺南歸，與陳大科議修狼山寺，鼓吹神道設教。（《狼五山志》四）
華亭顧正誼（仲方）作《溪山秋爽圖》。（《石渠寶笈》三九）
宋登春作《遼小記》，詬朱憲㸅。（《明詩紀事》甲）

萬曆四年丙子（一五七六）　六十六歲

馮惟敏居里，作小令〔折桂令〕《送琦孫鄉試》。
姪孫琦舉於鄉。（《光緒山東通志·舉人表》）
鄭若庸於清源輯刊《類雋》三十卷。（《北京大學圖書館善本書目》）
屠隆秋試中式。（《萬曆四年丙子科浙江鄉試録》）
陸治卒，年八十一。（《疑年録》三）
王問卒，年八十。（《明史》二八二）

孫樓作《後紀黜》。（《百川先生集》）

吳嶔委國子監助教職還，自署未了庵。（《華陽洞稿》八）

汪道昆解兵部職還歙。（《太涵集》一一〇）

王世懋官江西，迂道鄖陽訪王世貞，同遊武當山。（《歷代名人年譜》）

王世貞改官南京大理寺卿，被劾還里。（《明史》二八七）

王穉登客毘陵吳氏獨倚樓，跋唐李邕尺牘墨蹟。（《藤花亭書畫跋》一）

湯顯祖客宣城，與沈懋學、梅鼎祚等人訂交。（《東林雜俎》和集和集）

湯顯祖遊南太學，於報恩寺翻讀釋典。（《湯顯祖年譜》）

顧憲成刻所著《百二草》。（《顧端文年譜》）

長洲俞琬綸（君宣）生。（《吳君文編》一三六）

華亭張以誠（君一）生。（《狀元圖考》四）

萬曆五年丁丑（一五七七）　六十七歲

馮惟敏居里，作小令〔仙桂引〕《喜雪新春試筆》和《元宵喜雪夜分而止》，及《夜聞琦捷口占》二首。《詞稿》卷二「歸田小令」〔朝天子〕《夜聞琦捷口占》曲文有云：「文運到丙丁，發跡在早齡。」「連登及第邁前賢，您喬梓都堪羨。」

姪孫琦登進士。（《光緒山東通志·進士表》）

鄭若庸自西洞庭居地訪王世貞。(《弇州山人四部續稿》九)

王世貞所著《弇州山人四部稿》一百七十四卷,吴郡王氏世經堂刻本刊行。(《弇州山人四部稿》一二)

李贄改官雲南姚安,過南京。(《李贄年譜》)

王錫爵以詹事掌翰林院。(《明史》二一八)

王穉登旅靖江,所著爲《明月篇》二卷。(《王百穀集》)

莫是龍寫王羲之像。(《古緣萃録》)

顧大典初訂所作《清音閣集》。(《松陵文集》三編)

顧養謙與鄞縣沈明臣(嘉則)等人纂修《通州志》八卷成。(《四庫全書總目》七四)

朱厚炫卒,年八十五左右。(《明史》一一九)

俞安期客徽州,結交汪道昆。(《松陵文集三編》三六)

屠隆登進士,除潁上知縣。(《明史》二八八)

馮夢禎登進士。(《牧齋初學集》五一)

杜大成編訂所撰《晞真集》。(《晞真集序》)

萬曆六年戊寅(一五七八)　六十八歲

馮惟敏居里,作小令〔鴻門奏凱歌〕《子姪守歲》、〔清江引〕《戊寅試筆》、〔鴻門奏凱歌〕《復兒度遼省墓》。

命長男子復至廣寧省墓。

《詞稿》卷二「歸田小令」〔鴻門奏凱歌〕《復兒度遼省墓》跋云：「余戊戌東歸一展墓，逮今四十年，始遣子復。」

病卒家中。

鄭騫《馮惟敏及其著述》：「全集（詞稿）紀年無較戊寅更晚者，戊寅所作曲，亦僅「試筆」〔清江引〕及「省墓」〔鴻門奏凱歌〕兩題十二首，蓋即卒於本年也。」

梁辰魚以詩題顧正誼所繪《秋林歸櫂圖》。（《穰梨舘過眼録》二六）

殷士儋所著《明農軒樂府》一卷刊行。（《明農軒樂府》）

倪民悦、盛時泰與吳夢暘（允兆）同遊棲霞山、寶華山。（《棲霞小志跋》）

王錫爵官禮部右侍郎。（《明史》二一八）

無錫杜子華（圻山山人）所撰《新刻三徑閑題》二卷刊行。（《新刻三徑閑題》）

莫是龍、顧正誼、梁辰魚、董其昌等賦詩題畫，送嘉興李日華（君實）歸杭州。（《穰梨舘過眼録》二六）

顧大典於金陵官舍作《聽秋蛩賦》。（《松陵文集》三編）

顧養謙調任雲南僉事，在滇識李贄。（《焚書》二）

屠隆自潁上知縣調青浦，作《發潁陽記》。（《明文奇賞》三七）

引用書目舉要

大泌山房集　明李維禎撰　萬曆間刻本

本朝分省人物考　明過廷訓撰　天啓間刻本

四庫全書總目　清永瑢等撰　中華書局影印本

山堂緝稿（海浮山堂詩稿五卷、文稿五卷）　明馮惟敏撰　嘉靖丙寅刻本、《續修四庫全書》影印本

海浮山堂詞稿四卷　明馮惟敏撰　嘉靖丙寅刻本、影印本。

馮海浮集一卷　明馮惟敏撰　隆慶二年刻本

石門集一卷（又稱別駕集）　明馮惟敏撰　萬曆二十四年刻本

列朝詩集　清錢謙益輯　順治九年刻本

金陵瑣事正續集　明周暉撰　萬曆三十八年刻本

吳郡文編　清顧沅輯　鈔本

明史　清張廷玉等撰　中華書局排印本

狀元圖考　明顧祖訓等輯　清初武林陳氏刻本

甫田集　明文徵明撰　嘉靖間刻本

涇野先生文集　明吕柟撰　嘉靖三十四年刻本
嘉靖以來内閣首輔傳　明王世貞撰　刊本
松籌堂集　明楊循吉撰　鈔本
邵文莊公年譜　邵寳等撰　錫山先哲叢刊本
陸子餘集　明陸粲撰　嘉靖四十三年刻本
松風餘韻　清姚弘緒撰　乾隆間刻本
帝里明代人文略　清路鴻休輯　道光庚戌刻本
全明散曲　謝伯陽編　一九九四年齊魯書社排印本
明儒學案　清黄宗羲撰　四部備要本
李中麓閒居集　明李開先撰　清卅六硯居鈔本
顧華玉集　明顧璘撰　鈔本
懷星堂全集　明祝允明撰　萬曆辛亥刻本
弇州山人四部續稿　明王世貞撰　萬曆間刻本
鹿城集　明梁辰魚撰　北京圖書舘二十八卷鈔本
何文定公文集　明何瑭撰　萬曆四年刻本
對山文集　明康海撰　清乾隆辛巳武功刻本

盛明百家詩前後集　明俞憲輯　嘉隆間刻本
馮少墟集　明馮從吾撰　萬曆四十五年刻本
皇明世説新語　明李紹文撰　萬曆三十八年刻本
西郊野唱北樂府　明劉良臣撰　劉鳳川遺書本
弇州山人四部稿　明王世貞撰　萬曆五年刻本
震川先生集　明歸有光撰　四部叢刊本
渼陂集　明王九思撰　嘉靖間刻本
海虞文苑　明張應遴輯　萬曆庚戌刻本
楊文憲公年譜　明簡紹芳撰　古棠書屋叢書本
王奉常集　明王世懋撰　萬曆十七年刻本
常評事集　明常倫撰　嘉靖間刻本
歐虞部集　明歐大任撰　明刻本
雅宜山人集　明王寵撰　嘉靖十六年刻本
國朝獻徵録　明焦竑輯　萬曆四十四年刻本
姑蘇名賢小紀　明文震孟撰　萬曆四十七年刻本
趙浚谷文集　明趙時春撰　萬曆間刻本

金陵詩徵　清朱緒曾輯　光緒十八年刻本
許文穆公集　明許國撰　萬曆三十九年刻本
悔齋集　清汪楫撰　康熙五年刻本
整庵履歷記　明羅欽順撰　嘉靖二十五年刻本
古緣萃録　清邵松年撰　光緒甲辰石印本
渼東樂府　明康海撰　嘉靖三年刻本
金陵通傳　清陳作霖撰　光緒甲辰瑞華館刻本
藤花亭書畫跋　清梁廷枬撰　同治甲戌刻本
石渠寶笈　清張照等輯　民國戊午涵芬樓石印本
堯山堂外紀　明蔣一葵撰　萬曆三十四年刻本
王雅宜年譜　清翁方綱撰　吴中文獻小叢書本
畦東蓀集　明畦石撰　清乾隆間刻本
三續疑年録　清陸心源輯　光緒五年刻本
郎園讀書志　葉德輝撰　民國十七年上海澹園排印本
善本書室藏書志　清丁丙撰　光緒辛丑刻本
百川先生集　明孫樓撰　萬曆庚申刻本

抱經樓藏書志　沈德壽撰　民國十三年排印本
紅豆樹館書畫記　清陶樑撰　光緒八年韓園刻本
憑几集　明顧璘撰　嘉靖間刻本
江村消夏録　清高士奇撰　康熙間朗潤堂刻本
明詩綜　清朱彝尊輯　康熙四十四年刻本
金陵梵刹志　明葛寅亮撰　國學圖書館影印本
盛世新聲　明臧賢輯　正德十二年刻本
滇南碑傳集　方樹梅輯　民國二十九年開明書店排印本
華陽洞稿　明張祥鳶撰　萬曆己丑刻本
過雲樓書畫記　清顧文彬撰　元和顧氏刊本
潤州事蹟詩鈔　清解爲幹撰　同治戊辰藍埜山房刻本
明人詩鈔續集　清朱琰輯　乾隆間刻本
吳都文粹續集　明錢穀輯　四庫全書珍本初集本
棗林雜俎聖集　明談遷撰　八千卷樓鈔本
松壺畫憶　清錢杜撰　榆園叢刻本
無聲詩史　清姜紹書撰　康熙庚子刻本

夷白齋詩話　明顧元慶撰　明朝四十家小説本
明詩紀事　陳田輯　陳氏聽詩齋刻本
壯陶閣書畫録　清裴景福撰　民國二十六年排印本
六如居士全集　明唐寅撰　清嘉慶間刻本
萬曆野獲編　明沈德符撰　中華書局排印本
掖垣人鑑　明蕭彦撰　萬曆間刻本
吳廷翰集　明吳廷翰撰　中華書局排印本
徐渭集　明徐渭撰　中華書局排印本
國榷　明談遷撰　中華書局排印本
虚齋名畫録　清裴景福撰　民國二十六年排印本
香蘇山館古體詩鈔　清吳嵩梁撰　道光癸卯刻本
快雪堂集　明馮夢禎撰　萬曆四十四年刻本
山帶閣集　明朱曰藩撰　萬曆初年刻本
廣陵十先生傳　明歐大任撰　歐虞部集本
常熟先賢事略　明馮復京撰　清鈔本
弇州山人年譜　清錢大昕撰　潛研堂全書本

佩文齋書畫譜　清孫岳頒等輯　四庫全書本
寓意録　清繆曰藻撰　道光庚子刻本
李贄年譜　容肇祖撰　三聯書店排印本
穰梨館過眼録　清陸心源撰　光緒十七年刻本
蒹葭堂雜著摘鈔　明陸楫撰　紀録彙編本
射陽先生存稿　明吴承恩撰　民國十九年刻本
明清進士題名碑録索引　朱保炯等輯　上海古籍出版社排印本
吴郡名賢圖傳贊　清顧沅撰　道光間刻本
陸學士先生遺稿　明陸可教撰　萬曆戊申刻本
歷代名人生卒年表補　陶鎔黄等撰　國學圖書館年刊抽印本
疣贅録　明顧夢圭撰　清雍正間桂雲堂刻本
雍熙樂府　明郭勛輯　嘉靖十年王言序刻本
陶情令　明楊應奎撰　清鈔本
墨緣彙觀　清安岐撰　石印本
三易集　明唐時升撰　崇禎間刻本
式古堂書畫彙考　清卞永譽撰　鑑古書社影印本

松陵文集三編　陳去病輯　百尺樓叢書本
高坡異纂　明楊儀撰　烟霞小説本
古今圖書集成　清蔣廷錫等輯　光緒甲申上海圖書集成局排印本
珊瑚網　明汪砢玉撰　適園叢書本
唐荆川年譜　唐鼎元撰　稿本
遵巖先生文集　明王慎中撰　清康熙辛卯重刻本
唐荆川文集　明唐順之撰　嘉靖間金陵薛氏刻本
王文肅公年譜　清王時敏撰　光緒間刻本
柏齋何先生樂府　明何瑭撰　崇禎十三年刻本
開有益齋讀書志　清朱緒曾撰　光緒間翁氏茹古閣刻本
杭雙溪詩集　明杭淮撰　嘉靖乙未刻本
石語齋集　明鄒迪光撰　萬曆末年刻本
補續高僧傳　明釋明河撰　天啓元年刻本
金聲玉振集　明袁褧輯　嘉靖三十年刻本
南宫集　明楊儀撰　清乾隆間鈔本
景船齋雜記　清章有謨撰　石印本

珂雪齋前集　明袁中道撰　萬曆四十六年刻本
賜閒堂集　明申時行撰　萬曆末年家刻本
梁溪文鈔　清周有壬輯　民國三年游藝齋木活字本
海虞文徵　清邵松年輯　光緒間石印本
田叔禾集　明田汝成撰　清丁氏嘉惠堂刻本
松陵文獻　清潘檉章輯　康熙癸酉遂初堂刻本
鄭桐庵文集　明鄭敷教撰　清刻本
金在衡詩輯　明金鑾撰　鈔本
味水軒日記　明李日華撰　清嘉慶二十三年刻本
升庵長短句　明楊慎撰　嘉靖二十二年重刻本
潛研堂全集　清錢大昕撰　嘉慶十一年家刻本
疑年録彙編　張惟驤輯　武進張氏小雙寂庵刻本
書畫書録解題　余紹宋撰　民國二十年排印本
鷗園新曲　明夏言撰　嘉靖二十五年刊桂翁詞合刻本
明文在　清薛熙輯　光緒間刻本
澹園集　明焦竑撰　金陵叢書本

牧齋初學集　清錢謙益撰　四部叢刊本
南詞引正　明魏良輔撰　鈔本
歷代名人年譜　清吳榮光撰　光緒二年刻本
松軒書録　趙鴻謙撰　國學圖書館年刊抽印本
常郡八邑藝文志　清盧文弨輯　光緒庚寅刻本
亘史外紀　明潘之恒撰　天啓間刻本
湯顯祖年譜　徐朔方撰　上海古籍出版社排印本
棘門集　明姚希孟撰　崇禎間刻本
顧端文年譜　明顧樞撰　清刻本
王西樓先生樂府　明王磐撰　嘉靖三十年刻本
文氏五家集　明文洪等撰　四庫全書珍本初集本
揅經室全集　清阮元撰　四部叢刊本
四溟詩話　明謝榛撰　海山仙館叢書本
風月錦囊全集　明徐文昭輯　嘉靖三十二年進賢堂刻本
山海漫談　明任環撰　國學圖書館影印本
玲瓏倡和　明楊慎等撰　嘉靖間刻本

沈璟年譜　凌敬言撰　燕京大學文學年報第五期抽印本
文禄堂訪書記　王文進撰　民國三十一年排印本
羣玉樓稿　明李默撰　隆慶六年家刻本
梅花草堂筆談　明張大復撰　中國文學珍本叢書本
碧山樂府　明王九思撰　嘉靖三十四年刻本
淮安藝文志　清王琛輯　同治間刊本
何翰林集　明何良俊撰　雲間二何君集影印本
頻羅庵書畫跋　清梁同書撰　美術叢書本
嶽雪樓書畫録　清孔廣陶撰　光緒己丑寫刊本
玄牘記　明盛時泰撰　國學圖書館排印本
測海樓舊本書目　陳乃乾撰　民國二十一年排印本
天下名山記　清吴秋士輯　道藏輯要本
太函集　明汪道昆撰　萬曆十九年刻本
明文奇賞　明陳仁錫輯　天啓三年刻本
山曉閣明文選　清孫琮輯　康熙丁巳刻本
陳眉公先生全集　明陳繼儒撰　崇禎間刻本

六梅館集　明周復俊撰　鈔本
南雍志　明黄佐撰　國學圖書館影印本
花草粹編　明陳耀文輯　國學圖書館影印本
南詞敍録　明徐渭撰　中國古典戲曲論著集成本
曹太史文集　明曹大章撰　萬曆間刻本
吳越所見書畫録　清陸時化撰　光緒懷烟閣活字本
大雅堂雜劇　明汪道昆撰　萬曆間刻本
遼邸紀聞　明錢希言撰　續説郛本
白石樵真稿　明陳繼儒撰　中國文學珍本叢書本
玉雨堂書畫記　清韓泰華撰　美術叢書本
秦詞正訛　明秦時雍撰　嘉靖四十年刻本
王百穀集　明王穉登撰　萬曆間刻本
韻石齋筆談　清姜紹書撰　知不足齋叢書本
聽飄樓書畫記　清潘正煒撰　道光二十三年刻本
雲間據目鈔　明范濂撰　筆記小説大觀本
清河書畫舫　明張丑撰　清乾隆間池北草堂刻本

紈綺集　明張獻翼撰　嘉靖丙寅刻本
吴承恩年譜　蘇興撰　人民文學出版社排印本
永樂大典考　郭伯恭撰　民國二十七年排印本
石秀齋集　明莫是龍撰　清康熙間刊雲間二韓詩本
吴江詩粹　清周廷諤輯　鈔本
海瑞集　明海瑞撰　中華書局排印本
鷗陂漁話　清葉廷琯撰　同治間刻本
山陽志遺　清吴玉搢撰　淮南志局刻本
玉笥詩談　明朱孟震撰　學海類編本
涵芬樓燼餘書録　張元濟撰　商務印書館排印本
啓禎野乘　清鄒漪撰　康熙間刻本
文壽承先生年譜　文琮撰　稿本
書畫跋跋　明孫鑛撰　清乾隆庚申刻本
蕭爽齋樂府　明金鑾撰　萬曆間環翠堂刻本
棲霞小志　明盛時泰纂　鈔本
金山雅調南北小令　明薛崗撰　萬曆四十四年鈔本

詞林一枝　明黄文華輯　萬曆元年葉志元刻本
郊居遺稿　明沈懋學撰　萬曆三十三年刻本
沁南稿　明胡汝嘉撰　萬曆三年甘雨堂刻本
遊燕雜記　明盛時泰撰　萬曆三年刻本
百川先生未刻稿　明孫樓撰　鈔本
太函副墨　明汪道昆撰　崇禎六年刻本
狼五山志　明王揚德撰　影印本
明農軒樂府　明殷士儋撰　萬曆六年刻本
新刻三徑閑題　明圻山山人撰　萬曆六年刻本
焚書　明李贄撰　貝葉山房刻本
全明詩　清魯之裕輯　乾隆七年刻本
白榆集　明屠隆撰　萬曆庚子刻本
金山志　清劉名芳撰　影印本
焦山志　清吳雲撰　同治乙丑刻本

圖書在版編目(CIP)數據

馮惟敏全集/謝伯陽編纂. —濟南: 齊魯書社,
2007.6
ISBN 978-7-5333-1793-5

Ⅰ.馮…　Ⅱ.謝…　Ⅲ.文學—作品綜合集—中國
—明代　Ⅳ.I214.82

中國版本圖書館 CIP 數據核字(2007)第 032522 號

馮惟敏全集
〔明〕馮惟敏　著
謝伯陽　編纂

出版發行　齊魯書社
社　　址　濟南經九路勝利大街 39 號
郵　　編　250001
網　　址　www.qlss.com.cn
電子郵箱　qlss@sdpress.com.cn
印　　刷　山東人民印刷廠
開　　本　850×1168　32 開
印　　張　20.625
插　　頁　6
字　　數　430 千
版　　次　2007 年 6 月第 1 版
印　　次　2007 年 6 月第 1 次印刷
標準書號　ISBN 978—7—5333—1793—5
定　　價: **59.00 圓**